샘 호슨 박사의 두 번째 불가능 사건집

->샘 호손 박사의 두 번째 불가능 사건집<-

The Second Casebook of Dr. Sam Hawthorne

More Things **IMPOSSIBLE**

에드워드 D. 호크 지음 | 김예진 옮김

GC BOOKS

스티븐 스타인복에게

The Second Casebook of Dr. Sam Hawthorne
차례

서문

    가끔 바우처콘을 비롯해 여러 모임에서 독자들을 만나곤 한다. 그들은 각자 좋아하는 시리즈의 등장인물을 나에게 얘기해 주는데, 늘 감사한 마음이다. 누구를 좋아하는지는 전혀 문제가 되지 않는다. 세월이 흐르면서 나도 세상엔 다양한 의견이 존재한다는 것을 알게 됐다. 가장 인기 있는 등장인물은 내 작품들 중에서도 가장 잘 팔리는, 닉 벨벳이다. 물론 난해한 밀실 미스터리와 불가능 범죄를 다루는 샘 호손 박사 이야기를 더 좋아하는 사람들도 있다. 또 어떤 독자들은 '레오폴드 반장 시리즈'의 뒷이야기는 언제 나오느냐고 따져 묻기도 한다. 미안하지만 그 반장은 사실 이미 오래전부터 은퇴시킬 생각이었다. 내 초기 작품 '사이먼 아크 시리즈'를 아직까지도 좋아하는 오래된 팬들도 있다. 안타깝게도 그 등장인물은 내 작가 경력과 비슷해서, 50년은 되었기 때문에 다시 시작하는 건 쉽지 않다.

사람들이 샘 호손 박사를 좋아하는 이유는 두 가지가 아닐까 싶다. 첫째는 당연히 밀실과 불가능 범죄가 영원히 우리를 매혹시키기 때문이다. 〈EQMM〉의 전설적인 편집자 프레더릭 다네이는 '샘 호손 시리즈'의 모든 이야기에 불가능 범죄를 넣자고 제안했다. 나도 전적으로 동의했다. 지금까지 '샘 호손 박사 시리즈' 예순여덟 편을 쓰면서 똑같은 아이디어나 해결 방법을 사용한 적은 없다. 가끔 닉 벨벳이 새로 훔칠 귀중품을 고안하는 것보다 샘 선생이 해결할 불가능 범죄를 만들어 내는 게 더 쉬울 때도 있다.

　두 번째 이유는 샘 호손 박사의 삶과 시대적 배경을 읽다 보면 독자들도 그 시기를 떠올리고 느낄 수 있기 때문이 아닐까. 1권 《샘 호손 박사의 불가능 사건집》은 어느 순박한 의사가 1922년 1월에 노스몬트라는 곳에 도착한 후 1927년 9월까지 겪은 일을 다룬다. 그리고 이번 《샘 호손 박사의 두 번째 불가능 사건집》은 1927년 가을부터 시작해서 1931년 12월의 사건으로 끝이 난다.

　여기에 수록된 이야기들 중 여덟 편은 다른 앤솔로지에도 실렸다. '속삭이는 집', '보스턴 공원', '청교도 풍차', '분홍색 우체국', '팔각형 방', '깡통 거위', '사냥꾼 오두막', '산타의 등대'가 그렇다. 모두 내가 좋아하는 이야기들이지만, '팔각형 방'은 렌즈 보안관의 결혼식을 배경으로 하며, '사냥꾼 오두막'은 시리즈 중에서 샘 호손 박사의 부모님이 등장하는 유일한 작품이다.

　샘 호손 박사와 노스몬트에서 벌어지는 불가능 범죄를 집필하는 일은 정말 즐겁다. 앞으로도 내 몸과 컴퓨터가 버티는 한 계속해서 이 시리즈를 써 나갈 생각이다. 다음 이야기에서 제2차대전

이 발발할 무렵 샘 호손 박사는 드디어 아내를 맞이한다. 그리고 그의 예순여덟 번째 모험은 1943년 9월을 배경으로 할 예정이다.

샘 호손 박사가 완전히 은퇴한 후 무엇을 할지 궁금해하는 독자들도 있을 텐데…… 글쎄, 약주나 한잔 따르면서 친구들에게 옛이야기를 하고 있지 않을까?

에드워드 D. 호크

2005년 9월, 뉴욕 로체스터

The Problem of the Revival Tent

치유하는 천막의
수수께끼

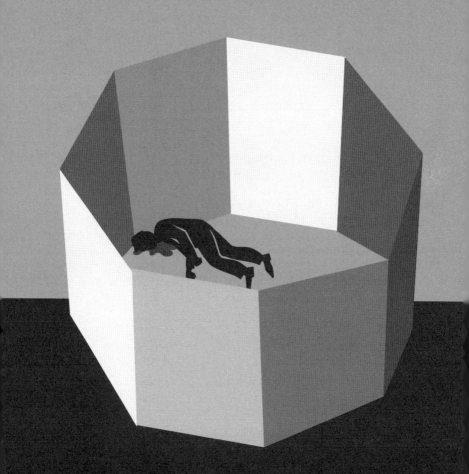

"내가 하마터면 살인 혐의로 체포될 뻔했다는 이야기, 지난번에 했던가?"

샘 호손 선생은 선반 꼭대기에 있는 브랜디 디캔터 쪽으로 팔을 뻗으며 말했다.

"정말 엄청난 사건이었어! 하지만 보안관을 탓할 수는 없었지. 살인 사건이 벌어졌을 때 누가 봐도 그 자리에는 나 혼자밖에 없었거든. 그 커다란 천막 안에 오로지 나랑 피해자밖에 없었다는 말일세. 무슨 천막이냐고? 아, 글쎄 거기에서 치유의 집회라는 게 열렸었거든. 이거 얘길 처음부터 해야 할 것 같은데……."

그 사건의 진짜 시작, 그러니까 내가 치유의 집회에 대해 처음 알게 된 건 사건이 일어나기 일주일 전이었다네. 헤이머스 매클로플린이라는 어느 은퇴한 대학교수가 미국인들의 삶 속 의례에 대한 책을 쓰고 있었는데, 마침 나를 자기 집으로 초대했네. 매클로플린은 언변이 좋고 상대의 기분을 좋게 해 주는 재주가 뛰어났어. 초대받은 사람이 나 혼자뿐인 줄 알았는데, 그 집 현관에서 매지 밀러를 마주쳤지 뭔가. 매지는 양팔로 두꺼운 스크랩북 한 권을 안고 있더군. 나는 깜짝 놀랐다네.

매지는 1927년 가을에 막 스물아홉 살이 된 교사였어. 나랑 동갑에, 둘 다 결혼을 안 했기 때문에 주위 사람들이 시골 특유의 오지랖으로 우리를 이어 주려 여러 번 시도했어. 하지만 전부 실패로 돌아갔다네. 매지는 얼굴도 예쁘고 몸매도 날씬한 젊은 아가씨였지만 나랑 마음이 전혀 통하지 않았거든. 요즘 말로 하자면 '코드가 안 맞는다'라고 해야 하나? 그래서 그날 저녁 교수님 댁 현관에서 매지를 봤을 때, 머릿속에 가장 먼저 이런 생각이 떠오르더군. '누가 또 우리를 결혼시키려고 애쓰나 보군.'

"아니, 이런. 안녕하세요, 매지. 요즘 어떻게 지내요?"

"샘 선생님! 여기서 만날 줄이야! 선생님도 매클로플린 교수님의 조사 프로젝트에 참여하러 왔나요?"

매지가 스크랩북을 내보이며 물었네.

"나도 몰랐는데, 그런가 보네요."

"그 교수님, 요즘 자기 책에 쓸 소재를 모으느라 이 사람 저 사람 인터뷰를 하고 있잖아요. 솔직히 너무 똑똑한 분이라 좀 위협적으로 느껴질 정도예요! 한번은 우리 학교를 구경 온 적이 있었는데 그 교수님이 저희 교실에 들어온 순간 전 그냥 얼어붙었다고요. 대학 축제 퍼레이드에서 여학생 사교 클럽 꽃마차를 탔을 때 이래로 그렇게 굳어 있었던 적이 없었던 같아요. 전 그냥⋯⋯.”

문이 열리고 문제의 헤이머스 매클로플린 교수가 느닷없이 우리 앞에 나타났네. 마치 수업 시간에 잡담하다가 들킨 어린 학생들이 된 기분이었어. 내가 먼저 정신을 차리고 손을 내밀었지.

“다시 만나 뵙게 되어 반갑습니다, 교수님. 다리는 좀 어떠시죠?”

“훨씬 나아졌네. 고맙구먼.”

교수는 관절염을 앓고 있었거든. 하지만 우리를 거실로 안내할 때는 전처럼 다리를 절뚝거리지 않았어.

“대학 때 만들었던 스크랩북을 가져왔어요. 필요하신 만큼 보고 되돌려주시면 돼요.”

매지가 스크랩북을 탁자에 올려놓으며 말했네.

교수가 매지를 바라보며 미소를 지었지. 젊은 아가씨들에게서 어떻게 호감을 사는지 참 잘 아는 인물이었어.

“책상 서랍 속에 아주 잘 보관해 두겠네, 매지 양. 하버드에서만 교편을 잡다 보니 평균적인 미국 대학을 다니는 학생들의 생활에 대해서 글을 쓰기가 쉽지 않구먼.”

“오하이오 대학 정도면 교수님이 원하시는 평균적인 대학 생활에 딱 맞을 거예요. 여학생 사교 클럽에 남학생 사교 클럽, 풋볼, 대학 축제, 온갖 것들이 다 있죠. 예전에 사귀던 남자 친구 중엔 항상 우쿨렐레랑 휴대용 술병을 들고 다니던 사람도 있었어요. 금주법이 선포된 바로 그해에!”

매지가 대답했네.

매클로플린 교수는 스크랩북을 훑어보고는 책상 서랍 속에 집어넣고서 나를 돌아보며 말했네.

"대학 생활 속의 의례…… 그것도 매력적이지. 그것도 내 책 속 한 챕터가 될걸세. 부유한 사람들의 삶을 다룬 부분도 있고, 또 법적 의례는 렌즈 보안관이 도와주고 있다네. 그리고 호손 선생, 자네는 환자와 고인에 관한 의례 부분을 도와줬으면 하는데."

"제가 과연 도움이 될 수 있을지……."

"난 인간 삶의 모든 부분이 의례로 이루어져 있다고 생각한다네. 인간이란 항상 한 가지 의례에서 다른 의례로 넘어가는 단계에 있는 존재야. 단순히 종교 의례만을 말하는 것이 아닐세. 결혼 의례, 사업 의례 그리고 심지어 스포츠 의례까지. 이 모든 것들이 다 연구 대상이지."

"양이 어마어마하겠는데요."

"어마어마하고말고! 출판사에서는 5백 페이지를 생각하고 있는데 아마 그보다 더 두꺼워질걸세. 벌써 연구 자료도 잔뜩 모아 뒀다."

교수가 손을 뻗어 서재 안을 휘 가리켰네. 그제야 가득 쌓인 마닐라 봉투, 답장을 기다리는 편지, 중요한 페이지마다 귀퉁이를 접어놓은 두꺼운 책 더미가 눈에 들어오더라고.

"그 스크랩북에는 거의 제 사진밖에 없는데요."

매지는 전문 서적들을 보고 다소 압도당한 것 같았네.

"그래서 내겐 더더욱 필요하다네. 연구가 너무 딱딱하기만 하면 재미가 없으니까."

"저는 드릴 만한 스크랩북도 없는데, 어떻게 도와 드리면 될까요?"

내가 물었어.

교수가 책상에서 광고지 한 장을 집어 들더군.

"자네들 동네 근처에서 혹시 이런 거 본 적 있나? 다음 주 목요일 밤 축제장 자리에서 천막을 치고 치유 집회라는 걸 연다더구먼. 아내와 일곱 살짜리 아들을 데리고 남동부를 돌아다니는 조지 예스터라는 남자가 주최하는 집회인데, 글쎄 자기 아이가 양손으로 만져 주기만 하면 병에 걸린 사람들을 고칠 수 있다지 뭔가."

"말도 안 돼요! 그런 어처구니없는 말을 믿어요, 샘 선생님?"

매지 밀러가 소리를 질렀네.

"당연히 못 믿죠."

"그 사람 체포해야 하는 것 아닌가요?"

"렌즈 보안관이 이미 주시하고 있을 겁니다. 그런데 거기서 제가 할 일은 뭐죠?"

매클로플린 교수는 의자에서 일어섰네.

"그 치유 집회라는 곳에 나랑 같이 가 줬으면 하네, 호손 선생. 그 광경을 본 선생의 첫인상이 궁금해서 말이야. 내가 보기엔 무슨 종교적 열광의 극치 같거든."

"저는 성직자가 아닌데요."

"암, 의사지. 지금 필요한 건 의사일세. 그 소위 말하는 '치유'라는 행위가 진짜인지 아닌지 알아볼 수 있는 사람 말이야. 자넨 이 근방 사람들을 잘 알지 않나. 특히 환자들을."

"그게 만약 진짜라면요?"

"그럼 미국인들의 생활 속 의례가 거대한 심리적 에너지를 갖고 있다는 내 책의 이론을 뒷받침해 주는 근거가 되겠지."

매지는 두 손 들며 말하더군.

"전 도저히 이해가 안 되네요. 저한테 더는 볼일이 없으시다면 이만 가 볼게요."

교수는 매지에게 미소를 지었지.

"고맙네, 매지 양. 자네 사진과 스크랩이 아주 큰 도움이 되겠어."

"잘 가요, 매지. 또 봐요."

매지는 떠나면서 나를 흘끔 쳐다보았네. 매지의 시선 속에 나를 향한 특별한 호감이 있었는지 없었는지는 모르겠지만, 난 어차피 신경 쓰지 않았네.

우리 둘만 남자 매클로플린 교수가 말하더군.

"아주 괜찮은 아가씨야. 결혼하면 좋은 아내가 될걸세."

나는 그 말도 신경 쓰지 않았지.

그리하여 그다음 주, 나는 간호사 에이프릴을 태우고 매클로플린 교수 집으로 향했어.

"샘 선생님, 선생님까지 그런 요란한 집회에 가는 건 좀 그렇지 않아요? 사람들이 보면 선생님이 새로운 치료법을 개발하러 왔다고 생각할지도 몰라요."

"편견 없이 한번 가 볼 생각이에요, 에이프릴. 어쩌면 필 래퍼리나 폴리 애런스 같은 환자를 치료할 방법을 알아낼지도 모르잖아요."

"그러고 보니 둘 다 오늘 밤 거기 간대요."

"헛된 희망을 심어 주는 자리가 아니길 바랍니다."

필 래퍼리는 혈액 질환을 앓고 있는 육십 대 남자였고, 폴리 애런스는 척추에 문제가 있는 반불구자였네. 나도 그 두 사람을 못 고치는데 일곱 살짜리 어린애가 대체 어떻게 고칠 수 있을까 싶었지. 그래도 매클로플린 교수의 의례에 관한 이론은 한번 생각해 볼 만한 구석이 있었어.

"다 왔네요. 잠깐! 왜 집 옆을 그냥 지나치는 거예요?"

에이프릴이 말했어.

"정신이 딴 데 가 있었나 봅니다."

"그 밀러라는 아가씨 생각했죠? 얼마 전 밤에 누가 선생님이랑 둘이 같이 있는 걸 봤다던대요."

"매클로플린 교수님 댁 현관에서 마주쳤어요. 그런 데서 밀회하는 사람이 어디 있습니까?"

나는 시동을 켜 놓은 채로 피어스애로에서 뛰어내려 교수를 데리러 갔네.

교수는 초인종을 누르자마자 나오더군.

"좋아, 좋아! 빨리 와 줘서 고맙네, 선생. 덕분에 집회 시작 전에 그 예스터라는 남자랑 얘기할 시간이 좀 나겠어."

내 차는 원래 두 명밖에 탈 수 없었지만, 에이프릴은 좌석 두 개 사이에 걸터앉는 데 익숙했지.

"이거 아주 편안한데요. 잘생긴 남자 둘 사이에 끼어서 가다니."

에이프릴이 말했지.

매클로플린 교수가 웃었네.

"호손 선생, 선생네 간호사는 이 늙은이를 젊게 만들어 주는구먼."

"말주변이 보통이 아니라니까요. 말주변 하니까 생각나는데, 동네 사람들은 예스터 부자에 대해 뭐라고 합니까? 얘기 좀 해 줘요, 에이프릴."

에이프릴은 정말 좋아하더군.

"글쎄, 듣자 하니 지금 아내는 그 아들의 친엄마가 아니래요. 전 부인은 애를 낳고 얼마 안 돼서 집을 나갔다지 뭐예요. 그런데 지금 그 여자가 하고 다니는 것 좀 봐요. 시뻘건 머리와 시뻘건 립스틱에다 화려한 뉴욕 스타일 옷차림. 그 집 남편은 신상이 나오는 철에는 마누라를 집 밖으로 못 나가게 잘 단속해야겠더라고요."

에이프릴은 소문 얘기를 할 때면 완전히 다른 사람이 되곤 했어.

천막이 시야에 들어왔을 때 깜짝 놀랐네. 집회가 꼬박 한 시간이 남았는데, 천막 주위 비포장 주차장에 차들이 꽉꽉 들어차 있지 뭐야. 나는 빙 돌아 뒤쪽에 주차하고, 대형 천막을 향해 똑바로 성큼성큼 걸어가는 매클로플린 교수를 따라갔지. 안에서는 무슨 서커스가 열리는 건 아니었고, 동네 남자들 몇 명이 흙바닥에 의자를 줄 맞춰 세우고 있더군. 그 옆에서 가느다란 콧수염이 난 늘씬한 남자 하나가 사람과 비슷한 크기의 은색 조각상을 반듯하게 세우느라 애쓰고 있었네. 거의 알몸에 가까운 여자 조각상이었는데 검을 들고 있더군.

"안녕하세요."

우리가 다가가자 남자가 말했지.

"조지 예스터 씨인가요?"

"예, 맞습니다."

예스터는 내가 생각했던 것보다 더 젊고 잘생겼더군. 우리 같은 시골 사람들은 어떻게 대해야 좋을지 도무지 알 수 없는 세련된 도시 사람이었다네. 솔직히 부풀어 오른 지갑 말고 다른 걸 치료할 재주가 있어 보이진 않았어. 하지만 치료는 그 아들이 한다던 말이 생각났지.

매클로플린 교수가 우리를 서로 소개시켜 줬네. 나는 예스터와 악수하면서 물었어.

"아드님이 이 근처에 있나요?"

"아, 아닙니다. 집회 전에는 쉬어야 하거든요. 집회 중에 사람들한테 기를 다 빨리니까. 나중에 만나게 해 드리죠."

예스터는 뒤로 물러나서 여자 조각상을 쳐다보더니 약간 왼쪽으로 옮겼네.

"그럴싸하죠? 저는 이걸 '건강의 천사'라고 부릅니다. 헤어진 아내한테 포즈를 취해 달라고 해서 만든 거죠."

그러고는 조각상의 왼쪽 어깨를 툭 치더군.

"이건 사실 소석고에다가 은색 페인트를 칠한 겁니다. 가벼워서 트럭 뒤에 싣고 다니기 편하죠. 하지만 검은 진짜예요."

나는 검을 만져 보았네. 손잡이는 조각상의 오른손에 느슨하게 쥐어져 있었고, 뾰족한 끄트머리는 우리가 서 있는 나무 바닥에 닿아 있더군. 누가 봐도 진짜 검이었어.

"검을 머리 위로 치켜드는 자세가 낫지 않을까요? 그러면 질병과 싸우는 것 같잖아요."

진심으로 한 말은 절대 아니었지.

하지만 예스터는 진지하게 대답하더군.

"그 자세도 시도해 봤는데 검 무게 때문에 조각상이 자꾸 균형을 잃더군요. 그래서 아래로 내린 자세가 된 겁니다. 이렇게 하면 검이 조각상을 받쳐 주니까요. 토비도 좋아해요. 가끔 이 검을 가지고 놀라고 건네줄 때도 있죠."

"아이가 이걸 들 수가 있습니까?"

"토비는 나이에 비해 덩치가 큰 편이거든요. 여덟아홉 살은 되어 보입니다."

매클로플린 교수가 연단에 서서 몸을 돌려 텅 빈 나무 의자들을 바라보았네.

"사람들이 많이 올 것 같소?"

사람들이 꽉 찼을 때 분위기가 어떨지, 또 소년의 위치에서 그 모습을 볼 때 어떤 느낌일지 상상해 본 모양이었어.

"꽉 채울 겁니다. 토비는 진짜로 사람을 끌어들이는 힘이 있어요. 하느님과 건강의 천사께서 내려 준 아이니까요. 동네에 뿌려진 광고지 못 보셨습니까?"

예스터가 싸늘하게 대꾸했네.

"이미 봤죠."

나도 냉담하게 말했어. 이 사람의 첫 번째 아내가 왜 집을 나갔는지 충분히 이해가 됐지. 정신이 똑바로 박힌 여자라면 애초에 이런 인간과 결혼을 하지도 않았을 거야.

"내 태도가 회의적인 걸 좀 이해해 줘요."

"의사들은 다 그렇죠."

예스터는 손을 내저었네.

"하지만 토비와 나는 의사들이 고치지 못하는 병도 치유할 수 있어요."

"결국은 의례의 힘이지. 아마 호손 선생이 아프리카 주술사처럼 하고 다니면 병원이 훨씬 잘될 거요. 농담으로 하는 말이 아닙니다."

교수가 말했네.

"저도 토비가 어떻게 치유를 하는지 설명하긴 어렵습니다. 사실 몇 년 동안 치유 집회를 해 왔지만 토비를 집회에 데려와 치유를 시킨 건 작년 겨울부터예요. 그 애는 정말이지 타고났습니다. 요즘은 심지어 새하얀 옷을 입어서 진짜 천사 같다니까요."

예스터가 말했지.

매클로플린 교수가 묻더군.

"혹시 아이 사진 좀 받을 수 없겠소? 그 광고지에 실려 있는 사진 같은 것 말입니다. 내 책에 실을 수 있으면 좋겠는데."

예스터가 손목시계를 흘끔 보았네.

"나중에 찾아오시죠. 아이 사인까지 해서 드리겠습니다. 이제 사람들이 들어올 시간이라서요."

매클로플린 교수가 의식이 어떻게 치러지는지 잘 봐야겠다고 해서 우리는 맨 앞줄에 앉았네. 예스터가 나와 연단에 서자 갑자기 밝은 빨강 머리 여성이 손을 흔들며 끼어들더니 뭐라고 말하더군.

"저게 그 부인이에요."

에이프릴이 내게 귓속말을 했네.

나는 알았다는 뜻으로 헛기침을 했어. 저 여인이 대체 왜 나왔을까 궁금해졌지. 어쩌면 아이한테 문제가 생겼는지도 몰라. 그

하얀 옷을 더럽혔을 수도 있고.

노스몬트의 시민들이 자리를 가득 메우고 있었지. 거의 만석이었어. 몇몇은 머쓱한 표정으로 내 쪽을 쳐다보더군. 의리 없이 내 경쟁자인 치유사를 찾아온 사실을 들킨 게 민망했나 봐. 나는 웃으면서 손을 흔들어 줬네. 여긴 극장이지 교회가 아니었으니까.

이윽고 천막 천장에 걸려 있던 전깃불이 차츰 희미해졌네. 집회가 막 시작되려 하고 있었어. 무대 양옆 커튼이 펄럭이더니 조지 예스터가 연단에 모습을 드러냈지. 예스터는 하늘을 향해 한 손을 높이 들고 선언했네.

"오늘은…… '예스터 데이'입니다!"

아무도 웃지 않더군. 사람들은 완전히 집중하고 있었어. 혹시 줄을 섰을 때 예스터가 최면을 건 게 아닐까 하는 생각마저 들더군. 아무튼 예스터는 소년이 모습을 채 드러내기도 전에 이미 청중을 완전히 장악했네. 원 세상에.

길고 상투적인 소개말이 이어진 후, 예스터는 은빛 '건강의 천사' 조각상으로 사람들의 시선을 모았지. 어두워진 연단 위 그 조각상에 조명이 비쳤어. 그리고 조각상 뒤에서 하얀 옷을 입은 소년이 걸어 나왔네. 다들 너무 갑작스러워서 숨이 턱 막힐 정도로 놀라더군. 박수 소리가 천막 안을 가득 채웠어. 사람들이 원하는 존재가 드디어 등장했지.

"너희의 죄를 고백하라. 그리하면 내가 너희를 온전케 하리라."

소년이 읊조렸네.

축음기에서 오르간 연주가 흘러나오며 천막 안이 그럴싸한 분위기로 차올랐지. 예스터의 빨강 머리 아내가 조명과 축음기 등을 조작하는 것 같더군.

절름발이, 장애인, 환자, 노인 할 것 없이 사람들이 노래를 부르면서 중앙 통로로 나오기 시작했네. 내 사람들, 내 환자들이 지금껏 얻지 못했던 치유를 갈구하며 저 어린애에게 다가가고 있었어.

한 번도 느껴 보지 못한 분노가 차올라 하마터면 폭발할 뻔했지만, 에이프릴이 내 팔을 꽉 붙들었네.

"지금은 안 돼요, 샘 선생님."

줄 앞쪽에 필 래퍼리가 보였네. 필이 소년 앞에 무릎을 꿇자 소년이 머리 위에 손을 짚었고, 필은 버둥거리며 가까스로 몸을 일으키더군. 그토록 힘들어하던 혈액 질환이 깨끗하게 나은 것 같았어. 사람들은 계속해서 앞으로 나왔고, 심지어 이 동네 근방에서는 본 적도 없는 사람들까지 있었네. 등이 굽고 통증에 시달리던 폴리 애런스도 보였어. 폴리는 토비의 손이 자신을 건드린 순간 비명을 질렀지.

그리고 등을 곧게 폈어.

천천히, 조심스럽게 하지만 정말로 등을 곧게 폈지.

청중들은 그야말로 끓어올랐네.

매클로플린 교수는 내 옆에서 바쁘게 뭔가 적고 있었지.

"별로 놀라운 일은 아닐세. 항상 한두 명쯤은 정말로 '치유'를 받는 법이니까."

그 난리법석 앞에서도 아이는 꿈쩍하지 않더군. 줄을 선 다른 사람들에게 다가가 계속해서 손을 짚을 뿐이었지. 곧이어 또 다른 비명이 들리고 여자 한 명이 기절했네. 음악 소리는 더 커졌어.

이윽고 토비는 자기 할 일을 마쳤네. 그러고는 말 한 마디 없이 허리만 살짝 숙이고는 연단 밖으로 내려가 버렸어. 다시 조지 예스터가 등장해 '이 놀라운 기적을 계속 이어갈 수 있도록' 기부금을 유도하더군. 빨강 머리 아내와 함께 기부금 바구니를 들고 사람들 사이를 걸었지. 나는 10센트짜리 동전 한 닢을 던졌어.

그 정도면 충분하다고 생각했으니까.

밖에서는 아직도 사람들이 서성거리며 방금 전 광경을 이야기하고 있더군. 나는 에이프릴과 교수를 뒤에 남겨 두고 사람들을 밀치며 폴리 애런스를 찾아 성큼성큼 걸어갔네. 천막 안에서 무슨 일이 있었든지 폴리는 내 환자였으니까.

폴리는 친구 몇 명에게 둘러싸인 채 나무에 기대서 고개를 푹 숙이고 있었네.

"왜 그래요, 폴리? 어디 안 좋아요?"

"저…… 제 등 말이에요, 효과가 없어요, 샘 선생님! 몇 분 동안은 괜찮았는데 금방 원래대로 돌아와 버렸어요. 제 믿음이 부족했나 봐요!"

폴리는 울음을 터뜨렸어.

"다 헛소리예요, 폴리! 그 아이가 당신을 치유한 게 아니에요. 그 자리의 흥분과 기대 때문에 당신이 통증을 잊고 똑바로 일어선 거죠. 하지만 그건 일시적인 현상일 뿐입니다."

"저도 다른 사람들처럼 걷고 싶어요, 샘 선생님."

"당연히 그럴 거예요, 폴리. 하지만 저 아이의 도움은 아무 소용도 없어요."

그때 에이프릴이 우리를 찾아왔네. 나는 에이프릴에게 폴리를 부탁했어.

"어디 가나?"

매클로플린 교수가 물었네.

"조지 예스터를 찾으러 갑니다. 저 안에서 열린 집회로 그자를 체포할 수는 없겠지만, 한마디 단단히 해 줘야겠어요."

"좀 진정하게나."

나는 교수를 뿌리치고 비포장 주차장을 가로질러 씩씩거리며 걸었네. 슬슬 사람들이 돌아가고 자동차와 마차들도 떠나고 있었어. 렌즈 보안관이 도롯가에서 랜턴을 들고 교통정리를 하고 있었지만, 잡담을 나눌 생각은 없었네. 커다란 천막 뒤로 돌아가니 작은 트레일러와 패커드 자동차가 보이더군. 불이 켜진 트레일러를 향해 똑바로 걸어가서 문을 두들겼지.

빨강 머리 여인이 바로 나오더군.

"무슨 일이죠?"

여인의 어깨 너머로 아까 그 토비가 그날 밤 거둬들인 동전과 지폐를 쌓아올리고 있더군.

"당신 남편을 좀 만나야겠는데요."

"조지는 천막에서 짐을 정리하고 있어요. 무슨 볼일인데요?"

여인은 집믹은 표정이었네. 내가 아주 노골적으로 분노를 내뿜고 있었던 모양이야. 나는 말 한 마디 없이 몸을 돌려 천막으로 향했어.

조지 예스터는 천막 안에 있었네. 주위에는 아무도 없었고, 연단 앞 '건강의 천사' 옆에서 혼자서 축음기와 조명들을 정리하고 있더군. 예스터는 나를 돌아보며 말했지.

"쇼는 즐거우셨나요, 의사 선생님?"

그 표정을 보니 한 대 치고 싶더라고.

"별로요."

"저런, 안타깝군요. 청중들은 아주 훌륭했는데."

"기부금 바구니를 채워 줘서 훌륭하다는 거요?"

"한 여인이 치유받는 모습을 보셨잖습니까?"

예스터가 대꾸했네.

"그 여인은 바깥 주차장에서 지금도 고통에 몸부림치고 있습니다. 당신들이 한 치유가 얼마 못 간 탓에."

"뭐, 그럼 믿음이 약했나 보죠."

"당신들은 체포돼야 해!"

"체포? 무지한 사람들에게 약간의 희망과 위안을 주었다는 이유로?"

결국 나는 예스터를 후려치고 말았어. 내 오른 주먹이 상대의 턱을 강타했고, 놈은 뒤로 벌렁 나자빠졌지. 예스터는 바닥에 넘어지면서 깜짝 놀란 표정을 짓더라고. 나는 별다른 말을 남기지 않고 통로를 성큼성큼 걸어서 천막 뒤쪽으로 향했네.

천막 입구에 거의 도착했을 즈음 예스터의 비명이 들리더군. 대체 무슨 일인가 싶어 돌아보니, 예스터는 여전히 연단 바로 앞에 누워 있었어.

하지만 조각상이 들고 있던 은색 검이 그 가슴팍에 꽂혀 있었네.

천막 안에는 나 말고 아무도 없었지.

나는 예스터에게 달려가 검을 뽑아내고 철철 흐르는 피를 손수건으로 틀어막았네. 하지만 예스터는 눈꺼풀을 한 번 깜박이는가 싶더니 숨이 끊어져 버렸어.

눈앞에서 일어난 일을 도저히 믿을 수가 없었네. 그 자리에 무릎을 꿇고 멍하니 있었어. 주위에는 나란히 놓인 텅 빈 의자들 외에는 개미 새끼 한 마리도 없었고, 시체의 폐에서 빠져나오는 공기 소리 외에는 아무 소리도 들리지 않았어. 나는 검을 살펴보다가 자루에 내 지문이 묻어 버렸다는 사실을 깨달았네.

렌즈 보안관을 부르는 것 외에는 다른 방법이 없었네. 그가 아직 도롯가에 있기를 바랄 수밖에.

나는 다시 천막 뒤쪽으로 걸어가 자락을 들쳤네. 다행히 마지막으로 떠나는 관객들을 향해 흔들리는 랜턴 불빛이 보였어. 아마 예스터의 비명을 들은 사람은 나뿐이었을 거야. 나는 천막 밖으로 나가고 싶지 않아 그 자리에서 소리쳤지.

"렌즈 보안관님! 빨리 이리 좀 와 주세요, 빨리요!"

"무슨 일인가, 선생?"

보안관이 소리쳤어.

"와 보시면 압니다. 심각한 일이에요."

보안관은 평소 걸음보다 빠르게 성큼성큼 다가왔어.

"대체 무슨 일인데?"

"조지 예스터가 살해당했습니다."

"아니, 뭐라고?"

"직접 와서 보세요."

보안관은 내가 천막 자락을 들쳐 주자 안으로 들어왔네. 그리고 연단에 쓰러져 있는 예스터의 시체를 보고는 낮은 휘파람을 불더군.

"이게 어떻게 된 거요, 선생?"

나는 다 털어놓았지. 치유의 천막부터 시작해서 내가 매클로플린 교수와 함께 행사에 참석했다는 것까지 전부.

"그 교수는 어디 있소?"

"아마 에이프릴이랑 같이 밖에 있을 겁니다."

"혹시 선생이 예스터를 때려눕혔을 때 그 충격으로 조각상에서 검이 떨어질 가능성은 없소?"

"사고가 아니냐고요? 그랬으면 얼마나 좋겠습니까? 하지만 검 끝이 연단에 닿아 있었어요. 만약 검이 떨어졌다면 예스터 쪽으로 칼자루가 떨어졌을 겁니다. 뭘 어떻게 해도 칼날이 우연히 예스터의 가슴에 꽂힐 방법은 없어요. 제가 직접 뽑았다고 말씀드렸잖아요. 검이 이 사람을 완전히 관통했다니까요."

"설마 조각상이 살아나서 이 사람을 죽였다는 말은 아니겠지?"

"그럴 리가요. 하지만 여기 누워 있었을 때 누군가가 검을 가져다가 이 사람을 찔렀다는 건 확실합니다."

"칼자루에는 선생 지문이 묻어 있고 말이야."

"그것도 말씀드렸잖아요. 이 사람을 살리려고 제가 검을 뽑았다고요."

"그리고 선생은 이 사람한테 굉장히 화가 났지. 주먹으로 때려 눕혔다는 사실도 인정하는 거지?"

"네."

"천막 안에 다른 사람은 아무도 없었고?"

"네."

렌즈 보안관이 고개를 절레절레 저었네. 무슨 생각을 하는지 알 수 있었지. 보안관은 연단으로 올라가서 조각상을 양팔로 안아서 바닥에 내려놓더군.

"생각보다 가벼운데."

"예스터 말로는 소석고에 은색 페인트를 칠했다더군요. 그런데 뭐 하시는 건가요?"

"사람이 숨을 만한 곳은 이 나무 연단 아래뿐이야. 좀 확인해 봐야겠어."

길이 4미터 정도에 높이는 50센티미터 정도 되는 연단은 사방이 다 막혀 있었네. 딱히 고정되지 않고 그냥 바닥에 놓여 있었기 때문에 보안관은 쉽게 들어 올릴 수 있었어. 연단 밑에는 단단하게 다져진 땅 말고는 아무것도 없었네.

"거기엔 사람이 숨어 있을 수가 없어요. 연단 위의 조각상을 넘어뜨리지 않고서는 빠져나올 수도 없지 않습니까."

보안관은 일어나서 주위를 더 자세히 둘러보았네. 이번에는 연단 양옆의 커튼 쪽을 바라보더군.

"이 뒤에 누가 숨어 있던 게 아닐까, 선생?"

"거기까지 보진 않았지만, 그래도 없었을걸요. 제가 이 통로를 한 15초쯤 걸었을 때 예스터가 비명을 질렀고, 저는 즉각 돌아봤습니다. 시야에는 아무도 없었어요. 살인자가 만약 거기 숨어 있었다면 15초 안에 연단을 가로질러서 조각상의 손에 들려 있는 칼을 뽑아 들고 예스터를 찔렀어야 합니다. 그리고 제가 돌아보기 직전에 허공으로 연기처럼 사라져야 하고요."

렌즈 보안관은 앓는 소리를 내면서 허리를 숙이고 땅바닥을 훑어보았네.

"발자국도 안 남을 만큼 땅이 단단하군. 혹시 예스터는 자살한 게 아닐까, 선생?"

"그렇게 긴 칼로요? 시도했다고 해도 자기 몸에 그렇게 깊이 찌르지는 못할 겁니다. 아닙니다, 누군가가 예스터의 몸 위에 서서 칼날을 밑으로 박아 넣은 거라고요."

고개를 들어 천막 천장을 올려다보았네. 여러 줄에 매달려 있는 흐릿한 전구와 전깃줄밖에 없더군.

"이봐, 선생. 지금 선생이 빠져나갈 길을 찾느라 애쓰고 있다는 걸 모르겠나? 젠장, 나도 선생을 체포하고 싶진 않단 말이야!"

"저를 체포한다고요?"

나는 그때까지도 그런 생각은 하지도 않았어.

"선생은 동기도 있고 기회도 있었잖아. 게다가 선생 본인의 진술에 따르면 범행을 저지를 수 있는 사람은 아무도 없었고."

"하지만 전 결백합니다! 전 죽이지 않았……."

그때 조지 예스터의 아내가 갑자기 나타나는 바람에 말을 끝맺지 못했어. 여인은 예스터를 찾고 있었던 듯 천막 안으로 뛰어 들어왔어.

"조지!"

그러고는 시체를 보더니 비명을 지르더군.

"조지, 대체 이게 무슨 일이야!"

"정말 안타깝습니다. 부인. 저희도 막 부군이 살해됐다는 소식을 전해 드리려던 참이었습니다."

렌즈 보안관이 말했어.

여인은 시체 옆에 주저앉아 흐느꼈네. 나는 조심스럽게 여인을 시체에서 떼어 놓으며 부드럽게 말했어.

"저희가 할 수 있는 일은 아무것도 없었습니다. 즉사였어요."

여인은 갈색 눈을 번득이며 나를 노려보았네.

"의사는 못 해도 토비라면 할 수 있을 거예요! 토비가 그이를 되살릴 수 있을 거라고요!"

그러고는 우리가 가로막기도 전에 천막 밖으로 맹렬히 뛰쳐나가 버렸어.

"저 사람 잡아요, 보안관님! 어린애를 이 안으로 데리고 들어오면 안 됩니다!"

"가세."

우리는 천막 뒤쪽에서 모자를 붙잡았네. 렌즈 보안관이 길을 가로막았지. 토비는 떨면서 가만히 서 있기만 했고, 무슨 일이 일어났는지 완전히 이해하지 못한 눈치였어. 이윽고 빨강 머리 여인은 진정했는지 아이를 데리고 트레일러로 돌아가더군.

아무도 조지 예스터를 되돌릴 수 없었네. 지금은 더더욱.

"좋습니다, 보안관님. 원하시면 절 체포하세요."

나는 한숨을 내쉬었어.

하지만 보안관은 아직 나를 체포하지 않았어. 너무 오랫동안 알고 지낸 사이였으니 보안관도 내가 살인을 저질렀을 거라고 심각하게 생각하진 않았던 거야. 보안관은 사건을 지역 대배심에 보고해야 하는데 기소장을 받기 전까지는 자유의 몸이라고 말하더군. 덕분에 최소한 며칠 정도는 유예가 생겼지만 그 시간 동안 뭘 해야 좋을지 알 수 없었네. 용의자는 너무 적었고, 동시에 너무 많기도 했어. 그 천막 안에 있던 사람이라면 누구든 몰래 다시 천막으로 숨어 들어와서 예스터를 죽일 수 있었어. 하지만 대체 어떻게? 왜?

나는 우선 필 래퍼리를 찾아갔네. 그때 천막 밖 사람들 속에서 필을 못 봤거든. 필은 시내 우체국에서 일하고 있었네. 혈액 질환이 심하지 않으면, 항상 일하고 있었기 때문에 다음 날 아침 우체국에서 바로 필을 만날 수 있었지.

필은 다소 겸연쩍은 얼굴이더군.

"샘 선생, 나도 어젯밤 그 난리법석이 진짜라고 믿지는 않았어. 하지만 마누라가 나더러 거기 한번 가 보라고 어찌나 닦달을 하던지."

"오늘 몸은 어떠시죠?"

"그냥 똑같아. 난 아직 일할 수 있고, 그 사실에 감사한다네."

"혹시 그 집회 중에 무슨 이상한 일 같은 건 없었나요? 이번 사건의 단서가 될 만한 것 말입니다."

"있었어! 사실 나도 오늘 보안관한테 그 얘기를 하러 가려고 했거든. 그때 차를 다 보내고 갈 생각이어서, 우리 마차는 주차장에 거의 끝까지 남아 있었네. 우리 말 넬리가 차 소리를 무서워하거든. 아무튼 막 출발하기 직전에 천막에서 누군가가 뛰쳐나와 숲 쪽으로 달려가는 모습을 봤어."

"남자였습니까, 여자였습니까?"

"그건 모르겠네. 땅에 닿을 정도로 긴 망토 같은 걸 입고, 머리에도 후드를 쓰고 있었거든. 왜, 무슨 수도사처럼 말이야."

"길게 늘어뜨린 후드 말이군요."

"그래, 아마 그런 것 같았어. 안 그래도 참 이상하다고 생각했는데 오늘 아침 살인 사건 얘기를 듣고 나니 보안관한테도 알려 줘야 할 것 같더라고."

"알려 주세요, 필. 그리고 저한테도 알려 주셔서 감사합니다."

사건 자체도 당혹스러웠지만 후드를 쓴 수도사가 천막 주위를 어슬렁거렸다는 얘기도 그 못지않게 당황스럽더군. 하지만 필 래퍼리가 뭔가를 봤다는 사실은 분명했네.

진료소로 돌아와서 에이프릴과 이야기를 나눠 보니, 어젯밤 사람들 속에서 매클로플린 교수를 잃어버렸다더군. 폴리 애런스를 돌본 이후로 교수를 한 번도 못 봤다는 거야.

"교수님한테 가서 얘길 좀 해 봐야겠네요. 주위를 둘러보며 이것저것 메모한 게 많을 테니 어쩌면 다른 사람들이 놓친 사실을 파악했을지도 모르겠습니다."

그런데 생각했던 것보다 교수 집에 빨리 가게 되었네. 채 10분도 지나지 않아 매지 밀러에게서 전화가 왔거든. 그날 밤 만난 이후로 본 적이 없는데, 그때 매지의 목소리는 너무 흥분해서 제정신이 아니라고 생각될 정도였어.

"샘 선생님, 저 지금 교수님 댁에 와 있는데요! 강도를 당했어요! 빨리 좀 와 주세요!"

"강도요?"

"교수님은 피를 흘린 채 기절했고, 집은 엉망진창이에요!"

"바로 가겠습니다. 렌즈 보안관님한테 연락해요."

보안관과 나는 교수 집에 동시에 도착했네. 매지는 방에서 교수의 이마를 차가운 수건으로 적셔 주고 있더군. 교수는 정신을 차렸지만 아직도 좀 멍한 표정이었네.

"교수님을 뵈러 왔는데 앞문이 살짝 열려 있는 거예요. 그리고 교수님은 이런 상태였어요."

매지가 말했어.

주위를 둘러보니 종이가 다 쏟아져 있고 책상 서랍도 열려 있더군. 강도가 뭔가를 찾으려 마구 뒤진 모양이었어.

"말씀하실 수 있으세요?"

내가 묻자 교수가 눈꺼풀을 움찔거리다 눈을 떴네. 부상이 그리 심해 보이진 않았어.

"그…… 그런 것 같구먼. 지금 몇 시인가?"

"10시 반입니다. 얼마 동안 정신을 차리지 못하셨나요?"

"아침 일찍, 동 트기 전에 무슨 소리를 들었네. 그래서 내려왔는데 누가 내 머리를 후려쳤어. 기억나는 건 그게 전부일세."

"혹시 범인을 봤습니까?"

렌즈 보안관이 메모하면서 묻더군.

"전혀요. 뒤통수를 맞아서."

"상처는 이마에 났는데요? 뭐, 넘어지면서 생긴 상처일 수도 있겠네요."

살펴보자 머리카락 속에 난 혹이 만져지더군.

"침대에 누워 계시는 게 좋겠습니다. 제가 이따가 다시 봐 드릴게요."

교수의 눈길이 이윽고 어질러진 종이들 쪽으로 향했네.

"뭐가 없어졌지?"

"모르겠습니다. 어쩌면 아무것도 사라지지 않았을지도 모르죠. 강도가 원하는 것을 찾지 못했을 수도 있으니까요."

렌즈 보안관이 교수를 일으켜 세우는 것을 도와줬어.

"혹시 이게 살인 사건과 무슨 연관이 있을까, 의사 선생?"

"그럴 가능성도 있죠."

하지만 아직은 전혀 알 수가 없었네. 교수가 목격한, 범인을 위험에 빠뜨릴 만한 뭔가가 대체 무엇이었을까? 교수가 갖고 있는 것들 중 뭔가 있었나?

우리는 매클로플린 교수를 침대에 눕혔고, 나는 밀주 위스키 한 잔을 가져다주었네. 교수의 상태는 그리 심각하지 않았어. 렌즈 보안관은 강도가 들어올 때 깨진 것처럼 보이는 창문을 확인했지.

진료소로 돌아오는 길에 나는 폴리 애런스의 집에 들렀다네. 폴리는 편히 쉬고 있었지만, 치유 집회에서 일시적으로 얻었던 은총은 다시 돌아오지 않았지. 폴리의 등은 이전과 똑같았어. 나는 폴리의 집을 나와서 차를 몰고 집회 장소를 다시 한 번 찾아갔네.

예스터 부인이 트레일러를 정리하고 있더군. 모자는 막 떠나려는 것 같았어.

"어젯밤엔 제대로 인사도 못 나눴군요. 저는 샘 호손이라고 합니다."

부인은 나를 멍한 표정으로 바라보았네. 빨강 머리가 잔뜩 헝클어져 있었고, 제대로 빗질도 되어 있지 않았어. 어젯밤 일이 정말 힘들었을 거야.

"수 예스터예요. 사람들 말로는, 당신이 우리 남편을 죽였다던데요."

"아뇨, 전 안 죽였습니다."

"의사 선생님이라면서요?"

"그렇습니다. 조지에 대해 잠깐 이야기 좀 나눌 수 있을까요?"

토비가 트레일러 문 쪽으로 나오자 수는 아이를 안으로 다시 들여보냈네.

"애가 들을 말은 아니니까요. 쟨 이미 너무 많은 얘길 들었다고요. 그런데 궁금한 게 뭐죠?"

"혹시 이 근방에 당신 남편이 죽기를 바라는 사람이 있었습니까?"

"당신 같은 사람들밖에 없어요. 우린 항상 시골 의사들과 실랑이를 벌였죠."

"이런 일을 한 지는 얼마나 됐습니까?"

"나랑 만나기 전부터 조지는 이미 치유 집회를 열고 있었어요. 오하이오에서 토비가 태어났을 때부터 했다더라고요. 나는 4년 전부터 같이 일했는데, 토비가 집회에 참여한 건 작년부터예요. 정말이지 어마어마한 대성공을 거뒀죠. 조지에게 일어난 가장 큰 행운이었어요."

"당신은 토비가 정말 아픈 사람들을 치료할 수 있다고 믿는 겁니까?"

"어젯밤엔 정말 믿고 싶었어요. 토비가 조지를 되살릴 수 있다고 믿고 싶었다고요. 하지만 어쩌면 한 번도 믿지 않았는지도 몰라요. 토비는 그냥 다른 애들하고 똑같아요. 그 누구도 치유할 수 없죠. 하지만 사람들은 지나치게 흥분한 나머지 가끔 자기 스스로를 치유하기도 하니까요."

부인은 내가 생각했던 것보다 훨씬 현명한 사람이었지. 나는 더 물을 것이 없었네. 이미 퍼즐의 마지막 조각을 받았으니까.

나는 렌즈 보안관에게 말했어.

"당장 매클로플린 교수님 댁에 가야 합니다. 답이 거기 있어요."

보안관은 깊은 한숨을 내쉬었어.

"내가 자넬 체포하지 않는다고 얼마나 많은 항의가 들어오는지 몰라, 선생. 선생이 이 문제를 빨리 해결하지 못하면 난 선생을 잡아넣어야 한다고."

"오늘 정오면 해결될 겁니다."

도착해 보니 교수는 의자에 앉아서, 매지 밀러에게 이런저런 지시를 내리고 있었네. 매지는 서재를 정리하고 흩어진 자료들을 주워 모으는 중이었지.

"대체 뭐가 없어졌는지 아직도 모르겠군. 훑어보지도 못한 조사 자료가 너무 많아서 말이야. 그나저나 대체 누가 그런 걸 원하는 건지."

나는 교수의 맞은편에 앉았어.

"교수님, 전 누가 조지 예스터를 죽였는지 압니다. 제일 먼저 교수님께 말씀드리러 온 이유는 교수님이 어젯밤 저와 함께 계셨기 때문입니다."

렌즈 보안관이 불편한 듯 자세를 고치더군.

"빨리 좀 말하게, 선생."

"우선 제 마음속 가장 큰 문제는 '어떻게'였습니다. 어떻게 제가 돌아보기 전에 예스터를 칼로 찌를 수 있었을까요? 문득 '어떻게'를 해결하면 '누가'도 알아낼 수 있다는 사실을 깨닫게 되었지요. 살인자는 검을 쥐고, 예스터를 찌르고, 제가 돌아보기 전 자기가 숨어 있던 자리로 돌아갈 수 있는 사람이었어요. 제가 나갈 때까지 기다렸다 범행을 저지를 수도 있었겠지만, 제가 옆에 있을 때 살인을 저질러야 제게 누명을 씌울 수 있다고 생각했을 겁니다. 범인은 제가 예스터에게 주먹을 날리고, 때려눕히는 모습을 다 봤을 테니까요."

"숨을 곳은 없는데. 선생 입으로 그렇게 말했잖소."

렌즈 보안관이 말했어.

"제가 미처 눈치채지 못했던 곳이 딱 한 군데 있었습니다. 바로 은색 조각상 뒤였죠! 살인자는 조각상 뒤에서 검을 뽑아 들고 쓰러진 남자의 가슴을 찌른 다음, 다시 조각상 뒤로 숨은 거예요. 그리고 제가 보안관님을 부르러 갔을 때 도망친 겁니다."

보안관은 코웃음을 쳤네.

"조각상 뒤? 그 뒤에 숨을 데가 어디 있나! 범인이 뭐, 난쟁이라도 된다는 소리야?"

"아뇨, 일곱 살짜리 어린애였습니다."

"토비!"

"맞습니다. 생각해 보세요, 교수님. 어젯밤 행사가 시작될 때 그 애가 조각상 뒤에서 나타나는 모습을 저희가 봤잖아요? 그리고 예스터가 가끔 토비한테 그 검을 갖고 놀게 했다는 얘기도 기억나시죠? 그 애는 자신에게 강요된 삶 그리고 야간 집회에서 벌어들이는 돈에만 비례해서 자신을 사랑해 주는 아버지에게 반기를 든 겁니다. 그것 외에는 범행을 설명할 방법이 없어요. 토비 예스터만이 조각상 뒤에 숨어 있다가 자기 아버지를 죽일 수 있었습니다."

나는 몸을 돌려 흙빛이 되어 버린 매지 밀러의 얼굴을 똑바로 바라보았네. 매지는 입을 벌렸지만 목소리는 나오지 않았어.

내가 부추겼네.

"뭐 할 말 없어요, 매지? 보안관님이 가서 토비를 체포하기 전에."

"제기랄, 샘! 당신 다 알고서!"

매지가 비명을 질렀어.

"뭘 안다는 겁니까, 매지?"

나는 차분하게 물었지.

"그건 토비가 한 짓이 아니라고요. 내가 조지 예스터를 죽였어요."

그 후 나는 진료소로 돌아가 에이프릴에게 이야기를 들려주었네.

"매지가 그렇게 말했을 때 난 전혀 기쁘지 않았어요, 에이프릴. 그냥 모든 사람들이 다 안타깝더라고요."

"샘 선생님, 그러니까 어린애가 체포될까 봐 그 아가씨가 범행을 자백했다는 거예요? 이해가 안 돼요."

"그 애 때문에 살인을 저질렀으니, 애를 구하기 위해 자백하리라는 걸 알고 있었거든요. 매지 밀러는 토비의 엄마였던 겁니다."

"세상에! 그걸 어떻게 알아낸 거예요?"

"여러 가지로 추측해 본 거죠, 에이프릴. 우리는 토비의 생모, 즉 예스터의 첫 번째 아내가 아이가 태어난 후 집을 나갔다는 사실을 알고 있었습니다. 수 예스터의 말에 따르면 그건 오하이오에서 있었던 일이고, 난 매지가 오하이오에서 대학을 나왔다는 사실을 이미 알고 있었어요. 시기도 대충 비슷하죠. 매지는 막 스물아홉이 되었으니, 아이를 낳았을 때는 스물한두 살 정도 되었을 거예요. 어쩌면 조지 예스터를 만났을 때 대학교 4학년쯤 되지 않았을까요? 매지는 조지가 토비에게 시키는 일을 보고 도저히 견딜 수가 없었나 봐요. 다 정리했지만 토비를 구해야겠다고 느꼈을 정도로. 그리고 그 방법은 복수의 천사가 되어 조지 예스터를 죽이는 것뿐이었죠."

"대체 어떻게 죽였다는 거예요, 샘 선생님? 선생님이 그 자리에 있었잖아요. 어떻게 선생님한테 들키지 않고 살인을 저지를 수가 있었던 거죠?"

"아, 난 봤어요, 에이프릴. 분명히 눈앞에서 똑똑히 봤어요. 하지만 그게 매지인 줄을 몰랐던 거예요. 어젯밤 렌즈 보안관님이 그 조각상이 살아서 움직이기라도 한 것 아니냐고 했던 말, 사실은 그게 핵심이었던 거죠. 왜냐하면 바로 그게 실제 일어난 일이었으니까요. 그 결정적인 한순간, 매지는 조각상이 되었던 거예요."

"샘 선생님!"

에이프릴은 내 말을 못 믿겠다는 표정이었어.

"아주 기상천외한 일이지만 불가능한 건 아니었어요, 에이프릴. 한번은 보스턴에 갔다가 백화점 쇼윈도 안에서 포즈를 잡고 있는 모델을 본 적이 있는데, 20분 동안 근육 한 번 꿈틀대지 않고 가만히 서 있더라니까요. 바로 지난주에 매지도 나한테 그런 얘기를 했었죠. 매클로플린 교수님이 자기 교실을 방문했을 때 너무 위협적이었던 나머지 완전히 얼어붙어 버렸다고요. 대학 축제 퍼레이드에서 여학생 사교 클럽 꽃마차를 탔을 때 이후로, 그렇게 얼어 버린 적이 없다고 했죠. 나중에 그 말을 곰곰이 생각해 보니 이상한 느낌이 들더군요. 보통 꽃마차를 타면 구경꾼들에게 손을 흔들어주잖아요? 나도 대학교에 다닐 때 그런 걸 본 적이 있어요. 금색이나 은색 페인트를 전신에 칠하고 조각상인 척하는 여학생들이 있었죠. 가끔 페인트가 모공으로 들어가 건강을 해치기도 했고."

"하지만 진짜 사람이 조각상인 척하고 있었다면 선생님이나 예스터가 몰랐을 리가 없잖아요!"

"그럴까요? 생각해 봐요, 에이프릴. 그때 불빛은 매우 희미했어요. 천막 천장에 걸린 침침한 전구 몇 개밖에 없었죠. 그리고 우리가 군이 그 조각상을 꼼꼼히 들여다볼 이유도 없었고. 크기와 대략적인 모양이라면, 예스터가 이미 자기 첫 아내를 모델로 삼아 만든 조각상이라고 말한 적이 있어요. '건강의 천사'는 매지 밀러 자신이었던 겁니다. 애당초 예스터는 여학생 사교 클럽 꽃마차에 탄 매지를 보고 조각상 아이디어를 얻은 게 아닐까 싶더군요."

"그 아가씨가 그걸 다 털어놓은 거예요?"

"네, 다 얘기했어요. 매지는 예스터가 노스몬트에 나타났다는 이야기를 지난주에 매클로플린 교수님 댁에서 처음 들었대요. 지금 생각해 보니 매지는 그 소식을 듣고 굉장히 당황하고 화도 났던 것 같더군요. 그리고 일주일 내내 그 소식을 곱씹어 본 뒤, 전 남편을 죽여야만 토비를 가짜 구세주 인생에서 구해 낼 수 있겠다고 생각한 거예요. 매지는 학교 다닐 때 쓰던 물건들 중 퍼레이드에서 칠했던 은색 페인트를 아직 갖고 있었어요. 조각상의 얼굴과는 그리 닮지 않았지만, 몸매는 여전히 똑같았죠. 매지는 예스터가 행사가 끝난 후 혼자 장비를 정리하러 돌아오리라는 사실을 알았고, 그때 자기가 조각상인 척할 수 있을 거라고 확신했습니다. 매지는 그런 방식으로 예스터를 죽이고 싶었던 거죠. 복수의 천사처럼, 살아난 조각상처럼. 매지는 예스터의 표정을 보고 싶었대요. 아마 예스터에게 아들을 버리고 나왔다는 죄책감 때문에 정상적인 판단이 좀 어려웠던 것 같더군요.

아무튼 매지는 행사가 끝난 후 온몸에 은색 페인트를 바르고 천막 안으로 숨어들었어요. 알몸에 은색 페인트를 칠한 모습을 감추려고 큰 후드가 달린 긴 망토를 입고 있었죠. 필 래퍼리가 본 건 매지가 도망치는 광경이었던 거예요. 매지는 진짜 조각상을 들어서 커튼 뒤에 숨기고 검을 들고 그 자리에 서 있었죠. 살인을 저지르기 직전, 내가 걸어 들어와 예스터와 말다툼을 했어요. 그리고 예스터를 때려눕혔을 때 매지는 기회를 놓치지 않고 가슴팍에 검을 찌른 겁니다. 당연히 예스터는 비명을 질렀고, 내가 돌아봤을 때 매지는 조각상과 똑같은 포즈를 취하고 있었죠.

내가 다가갔을 때 매지는 굉장히 불안하고 초조했겠지만, 나는 그 남자의 생명을 살릴 수 있을지 알아보는 데에만 정신이 팔려 있었어요. 그 조각상을 제대로 쳐다보지도 않았죠. 그리고 내가 렌즈 보안관님을 부르러 갔을 때 매지는 진짜 조각상을 연단 위에 되돌려 놓고서 도망친 거예요."

"매클로플린 교수님은요? 그 아가씨가 교수님도 해코지한 거예요?"

나는 고개를 끄덕였네.

"매지가 교수님한테 드렸던 스크랩북 속에는 꽃마차에 타고 있던 자신의 모습이 찍힌 사진도 들어 있었어요. 교수님은 아직 그걸 보지 않았지만, 보면 바로 살인과 연결 지을 게 분명하기 때문에 그 전에 사진을 되찾아 와야 했던 거예요. 교수님은 서재에서 소리를 듣고 내려왔고, 매지는 교수님을 때려눕힐 수밖에 없었죠. 그러고 나서 마치 강도가 집 안을 헤집어 놓은 것처럼 온 사방에 종이를 뿌려 댄 겁니다. 하지만 정말로 매클로플린 교수님을 해칠 생각은 아니었을 겁니다. 그래서 오늘 아침에 다시 돌아와서 나에게 전화를 걸었던 겁니다."

에이프릴은 가만히 앉아서 고개만 절레절레 젓더군.

"그럼 그 애는요? 토비 말이에요."

"토비한테는 이 사실을 알리지 않는 게 제일 좋을 것 같습니다. 수 예스터는 그리 나쁜 사람은 아니니, 아이를 정상적인 삶으로 이끌어 줄 수 있겠지요."

"……이야기는 여기서 끝이라네."

샘 호손 선생이 마무리를 지었다.

"토비 예스터는 가명으로 나이트클럽 엔터테이너로 활동했는데, 나름 성공했다네. 자기 친어머니가 아버지를 죽였다는 사실은 아직도 몰라. 매지는 자백한 후 정신이 완전히 망가져 버렸어. 도저히 재판을 받을 수 있는 상태가 아니었지. 그 후 노스몬트에서 치유의 집회가 열린 적은 한 번도 없었지. 그런데 참 우스운 게, 자네 필 래퍼리 기억나나? 그 사람의 혈액 질환이 갑자기 호전됐는데 아무도 그 이유를 알 수 없었다네.

그럼, 아무 때나 다시 오게나. 다음에는 저주받은 저택에 얽힌 진짜 귀신 이야기를 해 줄 테니까 말이야. 그런데 자네 어……, 가기 전에 약주 한잔 더 하겠나?"

The Problem of the Whispering House

속삭이는 집의
수수께끼

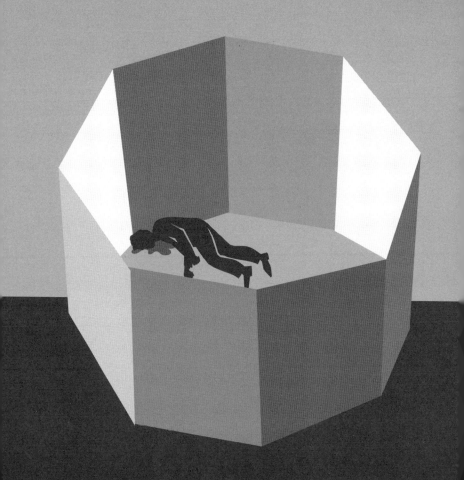

샘 호손 선생은 늘 그렇듯 술을 따르며 말을 시작했다.

"진짜 저주받은 집에 대한 이야기를 하겠다고 약속했었지? 그건 1928년 2월에 벌어진 일이었는데, 의학적인 면으로든, 수수께끼라는 면으로든, 하마터면 내 마지막 사건이 될 뻔했다네. 일단 유령 사냥꾼에 대한 이야기부터 시작해야 할 것 같군. 왜냐하면 그 이야기는 그 사람이 노스몬트에 도착한 그날 바로 시작되니까……."

(샘 선생은 말을 이었다.)

그 유령 사냥꾼의 이름은 태디어스 슬론이었네. 두꺼운 안경에 짙은 회색 수염을 기른 채 지팡이를 짚고 다니는 늙은 교수가 떠오르는 이름이었지만, 막상 만나 보니 나보다 나이가 별로 많지도 않더군. 슬론은 나를 보자마자 친근하게 말했어.

"태드라고 불러요."

"그럼 저는 샘이라고 부르시죠."

악수를 하며 보니, 남자는 나보다 키가 컸고 여위었다는 말이 모자랄 정도로 깡말랐어. 가느다란 염소수염이 빈약한 턱을 간신히 가리고 있었는데, 움푹 들어간 강렬한 눈빛과 합쳐지니 마치 자비로운 사탄 같은 인상이더군.

"내가 여기 노스몬트에 왜 왔는지는 알고 있겠죠, 샘?"

나는 머리를 긁적이며 웃었네.

"저기, 솔직히 잘 모르겠습니다. 물론 이 근방에 저주받은 곳이 없진 않아요. 몇 년 전에는 시내 광장에 있는 야외 음악당이 저주받았다는 소문도 있었는데, 알고 보니 사람이 꾸민 짓이었죠. 그리고 또……."

"난 브라이어 가문의 집에 관심이 있어요."

"아, 그렇군요. 하긴 그렇겠네요."

최근 한 보스턴 신문의 일요 특집판에 그 낡은 집을 다룬 기사가 실렸는데, 노스몬트 주민들이 알던 것보다 더 자세한 이야기가 실려 있었다네.

"그 집에서 속삭이는 소리가 들린다는 말이 사실인가요? 그리고 한 번 들어가면 다시는 못 나오는 비밀의 방도?"

"솔직히 말하면 나도 그 집에 들어가 본 적이 없어요. 내가 노스몬트에 온 이래 쭉 비어 있었고, 나야 환자가 있는 곳에 가는 의사 아닙니까."

"하지만 소문은 들었을 텐데요!"

"보스턴 신문 특집판이 나오기 전까지 그 집은 그저 낡아 빠진

빈집에 불과했어요. 어쩌면 기자가 자신의 상상력을 좀 더했을지도 모르죠."

상대가 내 말을 듣고 너무 낙심한 표정이었기에 나는 한마디 덧붙일 수밖에 없었네.

"그 집이 저주받았다고 하는 사람들도 있긴 있습니다. 하지만 아마 바람 소리를 속삭이는 소리로 착각한 것 아닐까요?"

슬론은 약간 기운이 난 것 같더군.

"당연히 그 기사를 쓴 기자와 이야기를 하고 왔습니다. 기자는 옛날에 노스몬트에 살다가 보스턴으로 이사 온 사람들에게서 대부분의 정보를 얻었다고 했어요."

"그럴 수도 있겠네요."

"누가 그러는데, 당신은 지역 내 수수께끼를 푸는 취미로 일가를 이뤘다고 하던데요."

그 말에 나는 반박했네.

"꼭 그런 건 아닙니다. 다른 지역과 마찬가지로 이곳에서도 사건은 일어나고, 그럴 때 가끔 렌즈 보안관님을 도와 드리는 정도라고요. 그리고 운이 좋아서 다른 사람들이 놓친 증거를 더러 발견하는 것뿐이에요."

"아무튼 날 도와줄 사람은 당신밖에 없어요. 이 지역을 안내해 줄 사람이 필요합니다. 그 오래된 브라이어 가문의 집에서 하룻밤을 보낼 생각인데 같이 좀 가 주시죠."

"유령 사냥은 내 전문이 아닌데요. 유령한테는 의사가 필요 없잖습니까?"

그때 우리 간호사 에이프릴이 아침에 온 우편물을 가지고 들어왔네. 에이프릴은 슬론을 쳐다보며 애매하게 웃더군.

"샘 선생님, 앤드루스 부인한테서 전화가 왔어요. 아들 빌리가 건초 더미에서 떨어져 다리를 다쳤대요."

"바로 간다고 전해 줘요."

나는 슬론을 바라보며 미소를 지었어.

"혹시 괜찮다면 같이 가시죠. 시골 의사가 어떻게 일하는지 보여 드리겠습니다. 사실, 앤드루스 부인은 브라이어네 집 바로 길 아래에 살고 있거든요."

슬론은 나를 따라 나와서 노란 피어스애로 오픈카에 올라탔네.

"시골 의사라고 하시면서 너무 좋은 차를 타시는데요."

"7년 전에 가족들에게서 졸업 선물로 받았습니다. 좀 낡긴 했지만 그래도 잘 굴러가죠."

북쪽 도로를 따라 달려서 먼저 앤드루스 부인네 집에 도착했네. 부인은 거의 제정신이 아닌 몰골로 뛰쳐나왔어.

"샘 선생님, 와 주셔서 정말 고마워요! 빌리가 쇠스랑 위로 떨어졌어요! 다리에 피가 너무 많이 나요."

"걱정 마세요, 앤드루스 부인. 제가 살펴보겠습니다."

앤드루스 부인은 2월의 눈이 아직 드문드문 남아 있는 마당을 가로질러 우리를 안내했네. 부인이 왜 그렇게 걱정하는지 알 수 있었어. 부인의 남편은 원래 축제 행상인이었는데 작년에 심장 마비로 세상을 떠났거든. 스물세 살짜리 빌리가 농장을 운영하고, 가축을 돌봐야 하는 책임을 덜컥 떠안게 된 거야. 건강한 청년이 심각한 부상이라도 입게 된다면 농장의 미래에 어두운 그늘이 드리울 게 뻔했지.

빌리는 엉성한 지혈대를 왼쪽 다리에 묶은 채 헛간 바닥에 누워 있었네. 피투성이가 된 작업복은 상처 부위가 찢겨져 있었고, 쇠스랑 날이 종아리를 완전히 관통했는지 상처가 온통 지저분하더라고.

"그렇게 심각하진 않아. 그래도 출혈 덕분에 상처가 씻겨서."

잠깐 진찰한 후 내가 말했네.

빌리 앤드루스가 이를 악물더군.

"소여물로 줄 건초를 긁어모으다가 그만 발을 헛디뎌서 떨어졌어요. 망할 쇠스랑이 내 다리를 꿰뚫었어!"

"더 심한 부상이 아니어서 그나마 다행이지."

그때 문득 태드 슬론이 헛간 문 옆에 서 있다는 사실이 떠올랐네. 나는 슬론을 앤드루스 모자에게 소개했지. 슬론은 고개를 꾸벅하긴 했지만 시선은 내게 고정되어 있었어. 치료하는 내 모습에서 눈을 뗄 수가 없었나 봐.

"이제 가벼운 진통제를 놔 주겠네. 그러고 나서 상처를 꿰맬 거야."

나는 상처를 소독약으로 씻어 내고 작업을 시작했네. 상처를 꿰매기 위해 굳이 빌리를 집 안으로 옮길 필요는 없었지. 빌리도 그냥 헛간에 있는 게 편해 보였어.

상처를 꿰매면서 어색한 분위기를 털어 내려고 말을 꺼냈네.

"슬론 씨는 유령 사냥꾼이라는군요. 그 오래된 브라이어네 집을 보려고 찾아왔다네요."

"세상에, 거기 유령 같은 건 없어요! 그건 그냥 소문일 뿐이에요."

앤드루스 부인이 손을 내저으며 말했어.

태드 슬론은 1킬로미터쯤 떨어진 들판 건너편에 있는 집을 응시하고 있었지.

"저게 그 집인가요?"

"맞습니다. 빌리의 치료를 다 끝내고 금방 데려다 드리죠."

유령 사냥꾼은 다시 한 번 앤드루스 부인을 돌아보았네.

"그럼 여기서는 이상한 일을 한 번도 본 적이 없다는 말인가요? 한밤중의 기묘한 빛이나 이상한 소음 같은 것도? 그 집에 있으면 속삭이는 소리가 들린다던데요."

"저는 없어요. 빌리는 어렸을 때 그 근처에서 자주 놀았는데. 빌리, 넌 브라이어네 집에서 속삭이는 소리를 들은 적 있니?"

내가 상처를 다 꿰매자, 빌리는 헛간 바닥에 앉은 채 자세를 바로잡았지.

"딱 한 번, 떠돌이 일꾼들이 거기 머무르는 걸 본 적 있지만 그때 말고는 아무 소리도 못 들었는데요. 그땐 속삭이는 정도가 아니었죠. 그놈들이 소리를 지르며 벌판을 넘어 나를 쫓아왔다니까요."

나는 빌리를 일으켜 세웠네.

"이제 다 됐어. 다친 다리에 무게를 싣지만 않으면 괜찮을 거야. 집 안으로 데려다줄게."

다리를 절뚝거리는 빌리의 왼팔을 부축해서 걸어갔네. 함께 집으로 올라가서 빌리를 침대에 눕히고, 안정을 취하라고 일러 뒀어.

"며칠 정도는 걷기 힘들겠지만 그렇게 심각한 부상은 아니야.

금방 다시 건강해질 거야."

앤드루스 부인이 우리를 문 앞까지 배웅했네.

"바로 와 주셔서 얼마나 고마운지 몰라요, 샘 선생님."

"그러려고 제가 있는 건데요, 뭐."

"얼마나 드리면 될까요?"

"걱정 마세요. 에이프릴이 계산서를 보낼 텐데, 내실 수 있을
때 내시면 됩니다."

다시 차를 타고 울퉁불퉁한 길을 달려 브라이어네 집으로 향했
네. 슬론이 말하더군.

"난 당신 같은 시골 의사는 책 속에만 존재하는 줄 알았어요."

"그래도 몇 명은 남아 있죠."

브라이어네 집으로 가는 길은 여름 잡초가 무성했다네. 눈이 녹
는 계절이라 질퍽질퍽한 길에 바큇자국이 가득했지. 나는 아래를
흘끗 내다보고서 차를 길에 세운 후, 그 집까지는 걸어가기로 했
어. 70년 된 집치고 외부 상태는 놀라우리만큼 말끔하더군. 창문
은 꽉 닫혔는데 누가 건드린 흔적은 없었고, 회색 페인트는 빛이
바래긴 했지만 벗겨지지는 않았더라고.

"안에 들어갈 방법이 없는 것 같은데요."

내가 말했지.

슬론이 나를 보고 웃더군.

"자물쇠만 멀쩡하면 들어갈 수 있습니다. 이 집을 보유하고 있
는 보스턴의 부동산에서 열쇠를 받아 왔거든요."

"정말로 안에서 하룻밤을 보내겠다고요?"

"그럼요."

그때까지 나는 슬론이 그렇게 진지할 거라고 생각하지 않았어.

"이 집이 매물로 나와 있다니, 그럼 브라이어 가문의 마지막 후예가 죽었다는 뜻입니까?"

"친척이 몇 명 있긴 한데 다들 빨리 팔아 치우고 싶어 한다네요."

슬론이 열쇠를 꽂자 문은 쉽게 열렸네. 나는 슬론을 따라 그 어두운 집 안으로 들어갔어.

"햇빛이 들어오게 창문을 좀 열어야겠는데요. 전기 시설이 아예 없는 것 같아요."

슬론이 주머니에서 손전등을 꺼냈어.

"차라리 이걸 쓰는 게 낫겠네요. 이 안에 양초들 봤죠? 우리도 그렇게 해야 해요. 유령을 찾는 데 햇빛은 아무 도움이 안 되니까."

가구들은 대부분 이미 오래전에 사라졌지만, 일부가 남아 있더군. 거실에는 낡고 벌레 먹은 안락의자가 놓여 있었고, 커다란 벽난로 옆에 텅 빈 옷장이 있었네. 예전에는 식당이었을 것으로 추정되는 공간에 딱딱한 나무 의자가 두 개 있었어. 부엌 한구석에서는 타다 남은 양초 도막과 밀주 위스키가 담겨 있을 법한 빈 병이 나왔네.

"빌리가 말했던 떠돌이 일꾼들 흔적인가 보군요."

"하지만 최근 흔적은 아니네요. 벌써 몇 년 된 물건들 같은데."

우리는 1층에 있는 다른 방을 돌아보면서, 내다 팔 가치도 없는 듯한 남겨진 가구들을 꼼꼼히 관찰했네. 슬론의 손전등과 열린 위층 창문으로 비쳐 드는 햇빛에 의지해서 삐걱거리는 계단을 올라

2층으로 향했지.

"여긴 아무것도 없군요. 유령이 없다는 사실이 확인됐으니 이제 만족하셨죠?"

이윽고 내가 말했네.

"대낮에 빈둥빈둥 놀고 있다가 방문자를 환영하는 유령이 어디 있겠습니까? 유령이 있다면 밤에나 나올 겁니다."

"속삭이는 소리도 안 들리는데요. 그런데 아까 말했던 '한 번 들어가면 다시는 나오지 못하는 방'은 대체 어디랍니까?"

태디 슬론이 한숨을 내쉬더군.

"나도 모르겠습니다. 오늘 밤 다시 와 봅시다."

아직도 내가 그때 왜, 저주받았다는 집에서 유령 사냥꾼과 하룻밤을 보내기로 했는지 이해가 안 된다네. 그냥 젊은 시절의 치기로 돌려야 할 모양이야. 당시에는 그 제안이 그렇게 터무니없어 보이지 않았거든. 어쩌면 태드 슬론과 나 자신에게 무언가를 증명하고 싶었는지도 모르지. 비록 나중에 이사 온 입장이긴 하지만 노스몬트는 우리 동네니까, 여기에 유령이 있다면 그걸 내쫓는 데 나도 한몫 거들어야 할 것 같더라고.

그리고 그날 밤, 10시가 되기 조금 전 우리는 다시 차를 몰고 브라이어 가문의 집으로 갔네. 슬론은 양초와 성냥을 넉넉히 챙겨 왔더군. 그런데 슬론이 가져온 다른 걸 보고 나는 당황했어.

"보면 알겠지만, 꼭 밟아야 하는 절차가 있습니다. 유령 사냥꾼들 중에는 문과 창문을 사람 머리카락 일곱 가닥으로 봉인하고 마늘 목걸이를 하는 사람들도 있는데 난 그 정도까진 아니에요. 그래도 권총은 있어야…….”

“유령을 쏘려고요?”

슬론이 나를 보며 웃었네.

“그냥 조심하자는 거죠.”

우리는 아래층에서 제일 큰 방으로 들어갔어. 태드 슬론이 손에 분필 한 도막을 들고 방 한가운데로 걸어갔지. 말 한 마디 없이 나무 문에 커다란 원을 그리더니, 그 안에 꽉 차게 꼭지가 다섯 개인 별을 그리더군.

“오망성이라고 합니다. 이 안에 있으면 안전하다고들 하지요.”

“권총도 챙기고 오망성도 그리는 건가요? 정말 만반의 준비를 갖췄군요.”

나는 솔직히 감탄했네.

슬론은 그 외에도 이것저것 가져왔어. 회전식 삼각대에 카메라와 섬광 장치까지 설치하더군.

“이제 어떤 유령이 나타나더라도 맞이할 준비가 다 됐습니다.”

나는 길고 지루한 밤을 보낼 생각에 편안하게 자리를 잡고 앉았어. 최신 의학 저널이라도 가져올걸 후회했지.

도착해서 한 시간쯤이나 지났을까. 자정까지 얼마 안 남은 시각에 갑자기 속삭이는 소리가 들려 왔어. 처음에는 이 낡은 집의 위층을 스치는 바람 소리인 줄 알았는데, 차츰 소리가 또렷해지고 누군가의 말소리라는 게 느껴지더라고.

‘목숨이 아까우면 당장 여기서 나가라…….’

"들었어요?"

슬론이 소리를 질렀어.

"그런 것 같습니다. 확실하진 않지만요."

'목숨이 아까우면……'

또다시 그 속삭이는 소리가 들렸네.

"무슨 속임수가 분명해요. 누가 우리를 놀리는 겁니다."

"그러지 말고, 샘. 한번 가 봅시다."

슬론은 권총을 집어 들고 신중하게 그려 놓은 오망성 밖으로 나갔네. 나는 썩 내키지 않지만 그래도 체면이 있으니 따라가는 수밖에 없었지.

"위층에 뭐가 있을까요?"

"어디 한번 보자고요."

우리는 재빨리 정면 계단을 올라가, 계단 꼭대기에 잠시 멈춰 서서 귀를 기울였네. 밖에서 부는 바람 소리는 여전했지만, 이제 속삭이는 소리 같은 건 안 들리더군.

그때 갑자기 아래층 문이 열렸어. 우리는 제자리에 얼어붙었네. 슬론이 내게 숨으라고 신호를 보내더군. 우리는 열려 있던 침실 안으로 들어갔네.

누군가가 계단을 올라오고 있었어. 랜턴 불빛이 먼저 보이고, 그다음 한 남자가 보였네. 수염 난 여윈 남자였는데 키는 별로 크지 않고, 허름한 겨울 외투 차림에 털모자를 쓰고 있더군. 랜턴을 높이 들고 앞을 비추면서 조심스럽지만 재빠르게 올라오고 있었지. 남자는 이 집이 익숙한 것 같았지만, 나는 한 번도 본 적 없는 사람이었어.

하지만 남자가 채 2미터도 되지 않는 거리에서 내 옆을 스쳐 지나갈 때, 묘하게 친숙한 느낌이 들더군.

슬론이 금방이라도 튀어나올 줄 알았는데, 그도 나처럼 이 남자의 행방이 더 궁금했나 봐. 가만히 있더라고. 남자는 복도 끝까지 걸어가서 빈 벽을 마주 보더니 문설주 옆의 한 부분을 누르더군. 그러자 딸깍 소리가 났고, 남자가 벽을 밀자 덜컹거리며 열렸어. 실제로 작동되는 진짜 '비밀의 문'을 본 건 난생처음이었지.

비밀의 문은 남자 뒤에서 닫혔고, 복도는 다시 조용해졌네. 나는 잠시 기다렸다가 복도로 나왔어. 그러자 슬론도 나를 따라 숨어 있던 곳에서 나오더군.

"어떻게 생각합니까?"

"문제의 비밀의 방을 찾아낸 것 같지 않아요?"

슬론이 목소리를 낮춰 대답했네.

"한 번 들어가면 다시는 나오지 못한다는 그 방 말입니까?"

"이미 똑똑히 봤잖아요. 사람 한 명이 들어갔고, 아직 안 나왔어요."

기다리는 시간은 영원 같았지만, 실제로는 30분 정도밖에 안 됐을 거야. 비밀의 문이 열리기만 하면 숨겨진 장소로 뛰어들 준비를 하고 있었지만 문은 여전히 굳게 닫혀 있었지.

이윽고 자정이 넘었을 무렵 슬론이 말했네.

"내려가서 카메라를 가져오겠습니다. 그리고 이 망할 문을 열고 놈과 맞섭시다."

"다른 출구가 있을지도 모르잖아요."

"어디 말입니까? 여기 어딘가로 나왔다면 우리가 분명히 봤겠죠."

슬론은 아래로 내려가서 카메라와 삼각대를 챙겨 어깨에 메고 다시 올라왔네.

"그 사람이 뭘 눌렀는지 기억나요?"

나는 문설주 주위를 만져 보고 헐거운 부분을 찾아냈네.

"여기 같습니다."

슬론이 벽을 향해 카메라와 삼각대를 설치했어. 그리고 섬광 장치에 분말을 더 채우고 셔터 릴리즈를 손에 쥐었다네.

"좋습니다. 여세요."

문설주의 헐거운 부분을 눌렀더니 벽이 딸깍 소리를 내며 열렸어. 방 안에 있던 사람이 깜짝 놀랐을까? 아니면 감쪽같이 사라졌을까?

글쎄, 둘 다 아니었네.

들어간 사람은 안에 그대로 있었어. 우리를 마주 보고 탁자 위에 똑바로 앉아 있었지. 하지만 갑자기 나타난 우리를 보고도 전혀 놀라지 않더군.

"제 생각엔 이 사람……."

나는 방으로 들어가 그 사람 쪽으로 걸어갔어.

"죽은 것 같다고요?"

태드 슬론이 냉큼 뒷말을 받았네. 그러면서 셔터를 누르자 섬광 분말의 폭발 때문에 작은 비밀의 방이 번쩍하며 한순간 환해졌어. 덕분에 방 안에 다른 사람도 없고, 다른 출구도 없다는 사실을 확실하게 알 수 있었지.

"칼에 찔렸네요."

코트를 들추니 왼쪽 옆구리에서 심장 쪽으로 사냥용 칼이 깊이 박혀 있었어.

"이것 좀 봐요."

나는 바닥을 가리켰네. 죽은 사람의 손에서 떨어진 것으로 보이는 작은 22구경 자동 권총이 있더군.

슬론은 꽉 막힌 사방 벽을 둘러보고, 열려 있는 비밀의 문 뒤쪽도 훑어보았네.

"숨을 곳도 없고, 여기서 나갈 길도 없는데요?"

"맞습니다."

"아니 그럼 샘, 설마 이 사람이 유령한테 살해당했다는 겁니까?"

나는 시체를 살피다가 몸을 일으켰네.

"아뇨, 그것보다 더 말도 안 되는 일이 벌어졌습니다. 사후 경직에 대해서는 좀 아는데, 이 시체는 이미 차갑게 굳었어요. 이 사람은 30분 이내에 살해당한 게 아닙니다. 죽은 지 대략 15시간에서 20시간 정도는 됐습니다."

"그건 불가능한데! 우리가 방금 본……."

나는 고개를 끄덕였지.

"이 사람을 죽인 건 유령이 아니지만, 적어도 오늘 밤 이 방에 유령이 들어온 건 확실합니다."

내가 시체를 지키고 있는 동안 태드 슬론은 길을 달려 내려가서 앤드루스네 집 전화를 빌렸어. 그리고 렌즈 보안관에게 전화했지. 그 이후로는 경찰 수사로 온통 난리가 났어. 하지만 달리 새로운 사실은 나오지 않았네. 새벽 내내 엄청나게 많은 사람들이 그 비밀의 방을 드나들었지만 아무런 변화도 일어나지 않았지.

렌즈 보안관은 비밀의 문의 작동 구조에 흥미를 보이더군.

"이 집은 1850년대 후반에 지어졌는데 듣자하니 캐나다로 가는 지하 철도의 역이었을지도 모른다더군. 노예들을 탈출시키는 데 썼다지."

"그럴 수 있겠군요."

우리는 온 벽과 바닥을 다 두드려 보았지만 아무런 소득도 없었어. 태드 슬론과 렌즈 보안관이 밖에서 기다리는 동안 비밀의 문을 닫고 혼자 안에 남아 보기도 했는데, 비밀의 문을 열고 나가는 것 외에는 이 방에서 나갈 방법이 없다는 사실을 깨달으니 더럭 겁이 나더라고.

슬론은 유령 사냥의 결과에 잔뜩 흥분했네.

"드디어 찾아냈군요! 돌아오지 못하는 방! 다시는 못 나오는 방! 그건 바로 사람을 가두고, 아무에게도 들키지 않게 굶겨 죽이는 비밀 감방이었던 겁니다!"

"벽은 확실히 두껍더군요."

내가 말했네.

렌즈 보안관은 작은 권총을 조사했네.

"이 총에는 발사된 흔적이 있군. 죽은 사람이 살인자를 향해 한 방 쐈나 본데."

그때 아까 본 나무 탁자 다리의 구멍이 떠오르더군.

"총알이 어디로 갔는지 알 것 같습니다. 주머니칼 있나요, 보안 관님?"

몇 분 후 나는 가느다란 탁자 다리에서 총알을 꺼냈지. 조금 뭉 개지긴 했지만 총알이라는 건 충분히 알아볼 수 있었어.

"이게 무슨 뜻이죠?"

슬론이 묻더군.

"죽은 사람의 사격 솜씨가 변변치 않았다는 이야기일 뿐입니다."

"이 총알이 유령을 뚫고 지나갔을 수도 있죠."

슬론의 말에 렌즈 보안관이 투덜댔지.

"사냥용 칼을 휘두르는 유령이 어디 있소? 난 원래도 유령을 안 믿지만 지금도 그리 믿고 싶지는 않구먼."

슬론이 물었어.

"우리가 본 건요? 그건 유령이 분명했는데요."

보안관이 코웃음을 쳤지.

"그건 내 문제가 아니고 댁이 해결할 문제지."

"죽은 사람이 누군지 혹시 아십니까?"

내가 보안관에게 물었네.

"처음 보는 사람이야. 주머니도 텅 비어 있더군. 현금도 없고 신분증도 없었어. 아무것도."

그날 밤 우리는 더 할 일이 없었네. 하지만 다음 날 아침, 일어 나기도 전에 렌즈 보안관이 내 방문을 두드리고 들어와서 흥미로 운 새 소식을 전해 주었어.

"검시관이 선생 말을 뒷받침해 줬소. 사망 시각은 어제 오전 3시에서 4시 사이라더군. 그런데 다른 소식이 하나 더 있어. 죽은 남자의 수염이 가짜였다는 거요."

"뭐라고요?"

"배우들처럼 고무풀로 붙인 가짜 수염이었다고. 이 얘기를 듣고 무슨 생각 같은 거 안 떠오르나?"

"그걸 못 알아봤다니 제 자신이 너무 한심하군요. 수염 뗀 얼굴을 아는 사람은 없던가요?"

"약간은 낯이 익더군, 선생. 장담할 수는 없지만 이 근방에서 돌아다니는 걸 본 적이 있는 것 같았어."

"신기하네요. 그 사람이 복도에서 제 옆을 스쳐 지날 때 저도 묘하게 친숙한 느낌이 들었거든요."

"선생도 유령 이야기에 너무 심취한 것 아니오?"

"제가 봤던 걸 그대로 말씀드렸을 뿐입니다."

"죽은 사람이 걸어 다녔다는 얘기 말고 다른 얘기는 없나?"

나는 생각에 잠겼네.

"그건 진짜 수수께끼가 아닐지도 모릅니다, 보안관님."

"그럼 선생이 좋아하는 불가능 범죄 같은 거 아닌가? 맞지?"

나는 인정했네.

"그런 것 같습니다. 아무리 봐도 불가능해 보여요."

"이제 어떻게 할 텐가?"

"해가 뜨면 그 집에 가서 처음부터 다시 조사를 시작해야죠."

나는 어제처럼 길가에 차를 대고 혼자서 그 집으로 걸어갔네.

어젯밤 왔던 게 누군지는 몰라도 분명 차가 없이 여길 왔을 거야. 아니면 또 다른 누군가가 와서 차를 끌고 사라졌거나. 유령일 가능성은 전혀 생각할 수 없었어. 내가 본 그 남자는 피와 살이 있는, 멀쩡하게 살아 있는 사람이었지. 그것 때문에 수수께끼가 더욱 미궁으로 빠지고 있었네. 내가 밝혀낼 부분이 바로 거기에 있었지.

집 뒤로 돌아가서 최근까지 쌓여 있는 눈의 무게에 짓눌린 긴 풀들을 밟으며 돌아다녔네. 뭘 찾아야 할지도 알 수 없었지만 그래도 둘러볼 필요가 있었거든. 그런데 집 뒤편 홈통이 내 주의를 끌더군. 아래쪽 주둥이가 50센티미터 정도 높이에서 구부러져 있는데 그 모습이 마치 거대한 트럼펫의 마우스피스 같았어. 그래서 홈통 끄트머리를 감싸 쥐고 그 안으로 소리를 질러 보았네. 내 목소리가 먼 곳으로 울려 퍼졌지만, 집 안에서까지 들리는지는 알 수 없었지.

"범죄 현장으로 돌아온 겁니까?"

누가 등 뒤에서 물었네. 깜짝 놀라 몸을 일으켜 보니 유령 사냥꾼 태디어스 슬론이었어.

"이것 좀 봐요, 내가 지금 찾아낸 겁니다. 현관문 열쇠 아직 가지고 있어요?"

슬론은 주머니에서 열쇠를 꺼냈어.

"네."

"집 안으로 들어가서 어젯밤 우리가 속삭이는 소리를 들었던 곳에 한번 서 있어 봐요. 실험을 해 봐야겠습니다."

슬론은 내 지시에 따라 안으로 들어갔네. 홈통 주둥이 바로 아래 창으로, 걸어가는 슬론이 보이더군. 내가 다시 소리를 지르자 슬론이 손으로 들린다는 신호를 보냈네. 그래서 목소리를 낮추고 목쉰 소리로 속삭여 보았지. 슬론이 후다닥 다가와서 창을 열었어.

"바로 그겁니다, 샘! 속삭이는 소리의 비밀이었군요! 대체 어떻게 알았어요?"

"그냥 추측이었습니다. 어젯밤 우리가 본 유령은 속삭이는 소리가 들린 직후 집 안으로 들어왔어요. 그래서 밖에서 소리를 낼 방법이 있을 것 같다는 생각이 들었죠. 이 홈통을 보고 시도해 본 거죠."

"그럼 우리 유령이 진짜가 아니었다는 말인가요?"

"홈통을 통해 소리를 안으로 전달할 수 있다는 사실을 아는 누군가가 소리를 증폭시켜 집 전체에 퍼지게 했던 거죠. 아마 굴뚝을 이용했을 겁니다."

"하지만 꼬박 하루 전에 칼에 찔려 죽은 사람이 어떻게 홈통에 속삭이고, 문을 열고 들어와서 2층으로 걸어 올라간 다음, 그 비밀의 방으로 들어갔다는 거죠?"

"나도 모르겠습니다. 이건 한 가지 설명일 뿐이에요. 이 관점에서 보면 의문이 더 많이 생기죠. 그냥 불가능 하나를 다른 불가능으로 바꾼 것 정도군요."

나는 솔직하게 말했네.

"어떤 불가능요?"

"글쎄요, 만약 우리가 본 사람이 사실 희생자로 위장한 살인자였다면 많은 부분이 설명되지 않을까요?"

"그 사람이 어떻게 비밀의 방에서 나갔는지는 설명이 안 되잖아요."

"그건 그렇죠."

나는 침울하게 동의했네.

"난 차라리 유령이라는 설이 더 나아 보입니다. 그 사람이 걸어 가는 모습을 사진으로 찍어 둘걸 그랬어요."

"방이랑 시체 사진은 현상했어요?"

슬론은 고개를 끄덕이고, 들고 있던 가죽 상자 속에서 사진을 꺼냈어.

"여기 있습니다. 하지만 별 도움은 안 될 거예요."

보통 현장 사진은 사건 해결에 큰 도움이 되곤 했지만, 이번만 큼은 사진 속에서 건질 게 별로 없더군. 시체는 탁자에 있었고, 그 뒤에는 단단한 벽이 있었네. 그게 다였어. 우리는 여전히 이름 없는 유령과 직면하고 있었던 거야.

"진료소로 돌아가려고 하는데, 같이 가시겠어요?"

내가 슬론에게 사진을 건네며 물었어.

슬론은 고개를 가로저었네.

"이 근방을 조금 더 둘러볼게요."

나는 길을 따라 내려가서 내 오픈카에 올랐네. 그런데 막 출발했을 때 갑자기 사건이 일어났어. 보닛 밑에서 털털거리는 소리가 나더니 불꽃이 솟구치지 뭔가. 갑자기 차 전체가 불길에 휩싸였어.

나는 간신히 뛰쳐나와서 차가운 흙바닥 위로 굴러 옷에 붙은 불을 껐네. 하지만 차는 완전히 망가지고 말았어. 마치 죽어 가는 환자의 침상 옆에 붙어 밤샘 간호를 하는 기분으로 불타는 차를 지켜볼 수밖에 없었네. 할 수 있는 일이 아무것도 없었어.

연기를 봤는지 태드 슬론이 브라이어네 집 뒤에서 모습을 드러내더니 나를 향해 뛰어왔어.

"무슨 일입니까! 당신 차가……."

"나도 모르겠습니다. 폭발 같은 게 일어났어요. 목숨을 건진 것만 해도 다행이죠."

"내가 차로 시내까지 태워다 줄게요."

"괜찮습니다. 렌즈 보안관님한테 이 현장을 보여 드려야 할 것 같네요. 당장 전화해야겠습니다."

나는 앤드루스네 집을 향해 걸어 내려갔네.

앤드루스 부인이 문 앞에서 나를 맞이했어.

"또 무슨 문제가 생긴 건가요, 샘 선생님? 세상에, 옷이 홀랑 다 탔잖아요!"

"차가 불타 버렸습니다. 혹시 전화 좀 쓸 수 있을까요? 보안관님을 불러야 해서."

"어서 쓰세요."

"빌리의 다리는 괜찮나요?"

"조금씩 낫고 있어요. 여기 오셨으니 잠깐 봐 주시면 좋겠어요."

빌리는 자기 방에서 최선을 다해 절뚝거리며 걸어다니고 있었네.

"침대에 누워 있어. 그 다리로 하루 만에 일어나서 돌아다니는 건 무리야."

내가 엄하게 말했지.

"할 일이 많은데 이러고 있을 수는 없어요. 엄마 혼자 일을 다 하시진 못해요."

"당장 침대에 누워. 꿰맨 데 연고를 발라야 하니까. 안 그러면 당장 병원으로 보내 버릴 거야."

빌리는 그 말에 겁을 먹었는지 얼른 침대로 돌아갔네.

"그런데 선생님도 썩 괜찮아 보이진 않는데요. 무슨 일이 있었어요?"

"차가 불탔어."

"선생님 오픈카요?"

"어차피 7년이나 됐으니 새로 구입할 생각이긴 했어. 하지만 그렇게 보내고 싶지는 않았는데."

치료를 끝내고 앤드루스 부인과 함께 걸어서 차가 있던 곳으로 돌아갔네. 불꽃은 사그라드는 중이었고 연락을 받은 렌즈 보안관이 와 있더군. 보안관이 함께 데려온 의용 소방대원들이 나머지 불을 껐어.

"세상에, 이럴 수가."

앤드루스 부인이 놀라며 탄식하더군.

"이건 선생의 목숨을 노린 거야. 보닛 밑에 휘발유 깡통 하나를 숨겨 놓고, 헝겊 심지로 점화 플러그에 연결시켜 놓았더군. 조악한 폭탄이야."

렌즈 보안관이 말했지.

"저도 그런 것 같더군요."

"대체 무슨 뜻인가요, 샘? 이 주변에 당신 적이 있어요?"

슬론이 물었어.

"적이라고는 어제 그 의문의 남자를 죽인 살인자뿐일 겁니다. 아무튼 이 일 덕분에 유령설은 배제해도 되겠네요. 어슬렁어슬렁 돌아다니면서 자동차에 폭탄을 설치하는 유령은 없잖아요."

"아마 우리가 저 집 뒤에 있을 때 설치했을 거예요. 살인자는 우리를 지켜보고 있었을 겁니다."

"그렇겠죠."

확실히 내가 슬론보다 그 집에 먼저 도착했지.

렌즈 보안관이 연기가 피어오르는 자동차의 잔해를 안타깝게 바라보더군.

"참 멋진 차였는데, 선생."

"에이프릴도 가슴이 찢어질 겁니다. 저보다 더 슬퍼할지도 몰라요."

우리 간호사는 이 차를 타는 걸 정말 좋아했거든.

렌즈 보안관이 나를 옆으로 끌고 갔네.

"한 가지 소식이 있소, 선생. 주 경찰에서 오늘 아침에 도착한 소식인데, 죽은 사람의 신원이 밝혀졌다더군."

"누구였죠?"

"조지 기포드라는 친구요. 몇 년 전 플로리다 부동산 호황 때 사기를 치던 인간들과 한패였던 작자지. 대배심에서 기소했는데, 재판을 앞두고 보석으로 풀려났어. 주 경찰에서는 그놈이 진짜 땅 투기꾼이 맞다고 하더군. 있지도 않은 유전이나 광산을 팔며 돌아다녔다고 헤."

"흥미롭군요. 그런 사람이 브라이어네 집에는 왜 왔을까요?"

"신문 기사를 보고 진짜 저주받은 집을 사고 싶었나 봐."

"아니면 팔 생각이었을 수도 있고요."

이 소식을 듣고 어떤 생각이 떠올랐다네. 진료소로 돌아가는 길에 슬론에게 노스몬트의 저주받은 집 기사를 쓴 보스턴의 신문 기자 이름을 물어보았네.

불타 버린 차 소식은 벌써 에이프릴에게도 전해진 모양이었어. 내가 진료소에 들어가자마자 에이프릴이 비명을 지르더라고.

"세상에, 샘 선생님! 괜찮으세요?"

"차보다는 멀쩡해요. 에이프릴, 전화 온 것 없어요?"

"급한 건 없어요."

"좋아요. 보스턴에 장거리 전화 좀 걸어야겠네요."

기자의 이름은 척 예거였는데 연결 상태가 나빠서 목소리가 잘 안 들리더군. 그래도 기자는 저주받은 집 이야기를 기억하고 있었고, 태디 슬론이 그 이야기를 물어보러 왔다는 사실도 잊지 않았어.

"기사가 나간 후 슬론이 선생님을 처음 찾아간 게 맞습니까! 전에 보신 적은 없고요?"

나는 수화기에 대고 소리를 질러 댔네.

"없어요, 없어. 난 그 슬론이라는 사람을 몰랐다고요."

"선생님한테 그 집에 대해 말해 줬다는 노스몬트의 옛 거주자가 누구죠?"

"어, 기포드라는 사람이었습니다. 부동산 업자라고 하던데요."

"부동산 사기로 기소돼 있기도 하고요."

기자가 깜짝 놀라더군.

"그건 몰랐는데요. 하지만 기포드의 말은 확인해 봤습니다. 그 집은 도망친 노예들이 머무르는 곳이었는데 한 번 들어가면 절대 나오지 못하는 방 괴담으로 꽤 잘 알려져 있더군요. 그런데 그 기사 때문에 요즘 아주 골치가 아픕니다."

"왜요?"

"그 집안 사람들이 집을 팔려고 내놓았는데 기사 때문에 가치가 떨어졌다는 겁니다. 세상에는 유령을 싫어하는 사람도 있고, 또 기사에 오르내린 매물을 꺼려하는 사람도 있죠. 그 사람들은 집이 호기심의 대상이 되는 걸 원치 않았습니다. 그래서 소유주가 슬론을 고용한 거고요."

"슬론이 소유주에게 고용된 사람이라고요? 그게 진짭니까?"

"확실해요! 유령인지 귀신인지를 내쫓아 달라고 고용됐습니다. 슬론은 무슨 일이 일어났는지 다 말해 주기로 약속했어요. 독점 기사 말이죠. 혹시 거기 무슨 일이라도 일어났습니까?"

"별다른 일은 없습니다. 무슨 일이 생기면 연락이 가겠죠."

전화를 끊고 나는 무얼 먼저 할지 결정했네. 하지만 그 전에 시커멓게 그슬린 옷부터 벗어야 했어.

늦은 오후, 나는 슬론이 묵고 있는 호텔로 전화했네.

"유령과 맞설 때가 됐습니다. 같이 가시겠습니까?"

"당연하죠!"

"그럼 좀 태우러 와 줄 수 있을까요? 새 차를 살 시간이 없어서."

그 집에 도착했을 때는 이미 어두워졌고, 날씨는 다시 싸늘해져서 서늘한 2월 공기 속으로 약간의 눈발이 날렸네. 나는 슬론이 문을 여는 사이 잠시 기다렸어.

"당신이 열쇠를 갖고 있는 걸 렌즈 보안관님이 알아요?"

"말은 했는데, 딱히 달라고는 안 하더군요."

"원래 압수해야 하는데."

"그럼 안에 어떻게 들어가라고요?"

그 말에 뭔가 다른 생각이 떠오르는 바람에 바로 대꾸하지 못했어. 그래서 그냥 입 다물고 슬론을 따라 올라가서 숨겨진 방으로 향했지.

"여기서 빠져나올 수 있는 방법이 분명히 있을 겁니다. 도망친 노예와 들어갔다 나온 사람이 아무도 없는 방이라는 괴담은 분명 사실에 근거하고 있어요. 다시 나온 사람이 없는 이유는 다른 출구가 있었기 때문이겠죠. 그걸 찾아내겠습니다."

"어떻게요?"

나는 문설주의 헐거운 부분을 누르고 비밀의 방의 문을 열었네.

"내가 이 안으로 들어갈 테니 문을 닫으세요. 그리고 30분 있다가 다시 열어요."

"나도 같이 들어갈게요."

"내가 출구를 못 찾았을 때 꺼내 줄 사람이 있어야죠."

슬론은 동의했고, 나는 비밀의 방에 혼자 들어갔어. 문이 내 뒤에서 닫히고 딸깍 잠기는 소리가 들렸네. 출구 없는 방에 홀로 남겨진 거야.

가져온 랜턴을 탁자 위에 올려놓고 우선 벽부터 조사해 보기로 했네. 모든 벽이 견고했지만 그중에서도 뒷벽이 제일 견고해 보이더군. 그 이유가 궁금했는데, 문득 발 아래 어딘가에 벽난로가 있을 수 있다는 생각이 들었네. 이 견고한 석벽은 어쩌면 집 중앙에 솟아 있는 굴뚝의 한 면일지도 몰라. 비밀 통로로 삼기에는 딱 좋은 공간이었는데 아무리 두드려 봤자 단서 하나 안 나오더라고. 다른 벽도 시도해 봤지만 결과는 같았네. 나무로 된 바닥 역시 마찬가지로 단단했고.

이 모든 일들은 이미 렌즈 보안관과 함께 해 본 일들이었어. 건드려 보지 않은 유일한 곳이 하나 있었는데 바로 천장이었지. 한눈에 봐도 견고해 보였지만, 그래도 탁자 위로 올라가서 확인해 보았네. 실제로 빈틈이 없더군. 곳곳에 페인트칠이 벗겨진 부분도 확인했지만 결국 아무 단서도 얻지 못했어.

나는 탁자에서 내려왔네. 막다른 골목에 부딪히고 만 거야.

죽은 조지 기포드가 그랬던 것처럼 탁자에 앉아 고민해 보았어. 벽이 네 개, 창은 없고, 견고한 바닥과 견고한 천장. 문이 닫히면 환기조차 되지 않는 공간. 여기 들어간 모두가 기포드처럼 이 방에 갇혀서 죽었을까? 그래서 들어가면 나오지 못하는 방이라고 불렸던 걸까? 눈앞에는 심지어 이곳에 갇혔던 노예들이 질식과 굶주림으로 죽어 가는 모습이 떠올랐다네. 둘 중 뭐가 먼저 찾아왔을지는 모르겠지만.

아니야, 그럴 리가 없어.

나는 살인자가 잠겨 있는 이 방에서 탈출했다는 사실을 스스로에게 이미 증명했네. 그건 틀릴 수 없지. 내가 놓친 뭔가가 있을 거야. 내가 찾지 못한 문이 분명히 있을 거야.

회중시계를 보니 30분이 지났더군. 태드 슬론에게 문을 열어 달라고 잠긴 비밀의 문을 두드렸어.

아무 일도 일어나지 않았지.

다시 한 번, 이번에는 더 힘차게 두들겼네. 하지만 마찬가지로 조용했어.

태드 슬론. 혹시 내가 그자를 완전히 잘못 본 게 아닐까? 어쩌면 나는 살인자의 손아귀 속에 제 발로 걸어 들어온 게 아닐까? 불타는 차를 향해 달려오는 슬론의 모습이 떠오르더군. 이 집의 소유주에게 고용돼서 일하고 있다는 사실도 생각났어. 유령이 이 방으로 들어온 뒤 아래층으로 카메라를 가지러 갔던 일도 있었지.

카메라!

슬론이 사진을 찍을 때 번쩍하는 불빛 때문에 순간적으로 앞이 안 보인 적이 있었지. 혹시 그 순간 누군가가 내 눈을 피해 방에서 빠져나왔던 게 아닐까?

문을 더 요란하게 두들겼지만 아무도 오지 않았네.

그 순간 모든 확신은 의문으로 변하고 말았어. 만일 이게 실수라면 나는 이미 날 죽이려고 차에 불을 지른 살인자의 손에 떨어져 버린 셈이니까.

하지만 나는 틀리지 않았어. 플래시가 터지던 순간 내게 들키지 않고 그 방에서 빠져나올 수 있는 사람은 없었어. 슬론과 내가 문을 막고 있었으니까. 그리고 누가 빠져나왔다면 그 사진 속에 분명 흔적이 남았을 테지.

하지만 슬론이 범인과 한패가 아니라면 대체 왜 안 오는 걸까?

아무것도 없는 견고한 벽을 노려보며 존재하지 않는 출구를 찾았네. 공포는 시시각각 커지고 있었지.

그때 문득 어떤 생각이 떠올랐어.

이곳에 갇힌 지 벌써 45분은 족히 됐는데, 공기는 아직 신선했고 랜턴 불빛도 환하게 타오르고 있었거든.

이 방은 보이는 것처럼 완벽하게 밀폐된 공간이 아니었던 거지.

랜턴의 유리 덮개를 벗기니 불꽃이 깜박거리기 시작했네. 그 바람의 근원을 찾으니 나무로 된 바닥 틈새로 불어오고 있었어.

하지만 바닥을 들어 올릴 방법도 없고 숨겨진 문이나 판자도 없었네. 나무 바닥은 굴뚝 쪽의 견고한 벽 아래로 이어져 있었지.

그때 나는 문득 생각했네.

나무 바닥 판자가 어떻게 저 벽 속으로 들어갈 수 있지? 저긴 분명히 굴뚝일 텐데?

허리를 굽혀 다시 한 번 바닥을 잘 살펴보니 마치 칼끝으로 낸 듯한 구멍 몇 개가 보였네. 일부는 최근에 생긴 것 같았지만 대부분은 꽤 오래돼 보였지. 그래서 주머니에서 펜나이프를 꺼내서 구멍이 제일 많이 난 판자에 꽂았네. 그리고 나이프를 지렛대로 이용해서 그 판자를 굴뚝 벽 쪽으로 밀어 보았어.

움직이더군. 두 번째 판자, 세 번째 판자까지 똑같이 시도해 보았는데 다 움직이더라고.

칼자국이 난 판자들은 전부 굴뚝 벽 안으로 밀렸네. 굴뚝 안쪽까지 밀린 것 같았지. 가로 10센티미터짜리 판자 네 개를 밀어내자 몸을 욱여넣으면 간신히 들어갈 만한 구멍이 바닥에 생겼다네. 랜턴을 들고 그 속으로 들어가니 아래층 천장 위로 기어 다닐 만한 공간이 있더군. 한 30센티미터 정도 되는 높이여서 쉽지는 않았지만, 나는 어찌어찌 해냈네. 머리 위 나무판자를 밀어 보니 열릴 때처럼 쉽게 닫히더군.

이제 나갈 출구가 있다는 사실을 알았기에, 문이 나올 때까지 열심히 기어갔네. 외부 벽을 따라 기어갔더니 이윽고 열린 구멍이 나오더군. 거기에 아래층으로 내려가는 사다리가 붙어 있었네. 사다리를 타고 내려갔더니 집 뒤쪽 작은 식료품 저장실이 나왔어. 도망친 노예들이 위층에서 탈출할 수 있는 통로가 바로 여기였던 거야. 한 번 들어가면 나오지 못하는 방의 출구를 드디어 찾았다네.

서둘러 집 안을 가로질러서 정면 계단을 찾아가 다시 위층으로 올라갔어. 테드 슬론이 복도에 벌렁 드러누워 있었지. 죽진 않았지만, 의식이 없더군. 아마 뒤통수를 얻어맞은 모양이었어.

나는 몸을 일으켜 주위를 둘러보고, 어두운 2층 방의 출입구 쪽을 노려봤다네.

"이제 나와도 됩니다, 앤드루스 부인. 부인이 거기 있다는 거 알고 있어요."

그러자 부인이 내 랜턴의 동그란 불빛 속으로 걸어 나오더군. 산탄총으로 내 가슴을 겨누고 있었네.

"당신은 너무 많은 것을 알았어요, 샘 선생. 미안하지만 죽어 줘야겠어요."

불빛이 부인의 얼굴에서 춤을 추더군. 한 줄기 공포가 내 등골을 스치고 지나갔네. 이 사람이 바로 브라이어네 집의 진짜 악마였던 거야. 그 어떤 유령보다도 위험한.

"드디어 나왔군요, 앤드루스 부인."

앤드루스 부인은 산탄총을 살짝 들어 올렸어.

"당신이 그 방에서 나오는 길을 찾을 거라고는 생각 못 했지만, 그래도 만일을 위해 기다렸어요."

"내 차에 휘발유 폭탄을 설치한 것도 당신이죠?"

"그래요. 수수께끼를 잘 푼다는 당신 평판 때문에 겁이 났거든요."

"내 평판은 오늘 밤 나락으로 떨어지고 말았습니다. 그 방에서 빠져나올 수 있었던 건 그저 운이 좋았을 뿐이죠. 행운 그리고 어딘가에는 출구가 있을 거라는 확신 덕분이었죠."

"어떻게 알아냈죠?"

"기포드의 시체에는 신분증이 없었습니다. 주머니가 모두 텅 비어 있었죠. 하지만 그렇다면 들어올 때 썼던 집 열쇠는 대체 어디로 갔을까요? 우리는 기포드가 집으로 들어와서 우리 옆을 지나쳐 비밀의 방으로 들어가는 모습을 지켜봤습니다. 물론 기포드의 시체는 이미 방 안에 있었고, 우리 옆을 지나간 건 당신이었지요. 모자를 쓰고 코트를 입고 가짜 수염을 붙였겠죠?

사후 경직이라는 증거에 열쇠가 없다는 사실이 더해지니 우리 옆을 걸어간 게 기포드가 아니라는 생각이 더욱 확실해지더군요. 당신은 스스로 정체를 숨기기 위해 수염과 모자 그리고 코트가 필요했습니다. 아마 세상을 떠난 남편의 물건일 겁니다. 그리고 시체에 모자를 씌우고 코트를 입히고 수염을 붙여, 복도에서 우리 옆을 걸어간 게 기포드라는 환상을 만들어 냈던 겁니다. 비밀의 방에 들어간 후 방금 저처럼 바닥 판자 밑으로 빠져나온 거고요."

"조지 기포드는 죽어도 싼 놈이었어요."

부인이 차분하게 말했어.

"왜죠? 당신의 범행 동기를 도저히 모르겠군요."

"기포드는 몇 달 전 부동산 사기 계획을 세우고 이곳으로 찾아왔어요. 그리고 이 집과 우리 농장을 구입해서, 무슨 휴가 리조트인가 뭔가의 자기 지분을 팔려 했죠. 그런데 제가 실수로 그 인간한테 이 집에 얽힌 괴담과 비밀의 방 이야기를 해 버린 거예요. 기포드는 땅값을 낮추려고 보스턴의 기자에게 제보해서 기사를 쓰게 만들었어요. 브라이어네 친척이 이 유령 사냥꾼인지 뭔지 하는 인간을 보내자 기포드는 다급히 이곳으로 와서 우리를 협박하기 시작했고요. 빌리랑 내가 그렇게 열심히 일군 농장인데, 기포드가 우리를 쫓아낼지도 모른다고 생각하니 너무 끔찍하고 두려웠어요!"

기포드가 모자를 농장에서 내쫓는 일보다 투자자들을 속이는 데 더 관심이 있었다는 이야기를 부인에게 굳이 할 필요는 없었네. 조지 기포드의 죽음은 농장을 잃는다는 부인의 공포에서 시작됐던 거야.

"그건 이해가 됩니다. 그런데 이상한 점이 한 가지 있어요."

내가 차분하게 말했네.

"뭐죠?"

부인이 의심스럽다는 표정을 지었어.

"왜 어젯밤 군이 위험을 무릅쓰고, 가짜 수염을 붙이고 코트를 입고서 여길 찾아온 겁니까? 죽은 사람이 살아 있는 모습을 우리한테 꼭 보여 줄 필요가 있었나요? 어쩌면 우리는 그 시체를 영영 발견하지 못했을 수도 있어요. 거기로 이끈 건 당신이죠. 당신 입장에서 그건 정말 위험한 일 아닌가요? 우리가 당신을 붙잡았을 수도 있고, 당신이 탈출하기 전에 비밀의 방의 존재를 밝혀냈을 수도 있잖아요."

부인은 혼란스러운 얼굴이더군.

"나…… 나는……."

나는 서글픈 표정을 지으며 고개를 가로저었네.

"이런 시골에선 사후 경직이 무엇인지 알 기회가 없었겠지요. 아마 당신은 경찰이 사망 시각을 알아낼 수 있다는 것도 몰랐을 겁니다. 당신은 홈통에 속삭인 다음, 변장을 하고서 기포드의 시체에서 찾아낸 열쇠로 이 집에 들어왔습니다. 그리고 시체에 모자를 씌우고 코트를 입혀서 우리로 하여금 기포드가 어젯밤 죽었다고 생각하게 만들려 했어요. 그렇죠?"

"생각이 너무 많군요, 샘 선생."

부인은 더블 배럴 산탄총을 들어 올렸네. 그 총구를 응시하는 나는 한 가지 생각밖에 없었어. 계속 말해야 한다, 부인이 계속 말하게 만들어야 한다.

"당신은 날 쏘지 못할 겁니다, 앤드루스 부인. 내 차에 폭발물을 설치한 건 자기 손을 더럽히지 않으려는 이유였겠죠. 그렇게 하면 내가 죽는 모습을 굳이 볼 필요가 없었으니까. 하지만 아직 사람을 죽인 적이 없고, 지금도 그럴 생각이 없는 당신은 날 쏘지 않을 거예요. 기포드를 죽인 건 당신 아들 빌리죠?"

부인의 목구멍에서 새어 나온 그 소리는 내가 바로 원하던 대답이었네. 나는 서둘러 말을 이었지.

"홈통에 대고 속삭여서 집 안 사람들을 겁주다니, 평범한 엄마들이 할 만한 행동은 아니죠. 하지만 아들이 가르쳐 줬다면 얘기가 다릅니다. 어린 시절 이 집에서 놀다가 우연히 그 비밀의 방으로 들어갔고, 또 거기서 나오는 길도 찾아낸 아들이라면 더더욱 그렇겠죠. 이 모든 것이 빌리가 한 일 아니었나요?

사냥용 칼로 기포드를 찔러 죽인 건 당신이 아닙니다. 빌리죠! 그리고 몸싸움을 벌이던 중 기포드는 작은 권총으로 빌리의 다리를 쐈어요. 그걸 헛간 사고로 위장한 건 당신의 생각이었겠죠. 쇠스랑 날과 거의 비슷한 크기의 작은 총알은 빌리의 다리를 완전히 꿰뚫고 지나가 탁자 다리에 박혔습니다. 총알이 가느다란 탁자 다리를 관통하지 못한 걸 보니 먼저 다른 무언가를 뚫고 나왔을 거라는 생각이 들더군요.

기포드의 피가 빌리의 다리에서 흐른 피 위로 튀었을 테니, 아마 빌리는 상처 주위를 무언가로 감싸고 절뚝거리면서 간신히 집까지 걸어왔을 겁니다. 심하게 다리를 절뚝거렸기 때문에 어젯밤에 바로 죽은 사람인 척할 수가 없었을 테고, 당신이 그 일을 대신했을 겁니다. 만일 기포드가 어젯밤 죽었다는 사실을 우리가 믿었다면 당신 아들에게는 완벽한 알리바이가 생겼겠죠. 혹시나 슬론과 내가 기포드의 시체를 발견할 경우 빌리에게는 알리바이가 필요할 테니까요."

"제발, 빌리는 정당방위로 찌른 거예요! 그 인간은 총을 갖고 있었다고요! 빌리가 그 인간 주머니에서 물건을 훔친 것도 신원이 밝혀지는 걸 늦추기 위해서였어요."

"그럼 빌리를 지금보다 더 나쁜 상황으로 몰아넣지 마십시오, 앤드루스 부인. 결정은 배심원들에게 맡겨요. 렌즈 보안관이 이미 부인 집에 도착해서 빌리를 체포했습니다."

그 말은 거짓이었지만 부인은 알 길이 없었지. 한순간 산탄총을 든 손이 떨렸고, 나는 달려들어 부인에게서 총을 빼앗았네.

샘 호손 선생이 술을 털어 넣으며 말했다.

"끔찍한 사건이었어. 두 번이나 죽을 뻔한데다 차까지 불타 버렸으니! 그 유령 사냥꾼이라는 친구, 태드 슬론은 머리에 혹만 남기고 유령은 찾지도 못한 채 보스턴으로 돌아갔다네. 배심원들은 증거 불충분으로 빌리에게 과실치사 혐의만 적용했지만, 부인은 재판이 끝나기도 전에 세상을 뜨고 말았다네. 그리고…… 아, 그렇지, 나는 그다음 주에 에이프릴과 함께 새 차를 사러 갔지."

노인은 불빛에 술병을 비춰 보며 물었다.

"어…… 약주 한잔 더 할 시간 있나? 없다고? 뭐, 그럼 조만간 다시 오게나. 다음은 내가 보스턴에서 열린 의학 총회에서 대도시에서만 일어난 불가능 범죄 이야기를 들려 줄 테니!"

The Problem of the Boston Common

보스턴 공원의
수수께끼

어느 따스한 여름날 오후, 연로한 샘 호손 선생은 뒷마당 잔디밭 탁자에 앉아 셰리주 한 잔을 따르며 야외의 즐거움을 만끽하고 있었다.

"오늘 날씨가 참 맑고 쾌청하구먼. 내가 젊었을 때는 도시 날씨도 항상 이랬는데 말이야. 맞아, 가끔 사람들이 도시에서도 불가능 범죄를 해결한 적이 있느냐고 묻곤 한다네. 실은 수년에 걸쳐 일 때문에 노스몬트를 벗어나 도시에 갔을 때마다, 몇 가지 사건을 해결했다네. 아주 끔찍했던 그 첫 번째 사건은 1928년 늦봄, 보스턴에서 일어났어……."

(샘 선생은 말을 이었다.)

그때 난 간호사 에이프릴과 함께 뉴잉글랜드 의학 총회에 참석하러 보스턴에 갔다네. 새로 산 차를 타고 긴 여행을 할 첫 기회이기도 했지. 사랑하던 피어스애로를 보내고 황갈색 패커드 오픈카를 새로 샀거든. 두 시간을 달리기엔 요즘처럼 길이 좋지 않은 시절이었지만, 그래도 패커드의 승차감은 아주 만족스러웠다네. 지붕을 열고 달려도 될 만큼 날이 따뜻해서 에이프릴은 특히 좋아했어. 몇 년 전 에이프릴을 데리고 뉴베리포트의 어느 약혼 파티에 간 적이 있었는데, 에이프릴은 그때가 얼마나 좋았는지 끊임없이 얘기하더군. 보스턴 공원 앞에 있는 세련된 호텔에 도착하자 제복을 입은 도어맨이 짐을 나르러 급히 달려 나왔어. 그걸 보고는 더 좋아했지.

"의학 총회 때문에 오셨습니까, 선생님?"

도어맨이 물었네.

"맞습니다. 노스몬트에서 온 샘 호손 박사라고 합니다."

"안으로 들어가서 데스크에서 접수하세요. 벨맨이 짐을 가져다드릴 겁니다. 차는 제가 주차해 드리겠습니다."

로비에서 들어가자마자 뉴잉글랜드 의학 총회 부의장인 백발의 크레이그 서머셋 박사를 만났다네.

"아니, 샘 호손 아닌가! 어떻게 지냈어? 시골에서는 지낼 만하고?"

"잘 지냈습니다, 크레이그. 다시 만나 뵙게 되어서 정말 기쁘네요. 이쪽은 제 간호사 에이프릴입니다. 지루한 총회에 참석하는 사이 관광이나 시켜 줄 겸 데려왔죠."

서머셋 박사가 흘끔 쳐다보자 에이프릴은 한순간 얼굴이 빨개졌어. 하지만 크레이그 서머셋은 언제나 뉴잉글랜드 신사의 태도를 잃지 않는 의사였지.

"만나서 반가워요, 에이프릴. 이 도시에서 즐거운 시간을 보내다 가길 바랍니다."

"보스턴에 온 지 거의 10년은 된 것 같아요. 정말 많이 변했네요!"

에이프릴이 말했네.

"맞아요. 이 호텔도 생긴 지 10년이 안 됐지요. 위층에 가면 공원이 아주 잘 보인답니다. 그런데 한 가지 조심할 점이 있어요. 초저녁에는 절대로 공원을 가로지르지 말아요. 요 몇 주 동안 그곳에서 문제가 있었습니다."

"무슨 문제 말인가요? 혹시 여성들을 대상으로 한 추행 사건이라도 있었나요?"

에이프릴이 걱정돼 물어보았어.

서머셋 박사의 목소리가 어두워졌지.

"안타깝게도 그보다 더 심각한 일입니다. 그곳에서 세 명이 살해당했는데, 전부 아직 해가 지지 않은 초저녁에 당했어요. 살인자가 꼭 투명 인간 같달까."

"그럼 샘 선생님이 분명히 범인을 잡을 거예요. 노스몬트에서도 불가능 범죄를 여러 번 해결했거든요."

에이프릴이 말했네.

"아닙니다, 아니에요. 나는 총회에 참석하러 왔을 뿐이지, 다른 목적은 없다고요."

"그래서 말인데 자네한테 부탁이 있네. 모레 프로그램 사이에 시간이 좀 비는데, 혹시 시골 지역의 의료 문제에 대해 강연을 좀 해 줄 수 있을까?"

서머셋 박사가 말했지.

"난 연사가 아닌데요, 크레이그."

"그래도 잘할 수 있을 거야. 여기 온 의사들은 대부분 그 분야를 잘 모르거든."

"하룻밤 고민 좀 해 보겠습니다."

"그런데, 살인은 어떻게 일어났는데요?"

에이프릴이 집요하게 물었네. 또 그 특유의 호기심이 솟아난 모양이었어.

"피부에 즉효성 독을 주사해 죽인 것과 비슷한 상태랍니다. 경찰은 대중에게 이 사실을 알리지 않았지만, 내가 그 독살 사건의 자문으로 불려갔거든요."

"노스몬트에서는 환자들만큼이나 렌즈 보안관도 샘 선생님한테 전화를 자주 한답니다."

"자꾸 나 난처하게 하지 말아요, 에이프릴."

그때쯤 나는 접수 신청서 작성을 끝냈고, 벨맨이 우리에게 방을 안내해 주려고 기다리고 있었네.

"그럼 나중에 뵙겠습니다, 크레이그."

엘리베이터에서 에이프릴이 말하더군.

"박사님은 내가 샘 선생님 여자 친구라고 생각하나 봐요."

에이프릴은 자기 입으로 말하면서도 얼굴을 붉혔네.

"그분이 뭘 어떻게 생각하든 우리가 걱정할 일은 아닙니다."

에이프릴은 삼십 대로 나보다 나이가 조금 많았네. 1922년 내가 처음 노스몬트에 왔을 때부터 쭉 내 간호사였지. 그즈음 살을 좀 빼긴 했지만 여전히 수수한 시골 여성이었어. 함께 다니는 건 즐거웠지만, 한 번도 에이프릴을 여자로 생각해 본 적은 없었다네.

"그래서 살인 사건을 해결할 거예요?"

"아뇨, 난 여기 의학 총회에 참석하러 온 거라니까요."

하지만 사람 일은 생각처럼 되지 않는 법이지. 그날 저녁, 8시 조금 지난 시각에 투명 인간 살인자가 네 번째 희생자를 만들고 말았어.

아침 8시 30분쯤 서머셋 박사가 매우 당황한 표정으로 내 방을 찾아왔네.

"자네 도움이 필요해, 샘. 살인이 또 일어났어."

"공원에서요?"

"그래. 바로 길 건너편에서! 잠깐 내려와 줄 수 있겠나?"

나는 한숨을 내쉬었다네.

"5분만 기다려 주십시오."

우리는 말없이 길을 건너, 공원으로 바로 들어갔네. 젊은 여성의 시체가 나무에 기댄 채 쓰러져 있었어. 경찰들은 아침 햇살 속에서 섬광 분말을 터뜨리며 현장 사진을 찍느라 바빴지. 현장 책임자로 보이는 건장한 형사 한 명이 우리에게 다가왔네.

"이분이 그 대단하신 탐정인가요, 서머셋 박사님?"

"이쪽은 노스몬트에서 온 의사 샘 호손이오. 의학 총회에 참석하러 왔는데 지금 사는 곳에서 도저히 해결이 불가능해 보이는 범죄를 여러 번 해결했다고 들었소. 샘, 이쪽은 다넬 경위일세."

다넬 경위가 렌즈 보안관과 전혀 다른 유의 사람이라는 사실은 한눈에 알 수 있었다네. 참견 따위는 싫어하는 대도시 경찰이었지. 하물며 시골 의사 따위에게는 더욱.

"무슨 돋보기라도 갖고 다니십니까, 의사 선생님? 아니면 셜록 홈즈처럼 바닥을 기어 다니기라도 하나요?"

"솔직히 말하면 당장 내 방으로 돌아가고 싶군요."

서머셋 박사가 당혹스러운 표정으로 끼어들었어.

"이보시오, 경위. 지금까지 있었던 일을 샘 선생한테 얘기해 준다고 경위한테 무슨 해가 가는 건 아니잖소? 혹시 무슨 아이디어가 떠오를지도 모르는 일이고."

"글쎄, 할 수 있는 일은 모두 해 봤다니까요. 결국 시체가 네 구로 늘어났을 뿐이죠. 남자 둘, 여자 둘. 이 마지막 사람이 제일 젊군요. 남자 둘 중 하나는 공원에서 구걸하던 부랑자였습니다. 다른 한 명은 사무실에서 늦게까지 일하고 퇴근하던 젊은 변호사였죠. 그리고 초저녁 산책을 나왔던 중년 여성이 있고, 마지막이 이 사람입니다."

"모두 독살당한 겁니까?"

경위가 고개를 끄덕였어.

"그래서 서머셋 박사님에게 도움을 요청한 거죠. 전문가의 의견이 필요했으니까. 부검 결과 앞의 세 명은 쿠라레에 즉사했습니다. 남미 원주민들이 화살촉에 바르는 그 독 말입니다. 이 사실은 아직 신문에 나지 않았습니다."

"쿠라레요? 보스턴 공원에서요?"

도저히 믿을 수 없었어. 의대를 다닐 때도 쿠라레로 누굴 죽이는 사례는 들어 본 적이 없었어. 평범한 의사가 맞닥뜨릴 상황은 아니었지.

"쿠라레가 인체에 들어오면 몇 분 안에 호흡근의 운동 신경이 마비되지. 체중에 따라 사망 시간이 달라진다네. 찰스 워터튼의 저서《남미 방랑》을 보면 약 450킬로그램짜리 황소가 쿠라레를 맞고 45분 후 죽었다고 쓰여 있지."

"쿠라레에 대해서 저보다 훨씬 잘 아시네요."

내가 말했네.

"그래서 다넬 경위가 날 부른걸세."

서머셋 박사는 죽은 여성을 내려다보며 말을 이었어.

"이 독은 아주 서서히 퍼지기 때문에 살인자에게는 아주 편리하다네. 희생자는 독을 맞아도 전혀 고통스럽지 않고, 거의 아무 느낌도 없거든. 시야가 이중으로 보이고 침을 삼키기가 힘들어지다가, 폐 근육에 차츰 영향을 주면서 질식이 찾아오지. 고통스럽지 않은 죽음이긴 하지만, 희생자가 도움을 요청할 수도 없게 만들지."

"독을 어떻게 투여한 거죠? 피하 주사기였나요?"

다넬 경위가 시체 옆에 무릎을 꿇고 앉아서 죽은 여성의 하얀 블라우스 목깃을 뒤집었네. 작은 깃털이 달린 짧은 화살이 목에 꽂혀 있더라고.

"너무 작아서 느끼지도 못했을 겁니다. 아니면 벌레에 물렸다고 생각했겠죠. 앞선 두 건의 살인에서는 화살을 찾지도 못했습니다. 화살에 맞은 희생자가 무슨 귀찮은 벌레인 줄 알고 손으로 쳐서 바닥에 떨어뜨린 모양입니다. 첫 번째 살인에서는 화살이 희생자의 옷에 걸려 있었고요."

"혹시 총으로 화살을 쏜 게 아닐까요? 사정거리가 상당히 긴 공기총 같은."

내가 말했네.

"남미 원주민들은 2미터에 가까운 대롱을 쓰지."

서머셋 박사도 말했지.

"그런 흉기를 쓰는 살인자라니 상상이 잘 안 되는데요. 어떻게 사람 눈에 안 띌 수가 있죠? 모든 살인이 이 시간대에 일어났습니까?"

나는 다시 물었네.

"전부 저녁 무렵, 날이 완전히 어두워지기 전에 일어났습니다. 두 번째 살인 이후 순찰을 두 배로 강화했고, 세 번째 이후로는 사복형사로 공원을 가득 채웠죠. 이제는 보행자들한테 서로 바짝 붙어 다니라고 해야겠군요."

"내가 그러지 말라고 했잖소. 살인자는 어디든 마음대로 오갈 수 있고, 공원이 다시 열리길 기다릴 수도 있으니까. 살인자를 겁만 줄 게 아니라 잡아야 하지 않겠소?"

서머셋 박사가 항의했네.

"촬영 다 끝났습니다. 시체를 옮길까요?"

형사들 중 한 명이 다넬 경위에게 묻더군.

"응, 가져가."

"지갑에 신분증은 없었습니까?"

내가 물었네.

"보스턴 기념 병원에서 일하는 간호사 리타 콜라스키였습니다. 아마 퇴근하는 길이었겠죠."

경위는 우리에게 작별 인사도 하지 않고 포장을 씌운 들것을 따라 큰길로 가 버렸네. 나는 서머셋 박사를 돌아보고 말했어.

"이런 상황에서 제가 어떻게 도와야 할지 잘 모르겠군요, 크레이그. 노스몬트에서야 사람들도 6년 동안 알고 지냈고, 장소도 익숙했죠. 난 그 사람들이 어떻게 사는지, 또 무슨 생각을 하는지 다 알아요. 하지만 여긴 내 마음과 같지 않습니다. 보스턴 사람들은 말하는 태도부터가 다르다고요."

"그냥 우리가 놓친 게 있을지도 모르니까 한번 봐 달라는 것뿐이야, 샘."

"이 살인자는 미쳤어요. 그 점은 의문의 여지가 없죠. 그리고 멀쩡한 사람이 미친 사람을 이해하는 건 쉬운 일이 아닙니다."

"하룻밤 정도만 고민해 주게, 샘. 혹시 무슨 좋은 생각이 나면 아침 첫 번째 세션이 끝난 이후 나에게 말해 주고."

호텔로 돌아오니 서머셋 박사가 도어맨에게 택시를 잡아 달라고 부탁하고 있더군.

"호텔에서 주무시는 것 아닌가요?"

내가 놀라서 물었어.

도어맨이 길모퉁이로 달려 내려가 호루라기로 택시를 부르자 서머셋이 동전 하나를 꺼내 팁으로 건넸어.

"아니, 집에 갈 거야. 아내가 잠은 집에 와서 자라고 해서."

방으로 올라온 나는 창밖으로 공원을 내려다보며 한참 생각에 잠겼네. 손전등을 든 경찰들이 살인이 벌어진 현장을 수색하고 있더군. 잠시 후 나는 블라인드를 내리고 침대에 누웠지.

'공원 살인, 또다시 일어나다.'

조간신문 일 면에 굵고 시커먼 글씨로 요란하게 쓰여 있었네. 아침을 먹는 동안 에이프릴이 그 기사를 읽어 주었고, 나는 서머셋 박사가 도움을 요청하러 나를 찾아왔다는 사실을 털어놓았지.

"거기 갔다고요, 샘 선생님? 그럼 시체도 봤어요?"

"시체는 원래 많이 봤잖아요, 에이프릴."

"하지만 이런 도시에서……."

"어제 본 시체나 노스몬트에서 본 시체나 똑같았어요."

"첫 번째 세션 전까지 시간이 있잖아요. 현장에 가서 무슨 일이 있었는지 얘기 좀 해 줘요."

에이프릴을 말로 설득할 재간은 없었네. 할 수 없이 에이프릴을 데리고 사람들이 바삐 오가는 트레몬트가를 건너가서 리타 콜라스키가 죽은 현장을 보여 주었지. 그리고 공원 안을 돌아다니면서 묘지와 전쟁 기념비가 있는 곳을 둘러보았어. 다음으로는 서쪽으로 꺾어서 보스턴 공원에 인접한 다른 공원을 향해 찰스가를 건넜고.

"저 오리 배 좀 보세요! 사람들이 페달을 밟고 있어요!"

인공 호수가 보이자 에이프릴이 소리를 질렀네.

크리스마스 날 아침 어린아이처럼 들뜬 에이프릴과 함께 오리 배를 타고 호수를 한 바퀴 돌았다네. 총회의 첫 세션을 놓치리라는 사실을 알고 있었지만 말이야. 그 후 알링턴가 한쪽을 따라 걸어서 워싱턴 기념비를 지나 비컨가로 나갔지. 그리고 공원 북쪽을 한 바퀴 돌아서 금빛 돔이 아침 햇살에 반짝이는 의회 의사당에 도착했다네.

"조간신문을 보니까 첫 번째 시체는 공원의 이쪽 한구석에서 발견됐대요."

에이프릴이 말했어.

"나하고는 상관없는 일이에요."

"선생님 정말, 가끔 보면 고집이 너무 세다니까요."

"우린 도시를 관광하러 온 거지 살인 사건을 해결하러 온 게 아니라고요. 그만합시다. 저녁에는 새로 지은 메트로폴리탄 극장으로 영화나 보러 가요. 듣자하니 궁전 같다던데요."

우리는 공원을 다시 가로질렀네. 평일 오전 10시라 공원은 텅텅 비어 있었지. 요란한 신문 헤드라인 때문인 것 같기도 했어. 에이프릴은 나를 호텔에 남겨 두고 쇼핑하러 나갔고, 나는 위층으로 올라가서 오프닝 세션이 끝나는 순간에 딱 맞춰 총회장으로 들어갔네.

그런데 출구에서 서머셋 박사가 나를 붙잡더군.

"정오에 경위랑 만나기로 했는데, 같이 안 갈 텐가?"

"그건 진짜로 제가 할 일이 아니라니까요, 크레이그. 아침에 에이프릴과 공원을 한 바퀴 둘러봤는데, 마치 외국 같았어요."

서머셋이 목소리를 낮췄어.

"어젯밤 살인과 관련된 사실 중 자네한테 하지 않은 얘기가 하나 있네. 살인자가 경찰에 연락을 해 왔다는 거야."

"잭 더 리퍼처럼요?"

"그래. 같이 가세. 편지를 보여 줄 테니."

서머셋은 내 호기심을 자극하는 법을 잘 알고 있었어. 이 초대를 거절할 방법 따윈 없었지. 나는 오전 두 번째 세션을 참관했지만, 내용은 결국 한 귀로 듣고 한 귀로 흘렸다네. 하버드 의대 교수가 당시 최고 화제였던 최신 소아마비 연구 내용을 발표하는 시간이었지. 뉴욕 주지사였던 앨 스미스가 소아마비 환자였던 프랭클린 D. 루스벨트에게 다음 뉴욕 주지사에 출마하라고 권유하던 때였거든.

새로 산 패커드로 경찰청에 데려다주겠다고 제안했지만 서머셋은 택시로 가자며 극구 사양하더군. 호텔 근처 길모퉁이에서 택시를 잡는 건 워낙 쉬워서, 적어도 그날은 도어맨에게 팁을 줄 필요가 없었어. 경찰청이 위치한 트레몬트까지 택시를 타고 가면서 사람들 얼굴을 보니 어쩌면 이들 중 하나가 범인일지도 모른다는 생각이 들더군. 나는 노스몬트에서 주민들의 이름을 거의 다 알고 있었네. 하지만 여기서는 모두가 낯설었지. 노스몬트에서 사건이 일어나면 용의자는 대여섯 명 정도였네. 하지만 여기에서는 보스턴 시민 전체가 용의자였어.

"이게 바로 당신이 사는 도시군요, 크레이그."

"늘 이렇지 뭐. 자네도 여기서 개업하면 의학을 더 많이 배울 수 있을 텐데."

"지금도 이미 배우고 있는데요."

"시골에서 벌써 6년이야! 설마 평생을 노스몬트에서 살 생각인가?"

"그럴 수도 있죠."

"보스턴에는 75만 명이 살고 있네, 샘. 여기엔 자네 같은 좋은 의사가 필요해."

"왜죠? 보스턴이 우주의 중심이라서요?"

내가 미소를 지으며 물었네.

"그것도 그래. 뉴욕에서 매일같이 증기선이 오가는 도시가 대체 몇 군데나 되겠나?"

"어쩌면 이 살인자도 매주 뉴욕에서 찾아와서 범행을 저지르는 것 아닐까요?"

서머셋은 심각하게 대꾸하더군.

"그건 아닐세. 이 지역 사람이 분명해."

우리는 택시에서 내려 경찰청 계단을 올라갔네. 이 도시에서 가장 높은 건축물인 국세청의 뾰족탑이 멀리 보이더군. 보스턴이 매력적인 곳이라는 사실은 부정할 수 없었어. 노스몬트 같은 평범한 시골 마을과는 달랐지. 하지만 더 매력적이진 않았어.

심지어 이곳은 범죄도 달라. 다넬 경위가 책상에 펼쳐 보인 편지는 그야말로 미치광이의 소행이라고밖에 생각되지 않더군.

'어젯밤 처음으로 공원 살인이 벌어졌지! 앞으로도 계속될 거야! 케르베로스로부터!'

또 이런 편지도 있었네.

'두 명이 죽었지만 이게 끝이 아니야! 보스턴은 날 기억하겠지! 케르베로스로부터!'

그리고 세 번째 편지는 이랬어.

'당신들이 저지른 일 때문에 또 한 사람이 죽게 될 거야! 내 말 명심해! 케르베로스로부터!'

"어젯밤 살인은요?"

내가 물었네.

다넬이 한숨을 내쉬며 엽궐련에 다시 불을 붙였네.

"아직 안 왔습니다. 아마 우편물 속에 있을 겁니다."

"이건 신문에 공개하지 않는 겁니까?"

경위는 고개를 가로저었어.

"이런 정신 나간 놈들은 유명세를 즐기니까요. 노출을 최대한 제한해야 합니다."

"나도 이 말에는 전적으로 동의하네. 대중은 아직 이 사건들이 서로 연결되어 있다는 사실도 몰라. 물론 곧 알게 되겠지만."

서머셋 박사가 말했네.

"시장님은 이 케르베로스라는 놈이 잡힐 때까지 공원을 폐쇄하라고 하십니다. 하지만 어젯밤에 들으셨던 대로 서머셋 박사님이 그걸 반대하셔서요."

"그냥 궁지에 몰아넣으려는 게 아니잖나. 범인을 잡아야지."

나는 편지를 열심히 들여다보았지만 아무것도 알아낼 수가 없었네.

"여기선 제가 별 도움이 안 될 것 같습니다. 도대체 범인이 누구인지 짐작도 안 되네요."

크레이그 서머셋이 대꾸하더군.

"우리가 자네한테 바라는 건 그런 게 아닐세. 범행을 어떻게 저

질렀는지 알고 싶은 거지."

다넬 경위가 고개를 끄덕였어.

"'어떻게' 했는지가 문제입니다. 호손 박사님. 범인이 '누구'인지는 이미 알고 있으니까요."

그 말에 돌아보지 않을 수 없더군.

"범인이 누군지 알면서 왜 체포하지 않는 겁니까?"

크레이그 서머셋이 미소를 지었네.

"여긴 노스몬트하고 다르다네. 샘. 도시에서는 몇 달 동안 들키지 않고 숨어 지낼 수 있거든."

"저도 노스몬트에서 평생을 산 건 아닙니다. 겨우 6년이에요. 저도 도시가 어떤지 압니다."

아니, 내가 정말 아는 걸까? 도시에서 너무 오랫동안 떨어져 산 건 아니었을까?

다넬 경위가 헛기침을 했어.

"아시겠지만 호손 박사님, 지금부터 저희가 드리는 말씀은 절대 이 방 밖으로 나가면 안 됩니다. 이 케르베로스라는 놈이 저희가 자기 신원을 알고 있다는 사실을 알게 된다면, 선량한 시민들의 삶이 위험에 처할 수도 있으니까요."

크레이그 서머셋이 설명했네.

"놈의 신원을 파악한 건 쿠라레 덕분이었지. 당연히 쿠라레를 구하는 건 쉬운 일이 아니라네. 나는 사이이 밝혀진 후 보스턴 근처 병원 및 연구소들을 바로 뒤졌지. 자네도 알겠지만 샘, 쿠라레를 근육 이완제로 사용할 방법을 찾는 연구가 진행 중이지 않나. 하지만 극미량이라도 메스꺼움과 저혈압을 유발하니 무척 까다로운 일이긴 하지. 아무튼 나는 한창 쿠라레를 가지고 실험을 하던 케임브리지의 어느 연구소를 찾아냈네. 6개월쯤 전, 조지 토터라는 이름의 시간제 연구조수가 쿠라레 상당량을 훔쳐 자취를 감추었다더군."

"그걸 도대체 왜 가져갔을까요?"

내 질문에 다넬 경위가 대답했어.

"해고당해서 그런 거죠. 그 연구소는 지역 자선 단체에서 보조금을 받고 있었습니다. 하지만 자금이 다 떨어지자 연구를 중단할 수밖에 없었어요. 토터는 시에 지원을 요청했지만 무시당했다고 합니다. 동료에게 쿠라레로 보스턴 시민 몇 명이 죽으면 관심을 좀 받을 수 있을지도 모르겠다는 이야기를 한 적이 있다더군요. 토터는 그 말을 한 직후 사라졌고, 연구실에서는 쿠라레 바이알 하나가 없어졌습니다."

"바이알 하나에 들어 있는 양이 얼마나 되죠?"

"20명 아니, 30명은 충분히 죽일 수 있는 분량입니다. 토터가 실제로 살인을 저지를 거라고는 아무도 믿지 않았기 때문에 굳이 보고하지 않았다고 하더군요. 하지만 서머셋 박사님이 사라진 쿠라레의 행방을 찾기 시작하자 그 이야기가 금세 튀어나왔죠."

"쿠라레를 입수할 수 있는 다른 경로는 없었습니까?"

서머셋 박사가 고개를 가로저었어.

"불가능하네. 자네도 알다시피 쿠라레는 남미에서 자라는 여러 나무껍질로 만들어지지 않나. 만드는 데 많은 시간이 걸릴뿐더러 그 까다로운 과정은 원주민의 가족이나 부족 사이에서만 은밀한 비밀로 전해져 내려온다네. 연구소에서 그 과정을 재현해 보려는 시도도 여러 번 있었지만, 지금까지의 연구는 전부 정글에서 가져온 진짜 쿠라레가 없으면 이루어질 수 없었지. 이 지역 전체에서 유일하게 쿠라레를 보유하고 있던 곳은 케임브리지 연구소뿐이라네. 살인자는 당연히 그 연구소 재고를 사용했겠지."

"알겠습니다. 이 토토라는 남자가 살인자라는 건 인정하죠. 그리고 몇 달 동안 보스턴에 숨어 지냈을 거라는 사실도요. 그런데 왜 이자가 살인을 저지르고 다니는 걸 못 막는단 말입니까?"

다넬이 엽궐련을 비벼 껐네.

"짧은 화살촉이 달린 흉기는 공기총이나 긴 대롱으로 발사되었습니다. 만일 공기총 같은 걸 이용했다면, 최대 15미터 거리에서도 목표물을 맞힐 수 있었을 겁니다."

"그보다 더 멀 수는 없습니까?"

내가 물었네.

"손으로 만든 나무 화살촉은 불가능해요. 실험을 해 봤습니다. 15미터가 넘어가면 많이 흔들립니다. 긴 대롱을 쓴다면 8미터 정도가 최대고요. 자, 여기서부터가 문제입니다. 이건 대도시 한복판 공원, 그것도 백주대낮에 벌어진 범행이에요. 사방이 보이는 공원이니 숨겨진 오솔길이나 빽빽하게 우거진 숲 같은 건 없죠. 불규칙한 오각형 필지에, 끝에서 끝까지 가장 먼 곳도 500미터밖에 안 됩니다. 한쪽 끝에서 반대편 끝을 볼 수 있다고요. 나무나 조각상 같은 걸 제외하면 숨을 데도 없고, 사람들이 끊임없이 오가는 곳이에요. 특히 요즘 같은 봄날 초저녁 같은 때는 더더욱."

"그 대롱을 지팡이로 위장한 게 아닐까요? 뽑아 들고 불면 눈 깜짝하는 사이에 해치울 수 있잖아요."

내가 물었네.

"초반 두 건은 그랬을 수도 있겠지만, 세 번째 희생자가 살해당했을 때는 공원 안은 온통 사복형사들로 가득했습니다. 그런데 아무도 그런 모습을 못 봤거든요."

다넬 경위가 책상에 서류 파일을 하나 올려놓았지.

"어젯밤 희생자 리타 콜라스키는 사실 살해되던 당시 엄중한 감시를 받고 있었습니다."

"뭐라고?"

서머셋 박사도 처음 듣는 소리인지 놀란 표정을 짓더군.

"저도 오늘 아침에 들었습니다. 리타 콜라스키에게는 금주법 위반 혐의가 걸려 있었다더군요. 재무부 요원 두 명이 노바스코샤에서 오는 배에서 밀주 화물을 내리는 리타의 남자 친구를 찾기 위해 리타를 뒤쫓고 있었죠. 리타는 박사님이 묵는 호텔 건너편 트레몬트가 길모퉁이에서 길을 건넌 후, 정확히 오후 8시 10분에 공원으로 들어갔습니다. 아직 주변이 환했고 요원들도 리타를 확인할 수 있었죠. 남자 친구와의 접선을 기다리고 있었기 때문에 요원들은 리타에게 접근하는 사람이 없는지 유심히 지켜보고 있었습니다.

하지만 아무 일도 일어나지 않았습니다. 리타에게 딱히 시선을 주는 사람조차 없었다고 해요. 리타가 걸어가는 방향에 특별히 뭐가 있지도 않았어요. 그런데 리타가 공원에 들어선 다음 한 2분쯤 걸었을까. 벌써 걸음걸이가 휘청거렸다더군요. 그리고 나무에 기대려다가 그대로 쓰러져 버렸습니다. 우리 형사들이 즉시 뛰어갔지만 이미 늦었죠. 재무부 요원들이 보고서를 올렸고, 그 복사본이 오늘 아침 제게 올라온 겁니다."

"어쨌든 뭔가에 맞았다는 느낌은 받지 않았겠습니까?"

나는 물고 늘어졌어.

다넬이 성냥개비의 반 정도 되는, 깃털 달린 나무 화살촉을 집어 들더군.

"이 나무에 박혀 있는 평범한 핀이 보이시죠? 만지면 안 됩니다. 아직 독이 묻어 있어요. 화살촉에 맞았을 때 희생자는 기껏해야 모기에 물렸다고 생각했을 겁니다. 어쩌면 머리카락을 쓸어 올렸을 수도 있겠지만, 재무부 요원들도 그런 모습에는 별 느낌을 못 받았겠죠."

"그래도 이렇게 작은 핀인데 그렇게 사람이 빨리 죽다니, 이해가 안 됩니다. 독이 흡수되기도 전에 희생자가 목을 쓸어내려 털어 버릴 수도 있잖아요?"

내가 말했네.

"그러지 않았으니 죽은 거죠. 솔직히 이 토터, 아니 케르베로스라는 놈이 도대체 몇 명한테 화살을 날렸는지는 아무도 모릅니다. 어쩌면 화살에 맞았지만 털어 내서 살아남은 사람이 열두 명은 더 있을지도 모르죠. 우리가 아는 건 그중 네 명이 죽었다는 사실뿐입니다."

"정확히 공원 어디에서 시체가 발견되었습니까?"

내가 물었어.

다넬이 벽에 걸린 대축척 지도를 가리켰네. 공원이 있는 초록색 부분에 빨간 핀 네 개가 꽂혀 있더군.

"첫 번째 희생자 피트 주다스는 공원 반대편, 의회 의사당 근처에서 발견됐습니다. 전직 레슬링 선수였는데 인생에서 크게 실패하고 노숙자로 전락하고 말았죠. 사이먼 포크는 젊은 변호사였고 트레몬트가에 있는 자기 사무실에서 늦게까지 일하다 퇴근길에 바로 여기, 공원 한가운데에서 살해당했습니다. 세 번째 희생자는 미니 와이저라는 이름의 웨이트리스로 리타 콜라스키가 죽은 곳 바로 옆 보도, 여기서 죽었죠."

"레슬링 선수, 변호사, 웨이트리스, 간호사. 아무 공통점도 없네요."

나는 잠시 생각하다 말했지.

"전혀 공통점이 없죠. 아무나 그냥 닥치는 대로 죽인 겁니다."

나는 지도를 빤히 쳐다보았지만 아무것도 알 수가 없었네.

"그 케르베로스라는 서명에 대해서는 어떻게 생각하십니까?"

"머리 세 개 달린 개요? 웬 그리스 신화인지!"

다넬이 코웃음을 치더군.

"지옥에서 온 개지."

서머셋도 한마디 했어.

"분명 이유가 있어서 그 이름을 골랐을 겁니다."

"미친놈에게 무슨 이유가 있겠습니까?"

"좋습니다."

나는 일어나서 나갈 준비를 했네.

"어디 가시죠?"

다넬이 물었어.

"공원에 한 번 더 산책하러 갑니다."

어느덧 점심시간이 되었고 공원은 더 붐볐네. 사람들이 벤치에 앉아 잡담을 하고 있었어. 신문에 실린 살인 사건 뉴스를 읽고 있는 사람도 있었지만 아무도 그걸 심각하게 생각하는 눈치는 아니었지. 사람들은 독화살도 케르베로스가 보낸 편지도 몰랐으니까.

나는 찰스가를 건너 공원 쪽으로 가서 오리 배를 다시 구경했네. 그때 문득 소풍 바구니를 든 어떤 남자가 보였어. 피부가 가무잡잡하고 건강한 체격에 눈빛은 무뚝뚝했는데, 특히 주목하게 된 이유는 오른손을 계속 그 소풍 바구니 속에 넣고 있기 때문이었어. 뭘 숨기고 있는 게 분명했네.

어쩌면 공기총 방아쇠에 손가락을 걸치고 있을 수도 있어.

뭔지는 몰라도 아무튼 남자가 단순히 소풍을 나온 게 아니라는 사실은 틀림없었지. 남자가 공원 쪽으로 돌아가자, 나는 그 뒤를 따랐어. 다넬 경위가 조지 토터의 사진을 보여 줬다면 얼마나 좋았을까 하는 생각이 들었네.

남자는 오른손을 소풍 바구니에서 꺼냈지만 여전히 바구니 뚜껑 근처에 두고 있었어. 나는 몇 걸음 뒤에서 따라가며 그 손을 주시했다네. 그리고 남자가 손을 움직여 바구니 뚜껑을 다시 열자 뛰쳐나갔지. 그 속에 언뜻 총이 언뜻 보였고, 나는 바구니 속으로 손을 욱여넣어 남자의 손을 꽉 짓눌렀네. 남자가 아픈지 숨을 헉 들이켜며 잡고 있던 바구니를 놓치고 말았어.

그때 무슨 일이 일어났는지 내가 파악하기도 전에 두 번째 남자가 나를 뒤에서 잡아당겨 자기 쪽으로 돌렸어. 대각선 방향에서 주먹이 날아왔고 갑자기 눈앞이 깜깜해졌다네.

아마 몇 분 정도 의식을 잃었던 것 같아.

욱신거리는 두통과 함께 간신히 정신을 차리니 남자들이 나를 둥글게 둘러싸고 허리를 숙이고 바라보고 있더군. 그중 한 명은 다넬 경위었어.

"이런 망할, 대체 여기서 뭘 하는 겁니까?"

경위가 화를 냈네.

"나는……."

"박사님이 덮친 건 우리 사복형사라고요!"

"죄송합니다."

"당연히 그래야죠. 혹시 토터가 주위에 있었으면 겁먹고 도망갔을지도 모르잖아요!"

다넬 경위는 나를 부축해 일으켜 세우고 옷에 묻은 먼지를 털어 주었네.

"아무튼 호손 박사님은 앞으로 공원 근처에 오지도 마세요. 필요하면 저희가 연락할 테니."

몇 마디 사과를 더 중얼거리며 바보가 된 기분으로 자리를 떴네. 대도시 경찰들의 수사 방식에 익숙하지 않았던 거야. 노스몬트에서는 렌즈 보안관이 시내 공원을 부보안관들로 가득 채울 일은 절대 없었지. 보안관의 부하라고 해 봤자, 동네 사람들이 모두 얼굴을 아는 시간제 근무자 두세 명에 불과했으니까. 하지만 여기 보스턴은 너무 달랐네. 노스몬트에서 지낸 6년이 내 사고방식을 그렇게나 바꾸어 놓았던 걸까?

　호텔 앞에서는 에이프릴이 도어맨에게 폴 리비어●의 집으로 가는 방향을 묻고 있었네.

　"여기 온 김에 역사적인 장소를 좀 둘러볼까 해요. 선생님도 같이 가실래요?"

　"난 됐어요, 에이프릴."

　내가 고개를 돌리자 에이프릴은 내 얼굴의 멍을 발견했지.

　"대체 무슨 일이 있었던 거예요?"

　"그냥 작은 사고예요."

　"위층으로 올라가서 상처 좀 볼게요! 넘어졌어요?"

　"얘기해 줄게요."

　에이프릴은 찬물로 멍든 부위를 닦아 주면서 계속 혀를 차더군.

　"도시는 경찰들도 위험하다니까요!"

　"그 사람들한테 너무 뭐라고 하지 말아요, 에이프릴. 이건 내 잘못이니까."

　"아니, 소풍 바구니 속에 권총이라니! 누가 상상이나 하겠어요?"

　"다넬 경위가 바로 달려온 걸 보니, 아마 자기들이 범인을 잡았

● **폴 리비어** 미국 독립 전쟁의 영웅

다고 생각했나 보더라고요."

나는 에이프릴에게 경찰청에서 알아낸 것들을 이야기해 주었네.

"그 토터라는 인간 사진은 없대요?"

나는 고개를 가로저었네.

"그냥 대략적인 인상착의만 알고 있더군요."

나는 왕진 가방을 열어서 두통약을 꺼내 먹었네. 그리고 좀 편하게 앉았지. 그런데 바로 문 두드리는 소리가 났어. 에이프릴이 문을 여니 크레이그 서머셋이 다급히 들어오더군.

"방금 무슨 일이 있었는지 다 들었네. 자네 괜찮은가?"

"살아 있는 것 같기는 합니다."

"원 세상에, 그렇다고 사람을 때릴 것까지는 없을 텐데!"

"살인자인 줄 알고 그랬겠죠."

"다넬이 미안하다고 하더군."

"저도 미안하다고 했습니다."

"조지 토터에게서 오후에 또 편지가 왔어."

그 말에 정신이 번쩍 들었네.

"그게 진짜 토터인지는 모를 일이지만요. 뭐라고 써 있었나요?"

"다넬이 자네에게 보여 주라고 복사본을 줬어. 자정 직전에 중앙 우체국에서 보냈더군."

서머셋 박사가 노트 속에서 종이 한 장을 꺼내 줬네.

'네 명이 죽었지! 계속 이어질 거야! 다음에는 나도 오래 못 기다려! 케르베로스로부터!'

"다넬 경위는 이제 어떻게 할 거라던가요?"

내가 물었네.

"공원을 계속 감시하겠다더군. 다음엔 범인을 잡아낼 수 있을지도 모른다면서. 그것 말고 할 수 있는 일이 또 뭐가 있겠나? 시내를 봉쇄하고 도시 전체를 패닉으로 몰아넣는 일이 아닌 다음에야."

"재무부 요원 두 명이 네 번째 희생자를 계속 주시했는데 아무것도 못 봤다고 했다면서요. 다넬이 다음번에는 범인을 찾을 수 있을 거라는 그 확신은 도대체 어디서 왔답니까?"

"머지않아 곧⋯⋯."

"머지않아 곧은 무슨! 다넬은 아직도 자기가 투명 인간을 잡으려 애쓰고 있다는 사실을 모른답니까? 존재하지만 존재하지 않는 체스터튼의 우편배달부 같은 존재를!"

서머셋이 입을 삐죽 내밀었네.

"설마 범인이 공원에 배치된 사복형사 중 하나라는 소린가?"

"세상엔 그보다 더 기이한 일도 일어나는 법이죠. 하지만 만약 케르베로스가⋯⋯."

"케르베로스가 왜?"

"아뇨, 그냥 갑자기 떠오른 생각인데요. 다넬이 벽에 걸어 둔 살인 현장을 표시한 지도 있지 않습니까? 혹시 그걸 좀 빌릴 수 있을까요? 아니면 새로 하나 만들거나."

"대체 왜, 샘?"

"저한테 시골 의료의 문제점을 총회에서 발표하라고 하셨죠? 혹시 그 대신 쿠라레 독살에 대한 이야기를 할 수 없을까요?"

"뭐라고? 하지만 자넨 전문가가 아닌데⋯⋯."

"지난 이틀 동안 충분히 배운 것 같은데요. 보자, 제 연설은 내일 늦은 오후에 예정되어 있네요. 맞죠?"

"4시에 열린다네."

"좋습니다. 오전에는 그 연구소를 찾아가서 쿠라레에 대해 샅샅이 조사해야겠네요."

조금 더 생각한 뒤 나는 덧붙였어.

"그리고 제 연설 주제를 로비 스케줄 표에 적어 주십시오. 청중은 많으면 많을수록 좋으니까요."

연설 시간이 다가오자 에이프릴은 점점 더 어쩔 줄 몰라 했네.

"선생님이 그 주제로 연설한다는 걸 살인자가 알면 어떻게 해요? 어쩌면 선생님을 다음 희생자로 점찍을지도 몰라요!"

"너무 걱정하지 말아요, 에이프릴. 난 괜찮을 거예요."

연설 장소인 2층 커다란 회의실로 내려가는 동안 에이프릴은 계속 내 옆에 찰싹 달라붙어 있었네. 줄지어 놓은 의자들과 지금 막 도착한 사람들을 보니 조금 불안하기 하더군. 솔직히 말하면 살인자보다 사람들 앞에서 발표한다는 사실이 더 떨렸어. 연단 바로 뒤에는 트레몬트가 너머로 공원을 내려다볼 수 있는, 커튼이 쳐진 커다란 창문이 있더군.

"어쩌면 지금 이 순간에도 저 공원에서 쌍안경으로 우리를 관찰하고 있을지도 몰라요!"

에이프릴이 걱정돼 죽겠다는 얼굴로 말했네.

"아마 훨씬 가까이 있을 겁니다."

의사들이 속속 들어와 자리를 채우더군. 놀랍게도 다넬 경위가 문 근처에 자리를 잡고 앉아 있었네. 지도를 얻으러 간 서머셋이 경위에게 내 연설 주제를 말한 모양이었어.

정확히 4시가 되자 자리의 4분의 3 이상이 찼네. 서머셋이 연단으로 걸어왔어.

"준비됐나, 샘?"

"네, 준비됐습니다."

서머셋은 청중 쪽으로 몸을 돌리고 방 구석구석까지 다 들릴 만큼 커다란 목소리로 말했네.

"신사 여러분, 그리고 적지만 오늘 이곳에 함께 계시는 숙녀 여러분. 오후 연사 샘 호손 박사를 소개합니다. 박사는 비교적 젊지만, 여기서 차로 두 시간 거리에 있는 노스몬트라는 곳에서 내과의로서 6년간 지역 주민들의 고통을 돌봐 왔습니다. 그렇습니다, 샘 호손은 시골 의사입니다. 의료업의 근간이라 할 수 있는 위치에 있지요. 샘 호손 박사는 소도시 지역 의료 행위의 문제점에 대해 이야기할 예정이었지만, 여러분 모두 아시다시피 주제가 바뀌었습니다. 최근 몇 주 동안 이 호텔 길 건너편에 있는 공원에서 네 명이 죽었지요. 경찰은 오늘 이 네 명이 모두 쿠라레로 독살당했다는 사실을 신문에 밝히기로 결정했습니다. 일상적 의료 행위에서 쉽게 접할 수 없는 이 독극물에 대해서 샘 호손 박사가 이야기하겠습니다."

크레이그 서머셋이 소개를 마치자 나는 연단으로 올라가, 쿠라레의 역사와 네덜란드령 가이아나에서 찰스 워터튼이 했던 초기

실험에 관한 원고를 읽기 시작했네. 그리고 본론으로 들어가기 전, 보스턴 지역 내 실험에 대한 이야기를 언급했지.

"제 왼쪽 뒤로 보스턴 시내의 대축척 지도가 보이실 겁니다. 쿠라레로 독살당한 네 명의 희생자가 발견된 곳이 표시되어 있습니다. 하지만 이미 말씀드린 대로 쿠라레는 즉효성 독극물이 아닙니다. 어쩌면 이렇게 생각하실 수도 있겠죠. 몇 분 안에 사람을 죽이는 독약이라면 충분히 즉효성이라고 할 수 있다고요. 하지만 실제로 몇 분이란 시간이 있으면 이 독에 중독된 사람들은 공원 전체를 누비고 다닐 수가 있습니다.

그리고 경찰이 쫓는 이 투명 인간 살인자는 어쩌면 공원 안을 어슬렁거리지 않을 수도 있겠다는 생각이 들었습니다. 네 건의 사건에서 독화살은 같은 방향에서 발사됐고, 희생자가 이리저리 돌아다닌 거죠. 이 지도를 보시면 제 말이 그럴듯하게 들리실 겁니다."

청중 측에서 흥미가 생긴 듯 술렁거리는 소리가 들렸네. 뒷줄에 앉은 다넬 경위는 허리를 똑바로 펴고 앉았어. 나는 에이프릴 쪽을 흘끗 쳐다보고 서둘러 말을 이었지.

"지금까지 설명했던 대로 쿠라레는 맞은 사람의 덩치와 몸무게에 따라 반응 속도가 크게 달라집니다. 평균적인 인간은 몇 분을 버티지만 450킬로그램짜리 황소는 45분을 버팁니다. 저는 오늘 아침, 희생자 네 명의 몸무게를 확인해 봤습니다만, 자세히 살펴보지 않아도 어느 정도 예측이 가능했습니다.

첫 번째 희생자, 전직 레슬링 선수였던 노숙자는 공원 건너편 끝 의회 의사당 근처에서 발견되었습니다. 전직 레슬링 선수라니 희생자들 중에서 당연히 몸무게가 가장 많이 나가겠죠. 다른 세명은 젊은 남성 변호사와 여성 두 명이었으니까요. 제 예상이 맞았습니다. 전직 레슬링 선수가 가장 무거웠고, 따라서 네 명에게 투여된 쿠라레가 모두 같은 양이라고 가정할 때, 죽기 전까지 버틸 수 있는 시간은 그 노숙자가 제일 길었습니다."

사람들은 이제 모두 내 말에 집중했네. 내 말을 기다리는 의사들을 보니 방금 전 긴장이 씻은 듯 사라지더군.

"젊은 남성 변호사는 공원 한복판에서 발견됐고, 두 여성은 여기 가까이에서 죽었죠. 넷 중에서 가장 몸집이 작았던 마지막 희생자는 제일 빠르게 죽었습니다. 그 여성은 트레몬트가에서 공원으로 들어서자마자 여기 모퉁이에서 바로 쓰러졌죠. 그리고 변호사는 트레몬트가에 있는 자기 사무실에서 나오던 길이었습니다. 웨이트리스와 전직 레슬링 선수 역시 트레몬트가 쪽에서 공원으로 들어섰죠.

다넬 경위님 그리고 이 자리에 계신 명망 높은 청중 여러분, 저는 이 투명 인간 살인자는 공원에 있었던 적이 한 번도 없었고, 트레몬트가 이쪽 편에 서서 '희생자들이 공원으로 들어설 때' 화살을 쐈다고 확신합니다."

내 연설의 마무리는 별 재미가 없었네. 살인자의 이름을 말할 수 없으니 경찰의 일반적인 독살 사건 대응법 몇 가지만 늘어놓고 끝내는 수밖에 없었지. 그리고 서머셋 박사가 감사의 말을 늘어놓는 사이 연단에서 내려왔네. 연설이 끝나고 의사 몇 명이 내 주위로 몰려들어 질문을 던졌지만 의례적인 인사 몇 마디만 하고 도망쳐 나왔어.

"정말 대단했어요, 샘 선생님. 다넬 경위님이 이쪽으로 와요."

에이프릴이 말했네.

"갑시다. 여기서 어서 나가자고요."

"호손 박사님! 잠깐 저랑 얘기 좀 하시죠. 그리고 어제 일은 죄송했습니다."

다넬 경위가 나를 불렀네.

"지난 일인걸요."

"아주 흥미로운 이론이었어요. 그러니까 범인이 바로 이 주위 누군가일지도 모른다는 이야기죠? 하지만 어떻게⋯⋯."

"지금 바로 가 봐야 해서요."

나는 경위의 말을 끊고 엘리베이터에 올라탔네. 내 가설이 맞는다면 나는 아주 위험한 상황에 있는 거니까.

크레이그 서머셋이 다급히 쫓아왔지만, 나는 닫히는 엘리베이터 안으로 얼른 뛰어들었어. 문 뒤로 서머셋과 에이프릴과 경위가 보였지. 세 사람이 다음 엘리베이터를 타고 몇 분 후 바로 나를 쫓아올 거라는 사실은 잘 알고 있었어.

아래층에 도착한 후 나는 다급히 로비를 가로질러 트레몬트가로 나섰네.

"택시 좀 불러 주시겠습니까?"

도어맨에게 물었지.

"물론이죠, 선생님."

도어맨은 내 뒤로 물러나더니 호루라기를 불었어. 그 순간 나는 목에 아주 작고 뾰족한 무언가가 닿는 감촉을 느꼈지.

최대한 빨리 움직여서 작은 화살촉을 뽑아내고 도어맨을 몸으로 들이받았네. 인도에서 도어맨과 엎치락뒤치락 몸싸움을 하는 사이 회전문으로 다넬과 에이프릴 그리고 서머셋이 뛰쳐나왔어.

내가 외쳤네.

"이자가 바로 범인입니다! 조지 토터예요! 에이프릴, 내 오른쪽 주머니에 쿠라레 해독제가 든 피하 주사기가 있어요! 지금 당장 놔 줘요. 어서!"

경찰 조사와 신문 기자들 때문에 정신이 하나도 없었어. 나와 에이프릴은 다음 날 오후가 되어서야 단둘이 노스몬트로 돌아올 수 있었다네.

"왜 그렇게 바보 같은 짓을 했어요! 미친놈한테 스스로를 미끼로 내주다니!"

에이프릴이 화를 냈네.

"누군가는 해야 할 일이었어요, 에이프릴. 경찰은 기꺼이 다음 희생자를 기다릴 생각이었지만 난 아니었거든요. 쿠라레를 주제로 한 연설을 로비에 광고하면 범인의 관심을 끌 거라고 생각했어요. 연구소에서 실험 중인 쿠라레 해독제가 없었으면 이런 모험은 하지 않았겠죠."

"도어맨이 범인일 거라고 누가 생각이나 했겠어요!"

"희생자들이 모두 트레몬트가에서 공원으로 들어서는 길에 독침을 맞았을 거라고 생각하니, 그곳에 주기적으로 배치되는 사람이 궁금하더군요. 호루라기를 불어 택시를 부르고, 가끔 택시를 잡으러 직접 모퉁이까지 나가는 도어맨은 독화살을 쏘기에 딱 좋은 위치에 있었죠. 도어맨이 입에 뭘 물고 부는 모습은 모든 사람들이 볼 수 있는 모습이지만, 문제없는 행동이기 때문에 누구도 신경 쓰지 않아요. 런던 경찰들이 쓰는 것과 비슷한 길고 가느다란 호루라기 밑에, 테이프로 장난감 총 같은 대롱을 붙여 놓았더군요. 2미터 정도만 멀어져도 그 작은 화살은 정확도가 떨어지지만, 도어맨은 얼마든지 위치를 옮기며 희생자들에게 가깝게 다가갈 수 있었어요. 공원으로 들어가는 사람들을 골라서 쐈기 때문에 다들 거기서 죽은 겁니다. 열두 발 이상의 화살을 쏘았다는데, 일부는 분실되고 일부는 독이 스며들기 전 사람들이 털어내 버렸다고 자백했더군요."

"샘 선생님, 어제 호텔에서 일부러 저희보다 먼저 뛰쳐나갔던 거죠? 범인이 선생님을 노릴 거라는 사실을 알고 있었기 때문에 저희를 위험에 빠뜨리지 않으려고 그랬던 거, 맞죠?"

"범행을 시도하리라는 사실은 확신했어요. 그리고 모든 살인이 초저녁에 벌어졌기 때문에, 그 도어맨의 순번도 예측할 수 있었죠. 도어맨에게 쿠라레 연설자인 나는 아주 구미가 당기는 먹잇감이었을 겁니다."

"그럼 범인이 도어맨이라는 걸 확신했다는 말이에요?"

"그런 사람들은 보통 잡히고 싶어 해요, 에이프릴. 토터는 경찰에게 보낸 편지 속에 이미 자기 정체를 밝혔어요. 경찰이 못 알아챘을 뿐이지. 케르베로스는 지옥에 있는 머리 세 개 달린 개인데,

지옥의 입구를 지키는 수문장이에요! 또 조심성 있는 경비원이나 문지기를 뜻할 때도 쓰는 말이죠."

"대도시에서도 정말 훌륭하게 잘 해내셨어요, 샘 선생님."

"그래도 집에 가는 게 더 좋네요."

샘 호손 박사는 이야기를 마무리했다.

"그게 보스턴 공원 살인자를 잡게 된 경위라네. 범인은 투명 인간 같았네. 아무도 범인의 존재를 알아차리지 못했지. 그나저나 이 셰리주도 보이지 않는데? 병이 비었구먼. 이리 와서 어…… 약주 한잔 더 하세나. 그리고 혹시 시간이 더 있으면 그해 노스몬트에서 일어났던 사건 이야기를 해 줌세. 우리 동네 잡화점에서 일어났던 불가능 범죄 말이야."

잡화점의
수수께끼

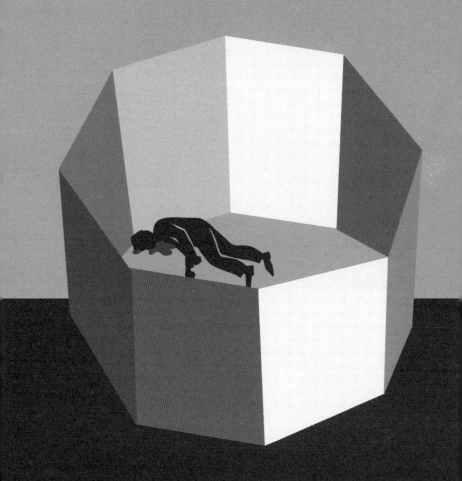

"다시 만나서 반갑구먼."

샘 호손 선생은 지팡이를 짚고 셰리주 병을 가지러 가며 말했다.

"이런 술이 괜찮나? 아니면 더 독한 게 좋을까? 보자, 내가 지난번에 우리 동네 잡화점에서 일어난 살인 사건 이야기를 해 주겠다고 했지? 그건 1928년 여름의 일이었다네. 그해 여름은 시작부터 더웠어. 6월에 벌써 26도가 넘었으니 말이야. 그달의 가장 큰 화제는 어밀리아 에어하트의 대서양 횡단이었다네. 최초로 대서양을 횡단한 여성 비행사 말이야. 우리 간호사 에이프릴은 특별히 그 소식을 더 기뻐했는데……."

"보세요, 샘 선생님! 제가 그랬잖아요. 남자들이 할 수 있는 건 여자들도 다 할 수 있다고!"

에이프릴이 에어하트 기사가 실린 조간신문을 눈앞에 들이대며 말했네.

"하지만 린드버그처럼 혼자 한 건 아니잖아요."

에이프릴은 고개만 절레절레 흔들더군.

"남자들이란! 아무튼 매기 머피가 선생님을 두고 한 말은 아무리 생각해도 옳다니까요."

"또 매기 머피! 요즘은 툭하면 그 사람 얘기네요."

매기 머피는 전해에 노스몬트에 정착한 마흔 살쯤 되는 여성이었어. 젊은 시절에는 여성 참정권 청원 운동가였다더군. 그리고 이제는 여자들도 남자들과 똑같이 직업을 갖고 돈을 벌어야 한다는 이야기를 자꾸 늘어놓아서, 동네 남자들이 짜증이 나 있었지. 1928년 당시엔 굉장히 급진적인 사고방식이었으니까.

매기는 노스몬트의 잡화점 두 곳 중 하나, 그러니까 시내 광장 맞은편에 있는 맥스 하크너의 커다란 가게에서 주로 장황하게 떠들어 대곤 했어. 그곳은 젊은이나 노인에게 모두 인기 있는 장소였지. 크고 둥근 치즈 덩어리와 밀가루 통, 태피 키세스 항아리가 놓인 곳이었다네. 옆에 있던 존 클레인네 철물점까지 집어삼켜 가게를 확장하는 바람에, 옛날 같은 아늑한 느낌은 사라졌지만 그래도 여전히 친근한 동네 모임 장소였어. 배가 불룩한 난로 옆에는 원래 크래커가 든 나무통도 있었는데, 매기 머피가 어슬렁거리기 시작한 뒤로 맥스는 의자를 아예 치워 버렸다네. 물론 매기의 기세는 전혀 꺾이지 않았지.

마흔 정도 먹은 이 근방 여인들은 보통 아이를 대여섯쯤 낳고 부엌과 채소밭에서 일하느라, 잘해야 제 나이로 보였지. 하지만 매기의 외모는 아름다웠다네. 그렇게 떠들고 다니는데도 남자들이 매기를 마을에서 내쫓지 않았던 이유는 그 매력 때문이었는지도 몰라. 매기를 두고 유달리 씩씩거리거나 비꼬던 남자들은 어쩌면 남몰래 이 여인을 흠모했던 게 아닐까 싶기도 해.

매기는 맥스의 잡화점 바로 옆에 작은 부동산을 열었네. 확장한 철물점과 반대편이었지. 사람들은 맥스 하크너가 그쪽으로도 확장해서 매기를 쫓아낼 거라고 생각했지만, 그럴 형편까지는 못 됐나 봐. 그리고 내가 보기엔 맥스 역시 매기를 좋아했던 것 같아. 세상에는 자기를 지배해 줄 여자를 찾아 평생을 헤매는 남자들이 있는데, 맥스 하크너가 딱 그런 부류였거든. 맥스의 아내 어밀리아는 청구서는 잘 썼지만, 매기 머피만큼 매력은 없었지.

에이프릴과 근무를 교대하기 몇 시간 전, 나는 집 수도꼭지에 끼울 나사받이 몇 개를 사러 잡화점에 들렀다네. 그때도 매기가 크래커 통 옆에서 이야기를 늘어놓고 있었지. 늘 있던 의자가 사라졌지만 전혀 개의치 않는 눈치였네.

"여자들이 정치에 참여하는 일에 대해 어떻게 생각하세요?"

매기가 존 클레인 노인에게 물었네. 맥스가 잡화점을 확장하면서 철물점을 인수한 뒤로 존은 잡화점에 자주 드나들었어. 존은 은퇴 생활이 꽤 낯설었는지 왠지 피곤한 표정이더군.

존이 짧고 뻣뻣한 회색 수염을 쓰다듬으며 되뇌었네.

"정치를? 그러니까 여성 시장이나 여성 주지사 같은 것 말인가?"

"맞아요. 그리고 상원 의원에 대통령까지도 될 수 있겠죠! 이제 투표권을 갖게 됐으니, 논리적으로 그다음 단계를 생각할 수 있지 않겠어요?"

"난 잘 모르겠구먼."

존은 중얼거리며 몸을 돌렸네. 매기 머피에게 그리 좋은 대화 상대는 아니었지.

"당신은 어떻게 생각해요, 맥스?"

맥스 하크너는 카운터 뒤 선반에 새 산탄총을 진열하느라 바빴지만, 잠깐 멈추고 대꾸해 주더군.

"뭘 어떻게 하든 내 알 바 아닌데. 나한테 밥 지어 주고 애만 키워 주면 여자들이 뭘 하든 상관없어."

매기는 커다란 크래커 통 한쪽에 몸을 기댔네.

"우리 중 그 누구도 그때까지 살아서 볼 수는 없겠지만 언젠가는 여자가 나가서 일하고, 남자가 식사를 준비하고 아이들을 키우는 시대가 올 거예요."

그 자리에 있던 모든 남자들이 요란하게 껄껄 웃어 댔네. 매기는 나를 돌아보며 동의를 구했어.

"당신은 어떻게 생각해요, 샘?"

"저는 별로 참견하고 싶지 않은데요. 맥스, 혹시 이 정도 크기의 나사받이 좀 찾아 줄 수 있어요?"

맥스가 산탄총을 내려놓고 다가와서 두꺼운 안경 너머로 내가 들고 있던 물건을 유심히 들여다보았네.

"여기 어딘가에 있었던 것 같은데."

맥스는 나사받이를 찾으러 갔다가 잠깐 멈춰 서더니 담배 연기를 내보내려고 환기팬을 켰어.

"거기 있을 거야. 벽을 부수고 내 재고를 다 가져갔잖아."

존이 말하더군.

몇 분 동안 찾아본 끝에 맥스는 나사받이를 가져왔고, 나는 돈을 지불했네. 매기가 나를 따라서 계단을 내려오더군.

"너도 별로 내 편은 안 들어주는구나, 샘."

"이봐요, 매기. 에이프릴이 당신 편이잖아요. 그 정도면 충분하지 않아요?"

"언젠가는 맥스도 넘어오게 만들 거야."

"이미 넘어갔어요. 하지만 어밀리아 같은 아내가 있으니 함부로 뭘 할 수가 없겠죠."

매기는 킥킥 웃었어.

"도대체 어쩌다 어밀리아 하크너 같은 여자와 결혼할 생각을 한 걸까?"

나는 그 말뜻을 알아들었네. 어밀리아는 성격이 보통내기가 아니었거든.

"매기 머피와 결혼할 생각을 한 사람도 없잖아요."

나는 농담 삼아 말했네.

매기의 표정이 갑자기 진지해졌어.

"한 명 있었어. 사실 난 결혼한 적이 있어, 샘. 전쟁 중에 뉴욕에서. 하지만 그이는 휴전 3주 전에 프랑스에서 죽었지."

"미안해요, 매기."

"미안해할 것 없어. 그이보다 더 괜찮은 남자들두 전쟁에서 많이 죽었으니까."

"그 뒤로 재혼은 안 했나요?"

매기는 어깨를 으쓱했네.

"할 일이 너무 많았거든. 여성 참정권을 쟁취해 내느라. 그리고 지금은 여자들한테 괜찮은 직업을 찾아 줘야 하고."

"노스몬트 같은 시골에서는 할 수 있는 일이 별로 없을 거예요."

"그냥 잠깐 머무르는 거야. 부동산에서 어느 정도 벌면 보스턴으로 이사 갈 생각이거든."

우리는 함께 내 진료소 앞에 도착한 뒤 헤어졌네. 매기 머피랑 그렇게 오래 대화해 보긴 처음이었는데, 생각보다 꽤 즐겁더구먼.

잡화점에서 봤을 때 존 클레인 노인의 건강이 안 좋다고 생각했는데, 그게 맞았지 뭔가. 그날 밤 10시에 노인은 심장 마비로 사망했어. 존의 아내 밀리에게서 전화를 받고 다급히 가 봤지만 내가 할 수 있는 일은 없었지.

"돌아가셨어요, 밀리."

밀리는 존보다 젊은 육십 대 초반의 쾌활한 여인이었지만 남편의 죽음에 절망했지.

"저녁을 먹은 뒤로는 괜찮았어, 샘 선생. 잠깐 산책 나갔다가 필 세이지네 가게에 들렀다고 했어. 방금 전에 거기서 돌아왔는데 얼굴이 벌겋더라고. 그런데 의자에 앉아서 가슴이 잠깐 아프다고 투덜거리더니 바로 거기서 죽었어."

밀리는 결국 울음을 터뜨렸고, 나는 최선을 다해 위로했지.

"제가 자녀분들께 연락할까요, 밀리?"

밀리는 눈물을 닦으며 일어섰어.

"아냐, 그건 내가 할 일이야."

그러고는 전화기로 갔다가 문득 생각에 잠겼는지 가만히 있더군.

"우린 한평생 함께 잘 살았어. 하지만 존은 은퇴 이후 단 하루도 행복한 적이 없었지. 그 사람한테는 일이 전부였어, 샘 선생."

나는 의자에 앉아 있는 존을 바라보았어. 사실 존 클레인이라는 사람을 잘 몰랐네. 그냥 철물점에 가면 필요한 물건을 꺼내 주는 사람이었지. 문득 얼마 전 매기 머피와 그랬던 것처럼, 존과도 차분히 대화를 나눌 시간이 있었으면 얼마나 좋았을까, 하는 생각이 들더군.

"자녀분들에게 전화하세요, 밀리. 도착할 때까지 제가 곁에 있어 드릴게요."

나는 자정이 다 되어서야 집으로 돌아올 수 있었네. 그런데 아파트 앞에서 기묘한 만남이 나를 기다리고 있더군. 자물쇠에 열쇠를 꽂는데 키 큰 남자 하나가 그림자 속에서 나타난 거야.

"놀라지 말라고, 샘 선생. 프랭크 벤치야."

"아, 프랭크! 깜짝 놀랐잖아요."

"여기서 거의 두 시간은 기다렸어."

프랭크는 사십 대 초반이었고, 마른 체격에 소년 같은 사람이었는데 동네의 온갖 잡다한 일은 다 맡았다네. 최근에는 맥스네 잡화점에서 일하던 걸로 알고 있었는데 무슨 일이 생겼는지 몇 주 전 그만뒀다더군. 난 프랭크가 아직 이 동네에 있는 줄도 몰랐이.

"이사 간 것 아니었어요, 프랭크?"

"가긴 갔는데 멀리는 안 가고 신 코너스로 갔어. 선생과 좀 논의할 게 있는데……."

나는 한숨을 내쉬었어. 오늘 밤에는 한숨도 못 자겠구나 싶었지.

"들어와요. 난 지금 막 클레인 씨 집에서 오는 길이에요. 존 영감님이 오늘 밤 심장 마비로 돌아가셨어요."

"정말? 슬픈 일이군. 난 그분이 참 좋았는데."

프랭크는 따라 들어와서 자리에 앉았어. 그제야 프랭크의 손이 떨리는 게 보이더군.

"뭐 마실 거라도 좀 줄까요, 프랭크?"

"아니, 괜찮아. 선생, 난 그냥 얘기를 하고 싶은 것뿐이야. 내가 잡화점에서 잘렸다는 얘긴 들었지?"

"가게에서 안 보인다는 생각은 했는데, 그 외에는 아무 얘기도 못 들었어요."

"맥스가 날 해고했어. 자기 아내가 내게 관심을 보이니까 질투가 났나 봐."

나는 어안이 벙벙해졌어.

"어밀리아가요? 하지만 두 사람 사이에는 아무 일 없었던 거죠?"

"실은 있긴 했지, 선생. 그래서 내가 선생을 찾아온 거야. 어밀리아는 마흔네 살이야. 그 나이에 임신하는 건 너무 위험……."

"임신요?"

프랭크는 손을 내저었네.

"혹시 그럴 수도 있단 말이야. 제대로 확인하기 전에는 멀리 갈수가 있어야지. 선생은 의사니까 어밀리아가 임신했다면 누구보다 빨리 알 수 있지 않나?"

그 소식에 너무 놀라서 한동안 아무 말도 나오질 않았네.

"내가 아는 한 어밀리아에게는 임신 징후가 없어요, 프랭크. 하지만 신 코너스의 새 주소는 알려 주고 가요. 혹시 무슨 일이 생기면 연락처는 알아야 하잖아요."

프랭크는 망설였어.

"말 안 할 거지? 여차하면 산탄총을 들고 날 쫓아올 수도 있다고!"

"맥스한테 말 안 해요. 아무한테도 말 안 할게요."

"고마워, 선생. 이제 좀 마실 수 있겠군."

나는 프랭크한테 독한 스카치위스키 한 잔을 따라 주고 나도 한 잔 마셨네. 프랭크 벤치와 어밀리아 하크너 이야기는 정말이지 상상을 뛰어넘었어. 그런 문제는 정말 짐작도 할 수가 없더라고.

프랭크는 주소를 알려 주고 떠났네. 나는 길 건너편에 세워진 낡은 자동차 쪽으로 걸어가는 프랭크의 뒷모습을 지켜보았어. 자정이 넘은 시각이긴 했지만 그래도 드디어 잠을 좀 잘 수 있나 싶었지.

그때 전화벨이 울렸네. 전화를 받기 직전, 모든 가능성을 다 떠올렸지. 더위 먹은 아이, 존슨 부인의 조기 분만, 자동차 사고……

"샘 호손입니다."

"샘, 나 렌즈 보안관이야. 지금 당장 하크너 잡화점으로 좀 와 줄 수 있겠나?"

"무슨 일이시죠, 보안관님?"

"맥스가 살해당했네. 그 매기 머피라는 여자 짓인 것 같아."

도착해 보니 잡화점은 대낮처럼 환하더군. 안에는 렌즈 보안관이 있었고, 문밖에서는 처음 보는 부보안관 한 명이 호기심 많은 동네 사람들을 막고 있었지. 나는 안으로 들어갔다가 얼어붙어 버렸네. 맥스 하크너가 드러누워 있었거든. 가슴 한복판이 다 찢어져 피투성이더라고.

"흉기가 뭡니까?"

내가 보안관에게 물었네.

"산탄총에 맞았어. 상처 모양으로 볼 때 2미터 정도 거리에서 발사된 것 같아."

문제의 산탄총은 바닥에 떨어져 있었어. 카운터 뒤 선반에 놓여 있던 커다란 2연발 더블 배럴 산탄총이었고, 방아쇠울에 아직 가격표가 붙어 있더군. 고개를 돌리니 의자에 앉아 머리 한쪽을 붙잡고 있는 매기 머피가 보였어.

"다치셨네요."

내가 다가가며 말했네.

"넘어져서 머리를 찧었어."

손을 치우니 이마 선 부근에 엉겨 붙은 피가 보였어. 닦아 내고 나니 상처 자체는 그리 심하지 않았지만, 그 근처에 멍이 든 자국이 있었네.

"머리가 굉장히 아팠겠는데요."

매기는 애써 웃더군.

"별로 좋지는 않아. 두세 시간 정도 기절했었나 봐."

"혹시 뇌진탕일지도 모르니까 병원에 가서 엑스레이를 찍으셔야 합니다. 메스껍거나 나른하지는 않으세요?"

"그…… 그건 괜찮은 것 같아."

나는 맥스의 시체 쪽을 쳐다보았어. 렌즈 보안관이 최후의 예의로 삼베 자루 두 개로 시체를 덮어 놓았더구먼.

"여기서 무슨 일이 있었는지 얘기 좀 해 봐요."

나는 매기에게 말했어.

"그게 문제야. 나도 모르겠다니까! 난 그냥 늦게까지 일하고 있었어. 거의 9시 반 정도였을 거야. 사무실 문을 닫고 나오는데 마침 맥스도 가게 문을 닫고 있더라고. 선생도 알다시피 요즘 같은 여름에는 맥스도 가게를 늦게까지 열잖아. 그래서 가서 담배나 좀 사려고 했는데 뭔가에 걸려서 자빠지고 말았어. 아마 감자 부대였을 거야. 그래서 크래커 통에 머리를 부딪혔고 그 뒤로는 아무 기억이 없어."

"여기에 누구랑 같이 있었나요?"

"아무도 없었어. 맥스랑 나 말고는. 그래서 맥스도 가게를 닫은 거야. 손님이 없었으니까."

나는 렌즈 보안관을 흘끔 쳐다보았네.

"좋아요. 그럼 정신을 차리고 난 후에는 무슨 일이 있었죠?"

"한참 후였어. 시계를 보니 거의 자정이 다 되어 있었지. 맥스가 딱 저렇게 누워 있었고, 그 옆에 산탄총이 떨어져 있었어. 난 맥스가 자살한 줄 알았어."

"그럴 가능성이 있나요?"

나는 렌즈 보안관에게 물었어.

"전혀. 발가락으로 방아쇠를 당긴다고 해도 어렵네. 총구를 가슴에서 2미터나 떨어뜨릴 수 없으니. 이건 의심의 여지가 없는 살인이야."

"그럼 매기가 의식을 잃은 사이 누군가가 가게에 들어와서, 선반에서 산탄총을 집어 들고 장전한 다음 맥스를 죽였다는 말이네요."

"바로 보안관한테 한 얘기야. 하지만 내 말을 안 믿어 주잖아."

"내가 저 여자 말을 안 믿는 이유는 아주 단순하네. 정말로 그런 일이 일어났다면 대체 살인자는 어디로 갔단 말이야? 우리가 여기 들어왔을 때는 모든 문과 창문이 단단히 잠겨 있었네. 그것도 안에서!"

솔직히 그 말을 듣고 놀랍지도 않았네. 근래 노스몬트에서 일어난 범죄는 하나같이 불가능 범죄였거든.

"그래서 저한테 전화를 주셨군요. 또 밀실 살인이라서."

렌즈 보안관은 넌더리가 난다는 듯 고개를 흔들었네.

"그런 게 아니야, 선생. 또 얘길 그런 식으로 끌고 가지 말게! 난 그냥 이 여자가 머리에서 피를 흘리는 걸 보고 자넬 불렀을 뿐이야. 도착해 보니 살인자가 이 안에 있는데, 밀실 살인은 무슨 밀실 살인."

매기가 슬픈 얼굴로 고개를 끄덕였다.

"담배를 사러 가게 안으로 들어왔을 때 맥스가 앞 창문을 잠갔거든. 그리고 정신을 차리고 맥스가 죽어 있는 걸 보고 내가 보안관한테 전화를 걸었어. 그 뒤로는 현기증이 나서, 그냥 앉아서 기다렸지. 안에서 문이 잠겨 있을 거라는 생각은 하지도 않았어. 만약 내가 맥스를 죽였다면 잠긴 문을 그대로 내버려 두는 멍청한 짓을 했을 것 같아?"

나는 잠긴 문을 확인해 보았네. 자물쇠가 달린 문이었는데 그 위에 빗장도 붙어 있었어. 맥스가 영업시간 이후 가게 문을 닫고 계속 일하기 위해 만들어 놓은 장치였지. 이어서 창고도 확인해 보고, 뒷문도 훑어봤다네. 여기는 나무 막대로 문 전체를 막는 방식이었고 마찬가지로 잠겨 있었어. 그 누구도 밖으로 나간 다음 잠긴 상태로 만들어 놓을 수는 없었네. 창고 창문 두 개도 살펴봤는데 둘 다 잠겨 있었고, 안에서 빗장이 질러져 있었어. 가게 앞 유일한 창은 앞문 양옆에 있는 커다란 쇼윈도였어. 한쪽 벽 중간쯤 높이에는 작은 환기팬이 붙어 있었지만, 날개 사이로 더블 배럴 산탄총을 밀어 넣는 건 불가능했네. 살인자의 몸이 빠져나가는 건 더더욱 말도 안 되는 소리였고. 검은 페인트칠이 된 높은 나무 천장을 올려다봤지만 채광창도 구멍도 없더군.

"지하실은 어떻습니까?"

내가 물었네.

"제일 먼저 확인해 봤네. 거긴 아무도 없었어. 석탄을 내보내는 구멍도 안에서 단단히 잠겨 있었고. 아무튼 숨을 만한 곳은 빠짐없이 다 찾아봤고 심지어 아궁이 속까지 들여다봤다니까. 이 안에는 아무도 없어. 매기 머피와 죽은 사람을 제외하면."

"이렇게 넓은 공간이라면 사람이 숨을 만한 곳이 열두 군데도 더 있을 것 같은데요."

"그래? 그럼 한번 직접 찾아보든가."

보안관이 나를 도발하더군.

"산탄총 좀 확인해 봐도 되겠습니까?"

화제를 바꿔야겠다고 생각했어.

"물론이지. 지문은 제법 많이 나왔지만 돋보기로 확인할 수 있는 건 전부 맥스의 지문뿐이었네."

나는 고개를 끄덕였네.

"안 그래도 오늘 저 선반 위 산탄총을 정리하는 걸 봤습니다. 손자국이 많을 거예요."

산탄총을 꺾어 보니 두 발 모두 장전이 되어 있었는데, 발사된 건 하나뿐이었어.

"어밀리아는 어디 있죠? 혹시 보셨습니까?"

"못 찾았어."

보안관이 대답했네.

"뭐라고요?"

"못 찾았다고. 집에 없었어."

"그건 좀 이상하지 않습니까?"

"그럴 수도 있고, 아닐 수도 있지. 어디 멀리 갔을 수도 있잖아."

그러고 보니 나도 며칠 동안 어밀리아를 본 적이 없었네.

"하지만 어디 멀리 갔다면 우리도 얘길 들었을 텐데요."

"어차피 언젠가는 나타날 거야. 그보다 내가 할 일은 살아 있는 사람을 다루는 일일세. 갑시다, 머피 씨."

"어디로 데려가시려고요?"

렌즈 보안관이 나를 내려다보더군.

"자네가 병원에 가서 엑스레이를 찍어 보라고 했잖아. 그다음은 내가 살인 혐의로 예약했네."

나는 다음 날 아침 일찍 진료소로 출근했네. 에이프릴이 먼저 와 있었지.

"샘 선생님, 매기 머피한테 무슨 일이 생겼는지 들었어요?"

"들었어요. 나도 거기 있었어요, 에이프릴."

"맥스 하크너가 죽은 건 끔찍한 일이지만 아무도 매기가 저지른 일이라고는 생각 안 해요. 매기를 함정에 빠뜨리려는 음모가 분명해요."

"에이프릴, 난 누가 매기를 함정에 빠뜨리려고 맥스를 죽였다는 말은 납득이 안 돼요. 살인을 저지르려면 그보다 더 큰 동기가 필요합니다."

"그럼 매기가 살인을 저지른 동기가 뭐래요?"

"좋은 질문이군요."

나도 그걸 알고 싶었지.

유치장을 지나 보안관 사무실 앞에서 멈춰 섰어. 매기의 머리 상처부터 시작해서 묻고 싶은 게 수도 없이 많았는데, 맥스의 아내 어밀리아가 거기 있지 뭔가. 어밀리아는 보안관 책상 맞은편 의자에 허리를 꼿꼿이 세우고 앉아 있더군. 메마른 얼굴에는 딱히 눈물을 흘린 흔적은 없었지만, 그렇다고 웃고 있지도 않았네. 어밀리아가 프랭크와 나란히 있는 모습을 상상해 보려 했지만 도저히 그려지질 않더라고.

"안녕하세요, 어밀리아. 맥스 일은 정말 안됐습니다. 안타까워요."

내가 말했어.

어밀리아는 뻣뻣하게 고개를 끄덕이더군.

"그 머피라는 여자가 문제라는 걸 모르는 사람은 없었잖아요."

"아직 매기가 유죄라는 사실이 판명된 건 아니에요. 기소도 안 된 상태고요."

내가 지적했네.

"그럼 대체 그 여자 말고 누가 맥스를 죽였다는 거예요?"

렌즈 보안관이 헛기침을 했어.

"꼭 그렇다고 확정된 건 아닙니다, 하크너 부인. 저희가 모든 각도에서 수사를 하는 중입니다."

나는 보안관을 흘끔 쳐다보았어.

"어밀리아한테 몇 가지 질문 좀 해도 될까요, 보안관님?"

"마음대로 하게."

"어밀리아, 어젯밤 살인이 일어난 시각에 어디 있었어요?"

"난 살인이 정확히 몇 시에 일어났는지 몰라요."

보안관을 쳐다봤지만 어깨만 으쓱하더군.

"총소리를 들었다는 사람이 아무도 없네, 선생. 검시관은 9시 반에서 11시 반 사이에 죽었다고 판단하던데 그건 범위가 너무 넓잖아."

"그럼 이렇게 생각해 보면 어떨까요? 매기는 9시 반에 맥스네 가게에 들어갔다가 넘어져서 머리를 찧었어요. 그때 맥스가 바로 총을 맞았거나, 아니면 매기를 도우려고 뭔가를 했을 겁니다."

"그건 선생이 그 여자 말을 믿는 거고, 난 아냐. 감자 부대에 걸려서 자빠졌다느니 하는 소리는 말도 안 된다고."

"아무튼 어밀리아, 어디 있었어요? 보안관님은 당신이 자정 직후에 어디 있었는지 궁금하실 텐데요."

"그냥 집에 있었어요. 맥스가 안 와서 먼저 잠들었죠. 난 한번 잠들면 푹 자는데다 전화 소리도 못 들었어요. 보안관님이 3시쯤 전화했을 때 겨우 잠에서 깬 거예요."

"매기 머피가 당신 남편을 죽일 만한 이유로 짚이는 게 있나요?"

"맥스는 그 여자의 정신 나간 생각에 항상 반대했죠. 그 이유면 충분하지 않을까요?"

나는 렌즈 보안관을 돌아보고 물었네.

"보안관님, 매기의 머리는 좀 어떻습니까? 뇌진탕이 발견됐나요?"

"확실히는 모르겠다더군. 며칠 안정을 취하기로 했어. 위층 유치장에서 쉬고 있으니 별 문제 없을 거야."

"제가 좀 만나 봐도 될까요?"

보안관이 어밀리아를 흘끔 쳐다보았네.

"난 모르겠네, 선생. 그 여자만 특별 대접을 해 줄 수는 없는데."

"당연히 의사의 진료를 받아야 합니다. 이건 특별 대접이 아니에요."

"그래, 알았어. 자, 열쇠 챙길 테니까 같이 가자고."

좁은 계단을 따라 위층 유치장으로 올라가면서 내가 물었네.

"어밀리아 하크너에 대해서는 어떻게 생각하시죠?"

"싸늘해. 남편이 죽었는데 슬픈 기색이 손톱만큼도 없어. 불쌍한 맥스."

"어쩌면 아무도 모르는 남자 친구가 있을 수도 있어요."

내가 말을 꺼냈네.

"그 여자한테? 선생. 지금 나한테 농담하는 건가?"

"세상엔 더 이상한 일도 벌어지는 법이죠."

매기 머피는 감방에 앉아 편지를 쓰고 있었네.

"우리 어머니한테 쓰는 거야. 괜찮다는 걸 직접 알려 드리려고."

"어머니는 어디 계시죠?"

"집. 피츠버그 아니면 그 외곽의 작은 농장. 거기가 내 고향이야. 벌써 안 간 지 오래됐네."

내가 침대에 앉자 렌즈 보안관이 내 뒤에서 감방 문을 잠갔다네.

"딱 10분이야, 선생."

보안관은 그렇게 말하고 나서 아래층으로 내려갔어.

"당신 지금 큰일 난 거예요, 매기."

"알아."

"그 가게의 모든 문과 창문은 다 안에서 잠겨 있었어요. 맥스가 자길 죽인 범인을 들여보내려고 문을 열었을 수는 있겠지만, 범인이 거기서 나갈 방법은 없잖아요?"

"나도 알고 싶다, 샘. 하지만 모르겠어. 이 모든 것들이 나한테 다 그냥 수수께끼야."

"일단 무슨 일이 일어났는지 솔직히 다 말해 봐요."

"뭐?"

"당신이 말했던 방식으로 넘어져서 크래커 통에 머리를 부딪치는 건 불가능해요. 만약 그랬다면 머리 오른쪽이 아니라 왼쪽에 상처가 났어야 합니다."

매기는 잠시 벽을 멍하니 응시했네. 그러더니 나를 돌아보았어.

"사실은 뒤로 물러서다가 넘어졌어. 그래서 왼쪽이 아니라 오른쪽을 찧은 거지."

"넘어질 때 뒤로 물러섰다고요?"

"응."

별안간 나는 무슨 일이 일어났는지 깨달았어.

"당신, 맥스한테서 물러나느라 그랬군요. 맥스가 당신한테 접근한 거죠?"

매기는 고개를 끄덕이고 푹 숙였어.

"나한테로 똑바로 다가왔어. 솔직히 맥스가 갑자기 왜 그랬는지는 나도 모르겠어. 맥스는 팔을 뻗어서 나를 붙잡았고, 나는 펄쩍 뛰어 뒤로 물러나려다 발이 감자 부대에 걸렸어. 그리고 아까 말한 대로 머리를 찧었고 그 뒤로는 아무 기억도 안 나."

나는 앉아서 그 말을 잠시 반추해 보았네. 그리고 아주 조용하게 말했어.

"매기, 만약 맥스가 당신을 덮치려 해서 총을 쏘았다면 그 어떤 배심원이라도 정당방위로 인정해 줄 거예요."

"난 안 쏘았어!"

"좋아요. 진정해요. 난 당신 말을 믿어요, 매기."

"믿는다는 사람이 말을 그런 식으로 해?"

"미안해요. 저기, 혹시 기절했을 때 뭐 기억나는 거 없어요? 무슨 소리나, 아니면 사람 목소리나."

"없어. 아무것도."

"맥스가 혹시 전에도 그런 식으로 추근댄 적 있어요?"

"진지하게 그러진 않았어. 가끔 비슷한 말을 하긴 했는데 그냥 장난이었지. 내가 어젯밤에 찾아가서, 나도 장난 이상의 감정이 있다고 착각했던 게 아닐까?"

"혹시 맥스의 아내한테 남자가 있다는 소문을 들은 적은 없어요?"

"어밀리아가? 농담해?"

"뭐, 아닐 수도 있겠네요."

나는 자리에서 일어났어.

"보안관님이 오시는 것 같군요. 시간이 다 됐나 보네요."

"나 도와줄 거야, 샘?"

"노력해 볼게요, 매기."

하지만 당장은 뭘 어떻게 해야 좋을지 알 수 없었네.

하나밖에 없는 노스몬트의 장례식장은 그날 오후 맥스 하크너와 존 클레어의 시신을 준비하느라 바빴어. 장의사 윌 왓슨은 항상 죽음에 대해 철학적인 태도를 가지고 있었지.

"참 우스운 일이야. 몇 년 동안 옆집에서 나란히 가게를 운영하던 두 남자가 같은 날 밤에 죽다니."

"존 클레인의 죽음에 딱히 이상한 점이 없다면 그냥 우연의 일치겠죠."

"그런 건 없었네. 선생이 쓴 사망진단서 그대로 그냥 심장 마비야. 어차피 죽을 거면 그렇게 죽는 게 제일 낫긴 해."

"그건 그렇죠."

문득 맥스가 죽던 그 시각 나는 존 클레인의 집에 있었고, 프랭크 벤치가 나를 기다렸던 일이 떠올랐네. 프랭크가 집 앞에서 쭉 기다렸다는 증거는 본인 말밖에 없었어.

"……자연사한 것처럼 시신을 꾸며야 한다니 원. 가슴에 이렇게 끔찍한 상처가 있는데 말이야!"

윌 왓슨이 계속 구시렁거렸어.

"산탄총 흔적이었죠."

내가 멍하니 중얼거렸네. 프랭크 생각이 머리에서 떠나질 않았어. 혹시 프랭크가 어밀리아를 위해 맥스를 죽인 게 아닐까?

"존의 시신에는 넘어질 때 어깨에 난 작은 멍을 제외하면 별다른 상처는 없어."

"혹시 밀리나 어밀리아가 여기 와 있지 않나요?"

나는 갑자기 왓슨에게 물었어.

"어밀리아 하크너가 위층에 있네."

어밀리아는 유족 대기실에 앉아 있었지. 맥스는 친척이 많지는 않더군.

"또 보네요, 어밀리아."

"안녕하세요, 호손 선생님."

"항상 샘이라고 불렀잖아요."

"오늘은 평소 같지가 않네요."

"이해합니다. 슬프고 정신이 없으실 텐데, 죄송하지만 몇 가지 질문을 드려야 해서요. 하지만 어밀리아도 맥스를 죽인 범인을 잡고 싶을 테니까요."

"맥스를 죽인 범인은 유치장에 있잖아요."

"글쎄. 저기, 어밀리아. 혹시 최근에 프랭크 벤치 본 적 있어요?"

어밀리아는 내 질문에 얼굴이 약간 창백해졌네.

"프랭크? 아뇨, 프랭크는 왜요?"

"어젯밤에 절 찾아와서 굉장히 이상한 얘길 하더라고요. 당신이 임신했느냐고 묻던데요."

어밀리아는 눈을 감고 바들바들 떨더군. 다급히 그녀를 진정시켜야 했네.

"미안해요. 어밀리아. 하지만 난 진실을 알아야 해요."

"그런 일 없어요."

어밀리아가 낮은 목소리로 대답했어.

"프랭크에게 맥스를 죽일 동기가 있나요?"

"프랭크는 파리 한 마리 못 죽이는 사람이에요."

"알겠습니다. 그럼 나중에 봐요, 어밀리아."

나는 이야기를 끝냈네. 어밀리아에게서는 더는 알아낼 게 없어 보였거든.

유족 대기실 밖은 이미 문상객으로 가득했네. 총기 제작자 필 세이지가 보였고, 필의 아내도 문 근처에 서 있었어. 그 외 맥스네 잡화점 단골들 몇 명이 어슬렁거리더군. 이 사람들이 여기 있으니, 그 가게에 가 봐야겠다는 생각이 들었네.

나는 시내 광장을 지나 잡화점 근처를 돌아다니며 그 옆 골목에 쌓인 박스와 나무통들을 훑어보았네. 반대편 옆집인 매기네 부동산에는 '닫힘' 팻말이 걸려 있더군. 맥스의 가게 앞은 부보안관 한 명이 지키고 있었어.

그 부보안관에게 안으로 들여보내 달라고 부탁해서 한 번 더 둘러보았네. 변한 건 없었어. 의자에 앉아 천장을 올려다보며 무슨 생각이 떠오르기를 기다렸지.

그때 문득 지금까지 알아차리지 못했던 무언가가 보였어.

사다리를 가져와 더 자세히 들여다보았네. 검은 페인트칠을 한 나무 천장 한 부분에 깨진 듯한 자국이 있었는데, 주위에 구멍 같은 게 나 있었어. 천장의 다른 부분은 깨끗했지. 나는 잭나이프를 꺼내서 그 부분을 쑤셔 보았네.

"거기서 뭐 하는 건가, 선생?"

아래쪽에서 목소리가 들렸어. 내려다보니 렌즈 보안관이 서 있더군.

"천장에 벌레 먹은 자국 같은 게 있어서 확인하는 중입니다."

"우리 부보안관이 자넬 들여보냈다고 연락했어."

"아주 유능한 분이군요."

나는 사다리에서 내려와 보안관을 마주 보았네. 보안관은 약간 의기양양한 표정으로 말하더군.

"내가 사건을 해결했다고 말해 주러 왔네."

"어젯밤 매기 머피를 체포하고서 사건을 해결했다고 하지 않으셨습니까?"

보안관은 손을 내저으며 내 말을 묵살했네.

"아니, 그 여자는 맥스를 죽이지 않았어. 누가 죽였는지 난 알고 있지. 이번만큼은 밀실 살인의 수수께끼를 내가 앞질러 푼 거야, 선생."

"어디 한번 얘기해 보시죠, 보안관님."

"하크너네 이웃이 자정 전에 어밀리아가 집을 나오는 모습을 봤다더라고. 내가 전화하는 동안 그 여자는 잠들었던 게 아니야. 아예 집에 없었던 거지."

"그럼 어디 있던 거죠?"

"숨어 있었어. 자기 남편을 죽이고 나서 여기 이 가게에 계속 숨어 있었던 거야."

"이 가게를 샅샅이 뒤져 봤다고 하지 않았나요?"

"딱 한 군데를 놓쳤던걸세. 우리 코앞에 놓여 있던, 너무 뻔한 곳이어서 미처 생각도 못 했던 거지."

"대체 그게 어딥니까?"

보안관은 극적인 동작으로 그곳을 가리켰네.

"바로 저기야, 선생. 크래커 통 말이지! 어밀리아 하크너는 남편을 죽이고 나서 크래커 통 속에 숨어 있었네."

"아주 훌륭한 생각입니다, 보안관님. 하지만 그렇다면 어밀리아는 남편을 죽이고 통 속으로 기어 들어가서 크래커 속에 몸을 파묻고 몇 시간 동안 꼼짝도 안 했다는 이야기가 됩니다. 보안관님과 부하들 그리고 저까지 여기 있는 동안 말이죠. 크래커에서 아주 작은 바스락 소리만 났어도 모두의 주의를 끌었을 거라고요.

게다가 부보안관이 문 앞을 지키고 있는데, 나중에 어떻게 가게를 빠져나갔을까요? 어밀리아는 굳이 그런 번거로운 짓을 할 필요가 없어요. 그냥 내버려 두고 나가면 나중에 매기가 시체를 발견하게 될 테니 말이죠. 가게 문이 잠겨 있든 안 잠겨 있든 어차피 가장 유력한 용의자는 매기잖아요."

렌즈 보안관은 의기소침해졌네.

"그럼 불가능 범죄라는 얘기잖아, 선생."

"그렇지 않을 수도 있습니다. 나가서 잠깐 산책이나 하죠."

나는 시내 한복판에서 떨어진 어느 골목으로 보안관을 데려갔어. 그리고 10분쯤 걸었을 무렵, 어느 집 앞에 멈춰 서서 사방을 둘러보았네.

"저는 여길 좀 둘러보려고 합니다. 어쩌면 허락 없이 차고에 들어갈지도 모르겠습니다. 보안관님은 반대편을 좀 봐 주세요."

"왜? 뭐 하려고?"

"지금은 아무것도 묻지 마시고요."

살다 보면 한 번쯤은 운이 좋을 때가 있지. 나는 차고 뒤쪽, 갈퀴와 정원 손질 도구들이 쌓여 있는 곳에서 그 물건을 단번에 발견했네. 그리고 보안관에게 보여 줬지.

"이건?"

보안관이 물었네.

"나중에 설명하겠습니다. 일단 장례식장으로 가시죠."

장례식장은 아직도 북적북적하더군. 렌즈 보안관은 나를 앞세워 맥스 하크너의 시신이 있는 방으로 들어갔어.

"여기가 아닙니다. 다른 방이에요."

밀리 클레인이 일어나서 우리를 맞이했지. 보안관은 애도의 말을 몇 마디를 건넸고.

"두 사람 다, 와 줘서 정말 고마워."

밀리가 말했네.

"밀리, 개인적으로 할 말이 있어요. 혹시 조용히 얘기 좀 할 수 있을까요?"

내가 물었네.

밀리는 보안관에게서 내게로 시선을 옮겼어.

"저쪽 유족 대기실로 가자고."

문상객들에게서 벗어나자 나는 바로 용건을 말했네.

"밀리, 우리는 지금 막 당신 집에서 오는 길이에요. 차고에서 산탄총을 발견했어요."

"뭐라고?"

"맥스 하크너를 죽인 바로 그 총이에요, 밀리."

"지금 내가 맥스를 죽였다는 뜻이야?"

"아뇨, 당신 남편입니다. 맥스를 죽인 건 존이에요. 그리고 존은 살인으로 인한 흥분 때문에 심장 마비가 왔죠."

렌즈 보안관은 깜짝 놀랐네.

"선생, 설마 지금 죽은 사람이 맥스를 죽였다는 소리야?"

"방아쇠를 당길 때는 아직 안 죽었던 거죠, 보안관님. 존은 그때 아주 팔팔하게 살아 있었어요. 밀리, 당신이 말했죠. 존이 저녁 식사 후 잠깐 산책을 나갔다가 필 세이지네 가게에 들렀다고. 총기 제작자 필 세이지 말입니다. 존은 거기서 총을 손에 넣었겠죠? 어쩌면 수리하느라 맡겨 놓았을 수도 있겠네요. 총알도 얻었을 겁니다. 그래도 그걸로 맥스를 쏘려는 생각은 없었을 거예요. 최소한 그때까지는 말이죠. 하지만 가게를 지나가다 맥스가 눈에 띈 겁니다. 자신을 가게에서 쫓아내고 퇴물로 만든 인간. 커다란 새 가게 안에서 자리를 차지하고 나사받이 같은 단순한 물건 하나도 못 찾아서 애를 먹는 인간. 심지어 존은 그런 인간이 매기 머피를 추행하려는 모습까지 보았습니다. 존이 매기를 도와준 이유는 매기를 사랑해서가 아니라 맥스를 증오했기 때문이었죠."

"그럼 가게 안에서 나온 산탄총은 뭔데!"

렌즈 보안관이 따졌어.

"존 클레인은 잠겨 있던 앞문 밖에서 맥스에게 고함을 질렀을 겁니다. 맥스는 산탄총을 들고 있는 존을 보고 방어하기 위해 자신도 총을 들고 장전했겠죠. 문을 열어 주지는 않았겠지만 그걸로 존을 막을 수는 없었습니다. 환기구를 떠올린 분노한 존은 옆 골목으로 돌아갔죠. 그리고 거기 있던 상자를 밟고 올라가서 산탄총을 환기구 날개 사이로 넣은 후 맥스의 가슴을 향해 총을 발사했습니다. 그때 충격으로 맥스의 손가락이 방아쇠를 당겨, 나무 천장으로 산탄이 발사된 겁니다. 그 총알은 오늘 낮에 찾아냈죠. 산탄총은 총알만으로 총을 특정하기 어려워요. 발사된 흔적이 남은 무기가 시체 옆에서 발견되었으니 우리는 당연히 그것이 흉기라고 생각했죠. 범인이 가게 안에 흉기를 두고 갔다고만 생각했는데, 사실은 그렇지 않았던 겁니다."

보안관이 끼어들었네.

"잠깐만, 선생. 그 환기구는 자네가 직접 확인하지 않았어? 산탄총 총신이 환기구 날개 사이로 아예 들어가지 않았던 것 같은데?"

"더블 배럴과 싱글 배럴은 다르죠. 맥스의 산탄총은 총열이 두 개라 들어가지 않았지만 총열이 하나인 존의 산탄총은 가능했을 겁니다."

이야기를 나누는 내내 밀리 클레인은 아무 말이 없다가 이윽고 입을 열었어.

"존에게 불리한 말만 잔뜩 있네. 증거는 어디 있는데?"

"당신 집 차고에서 발견한 산탄총이죠, 밀리. 가게 천장에서 산탄을 발견했을 때, 또 다른 총이 존재할 거라는 확신이 들었어요. 당신 집은 맥스네 가게에서 걸어서 10분밖에 안 걸리니까, 심장마비가 일어났던 밤 10시경에 존은 충분히 집으로 돌아갈 수 있었습니다. 하지만 총을 처리할 시간은 없었을 겁니다. 그러니 당연히 당신 집 어딘가에 있을 거라고 생각했어요."

"겨우 그 정도 이유로 나한테 존이 살인자라는 사실을 받아들이라는 거야?"

"죄송해요, 밀리. 사실 어떻게 죄송하다는 말씀을 드려야 좋을지 모르겠어요. 하지만 더 많은 증거를 원한다면 얼마든지 제시할 수 있어요. 아까 여기 왔을 때 장의사 윌 왓슨이 존의 몸에 난 상처라고는 어깨에 든 멍뿐이라더군요. 윌은 넘어질 때 난 멍이라고 했지만, 당신은 분명 존이 의자에 앉은 채 죽었다고 했죠."

밀리는 간신히 고개만 끄덕이고 몸을 돌렸네.

"납득이 되는군. 이 사건은 이제 끝이야. 하지만 딱 한 가지만 더 물어보겠네. 자기 남편을 죽인 게 아니라면 어밀리아는 대체 어디 있었던 건가?"

렌즈 보안관이 물었어.

"아마 애인을 만나러 갔을 겁니다. 프랭크 벤치가 저를 만나러 왔고 자정 직후 저희 집을 떠났거든요. 어밀리아는 어딘가에서 프랭크를 기다렸겠지만 설마 프랭크가 절 만나러 왔을 줄은 상상도 못 했겠죠."

샘 호손 박사는 이야기를 마무리했다.

"이 이야기는 여기서 끝이라네. 그런데 어…… 가기 전에 혹시 자네 약주 한잔 더 안 할 텐가? 싫다고? 좋아, 그럼 다음번에 오면 또 다른 이야기를 해 주지. 내가 그 오래된 법원에 배심원의 의무를 이행하러 갔을 때 있었던 일이라네."

법원 가고일의
수수께끼

샘 호손 선생은 화이트 와인 두 잔을 따르며 말했다.

"전에 내가 배심원의 의무를 이행하러 법원에 갔을 때 이야기를 해 주겠다고 약속했지? 그건 1928년 9월, 허버트 후버와 앨 스미스가 대통령 선거에서 한창 격돌하고 있을 때의 일이었다네. 나는 11월에 노스몬트에서 처음이자 마지막으로 배심원 소환을 받아 법원에 가게 되었어. 렌즈 보안관과 오랫동안 친하게 지냈고, 내가 지역 범죄를 해결하는 데 관심이 많다는 사실을 시내 모든 사람들이 다 알고 있었기 때문에, 원래는 형사 법정에 불려갈 일이 없었지. 하지만 그 사건은 옆 동네에서 벌어진 일이었어. 피고 측에서 나쁜 평판으로 인해 불리해질 것을 우려해서 장소 변경을 요청했고, 그 바람에 재판이 노스몬트에서 열리게 된 거라네……."

(샘 호손 선생이 말을 이었다.)

그해 여름 더위는 꽤 늦게까지 이어졌네. 큰길을 지나 법원으로 들어가는데, 아직 단풍이 들지 않았더군. 법원은 검은 돌로 지은 화려하고 커다란 건물이었는데, 지난 세기 끝 무렵 지역 창립자들이 노스몬트의 번영을 꿈꾸며 세운 곳이었지. 뭐, 번영은 결코 일어나지 않았지만. 법원 건물은 2층밖에 안 되지만 규모는 꽤 컸기 때문에 시내 광장 근처 작은 블록 전체를 차지했다네. 지붕 꼭대기에는 수수하게 생긴 가고일 석상 네 개가 사방을 지키고 있었는데, 어린애들은 좋아했고 어른들은 싫어했다네.

　2층 법정은 베일리 판사가 주재했고, 남녀 25명이 배심원으로 소환됐어. 당시 노스몬트에는 배심원 역할을 맡을 수 있는 여성이 얼마 되지 않았기 때문에 배심원 대부분이 남성이었다네. 우리는 법원 서기 팀 초서를 따라 들어갔네. 팀은 프랑스 아르곤에서 입은 부상 때문에 다리를 절었는데, 여러 모로 변변치 못한 사람이었어. 너무 못생겨서 사람들이 법원의 다섯 번째 가고일이라고 놀릴 정도였지. 하지만 본인은 별로 신경 쓰지 않았네.

　문제의 사건은 커드베리 마을에 사는 어느 농부가 살해당한 사건이었어. 군에서 가장 넓은 땅을 소유한 꽤 유명한 사람이었는데, 자기 집 헛간에서 산탄총을 맞고 죽은 거야. 피고는 떠돌이로 살다 그 지역으로 흘러 들어와 농장에서 허드렛일을 돕던 젊은이였네. 이름은 애런 플레이버로 나이는 스물셋이었지.

　나는 죽은 사람에 대해서는 월트 조스트로라는 이름밖에 몰랐네. 그야말로 자연인으로서 배심원으로 뽑혀 간 셈이지. 그 전날까지 내가 아는 사실이라고는 나를 제외하면 배심원단에 남자 9명과 여자 2명 그리고 예비 인원 몇 명이 더 있다는 사실뿐이었네. 베일리 판사 말에 따르면 우리는 입증 기간에는 격리되지 않지만, 숙고 기간에는 격리가 필요하다고 했어. 재판은 일주일 정도 예상하고 있는데, 기간이 길어서 우리에게 피해를 끼치지 않았으면 좋겠다고도 했지. 판사는 이야기하는 동안 팔꿈치 옆에 놓인 물 잔을 들어 홀짝홀짝 마셨네. 판사석과 증인석 사이에 물병과 잔 두 개가 더 준비되어 있었어.

평상시라면 일주일씩이나 진료소를 비우는 건 큰 피해였을 거야. 특히 내 환자들에게 말이지. 하지만 그해 여름 노스몬트에 또 다른 의사 하나가 개업을 한 덕분에 부담이 좀 덜했다네. 밥 예일이란 의사였는데 보스턴에서 인턴을 막 끝내고, 노스몬트에 작은 병원이 새로 생긴다는 말을 듣고 자리를 잡았지. 그 친구를 보면 6년 전 처음 개업했을 때가 생각나더라고. 나이도 비슷했기 때문에 우리는 금세 친해졌어. 밥은 내가 배심원으로 가 있는 동안 내 환자들을 봐주겠다고 자청했네.

진료 문제는 해결됐지만, 정오 휴회 시간이면 진료소에 가서 에이프릴을 만나 진료소 상황을 확인한 후 조간신문을 보곤 했다네. 넷째 날인 목요일쯤 되니 에이프릴은 내가 들어가도 쳐다보지도 않더군.

"오늘 오전에는 어땠어요?"

"그냥 똑같죠 뭐. 검사 측에서 사건을 포기했어요. 점심 먹고 나면 피고 측에서 발언할 차례고요."

"그 사람이 진짜 범인일까요?"

"그건 뭐라고 못 하겠네요. 사실 피고가 산탄총을 발사했다는 걸 부정하는 사람은 없거든요. 그게 살인인지, 아니면 단순한 사고인지의 문제일 뿐이죠. 검사 측에서는 애런 플레이버가 조스트로의 아내와 불륜 관계였다는 사실을 입증하려 해요. 그걸 사건의 동기로 삼을 것 같아요."

에이프릴은 의기양양하게 고개를 끄덕였네.

"저도 꽤 그럴싸한 이야기를 많이 들었어요."

"이 작은 마을에 무슨 소문이 그렇게 많은지! 재판 장소까지 옮긴 걸 보니 커드베리는 더 심하겠죠."

우편물을 훑어봤지만 특별한 건 없더군.

"샌드위치나 하나 먹고 법정으로 돌아가 봐야겠습니다."

"증언 얘기 좀 해 주면 안 돼요?"

에이프릴이 졸랐어.

"재판이 끝나면 다 얘기해 줄게요. 끝나기 전까지는 아무한테도 말하면 안 되거든요."

점심을 먹으러 종종 들르는 단골 커피숍에서 동료 배심원인 랜드스미스 부인과 마주쳤네. 부인은 몸집이 큰 오십 대 여인이었는데, 내가 노스몬트에 온 이래 계속 포목점에서 일하고 있었어.

"샘 선생, 여기 앉아서 같이 먹자. 어휴, 그 답답한 법정에서 잠깐이라도 나오니 너무 좋다."

부인이 날 부르더군.

"네, 이제 하루 이틀 정도면 끝나겠죠."

나는 부인의 맞은편 비좁은 나무 의자에 자연스럽게 앉았지.

"정말 그랬으면 좋겠네!"

그때 렌즈 보안관이 가게에 들어와 씹는담배 한 움큼을 샀네. 우리가 자리에 앉아 있는 모습을 보고는 다가와 말을 걸더군.

"배심원 노릇은 좀 할 만한가?"

"색다른 경험이네요."

"자네 환자들도 자네 없이 지내는 법을 배워야지."

보안관은 킬킬 웃으며 말했어.

"그러면 안 될 텐데 큰일이네요."

우리는 보안관과 함께 법정 쪽으로 향했네. 그리고 그 앞에서 작별 인사를 나눴지. 보안관은 먼지 가득한 주차장을 가로질러 옆 블록 유치장으로 향했어.

"저거, 베일리 판사님 차야. 작은 동네 판사치고는 벌이가 괜찮은 것 같더라니."

랜드스미스 부인이 검은 패커드 세단을 가리키며 말하더군.

"저는 재판에 참석하다 보니 그분이 참 인상 깊게 느껴지더라고요. 전에는 이렇게 오래 마주할 일이 없었거든요."

오후 재판은 변호사의 피고인 진술에서부터 시작되었네. 커드베리에서 온 시몬스란 변호사였는데, 유능한 것 같았지만 결론이 정해진 것처럼 다소 형식적으로 변호하더군. 나는 변호사가 이 재판을 이긴 싸움으로 생각하는지, 진 싸움으로 생각하는지 궁금했네. 일개 배심원으로서는 도무지 알 수가 없더군.

최초 변호에서 시몬스는 유일한 증인인 피고 본인을 불렀네. 애런 플레이버는 연갈색 머리의 젊고 잘생긴 청년이었고, 여름에 농장에서 일했기 때문인지 얼굴과 팔이 짙게 그을려 있었네. 청년은 자기 변호사 옆에 앉아 있는 일주일 내내 표정 변화가 거의 없었어. 심지어 고인의 아내가 증인석에 나와 애런이 가끔 일을 멈추고 자신과 잡담을 나누곤 했다고 증언할 때도, 그 뜨거운 7월 햇볕 속에서 보낸 나날이 기억나는 듯 희미한 미소만 지었다네.

늘 그렇듯 시몬스가 긴장된 얼굴로 양손을 비비며 신문을 시작했어.

"자, 그럼 7월 23일 월요일 오후에 무슨 일이 있었는지, 직접 이야기해 주시겠습니까."

애런은 이마를 긁으며 말했네.

"전 아침 일찍부터 농장에 나가서 건초를 날랐는데요. 그날은 다른 일꾼이 아파서 안 나오는 바람에 저하고 월트, 그러니까 조스트로 씨 말이에요. 둘밖에 없었어요."

"당신은 그때 고인의 집에 살고 있었습니까?"

"맞아요. 봄 파종철부터 머물면서 허드렛일을 했어요."

"혹시 지내는 동안 피고와 조스트로 부인 사이에 불순한 관계가 있지는 않았나요?"

"아니에요, 변호사님! 부인은 제 고용주의 아내일 뿐이에요. 그게 다라고요. 부인은 제 끼니를 챙겨 주셨고, 전 가끔 부인의 집안일을 돕곤 했어요."

"조스트로 부인은 이십 대 후반 여성입니다. 고인보다 피고는 훨씬 젊죠. 부인은 상당히 매력적인 여성이기도 하고요. 보고에 따르면 음, 동네 소문 말입니다만. 당신과 부인 사이에 불법적인 관계가 있었다고 하던데, 이 이야기가 사실입니까?"

"아니라니까요, 변호사님!"

애런 플레이버는 큰 소리로 단호하게 대답했지만, 계속 불안한 얼굴로 증인석 의자를 더듬더군. 조스트로 부인도 그 자리에 섰을 때 비슷한 행동을 했다네. 보통 긴장했을 때 부부는 닮은 행동을 하는데, 애인끼리라고 그러지 말란 법은 없었지.

"오후 행적에 대해서 계속 말씀해 주십시오, 플레이버 씨."

"어, 제가 헛간에 있는데 농장에 있던 조스트로 씨가 와서 성가신 까마귀 몇 마리가 있다고 했어요. 그놈들을 쫓을 수 있도록 집에서 산탄총을 갖다 달라고 했고요."

"그래서 당신이 가져다주었나요?"

"네."

"조스트로 부인은 그때 집에 있었고요?"

"네."

"부인과 무슨 대화를 했습니까?"

"그건 기억이 안 나요."

애런은 땀이 가득한 손바닥을 바지에 문지르며 배심원석에 앉은 우리를 쳐다보았네.

"그 산탄총은 갖고 나올 때 장전이 되어 있었습니까?"

"헛간으로 가져가는 길에 제가 조류용 산탄 두 발을 장전했어요."

"왜 그랬죠?"

"그냥 조스트로 씨를 도와주려고요. 까마귀를 쫓는다니 이왕이면 장전까지 해서 준비가 다 된 산탄총을 갖다주려 했죠."

"당신이 헛간에 도착했을 때 무슨 일이 벌어졌습니까?"

"문을 열고 들어가니 조스트로 씨가 거기 있었어요. 햇빛 속에 있다가 갑자기 어두운 헛간 안으로 들어가는 바람에 우유 짤 때 앉는 의자를 미처 보지 못했죠. 거기 걸려 넘어지는 바람에 균형을 잃고 그만 총이 발사된 거예요. 결국 조스트로 씨의 가슴에 명중하고 말았어요. 하느님께 맹세코 절대 고의가 아니었어요."

"그래서 어떻게 했습니까?"

"집으로 뛰어가서 조스트로 부인을 불러왔어요. 조스트로 씨는 피가 엄청나게 났고 아주 끔찍했어요. 부인과 함께 돌아가 보니 이미 숨을 거뒀더라고요."

베일리 판사는 흥미로운 표정으로 증언에 귀를 기울였네. 그러고는 법원 서기를 보고 슬그머니 빈 물병을 가리켰지. 팀 초서가 절뚝절뚝 걸어와 물병을 가져가자 법정 안의 모든 시선이 그리로 쏠렸어. 점심시간에 물병을 채워 두는 일을 깜박한 모양이더군. 팀은 배심원석 반대편 벽 앞에 있는 식수대에서 물을 받았네. 물이 콸콸 흘러넘치자 얼른 물병을 뺐고, 병 속에는 물이 4분의 3쯤 담겼지. 팀은 다시 절뚝절뚝 걸어와 물병을 잔 세 개가 담긴 쟁반 위에 올려놓았네.

"재판을 방해해서 미안합니다. 오래 말하다 보니 목이 말라서 그만."

베일리 판사가 말했어.

법정 방청석 뒤쪽을 흘끔 쳐다보니 새로 온 젊은 의사 밥 예일이 슬그머니 들어와 맨 뒷줄에 앉았네. 혹시 나한테 급히 전할 말이 있나 했는데, 그냥 남들처럼 재판이 궁금해서 온 것 같더군.

나는 다시 판사석으로 시선을 돌렸네. 베일리 판사는 시몬스의 새로운 질문에 별 흥미가 없었는지, 가까이에 있던 잔을 집어 들고, 안경 너머로 그 속을 들여다보고 있었어.

"……그래서 조스트로 부인이 그때 보안관님을 불렀던 거예요."

애런 플레이버가 계속 말하는 중이었네.

베일리 판사는 물 잔 테두리를 만지작거리다 살짝 금이 간 부분을 발견한 모양이었어. 그래서 잔을 다시 쟁반에 내려놓고 남은 두 개 중에서 하나를 들었네. 물병을 들어 새 잔에 물을 반쯤 따랐지.

"산탄총이 발사된 건 피고의 말처럼 완벽한 사고였지요?"

시몬스가 물었어.

"당연하죠! 맹세할 수 있어요!"

애런 플레이버는 끔찍한 순간이 다시 떠오른 듯 얼굴이 일그러지더군. 그 순간 나는 애런이 결백한 사람 아니면 훌륭한 배우일 거라고 생각했지.

베일리 판사는 물 잔을 들어 입술을 축이고 물을 마셨네.

그러더니 순간 얼굴을 찌푸리며 잔을 내려놓았어. 목을 움켜쥐더니 고통스러운 얼굴로 숨을 헐떡이더군. 나는 도저히 믿을 수 없었어.

아직 젊었던 터라 배심원석 앞 난간을 뛰어넘어 판사에게로 달려갔어. 나는 배심원이기 전에 의사였고, 지금 베일리 판사에게는 내가 필요했지. 법정은 혼란에 빠졌고 내 뒤로 변호사와 팀 초서가 바짝 쫓아왔네. 의자에서 미끄러진 판사를 부축하니 숨결에서 씁쓸한 아몬드 냄새가 났네. 죽음의 향기였지.

"독이에요! 빨리 사람 좀 불러요!"

내가 어깨 너머로 고함을 질렀어.

베일리 판사는 무어라 말하려 애썼네. 허리를 숙이니 그 목소리가 더 잘 들렸지.

"……가고일……."

판사는 내 품 안에서 숨을 거두었네.

법정은 여전히 혼란스러운 상태여서 상황을 수습하는 데 몇 분이 걸렸네. 밥 예일이 내 옆으로 다가와 함께 판사를 내려다보았어.

"어떻게 된 거죠, 샘? 심장 마비?"

나는 고개를 가로저었네.

"독살이야. 쓴 아몬드 냄새가 났어. 청산가리가 분명해."

"뭐라고요! 설마 그 물에?"

"그럼 어디에 있었겠나."

"하지만 법정 안 모든 사람들이 팀 초서가 저기 있는 식수대에서 물을 채우는 모습을 봤잖아요! 어떻게 독을 넣었단 말이죠?"

"난 '무슨 일'이 일어났는지 말한 거지, '어떻게' 일어났는지는 아직 몰라."

렌즈 보안관이 인파를 헤치고 다가왔네.

"선생, 자네는 진짜 가는 길마다 시체를 끌고 다니는군!"

"죄수는 데리고 나가고, 법정 안에서 사람들을 전부 내보내 주세요. 이 살인은 제가 보는 앞에서 일어난 일이니까요. 심지어 그동안 겪었던 사건들보다 훨씬 기이한 사건이고요."

"대체 누가 베일리 판사를 죽인 거야?"

"이제부터 그걸 밝혀내야죠."

판사 대리가 들어와 재판 무효를 선언하고, 우리는 배심원의 의무에서 해방되었네. 피고 애런 플레이버는 보석 대신 유치장에 구금됐어. 고인의 아내 세라 조스트로는 눈앞에서 벌어진 잔인한 사건에 큰 충격을 받고 울면서 법정 밖으로 실려 나갔네.

법정 안에 우리만 남자 렌즈 보안관이 물었어.

"이제 어떡하지, 선생? 전에도 정신 나간 사건을 해결하느라 여러 번 자네 도움을 받았지만, 이번에야말로 자네가 꼭 필요하겠어. 판사가 법정 안에서 독살당한 사건을 해결 못 하면 유권자들이 내 머리 가죽을 홀랑 벗겨 버릴 거야."

나는 뒤로 물러나서 빈자리들을 둘러보았어.

"독살에는 항상 자살의 가능성이 있기 마련이죠. 어쩌면 손바닥 안에 청산가리 결정을 움켜쥐고 있다가 물과 함께 삼켰을지도 모릅니다."

"자네 그거 진심으로 하는 소린가?"

"아니죠. 판사가 자살할 이유가 없다는 건 우리도 다 아는 사실이니까요. 그리고 만약 자살이라면 보는 눈이 없는 곳에서 저질렀을 겁니다. 이건 거의 살인이라고 봐야죠."

"대체 어떻게 범행을 저지른 건데?"

나는 잠시 생각했네.

"청산가리에는 세 가지 형태가 있습니다. 최근 사형 집행에 이용되기 시작한 가스 형태가 있고, '청산'이라 불리는 무색의 액체가 있고, 고체인 시안화물 결정이 있죠. 기체는 제외해도 될 테고, 아마 액체일 가능성이 가장 높을 겁니다. 판사님이 마신 물잔에서 쓴 아몬드 냄새가 났거든요."

"물병은?"

나는 물병 냄새를 맡아 본 뒤 고개를 가로저었네.

"여긴 없는 것 같지만, 분석을 보내 보시죠."

"도대체 잔이나 병에 어떻게 독을 넣은 거야? 자네 얘기에 따르면 팀이 물을 뜨러 갈 때, 그리고 판사가 물을 마실 때 계속 모든 사람들이 쳐다보고 있었다면서."

"아마 판사님도 팀이 넣었다는 사실을 안 모양입니다. 판사님이 마지막으로 남긴 말은 '가고일'이었어요."

"팀 초서를 말하는 건가?"

"그럼 누구겠어요?"

"한번 가서 얘기를 해 보세."

팀 초서는 법정 서기를 위한 작은 사무실에 있었네. 책상 서랍 위로 허리를 숙이고 연필과 노트 한 무더기를 책상 위에 쌓아 놓고 있더군. 그 옆에는 상사 군복을 차려입은 초서의 사진이 놓여 있었네. 초서가 고개를 들더니 나를 보고 말했어.

"굳이 말씀하실 필요도 없습니다. 아마 전 해고됐겠죠."

"왜 그렇게 생각합니까?"

"이 안에서 저랑 친한 사람이라고는 베일리 판사님밖에 없었어요. 사람들이 뒤에서 놀릴 때도 절 계속 지켜 주신 분은 그분밖에 없었다고요."

"놀렸다고요? 가고일 말인가요?"

내가 물었네.

"네, 맞아요. 도대체 이 일에 잘난 얼굴이 왜 필요한 거죠?"

"물에다 독은 어떻게 넣었지, 팀?"

보안관이 물었어.

"난 몰라요!"

"자네가 넣었잖아?"

"판사님이랑 친하다고 분명히 말씀드렸잖아요."

"판사가 자네와의 관계를 다시 생각했을 수도 있잖나? 그래서 독을 탄 거지."

초서는 울부짖었네.

"아니에요, 아니라고요! 날 좀 혼자 내버려 둬요!"

그러고는 절뚝거리며 옷걸이 쪽으로 향했어.

"제 발로 나갈 겁니다. 끌어낼 필요도 없어요."

나는 초서의 어깨에 조심스럽게 손을 얹었네.

"팀, 이 사건의 전모를 밝혀내려면 당신이 필요할 수도 있어요. 뭐 좀 물어볼게요. 물을 따를 때 쓴 아몬드 냄새 같은 게 나지 않았어요?"

"쓴 아몬드가 어떤 냄새인지도 모르겠는데요. 그냥 보통 아몬드 냄새도 몰라요. 살면서 먹어 본 적도 없으니까."

"판사님이 마지막으로 남긴 말은 '가고일'이었어요. 혹시 당신을 가리키는 말일까요?"

"아뇨, 절대 아니에요! 그분은 저를 그렇게 부른 적이 없어요! 판사님은 항상 팀이라고 이름을 부르셨다고요!"

"하나만 더. 혹시 재판이 다시 시작되기 전, 점심시간에 물병 채우는 걸 깜박 잊었던 건가요?"

"아뇨, 안 잊어버렸어요. 판사님이 필요하실 때면 언제든 채워 드려요."

렌즈 보안관은 초서에게 일단 하던 일을 계속하라고 했네. 그러고 나서 우리는 복도로 나갔지.

복도에서 내 동료 배심원 랜드스미스 부인이 피고 측 변호사 시몬스와 이야기를 나누고 있었네.

"너무 끔찍한 일 아니야? 그것도 우리 눈앞에서 이런 일이 일어나다니!"

부인은 슬프게 고개를 저었어.

시몬스가 말을 가로막더군.

"내 의뢰인한테는 더 큰일입니다. 이제 재판이 다시 열리기 전까지 내 의뢰인은 감방에 갇혀 있어야 한다고요. 난 이 소송을 기각시킬 생각입니다. 아니면 의뢰인에게 보석금을 내라고 하든지."

"절대 그럴 수는 없지. 플레이버는 결혼도 안 했고, 이 지역에 친지도 연고도 없잖소. 그런 떠돌이를 한번 풀어 주면 금세 도망치고 말걸."

렌즈 보안관이 대꾸했네.

시몬스는 겨드랑이에 서류 가방을 꼈네.

"법정은 다른 시각으로 바라봐 주실 거라 믿습니다."

시몬스가 복도를 따라 터덜터덜 걸어간 후, 랜드스미스 부인이 내게 물었지.

"재판이 취소됐으니까 묻는 건데. 샘 선생, 만약 재판이 진행됐다면 어디에 표를 던질 생각이었어?"

"솔직히 아직 마음을 못 정했어요."

"난 이렇게 생각해. 조스트로 부인이 남편을 죽이고 애런 플레이버한테 죄를 뒤집어씌운 거야. 그 여자, 증언하는 내내 껌을 씹고 있었잖아. 난 사람들 보는 앞에서 껌 씹는 여자는 못 믿어."

"그 말도 일리가 있네요. 그러니까 플레이버가 억울한 누명을 썼을 수도 있다는 말요."

"판사님은 어떻게 살해당한 걸까? 혹시 수도 전체에 독을 푼 것 아냐? 앞으로는 수돗물을 먹지도 못하겠어."

"수도는 안전해요."

베일리 판사가 내 품에서 숨을 거둔 후, 제일 먼저 법정 안의 수도를 확인했네. 물은 깨끗했고, 누가 수도꼭지에 장난을 친 건 아닌 듯했지.

"세상에나, 그렇다면 정말 다행이고!"

랜드스미스 부인은 그렇게 말한 뒤 다른 수도를 확인하러 가 버렸네.

우리를 배심원 역할에서 해방시켜 준 판사 대리는 브루스 메이틀랜드라고 했는데, 덩치가 크고 소탈한 남자였어. 판사라기보다 정치가가 더 잘 어울렸지. 렌즈 보안관이 애런 플레이버를 확인하러 유치장으로 간 후 나는 메이틀랜드 판사를 찾아갔네.

판사는 나를 보고 손을 흔들었어.

"어서 오게나, 호손 선생. 그러고 보니 아까 배심원단에 있지 않았나?"

나는 고개를 끄덕였네.

"이 지역에서 배심원으로 소환된 유일한 기회였는데 말이죠. 그런 기회는 두 번 다시 오진 않을 겁니다."

"그건 모르는 일이지. 노스몬트는 발전하고 있다네. 의사도 더 많이 필요하고, 배심원도 더 많이 필요하겠지. 그런데 무슨 일인가?"

"판사님도 같은 생각을 하고 계실 텐데요. 베일리 판사님 일입니다."

메이틀랜드 판사는 슬프게 고개를 가로저었어.

"불쌍한 친구 같으니. 대체 누가 그 사람을 그런 식으로 죽였을까?"

"저도 그 질문을 드리러 온 건데요."

"그 친구한테는 적이 없었어. 물론 과거에 유죄 판결을 내렸던 범죄자들이야 치를 떨겠지만, 판사라면 다 마찬가지지. 직업상 어쩔 수 없는 일이니까."

"팀 초서와 얘기했는데, 베일리 판사님이 돌아가셨으니 자기는 바로 해고될 거라고 생각하던데요."

"뭐, 난 억지로 그 인간을 좋아하는 척하진 않겠어. 그자는 너무 끔찍하게 생겼어!"

"전쟁에서 나라를 위해 싸우다 입은 부상이잖습니까."

판사는 하바나 엽궐련 상자에서 조심스레 한 대를 뽑아 들고 불을 붙였네.

"그러니까 여태 고용해 주고 있었던 거야. 렌즈 보안관이 베일리 판사의 죽음과 팀의 연관성을 조사해 주겠지."

"팀은 아무 짓도 안 했다고 하는데요?"

"하지만 물을 채운 게 팀 아닌가? 독을 탈 수 있었던 건 그 자뿐이잖아."

"물병에 독이 들어 있었는지 아닌지는 모르는 일입니다. 실제로 병에 독을 타진 않았을 겁니다."

메이틀랜드 판사는 혼란스러운 표정이었지.

"그럼 도대체……."

"아마 베일리 판사님은 다른 방법으로 살해당했을 테고, 나중에 사람들이 판사석으로 몰려들었을 때 범인이 물 잔에 슬그머니 독을 넣은 거겠죠."

말은 그럴싸했지만 솔직히 자신이 없었네. 그 누구보다 먼저 물 잔을 들고 냄새를 맡아 본 사람이 나였거든. 하지만 메이틀랜드 판사가 흔들리는 걸 보니 조금 더 밀어붙여도 될 것 같았어.

"재판 무효를 선언할 때 판사님 본인이 바로 그 판사석에 서 계시지 않던가요?"

"설마 내가 친구를 죽였다고? 그 사건이 벌어졌을 때 난 내 방에 있었다네."

"베일리 판사님은 돌아가시면서 '가고일'이라고 하셨습니다. 혹시 그게 무슨 뜻인지 아십니까?"

"모르겠는데. 팀 초서를 놀리는 말이라는 것밖에는."

"베일리 판사님은 팀을 절대 그렇게 부르지 않았답니다. 그런데 죽어 가면서 그런 말을 했다는 건 이상하지 않나요?"

"어쩌면 선생이 잘못 들었을지도 모르지. '가글(gargle)'이나 '카 걸(car girl)'일 수도 있잖소."

"아뇨, 그건 틀림없이 '가고일'이었습니다. 이 건물 꼭대기에 있는 석상 말이죠."

"맞아. 네 모퉁이에 다 있지. 지난여름에 청소하려고 끌어 내렸을 때 베일리랑 내가 그 앞에서 사진도 찍었는데."

"저도 기억납니다."

메이틀랜드 판사는 대화가 끝났다는 듯 자리에서 일어섰어.

"아무 때나 편하게 들르게, 호손 선생. 엽궐련 한 대 피우겠나?"

"괜찮습니다."

나가려다가 문득 문 근처에 멈춰 섰네.

"팀 초서를 지금 당장 해고하실 건가요?"

메이틀랜드 판사가 한숨을 쉬더군.

"어쩔 수 없지."

나는 밖으로 나가서 가고일 석상을 한참 올려다보았네. 네 마리 모두 아주 추한 생김새였어. 목은 아주 길고, 주둥이를 크게 벌리고 있었지. 원래는 그리로 물이 흘러내렸는데, 지난여름 석상을 수리할 때 주둥이를 막아 놓았다네. 폭우가 올 때 물이 콸콸 쏟아진다고 사람들이 불평했거든. 이제 물은 모두 옥상 홈통으로 흘러들어 관을 통해 땅으로 쏟아졌어. 그 멋진 짐승들도 그저 과거의 유산으로 전락한 셈이었지.

그 자리에 잠시 서 있는데, 렌즈 보안관이 길 건너편 유치장에서 횡단보도를 건너 내게로 다가왔네.

"젠장, 선생. 방금 주 경찰에서 전화가 왔는데 혹시 내가 사건을 처리 못 할 것 같으면 자기들한테 인계하라는 거야!"

"진정하세요, 보안관님. 그 사람들 툭하면 그러잖아요. 살인 사건 재판 도중 법정에서 판사가 독살당한 사건이라니 얼마나 큰 뉴스겠어요? 노스몬트 안에서 끝날 일이 아니에요. 내일 아침이면 온 보스턴 신문에 다 날 테고, 어쩌면 뉴욕 신문까지 진출할지도 모르죠."

"하지만 이건 내 구역이야. 내 사건이라고!"

"일단 하던 대로 계속 해 보죠. 뭐, 저희가 몇 시간 안에 해결해 버리면 되는 일 아니겠습니까?"

보안관은 당황한 표정으로 나를 쳐다보더군.

"어떻게 해결하겠다는 건가, 선생? 판사를 어떻게 독살했는지 벌써 알아낸 거야?"

"아뇨, 아직은 아닙니다. 하지만 판사님이 제게 저 가고일에 대해서 뭐라고 말하려 했던 건 분명해요. 혹시 석상을 직접 확인할 수 있을까요?"

"그럼 지붕에 올라가야지. 작년 일 기억나? 수리하겠다고 저놈들을 끌어내리느라 얼마나 고생했다고."

"기억나죠. 지붕 경사가 그리 가파르지는 않은 것 같으니 민첩한 젊은이라면 얼마든지 올라갈 수 있을 겁니다."

"그건 스스로를 말하는 건가, 선생?"

"밥 예일이 저보다 나을 것 같아요. 위험하지 않게 제가 잘 붙잡고 있어야죠."

밥의 사무실에 전화해서 바로 와 달라고 했네. 다행히 밥이나 나나 응급 환자는 없었어. 하지만 밥은 법원 지붕을 보고는 살짝 머뭇거렸지.

"지금 저길 같이 올라가자는 건가요, 샘?"

"맞아. 몇 년 전이라면 아무 일도 아닐걸? 어린애가 됐다고 생각해. 떨어지지 않도록 허리띠에 밧줄을 묶어 줄게."

밥은 낄낄 웃었네.

"그럼 등반가처럼 서로 묶고 올라가죠. 내가 먼저 올라가면 계속 내 뒤에 있어 줘야 해요."

"물론이지."

"저 가고일에서 도대체 뭘 찾으려는 겁니까?"

"글쎄. 작년에 물이 나오는 걸 막아 버렸다니까 그 속에 뭐가 숨겨져 있을지도 모르지."

밥은 지붕을 올려다보더군.

"네 마리 다 확인해야 하나요?"

"운이 좋으면 빨리 끝날 수도 있고."

밥은 재킷을 벗고 소매를 걷어붙였네.

"좋아요, 샘. 그럼 어느 쪽부터 볼까요?"

나는 그 말에 잠시 생각한 뒤 말했지.

"베일리 판사님이 가고일 옆에서 찍은 사진이 있어. 그 사진의 배경을 살펴보면 어느 쪽 석상과 찍었는지 알 수 있을 거야. 그것부터 확인하자고."

사진을 보니 법원 정문이 오른쪽에 찍혀 있었네. 즉 베일리와 메이틀랜드는 법원을 마주하고, 왼쪽 구석에 있는 가고일을 바닥에 내려놓고 함께 사진을 찍었다는 뜻이지. 지붕으로 올라가 보니 그 석상이 바로 보였네. 밥 예일은 허리에 밧줄을 묶었지. 반대쪽 밧줄은 커다란 법원 굴뚝에 감았는데, 사실 그렇게 위험해 보이진 않았다네.

밥이 슬레이트 지붕 끝을 따라 조금씩 전진하면서 내게 소리를 질렀네.

"옛날에는 이것보다 더 까다로운 사과나무에도 자주 올라갔는데 말이죠!"

"너무 밖으로 나가지 않도록 조심해. 나 말고 한 명밖에 없는 노스몬트의 의사한테 무슨 일이 생기면 안 되잖아."

밥은 가고일에 올라타고 돌로 만든 괴물의 틈새를 더듬었네.

"그래서 뭘 찾아야 되는데요?"

"아마 뭔가로 막았을 거야. 물이 안 나오게."

"시멘트로 막았네요."

"그렇군."

밥은 빈약한 몸뚱이를 지렛대로 이용해 막힌 부분을 뚫어 보려 했지만 소용이 없었네.

"저는 이거 맨손으로 못 뚫어요, 샘. 아예 바닥으로 내려서 곡괭이로 파 보지 않는 다음에야."

굴뚝 옆에 서서 밧줄 반대편 끝을 꽉 잡고 있다 보니 이게 시간

낭비가 아닐까 하는 생각이 들었어. 건물 아래에서 사람들이 우리를 올려다보며 손가락질을 하는 걸 보니 스스로가 조금 우스꽝스럽게 느껴지더구먼.

"주둥이 속을 훑어봐."

내가 소리쳤네.

"뭐라고요?"

"주둥이 속을 샅샅이 훑어보라고. 물이 나오는 구멍은 시멘트로 막혔어도 벌어진 주둥이 안에 손을 넣어 볼 수는 있잖아."

밥은 괴물의 목구멍까지 팔을 밀어 넣었네. 그 녀석이 밥의 무게를 지탱해 주기를 기도하는 수밖에 없었어.

"뭐가 있어요!"

밥이 소리를 질렀어. 밥의 손에 작은 꾸러미 하나가 들려 있는 걸 보고 나는 안도의 한숨을 쉬었지. 내 생각이 완전히 틀리진 않은 모양이었어.

내가 밧줄을 잡아끌자 밥이 지붕을 기어서 굴뚝 쪽으로 다가왔네. 손에는 기름 먹인 방수포에 싸고 끈으로 꽁꽁 묶은, 두툼한 꾸러미가 들려 있더군. 나는 그것을 받아 들고 무게를 가늠하며 말했어.

"개인적인 타임캡슐인가? 아마 다음번 가고일 청소 시기까지는 발견되지 않을 거라고 생각하고 여기다 숨겼나 보군."

"안에 뭐가 들어 있어요?"

밥이 물었네.

"일단 지붕에서 내려가자고."

렌즈 보안관이 우리 뒤에서 다가왔네. 우리는 찾아낸 물건을 조심스럽게 펼쳤지. 베일리와 메이틀랜드가 보스턴의 어느 밀주 밀매점에 극비로 자금을 투자했다는 법적 문서가 들어 있었어. 보안관이 코웃음을 치더군.

"이런 망할! 이 두 사람이 이랬을 거라고 누가 상상이나 했겠어?"

나는 어깨를 으쓱했다.

"모르는 일이죠. 어쩌면 베일리 판사님은 죄책감을 느끼고 이 비밀문서를 후세에 맡기고 싶었나 봅니다. 이제 메이틀랜드 판사님을 보러 가죠."

"이제 저는 가도 괜찮죠?"

밥이 물었어.

"그만 가도 돼. 지붕에서 정말 훌륭하고 멋졌어."

"우리 둘 다 떨어지면 의사를 어디에서 찾을까 좀 걱정되긴 하더군요."

가고일의 주둥이 속에서 찾아낸 물건 이야기를 하자, 메이틀랜드 판사는 불쾌한 표정을 짓더군.

"베일리는 그 투자가 잘못이었다고 생각한 모양이지. 난 정반대야. 판사도 어디든 자기 돈을 투자할 수 있는 법 아니겠나? 보스턴에 있는 어느 레스토랑의 일부를 소유하는 건 노스몬트의 판사로서 내가 갖고 있는 책임과 전혀 충돌할 일이 아닐 텐데."

"거긴 레스토랑이 아닙니다, 메이틀랜드 판사님. 법을 어기고 운영되는 밀주 밀매점이잖아요."

"앨 스미스가 당선되면 바뀔 거야."

"저는 지금 정치 문제로 입씨름을 벌이러 온 게 아닙니다. 렌즈 보안관님의 범죄 수사를 돕고 있는 겁니다."

"그래서 내가 위태로운 사업 비밀을 지키기 위해 베일리를 죽였다는 건가? 첫째로 난 내가 잘못했다는 생각을 전혀 안 한다네. 둘째로 그 시간에 내가 법정 안에 있지도 않았는데 어떻게 베일리가 마실 물에 독을 넣었다는 건가?"

그 점은 나도 설명할 수가 없었지. 베일리는 죽으면서 '가고일'이라는 말을 남겼지만, 어쩌면 살인 사건과는 전혀 무관한 말일 수도 있었어. 그냥 먼 후세까지 감출 생각이었던 그 죄책감이 단순히 마지막 무의식 속에서 튀어나왔는지도 몰라.

나는 문 쪽으로 향하며 말했네.

"좋습니다. 나중에 다시 이야기하죠."

"호손……."

"뭡니까?"

"찾은 문서는 어쩔 생각인가?"

몸을 돌려 메이틀랜드를 쳐다보았네. 가면이 벗겨지니 그자는 그냥 겁먹은 인간일 뿐이었어.

"두고 봐야죠. 아직 결정 안 했습니다."

밖으로 나가 보니 사람들이 법원 앞에 삼삼오오 모여 있었어. 예일 선생이랑 내가 지붕에 올라간 걸 보고 무슨 일이 일어났나 궁금했나 봐. 간호사 에이프릴이 나를 발견하고 뛰어왔다네.

"샘 선생님, 빨리 좀 오세요! 렌즈 보안관님이 뭘 발견했어요!"

아무것도 묻지 않고 에이프릴 뒤를 따라 달렸어. 렌즈 보안관은 내 사무실에서 기다리고 있었지. 나는 보안관이 가져온 것을 보고 정말이지 기절할 만큼 놀랐다네.

"이거 냄새 좀 맡아 봐, 선생."

보안관은 무색의 액체가 든 작은 병을 내밀었네.

"청산이잖아요. 이걸 어디에서 찾으셨습니까, 보안관님?"

"길 아래쪽 쓰레기통에서. 그 시몬스라는 변호사를 뒤따라가고 있었는데, 그 친구가 이걸 쓰레기통에 던지더군."

"흥미로운 사실이네요."

"그럼 시몬스가 살인범일까요? 하지만 범행 당시 그 사람은 판사님과 멀리 떨어져 있었잖아요."

에이프릴이 물었어.

"직접 물어봐야겠네요. 하지만 그보다 먼저 한 가지 제안이 있습니다. 어쩌면 이 사건을 눈 깜짝할 사이 해결해 버릴지도 모르는 방법인데요. 오늘 저녁 바로 그 법정에서 살인 사건을 재현해 보고 싶습니다."

"뭐라고?"

"들으셨잖아요, 보안관님. 변호사들과 피고를 부르고, 즉시 통보해서 당장 와 줄 수 있는 최대한 많은 배심원과 청중들을 그 자리에 모아 주세요. 오늘 낮에 있었던 상황을 완벽하게 똑같이 재현해야 해요. 당연히 팀 초서와 그 물병도 포함해서."

"자네 지금 오늘 저녁에 바로 사건을 해결하겠다는 거야? 베일리 판사가 어떻게 죽었는지 보여 주겠다고?"

"운이 좋으면 그럴 수도 있겠죠."

"좋아. 아무튼 이런 정신 나간 불가능 살인은 자네가 전문가니까 그대로 하겠어, 선생. 하지만 내가 그 사람들을 다 모아 온다 해도 제일 중요한 한 명이 빠질 텐데."

"베일리 판사님 말이죠?"

"그렇지. 범행을 재현한답시고 판사의 몸뚱이를 만들어 올 수는 없잖아."

"메이틀랜드 판사님을 잘 설득하면 그 역할을 맡아 주실 것 같은데요."

"메이틀랜드라고!"

나는 고개를 끄덕였네.

"그럼 보안관님, 저녁 8시까지 사람들을 법정에 다 모아 주시고요……."

정확히 8시에 나는 배심원석에 들어가 내 자리, 그러니까 랜드 스미스 부인 옆자리에 앉았네. 대부분 와 있었어. 배심원들도 오고, 팀 초서도 법원 서기석에 앉아 있었다네. 검사, 피고석에 앉은 애런 플레이버와 그 옆자리의 시몬스, 맨 앞줄에는 고인의 부인, 드문드문 앉은 청중 그리고 밥 예일도 지난번처럼 맨 뒷자리를 차지하고 있었지. 판사석이 비었지만 금세 팀 초서가 펄쩍 뛰어오르듯 일어나 메이틀랜드 판사의 도착을 알렸네.

메이틀랜드가 판사석에 앉아 우리를 내려다보자 모두가 자리에서 일어났네. 바로 판사가 입을 열었어.

"오늘 낮에 일어난 끔찍한 사건을 해결할 수 있을지도 모른다는 말을 믿고 이 촌극에 참여하게 되었습니다만, 이곳 역시 신성한 법정입니다. 추후 열리게 될 피고 애런 플레이버의 두 번째 공판에 영향을 끼칠 만한 그 어떤 이상한 짓도 허락하지 않겠습니다."

그러고는 내가 앉은 배심원석 쪽을 돌아보며 말하더군.

"진행하세요, 호손 선생."

나는 자리에서 일어나 배심원석 밖으로 나갔다네. 메이틀랜드를 판사석으로 데려오는 건 정말 쉬운 일이 아니었어. 그 '가고일 문서'를 지렛대로 이용해서 판사를 겨우 데려다 앉힐 수 있었네. 하지만 그 차갑고 어두운 시선을 보니 왠지 잘못 생각한 게 아닌가 싶더군.

나는 작은 독약 병을 사람들 앞에 들어 올리면서 이야기를 시작했네. 시몬스가 쓰레기통에 던졌던 그 병 말이야.

"신사 숙녀 여러분, 이것이 바로 몇 시간 전 이 법정에서 베일리 판사님을 살해하는 데 사용되었던 흉기입니다. 시안화칼륨, 더 흔한 말로 하자면 청산가리죠."

책상에 앉아 있던 초서가 빈 물병을 응시하며 불안한 듯 몸을 떨더군.

"시몬스 씨, 당신이 어떻게 이것을 입수하게 되었는지 설명해 주시겠습니까?"

키 작은 변호사가 발딱 일어났어.

"아뇨! 전 할 말 없습니다!"

"감사합니다, 시몬스 씨."

나는 메이틀랜드 판사를 돌아보았네.

"자, 이제 판사님의 허락 하에 저는 베일리 판사님이 어떻게 이 많은 사람들이 지켜보는 가운데 독살을 당했는지 재현하고자 합니다."

"그 장면을 재현하다 대리인인 내가 독살당하는 결말을 맞지 않기만을 바랄 뿐이오."

메이틀랜드가 침울하게 말하더군.

"겁내실 것 없습니다."

나는 내 말이 진실이 되길 바랐지.

"자, 그럼 증인이 오늘 낮처럼 증인석에 서면 시작하겠습니다."

애런 플레이버가 증인석에 오르고 시몬스가 그 앞에 서자 나는 말을 이었어.

"팀, 물병을 가져와서 아까 낮에 했던 것처럼 똑같이 물을 채워 줘요."

팀 초서는 마지못해 일어나 판사석으로 향했네. 쟁반에는 잔 세 개와 함께 빈 물병이 놓여 있었지. 손을 뻗은 초서는 잔뜩 두려워하고 있었네. 마치 물병이 자길 물어뜯기라도 할 것 같은 표정이더군. 이윽고 병을 집어든 초서는 절뚝거리며 법정 앞을 가로질러 식수대 쪽으로 향했네. 낮과 마찬가지로 모든 사람들의 시선이 초서에게 쏠렸지. 초서는 조심스럽게 병에 물을 채우고는 판사석으로 돌아가서 쟁반에 올려놓았네.

"고마워요, 팀. 자, 신사 숙녀 여러분. 팀이 아무도 모르게 물병에 독을 넣을 만한 기회가 있었습니까?"

맨 앞줄에 있던 렌즈 보안관이 대표로 대답했어.

"전혀 없는데. 게다가 난 병에 독이 들어 있다고는 안 했네. 독은 잔에 들어 있었어."

"바로 그렇습니다. 그렇다면 어떻게 잔에 독을 넣었을까요? 또, 대체 누가? 베일리 판사님이 직접 넣었을까요? 아니죠, 이 사건은 절대 자살이 아닙니다. 하지만 오직 베일리 판사님만이 병에서 물을 따른 후 잔에 독을 넣을 수가 있었어요. 누가 봐도 불가능한 상황이죠. 단⋯⋯."

나는 잠시 말을 멈추고 작은 독약 병의 마개를 뽑고는, 잔이 담겨 있는 쟁반 쪽으로 다가갔네.

"독이 이미 잔에 들어 있었다면 또 모르지만요."

메이틀랜드 판사는 눈을 휘둥그렇게 뜨고, 내가 자기 팔꿈치 옆에 있는 잔에 약병의 내용물을 붓는 모습을 지켜보았다네. 다 부어도 잔 밑바닥을 채 뒤덮지도 못할 양이었어.

"몇 미터 밖에서는 잘 보이지도 않죠. 베일리 판사님이 눈치챘다 해도 물의 흔적이나 녹은 얼음 조각이라고 생각했을 겁니다."

"하지만⋯⋯."

보안관이 무어라 항의하려 했네.

"잔의 반밖에 물을 붓지 않았기 때문에 독은 충분히 희석되지 않았습니다. 사람을 죽일 정도의 독성이었죠. 치사량을 마실 때까지도 베일리 판사님은 냄새도 맡지 못했습니다."

"그럼 점심시간 중 누구나 독을 넣을 수 있었다는 말이데."

메이틀랜드가 말했네. 내가 자기를 의심하고 있다는 사실을 꽤

나 의식하는 모양이었어.

"누구라도 가능하죠. 그렇기 때문에 시몬스가 이 독약 병을 어디서 입수했는지가 중요하단 겁니다."

시몬스 변호사는 머뭇거리며 청중들을 돌아보았네. 나는 베일리 판사가 했던 것처럼 물병의 물을 잔에 반만 채웠어. 그리고 난간을 따라 걸어가서 변호사를 지나쳐, 청중석 맨 앞줄에 앉아 있던 여인을 가리켰네.

"조스트로 부인, 이 독은 부인 것이죠? 그렇지 않습니까?"

"저는……."

부인은 뭐라 말하려 했지만 아무 말도 하지 못했어. 도망치려는 듯 자리에서 벌떡 일어섰지만, 어느새 렌즈 보안관이 그 옆에 와 있었지.

"시몬스가 독을 발견하고 당신에게서 빼앗지 않았습니까?"

변호사는 항의하려 했지만 세라 조스트로가 바로 대답했네.

"맞아요. 월터가 죽은 후 저는 자살하려고 했어요. 그런데 시몬스 씨가 독을 발견하고는 빼앗아 갔죠. 하지만 맹세컨대 시몬스 씨는 판사님의 죽음과 아무 상관도 없어요!"

"저도 압니다. 그냥 베일리 판사님이 잔에 물을 붓기 전에 어떻게 독이 들어갔는지를 재구성하려는 것뿐이에요. 그런데 여러분 중 과연 얼마나 많은 분이 낮에 목격했던 일의 정확한 순서를 기억하고 계실까요? 아시다시피 이 독은 언제든 베일리 판사님의 잔에 들어갈 수 있었습니다. 그런데 문제는 그게 아니었다는 거죠. 판사님은 잔 하나를 집어 들었다가 테두리에 금을 발견하고 다른 잔을 사용했어요. 쟁반에 남아 있던 두 잔 중 하나였죠. 특히 그 잔은 증인석 쪽에 놓여 있었고, 바닥에는 독이 있었습니다.”

　이야기를 들은 애런 플레이버가 나를 돌아보았네.

　“설마 그게 저를 노린 독이었나요?”

　“맞습니다, 플레이버 씨. 당신을 노린 독이었고, 당신이 직접 준비한 독이었죠. 모든 사람들의 시선이 물병을 채우는 팀 초서에게 쏠린 틈에, 당신은 잔에 독을 넣었습니다. 스스로 마실 생각이었겠죠. 하지만 베일리 판사님이 바로 그 잔에 물을 따르는 동안 아무 말도 하지 않았어요. 왜 그랬을까요? 아주 짧은 그 순간, 당신은 재판 무효를 상상하고 자유를 갈망했던 겁니다. 어쩌면 재판이 다시 열리지 않을 가능성도 있으니까요. 베일리 판사님은 당신이 스스로 마시려던 독을 먹었고, 당신은 침묵했습니다.”

　피고가 고함을 질렀어.

　“미친 소리 말아요! 내가 어디서 독을 구했다는 거죠?”

　“당신과 조스트로 부인이 각각 한 병씩 갖고 있었겠죠. 그 의미는 아주 뚜렷합니다. 유죄 선고가 내려지면, 당신과 부인은 동반 자살을 할 생각이었던 겁니다.”

　렌즈 보안관이 고함을 지르더군.

　“부인은 피고 근처에 다가가지도 않았는데! 부인이 대체 어떻게 독약 병을 건네줄 수 있었지?”

　“제 동료 배심원이 관찰한 바에 의하면 부인은 증언하는 내내 껌을 씹었다고 합니다. 그리고 저는 조스트로 부인과 애런 플레이버가 증인석 의자를 계속해서 더듬는 걸 목격했고요. 부인은 의자 바닥에 작은 독약 병을 껌으로 붙여 놓았던 겁니다. 플레이버가 그걸 가져갔죠. 사람들 모두가 초서가 물을 채우는 모습을 지켜보는 동안 플레이버는 자기 가까이에 있던 잔에 독약을 털어 넣은 거죠. 그리고 베일리 판사님이 죽는 모습을 지켜본 겁니다. 조스트로 부인이 판사님의 죽음에 그토록 흥분했던 것도 이해가 되죠. 부인은 무슨 일이 일어났는지 알고 있으니까요!"

판사석의 메이틀랜드 판사가 말했네.

"동반 자살을 꾀한 정황은 월터 조스트로 사건의 두 번째 공판에서 강력한 유죄 추정의 근거가 되겠군요."

"두 번째 공판은 열리지 못할걸요!"

애런 플레이버가 버럭 소리를 지르더니 반 정도 물이 찬 잔을 낚아챘어. 그리고 눈 깜빡할 사이에 벌컥벌컥 마셔 버렸네. 법정에 있던 모든 사람들이 그대로 얼어붙었지. 똑같은 독에 중독된 두 번째 사망자가 나오기를 그저 바라볼 수밖에 없었지.

하지만 나는 고개를 가로젓고 피고의 손에서 잔을 빼앗았어.

"법적 정의에서 그리 쉽게 달아날 수는 없어요, 애런. 두 번째 독약 병의 내용물은 이미 내가 물로 바꿔 놓았으니까요."

(샘 호손 선생이 이야기를 마무리 지었다.)

"뭐, 두 번째 공판은 무사히 열리게 되었지만, 난 배심원으로 불려 가지 않았네. 애런 플레이버는 월터 조스트로 살인 사건에서 유죄 판결을 받고 종신형이 선고되었지. 가석방을 받는다 해도 최소한 20년은 교도소에서 썩어야 했어. 그렇게 사건은 마무리됐고, 자기가 먹으려던 독을 베일리 판사가 먹게 한 죄는 묻지 않았다네. 자살하려던 조스트로 부인은 마음을 바꿨지……. 자네 벌써 가려고? 가기 전에 어…… 약주 한잔 더 안 할 텐가? 다음에 또 다시 오게나. 밥 예일이 어쩌다 노스몬트의 첫 번째 병원에 첫 번째 환자가 되었는지 이야기해 주지."

The Problem of the Pilgrims Windmill

청교도 풍차의
수수께끼

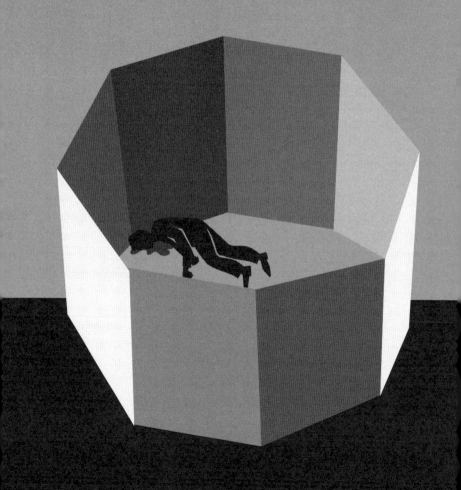

샘 호손 선생은 술잔을 채워 의자에 앉았다.

"이번 사건은 1929년 3월에 일어났다네. 노스몬트에 청교도 기념 병원이 신설되었을 때 무슨 일이 일어났는지 알려 주겠다고 약속했지? 그때 나는 마을에서 7년째 진료를 보고 있었네. 노스몬트에 병원이 세워진다니 정말이지 기쁘고 설렜다네. 개원 직전에 노스몬트에 온 밥 예일 선생은 거기 취직했어. 나도 지원했지만 나는 그냥 지역 보건의로 남아 주었으면 좋겠다고 하더군. 하지만 개원 일주일 전, 나는 그 병원에 또다시 불려 가게 되었네. 그때까지 마주친 그 어떤 범죄보다도 더 불가능한 사건을 맡게 되어서……. 그 사건은 마치 체스터튼의 소설 속 이야기 같았어. 제목은 '풍차의 악마'가 적당하지 않았을까……."

(샘 호손 선생은 말을 이었다.)

3월 4일, 허버트 후버가 미국의 31대 대통령으로 취임했네. 그 다음 날 바로 청교도 기념 병원이 문을 열었지. 병원은 시내 외곽 콜린스 가문이 대대로 소유한 토지에 자리를 잡았다네. 콜린스 가문은 병원에 땅을 기부하면서 딱 한 가지 조건을 걸었지. 그 땅에 세워져 있는 오래된 네덜란드 풍차를 계속 보존해 줄 것을 요청했어. 뉴잉글랜드에 풍차가 있는 걸 보면 사람들은 다들 놀라곤 했지. 하지만 그 주변에 몇 개가 더 있었네. 케이프코드 만을 가로질러 프로빈스로 가는 길에 있는 풍차는 지금도 볼 수 있을 거야. 노스몬트를 지나면서 풍차가 잘 있는지 묻는 사람들은 대부분 네덜란드에서 미국으로 온 청교도 순례자들이었네. 그들은 메이플라워호와 함께 네덜란드에서 왔지만, 결국 되돌아가야만 했던 스피드웰호를 떠올리곤 했어. 그런 분위기다 보니 콜린스 가문에서도 그 풍차를 청교도 풍차라고 불렀네. 사실 그 풍차는 19세기 중반에 만들어졌기 때문에 청교도들과는 아무 상관도 없었는데 말이지.

아무튼 청교도 기념 병원 앞에 위치한 그 풍차는 꽤 근사했어. 나무 날개 네 개가 바람을 맞으며 천천히 돌아갔지. 방앗간은 없었고, 대신 노스몬트의 역사가 전시되어 있는 널찍한 방이 있었지. 자연석으로 만들어진 건물은 마치 청교도 시대로 돌아간 듯 고풍스러웠다네. 나는 우리 간호사를 포함한 쉰 명쯤 되는 귀빈과 함께 그곳을 방문했어. 고개를 들어 여전히 제자리에 있는 톱니바퀴와 풍차 날개를 올려다보았네.

"여기가 진짜 방앗간으로 사용된 적이 있어요?"

나는 에이프릴에게 물었어.

"그럴 거예요. 제가 태어나기 한참 전이죠. 사람들이 그러는데 랜디 콜린스의 아버지가 이 방앗간 어딘가에 금은보화를 숨겨 놓았대요. 그런데 아무도 못 찾았다고 하더라고요."

에이프릴이 웃으며 대답했지.

"그 말을 믿는다면 외계인이 존재한다는 말도 믿어야 할걸요. 랜디 콜린스는 자기 손에 들어온 물건을 함부로 내주는 사람이 아니잖아요. 이 땅과 풍차를 기부했을 정도면 이미 이 근방에 아무것도 없다는 사실을 알고 있을 겁니다."

"그건 그래요."

에이프릴도 동의하더군. 우리는 역사 전시실과 풍차를 지나서 구부러진 도로를 따라 병원으로 향했네. 병원은 야트막한 2층짜리 벽돌 건물로 정문이 넓고 뒤쪽에 두 개 동이 붙어 있었네. 노스몬트에 병상 여든 개짜리 병원을 짓는다는 말에 코웃음을 치는 사람도 있었지만, 초창기에 이 지역을 개척한 사람들은 항상 미래의 수요를 중요하게 여겼지. 그리고 노스몬트는 분명히 발전하고 있었어. 물론 아직 병상이 다 찬 건 아니었고, 의사와 간호사 역시 충분하진 않았네. 하지만 문제는 그게 아니었어. 에이프릴과 내가 병원 정문에 도착하니, 진짜 문제가 문 앞에 서서 우리를 기다리고 있더라고.

그 문제의 이름은 링컨 존스였네. 노스몬트 사람들이 태어나서 처음 본 흑인 의사였지.

당시는 남부든 북부든 흑인이 살기에 편한 시대는 아니었어.

KKK 놈들이 또다시 왕성하게 활동하고 있었고, 한 달쯤 전에는 주 반대편에서 십자가를 불태웠다는 소식도 들렸지. 링컨 존스는 훌륭한 소아과 전문의였네. 당시에는 전문의가 많지 않았던 시대였기 때문에, 나는 그가 와 줘서 정말 운이 좋다고 생각했지.

밥 예일 선생이 링컨 존스과 함께 우리를 맞이해 주었네.

"청교도 기념 병원에 온 것을 환영해요, 샘. 와 보니 어떤가요?"

"풍차 전시관은 제법 괜찮던데. 이젠 병원을 둘러봐야지."

"존스 선생님 알죠?"

나는 흑인 의사와 악수를 나누었어. 존스는 키가 크고 잘생겼더군. 나이는 나랑 비슷한 삼십 대 초반 같았네.

"잠깐 마주친 적은 있는데 제대로 대화를 나눈 적은 없었죠. 이 지역이 마음에 드셨으면 좋겠습니다, 존스 선생님."

존스는 미소를 지었네.

"그냥 링컨이라고 불러 주시면 좋겠습니다. 앞으로 오랜 시간을 함께 일할 것 같으니까요."

"그럼요."

링컨 존스가 에이프릴과 잡담을 나누는 사이, 나는 밥 예일을 잡아당겼네.

"저 사람 때문에 무슨 문제가 생기진 않았어?"

"감당 못 할 정도의 일은 없었어요. 병원장 시거 박사님이 불평하는 전화를 몇 통 받긴 하셨죠. 뭐, 원래 그런 사람들 있잖아요. 하지만 그것도 다 금방 지나갈 거예요."

고개를 끄덕이고 밥과 함께 병원 로비를 걸었네. 풍경화 몇 점이 걸려 있어 분위기가 꽤 멋졌지. 게다가 접수창구가 있으니 마치 호텔 로비 같더군. 마침 시거 박사가 접수창구에 혼자 서 있었네. 시거는 머리가 벗어진 예순 살쯤된 의사였는데, 사업가에 가까운 사람이었어. 나는 그 사람을 좋아하지 않았지만, 랜디 콜린스의 기부를 이끌어 낸 공로는 인정할 수밖에 없었지.

"둘러보니 좀 어떤가, 샘 선생?"

시거 박사가 물었어.

"첫 시작이 정말 훌륭하군요. 이 정도 크기의 병원이라면 적어도 세 개 군 환자들을 치료할 수 있겠는데요."

시거는 조용히 미소 지었네.

"고정비를 감당하려면 열심히 일해야지. 안 그래도 운영하는 데 돈이 많이 들 텐데, 병상이 여든 개나 있으니 더 힘들 거야."

랜디 콜린스와 그의 아내 세라 제인이 2층에서 내려왔네. 사실 나는 랜디가 썩 반갑지 않았어. 주민 회의에 가면 어깨가 떡 벌어진 랜디가 한껏 표정을 찌푸린 채 사람들과 사소한 문제로 다투는 모습을 항상 볼 수 있었거든. 하지만 세라 제인은 괜찮은 여자였어. 늘씬하고 예쁘고 사랑스럽고, 곱게 빗은 꿀 같은 금발 머리카락은 한 올도 흐트러지지 않았지. 나는 이 여인을 하루 종일 바라볼 수 있었고, 하룻밤 내내 꿈을 꿀 수도 있을 정도였다네. 이 부부는 노스몬트 내의 그 어떤 작은 모임에 가도 쉽게 만날 수 있었지.

사십 대 초반의 랜디는 오늘도 여전히 보수적이고 고집도 세더군.

"솔직히 난 이런 새 장비들을 다 인정할 수가 없소. 하지만 굳이 내 인정을 받을 필요도 없겠죠. 난 땅을 기부했을 뿐이니까."

"수술실을 한번 보시죠."

시거 박사가 콜린스를 데리고 1층 복도를 걸어갔네.

"난 수술실은 안 볼래요."

세라 제인은 그렇게 말하며 내 옆으로 다가왔지. 남편보다 족히 열 살은 어려 보였고, 워낙 발랄하고 개방적인 성격이라 작은 동네에서는 흔히 그렇듯 다양한 소문을 몰고 다니는 여자였어. 나이든 여자들 중 몇몇은 세라 제인을 '플래퍼●'라 부르더군. 당시 유행하던 말이었나 봐.

"저도 그렇습니다. 전 그냥 시골 의사일 뿐이거든요."

그때 갑자기 세라 제인이 내 팔을 잡아당겼어.

"세상에! 아이작 밴 도런이잖아요. 난 저 인간 보기 싫은데!"

나는 밴 도런이 우리를 발견하기 전에 재빨리 세라 제인을 끌고 복도로 나갔지. 밴 도런은 약간 둔한 근육질 젊은이로 노스몬트에 딱 하나 있는 주유소를 운영하는 친구였어. 이 친구가 세라 제인의 스포츠카를 함께 타고 갔다는 소문이 떠돌았지만, 세라 제인은 그가 자기 차의 핸들을 확인해 줬을 뿐이라고 말했다네.

"왜 밴 도런을 싫어하는 거예요?"

내가 웃으며 물었어.

"랜디가 저 사람이랑 사이가 나쁘거든요. 주유소에 가도 서로 말도 안 해요."

"남편의 기분을 배려하는 거군요."

"그래도 랜디는 나한테 정말 잘해 줘요."

● 플래퍼 flapper. 1920년대 신여성

속눈썹을 깜박이며 말하는 세라 제인을 보니 영화를 너무 많이 본 것 같았네. 그 다음에는 스타킹 위쪽에서 납작한 위스키병을 꺼내지 않을까 싶었지.

복도 끝까지 갔다가 되돌아오는데 로비에서 무슨 소동이 벌어졌더라고. 내가 고개를 갸웃거리자 제인이 말했어.

"남편일 거예요."

제인은 체념 섞인 한숨을 내쉬며 말했지만, 사실은 그렇지 않았다네.

남루한 옷차림의 한 여성이 존스 선생을 마주 보고 관절이 튀어나온 손가락으로 마구 삿대질을 하고 있더라고. 힐 로드 위에 사는 메이블 포스터였네.

"당장 이놈을 잘라! 이놈은 악마랑 작당한 놈이야! 이놈을 계속 내버려 두면 이리로 사탄이 찾아올 거야!"

그 말에 나는 등골이 오싹해졌네. 링컨 존스나 사탄이 온다는 말 때문이 아니라, 저 불쌍한 광인 때문이었지. 나는 초자연적인 힘이 존재한다는 주장을 끈기 있게 참으면서, 저 여인을 몇 년 동안 계속 치료했거든. 하지만 지금 여인의 내면에서 끓어오르는 감정은 광기가 아니라 수세대에 걸친 혐오였어.

에이프릴이 재빨리 메이블에게 다가가 무어라 달래면서 밖으로 끌고 나간 덕분에 모든 사람이 가슴을 쓸어내렸어. 시거 박사는 웃어넘기려 애쓰더군.

"당신이 부추겼군요, 랜디?"

랜디는 눈에 띄게 부들부들 떨더군.

"그럴 리가 있겠습니까! 병원 개원을 망칠 게 뻔한 짓을 내가 왜요? 메이블이 주장하는 저 초자연적인 힘은 전부 상상에 불과할 겁니다."

링컨 존스가 미소를 지으며 말했지.

"저도 그렇게 생각합니다. 저는 이런 일로 전혀 흔들리지 않아요. 여러분도 모두 그러실 거라 믿습니다. 이런 일에는 아주 오래전부터 익숙했거든요."

에이프릴이 금세 돌아왔네.

"마차에 태워서 집에 돌려보냈어요. 샘 선생님, 저 사람은 가둬야 해요."

"어떨 때는 우리랑 똑같이 제정신이에요. 저 환자를 더 잘 치료할 만한 장비가 있었으면 좋았을 텐데."

우리는 금세 병원을 나왔네. 2층에 올라가 보지 못했지만 어차피 상관없었어. 일주일도 채 지나지 않아 거기서 꽤나 긴 시간을 보낼 일이 생겼거든.

전화가 온 건 일요일 밤, 거의 자정이 다 되어서였네. 청교도 기념 병원은 개원한 지 닷새가 되었지만 아직 첫 환자를 못 받은 모양이었어. 임신한 농부의 아내는 세 번째 아이였기 때문에 집에서 아이를 낳았고, 다리가 부러진 남자는 옆 군에 있는 익숙한 병원으로 이송해 달라고 고집을 부렸네.

그래서 나는 밥 예일이 겁먹은 목소리로 나를 찾는 바람에 깜짝 놀랐지.

"최대한 빨리 병원으로 와요, 샘. 당신이 필요해요."

"무슨 일이야? 기차 사고라도 났어?"

내 머리에 제일 먼저 떠오른 생각이었지.

"불이 났어요. 오시면 얘기할게요."

그날 밤엔 겨울이 뒤늦게 심술을 부려서 눈이 3센티미터는 쌓였다네. 3월 10일이었으니 그렇게 놀라운 일은 아니었지만, 날이 따뜻했기 때문에 다들 더는 눈이 안 올 거라고 생각했어. 병원에 도착하니 사람들이 랜턴을 들고 길에 나와 있더군. 시내 소방차도 청교도 풍차 옆에 세워져 있었지. 풍차 건물은 큰 손상이 없어 보였고, 범포 날개가 한밤의 산들바람에 펄럭였네.

밥 예일이 내 차로 뛰어오더군. 그 친구 손과 팔에 붕대가 감겨 있었어.

"대체 무슨 일이야?"

"화상을 입었어요. 심하진 않아요."

"이 병원의 첫 환자가 될 수 있겠네!"

하지만 밥은 심각한 얼굴로 내 말에 대답했지.

"아뇨, 제가 아니에요. 랜디 콜린스가 심한 화상을 입었거든요. 살 수 없을지도 모르겠어요."

"랜디? 대체 여기서 무슨 일이 벌어진 건데?"

소방관들이 든 붉은 랜턴 불빛이 밥의 얼굴 위에서 깜박거렸네.

"한 시간 전에 일과가 끝나서 차 쪽으로 가려는데, 풍차 창문으로 불빛이 언뜻 보이더라고요. 불이 났을지도 몰라서 살펴보러 갔죠. 애들이 불장난이라도 했나 싶었는데, 깨끗한 눈 위로 풍차 문

쪽을 향해 걸어간 발자국이 한 줄 있는 거예요."

밥의 이야기를 들으며 소방관과 병원 직원들을 헤치고 문제의 풍차 문으로 향했네. 거기서 시거 박사가 나오더니 민첩하게 소방 호스를 뛰어넘더군.

"안녕하시오, 샘. 밥의 설명 들었죠?"

그렇다고 대답한 후에야 나는 여기에 의사로서 온 게 아니라는 사실을 깨달았어. 시거 박사와 밥 예일이 내게 연락한 이유는 다른 문제, 즉 자기들이 설명할 수 없는 수수께끼가 존재하기 때문이었던 거야.

"랜디 콜린스는 여기 왜 온 거야?"

밥에게 물었네.

"풍차 문 앞에 도착하기도 전에 그 사람 비명이 들렸어요. 문을 밀치고 들어가 보니 랜디가 전시실 한가운데에 서서 불에 활활 타고 있는 거예요."

"전시실에 불이 난 거야?"

"전시실이 아니고 랜디 콜린스한테만요. 불이 붙은 채로 비틀거리며 진열장 유리를 박살 내고 있더군요. 저 역시 패닉에 빠졌죠. 불을 끄려면 뭘로 덮어야 하는데 마땅한 것도 없었고. 결국 문밖으로 끌어내서 눈 위에 굴렸어요. 달리 방법이 없더군요."

"아냐, 아주 용감했어."

"용감하거나 바보거나 둘 중 하나죠. 덕분에 저도 팔에 화상을 입었잖아요."

"그래서 콜린스는 지금 병원에 있는 거야?"

밥 예일이 고개를 끄덕였지.

"진정제만 한 번 놔 줬어요. 그런데 몸의 화상이 심각해요."

"콜린스가 무슨 말 안 했어?"

"그냥 한 마디만. 루시퍼. 그 말만 반복하고 있어요."

"루시퍼라. 메이블 포스터가 사탄이 어쩌고 했던 말을 기억하고 있던 모양이네."

풍차 전시실 안을 둘러보니 한가운데가 시커멓게 그슬렸더군. 랜디 콜린스가 괴로워하며 몸부림치다 진열장에 불이 붙었나 봐. 소방관들은 불을 금세 진압했어. 당연히 돌로 된 풍차 벽은 무사했고. 나는 진열장의 깨진 유리를 조심스럽게 살펴본 다음, 높은 천장을 올려다봤네. 환한 손전등 불빛에 풍차의 수평축과 톱니바퀴가 자세히 보였어. 거기에 아무도 숨어 있지 않다는 사실은 금방 알 수 있었지. 또 작은 빨간색 조각 같은 게 보이긴 했는데, 뭔지 잘 모르겠더군.

"그 시간대 전시실 담당자가 누구였는지 시거 박사님한테 여쭤 봐야겠어요. 박사님은 이 안에 불이 붙을 만한 물건이 없다고 장담하셨는데 말이에요."

"소방관들은 뭐래?"

밥 예일이 어깨를 으쓱했네.

"그 사람들은 아무것도 몰라요. 그냥 불만 껐을 뿐이에요."

전시실 안에는 전시물을 위한 조명 배선이 설치돼 있었네. 아무도 그 불을 켤 생각은 못 하고 있더군. 내가 스위치를 누르니 전구에 불빛이 들어왔어.

"누전으로 생긴 화재는 아닌데."

"소방관 한 명이 휘발유 냄새를 맡은 것 같다는데요."

나는 얼굴을 찌푸렸네.

"설마 누가 콜린스를 불태워 죽이려 했다는 거야?"

"저도 그 생각을 했죠. 하지만 한 가지 문제가 있었어요."

"뭔데?"

"눈밭에 다른 발자국이 없었어요, 샘. 랜디 콜린스는 몸에 불이 붙었을 때 풍차 안에 혼자 있었던 거예요."

존스 선생이 최선을 다해 콜린스를 치료하는 동안 우리는 병원에서 기다렸네. 이윽고 처치를 끝낸 존스 선생은 우리가 있는 복도로 내려왔어.

"소아과 전문의 아니었어요?"

내가 물었네.

"아이들 화상을 치료한 적이 있습니다. 시거 박사님이 화상 치료는 직원들 중에서 제가 제일 낫다고 생각하셨나 봐요."

"생명에는 지장이 없을까요?"

링컨 존스는 굵고 검은 머리카락을 쓸어 올렸네.

"이젠 하느님께 달렸죠. 하지만 콜린스 씨는 버텨 낼 겁니다."

"의식이 있어요? 대화를 좀 나눌 수 있을까요?"

"진정제를 맞았지만 말을 조금 할 수는 있습니다. 꼭 필요한 일이라면 1분 드리죠."

존스는 나를 향해 손가락을 흔들며 강조했네.

"단 1초도 더는 못 드립니다. 그 사람은 내 환자예요!"

병상 옆에 서서 랜디 콜린스를 내려다보았네. 내가 들어온 걸 느꼈는지 눈을 뜨더군.

"샘 선생······."

랜디가 모기 소리만 한 목소리로 말했어.

"대체 무슨 일이 있었습니까, 랜디? 풍차 안에서 무슨 일이 있었던 거죠?"

"나는······."

"계속 '루시퍼'라는 말만 했다면서요?"

"차를 타고 가다가······ 풍차에서 불빛이······ 화재처럼 깜박였······ 들어가 보니까······ 악마가 있었어, 샘 선생······ 그 여자 말이 맞았어······ 둥그런 불덩이가 나를 감싸고······."

링컨 존스가 내 어깨를 툭 쳤네.

"미안합니다, 샘. 시간 다 됐어요. 이제 쉬게 합시다."

랜디 콜린스가 눈을 감는 걸 보고 존스를 따라 방을 나왔더니 제인이 울어서 퉁퉁 부은 눈으로 복도에 서 있더군.

"그이한테 대체 무슨 일이 있었던 거예요? 괜찮은 거예요?"

밥 예일도 아는 게 없다는 말밖에 할 수가 없었지. 세라 제인은 다시 나를 돌아보았어.

"대체 그이한테 무슨 일이 벌어진 건가요, 샘?"

나는 어쩔 도리가 없어서 손만 내밀었네.

"우리도 몰라요, 세라 제인. 정말 아무것도 모릅니다."

수요일이 되니 랜디 콜린스도 문병을 받을 수 있을 만큼 회복되었네. 링컨 존스는 병상 발치에 붙어 있는 차트를 보며 함박웃음을 지었지.

"이제 괜찮습니다. 콜린스 씨. 살 수 있어요."

콜린스가 시선을 돌려 나를 보며 물었어.

"내 얼굴은 어떻게 되는 겁니까, 샘? 내 피부는?"

"요즘 세상이 얼마나 좋아졌는데요. 기운만 차리면 존스 선생님이 구급차를 불러서 화상 전문의가 있는 보스턴의 병원으로 보낼 거예요. 성형 수술과 피부 이식을 받으면 예전 얼굴을 되찾을 수 있을 거예요."

"이 꼴로 몇 년을 살아야 한다고!"

"하지만 달리 생각해 보세요. 밥 예일이 당신 목숨을 구하지 않았다면 지금쯤 우리는 장례식을 치르고 있었을걸요."

존스가 말하더군.

"그 친구 팔은 좀 어떻소?"

"콜린스 씨만큼 심하진 않습니다. 마침 눈이 쌓여 있어서 얼마나 다행이었던지."

"불이 났을 때 기억나는 일은 없나요?"

내가 물었네.

"백번은 얘기했잖소. 둥그런 불덩어리가 공중에 떠 있다가 나를 덮쳤다고. 그때 머릿속에 떠오른 건 사탄이 온다는 메이블 포스터의 예언뿐이었어."

랜디는 링컨 존스를 빤히 쳐다보더군.

"그래도 악마가 여기서 절 쫓아낼 수는 없을 겁니다. 하얀 천을 뒤집어쓰고 떠들어 대는 악마를 본 적도 있는데 전혀 무섭지 않던데요. 불덩어리도 마찬가지죠."

랜디가 문병을 받을 수 있게 되자, 노스몬트 주민의 절반 정도가 랜디를 보러 병원으로 찾아왔어. 세라 제인이 병상 옆을 지키는 가운데 시의회 의원 대부분이 문병을 왔고, 심지어 렌즈 보안관도 일부러 차를 끌고 찾아왔다네. 사실 이 사건이 범죄인지 아닌지, 판단할 수가 없었기 때문에 보안관이 등장할 장면은 아직 없었어. 이 일이 범죄라면, 누군가 랜디 콜린스를 죽이려 했다 해도, 눈에 보이지 않는 사람을 무슨 수로 잡겠나?

"혹시 누군가가 콜린스의 주머니에 슬그머니 시한폭탄을 숨겨 놓은 게 아닐까?"

함께 건물을 나와 풍차 쪽으로 걸어가면서 렌즈 보안관이 말했네.

"본인도 모르게요? 그건 불가능하죠, 보안관님. 게다가 콜린스는 문을 열고 들어가니 눈앞에 이미 불덩이가 있었다고 계속 주장하는데요."

"여기 문은 밤새 잠가 두지 않은 건가?"

"전시실 때문에 계속 열어 뒀대요. 딱히 훔쳐 갈 것도 없고."

안으로 들어가니 불탄 흔적이 그대로 남아 있더군. 바닥은 아직도 시커멓게 그슬렸고, 유리 조각도 바닥에 흩어져 있었어. 그때 무언가가 내 눈에 들어왔네. 나는 다가가서 집어 들었지. 둥그렇게 굽은 모양의 두꺼운 유리 조가이었어.

"그게 뭔가, 선생?"

보안관이 물었어.

"그냥 유리 조각입니다. 누가 다치기 전에 치워야겠네요."

"거기 누구요?"

갑자기 밖에서 소리가 들렸네. 문 근처에 아이작 밴 도런이 있더군.

"우리예요, 아이작. 보안관님이랑 납니다."

"난 또 랜디가 봤다는 악마인 줄 알았네."

밴 도런이 피식 웃으며 말하더군.

"여긴 무슨 일로 왔어요?"

"문병이죠. 그래도 이 정도는 해야지."

나는 그 말에 놀랐어.

"둘이 별로 안 친한 줄 알았는데요."

"그렇다고 적은 아니잖아요. 어쨌든 몇 년 동안 우리 가게 단골이었는데. 랜디랑 세라 제인 둘 다 말입니다. 가서 얼굴 한번 보이는 것도 비즈니스죠."

나는 세라 제인이 지금 점심을 먹으러 집에 갔다는 사실을 알고 있었네. 혹시 일부러 그녀가 없는 시간을 골라 찾아온 게 아닐까? 아이작이 병원으로 올라가는 모습을 지켜보던 렌즈 보안관이 물었어.

"저 친구는 어떻게 생각해, 선생? 혹시 저 친구가 랜디를 죽이고 세라 제인과 함께 도망가려 했을 수도 있잖아?"

"동네 소문을 너무 많이 들으셨네요, 보안관님. 아이작이 만약 진짜로 살인을 저지를 생각이었다면 랜디 콜린스는 아예 살아남지 못했을걸요."

"그럼 악마가 저질렀다는 말을 믿는 거야?"

"모르겠습니다. 하지만 메이블 포스터를 만나 봐야겠네요."

차를 타고 메이블 포스터가 사는 언덕을 찾아가 보니 마침 메이블이 자기 마차를 타고 나오고 있더군. 대체 어딜 가려나 싶어 살짝 떨어져서 따라가 보기로 했지. 자동차를 그렇게 천천히 몰기란 쉽지 않은 일이었지만 아무튼 난 해냈다네. 인내심을 발휘한 덕분에 그 마차가 콜린스네 집으로 들어가는 모습을 확인할 수 있었어. 눈송이가 희미하게 날리고 있었지.

길 아래쪽에 차를 대고 걸어서 가 보니 때마침 메이블 포스터가 세라 제인을 마주 보고 있었네.

"내가 분명히 경고했지. 경고했는데 다들 날 비웃었어! 그래서 네 남편이 저렇게 병상에 누워 고통스러워하고 있는 거야! 이게 절대 끝이 아니야!"

"당장 나가요! 경찰을 부를 거예요!"

세라 제인이 비명을 질렀어.

메이블이 주먹을 치켜들려는 순간 내가 뛰어가서 손을 붙들었어.

"이제 그만 집에 가셔야죠."

"이거 놔, 샘 선생! 놓으라고!"

나는 메이블을 끌고 가서 마차에 앉혔네.

"조심하셔야 해요, 메이블. 안 그러면 사람들이 당신을 가둬 놓을 거예요."

"악마가 날 인도할 거야! 사탄이 내 주인이야!"

"랜디 콜린스에게 불을 지른 그 사탄 말인가요?"

"당연하지! 내가 계속 경고했잖아!"

"왜 콜린스였는데요?"

"모르겠어? 병원 지으라고 땅을 기부했으니까 그렇지!"

"그럼 다음엔 누가 불탈까요?"

"시거!"

메이블은 침을 뱉다시피 그 이름을 내뱉었어.

"그 흑인 의사를 고용한 시거, 그놈이 다음이야!"

그러고는 마차 채찍을 들어 올렸는데, 나에게 휘두르는 줄 알았어. 하지만 메이블은 말의 등짝을 내려쳤고, 말은 깜짝 놀라 바로 뛰쳐나갔다네. 메이블이 모는 마차는 눈밭을 헤치고 길 아래로 사라져 버렸어.

세라 제인은 너무나 두려웠는지 문을 붙잡고 간신히 서 있었어.

"무서워서 죽을 뻔했어요, 정말! 와 주셔서 고마워요, 샘 선생님. 들어와서 커피라도 드세요."

"저보다 먼저 드셔야 할 것 같은데요."

"저 사람이 랜디를 죽이려고 했던 것 아닐까요? 미친 예언을 실현시키려고 말이에요!"

"그건 좀 어려울 것 같군요."

세라 제인은 커피 두 잔을 따르고, 초조한 얼굴로 성냥을 집어서 담배에 불을 붙였네. 노스몬트에서 담배를 피우는 여자들은 많지 않았지만, '플래퍼' 세라 제인은 잘 어울리더군.

"누가 랜디를 죽이려 했다면 병원에서 또 시도할지도 몰라요."

그 말에 나는 무언가 생각났어.

"아이작 밴 도런이 아까 정오에 문병을 왔는데, 그거 알아요?"

세라 제인은 고개를 저었어.

"주유소에나 가야 보죠. 떠도는 소문은 다 헛소리예요."

"그런 것 같네요."

나는 커피를 다 마시고 자리에서 일어섰어.

"그만 가 봐야겠습니다. 원래 메이블 포스터를 만나려고 했는데, 이미 만나 버려서요."

"혹시 병원에 가실 거면 랜디한테 내가 금방 간다고 전해 줘요."

하지만 나는 바로 병원으로 돌아가지 않았어. 내 환자들도 진찰해야 했고, 에이프릴이 내 앞으로 받아 놓은 메시지가 한 무더기 있었거든. 그래서 늦은 오후가 되어서야 청교도 기념 병원에 갈 수 있었지. 밥 예일의 말에 의하면 오전 중에 환자가 두 명 더 왔다고 해. 다리 골절과 맹장염 환자라는데 둘 다 내 단골 환자는 아니었지. 이제 근처 마을 사람들도 드디어 새 병원 소식을 들은 모양이었지. 병원의 미래는 괜찮아 보였어.

"상처는 좀 어때?"

오전에는 렌즈 보안관이랑 이야기를 하느라 밥의 상태를 확인하지 못했지. 밥은 붕대 감은 팔을 쓸어내렸어.

"그냥 그래요. 하루에 한 번씩 풀어서 통풍시키면 더 빨리 낫겠죠. 이러고 있으려니 너무 성가시네요."

랜디의 병실에는 세라 제인이 있었기 때문에 굳이 그쪽에 가지 않고, 대신 1층에 있는 시거 박사의 사무실로 향했다네. 박사는 산더미 같은 서류에 파묻혀 있다가 고개를 들더군.

"안녕하시오, 샘. 무슨 일입니까?"

나는 메이블 포스터를 만난 이야기와 그녀가 다음 피해자로 시거 박사를 지목했다는 사실을 알려 줬지.

"그 여자는 조치가 필요하겠군요. 하지만 경고는 고마워요. 풍차 근처에는 얼씬도 하지 않겠습니다. 벽난로나 화톳불 근처에도."

"병원은 좀 어떤가요?"

시거 박사는 어깨를 으쓱했어.

"지금 환자가 셋 있고, 내일 또 올 예정입니다. 링컨 존스 때문에 이 병원을 경원시하는 사람도 있겠지만, 어차피 그 사람들도 곧 올 거라고 생각해요. 여긴 현대식 시설을 갖춘 좋은 병원이니까. 그보다 더 매력적인 게 어디 있겠어요?"

시거의 사무실을 나와서 간호사 몇 명과 잡담을 나누다 보니 돌아갈 시간이 되었더군. 해는 매일 길어지고 있었지만, 3월 중순이다 보니 아직 6시가 되지 않았는데도 밖이 어둑어둑했어. 주차장을 빠져나가면서 전조등을 켰는데, 풍차 근처 길 가장자리에 누군가 있더군. 다가가 보니 그게 아이작 밴 도런이라는 사실을 알 수 있었지.

속도를 늦추고 유턴을 해서 돌아왔지만, 밴 도런은 사라지고 없었다네. 그 근처는 풍차 말고는 달리 몸을 숨길 데가 없었지. 먼저 내린 눈은 대부분 녹았지만, 그날 낮에 내린 희미한 눈송이가 풀밭을 얇게 덮고 있었어. 밴 도런의 발자국은 풍차 문으로 이어져 있었지. 근처에 다른 발자국은 없었고.

갑자기 비명 소리가 들렸어. 어마어마하게 높은 곳에서 떨어지는, 그야말로 지옥으로 떨어지는 듯한 기나긴 비명이더군. 정신없이 풍차 안으로 뛰어 들어가 보니, 지옥의 불길이 활활 타오르고 있었네. 아이작 밴 도런은 그 한복판에 누워 있었어. 밴 도런은 내게 손을 뻗으며 바닥에서 일어나려 했지만, 이번 불길은 피해자만 집어삼키지 않았어. 전시실 전체와 위쪽 풍차 시설까지 높이 솟구쳐 올랐다네.

코트를 벗어 불을 끄려 했지만 소용 없었네. 불길을 피해 뒷걸음질 치는 순간에도 밴 도런의 끔찍한 비명은 내 귀에서 사라지지 않았지.

또다시 마을 소방차가 출동했고, 시거와 밥 예일도 간호사들과 함께 병원에서 뛰쳐나왔네. 그 모든 장면이 일요일 저녁과 똑같았지만, 다른 게 있다면 생존자는 없다는 점이었어. 마침내 불이 완전히 진화된 후, 소방관들은 시커멓게 타 버린 밴 도런의 시체에 범포를 씌웠네. 우리는 모두 병원으로 터벅터벅 들어가서 시거 박사의 사무실에 모였어.

"렌즈 보안관에게 보고하는 게 좋겠습니다."

시거가 전화를 집어 들며 말했어.

"뭐라고 하시려고요? 수수께끼 같은 사건이 또다시 일어났다고?"

밥 예일이 나를 쳐다보았어.

"샘, 당신이 거기 있었잖아요. 도대체 뭐였어요, 그게?"

"젠장, 나도 모르겠어. 벌써 화재가 두 번이나 일어나서 한 명은 심각한 화상을 입고 한 명은 사망했는데 말이야. 사건이 벌어졌을 때 둘 다 혼자 있었지. 랜디 콜린스는 풍차 안에서 무슨 불빛이 보여서 안에 들어갔다고 했는데, 밴 도런이 왜 들어갔는지는 이제 아무도 알 수 없겠지."

"그 안에서 다른 사람은 못 봤어요?"

나는 고개를 가로저었어.

"들어가는 발자국이 딱 한 사람, 밴 도런의 것밖에 없었어. 낮에 누가 먼저 들어가 있었다 해도 그 불길에 타죽었을걸. 명백한 이유가 없는 불길이 갑자기 솟구쳤을 때, 두 남자 모두 혼자였다는 건 확실하네."

"밴 도런이 죽으면서 뭐라고 말한 건 없어요?"

밥 예일이 물었어.

"그냥 비명밖에 안 질렀어. 머릿속으로는 악마가 불을 질렀다고 생각했을지 모르겠지만."

렌즈 보안관이 도착해서 이야기에 합류했지. 그리고 어둡지만 풍차로 가서 최대한 자세히 그 안을 둘러보았어. 처음 불이 났을 때는 무사했던 전기 배선이 이번에는 다 타 버려서 결국 아침에 다시 살펴보기로 했네. 집에서 잠이 들었는데 아이작 밴 도런의 몸에 처음 불이 붙었을 때의 모습이 꿈에 나타났어. 비명을 지르며 내게 구조를 요청했지만, 결국 구해 주지 못했지.

아침이 되어 병원으로 향했네. 자갈밭 주차장에 차를 대고서 풍차를 향해 언덕을 내려가는데 링컨 존스가 나를 붙잡더라고.

"알려 드릴 일이 있습니다."

"어젯밤 일 말입니까?"

존스는 고개를 끄덕였어.

"밴 도런의 시체가 옮겨지기 전에 대충 살펴봤는데, 다리에 골절이 있었어요."

"뭐라고요?"

"왼쪽 정강이뼈에 복합 골절이 있었다고요."

"잘못 본 거 아니에요?"

"뼈가 피부를 뚫고 튀어나왔는데요?"

"알겠습니다. 그런데 왜 이걸 저한테 말씀하시는 거죠?"

"당신이 그랬잖아요. 밴 도런이 풍차를 향해 걸어갔다고. 하지만 그 다리로는 그럴 수 없어요. 다른 사람을 잘못 본 거예요."

나는 그 말을 듣고 생각에 잠겼네.

"아니면 안에 들어가서 다리가 부러졌을 수도 있죠."

"불길 속에서요? 단순 낙상으로 그렇게까지 심한 골절을 입진 않아요."

"아무튼 정보 고마워요. 큰 도움이 될 것 같습니다."

나는 존스를 지나쳐 언덕을 계속 내려갔어.

렌즈 보안관이 이미 현장에 와서 풍차 문 근처에 서 있더군. 두 번째 화재가 난 후 나무 바닥은 매우 심하게 불탔고, 전시 진열장은 물론 풍차를 돌리는 장치도 새까맣게 타 버려 움직이지 않았지. 날개 역시 상하좌우 정위치에 고정된 채 꼼짝도 하지 않더군.

"꼭 악마를 물리치는 십자가 같구먼."

렌즈 보안관의 말에 나는 살짝 놀랐네. 보안관이 특정 종교에 신앙심을 갖고 있을 거라곤 생각도 못 했거든.

"저기로 올라가 봐야겠습니다."

나는 문 근처에 선 채 머리 위로 시커멓게 탄 톱니바퀴를 가리켰네.

"거긴 왜?"

"밴 도런은 다리가 부러진 상태였어요. 만약 그 친구가 자기 힘으로 여기까지 걸어왔다면, 분명 불이 붙은 순간 여기에서 다리가 부러졌을 겁니다. 비명 소리를 들었을 때, 저는 그 친구가 높은 곳에서 떨어진 게 아닌가 하는 생각이 들었거든요. 제가 듣지 못해서 그렇지, 바닥에 떨어지는 소리가 났을 수도 있죠. 그렇다면 위치는 저기밖에 없습니다."

렌즈 보안관은 앓는 소리만 내더군.

"난 생각이 달라. 그 시체, 불에 굉장히 심하게 탔잖아?"

"그랬죠."

"어쩌면 밴 도런은 다른 누군가의 다리를 부러뜨렸는지도 몰라. 그리고 자네가 이리로 오는 모습을 보고 얼른 돌아와서 시체에 불을 붙이고 창문 밖으로 도망쳤을 수도 있지. 그 시체는 밴 도런이 아니었던 거지."

"요새 또 미스터리 소설을 너무 많이 읽으셨나 보네요, 보안관님. 발자국은 한 줄밖에 없었어요. 그리고 죽기 전에 제가 밴 도런의 얼굴을 똑똑히 봤다고요. 어젯밤 꿈에도 나왔단 말입니다.

누가 창밖으로 도망쳤다면 제가 분명히 봤을 겁니다. 그게 수평축 옆에 있는 높은 창문이라고 해도요."

"그럼 자살이 아닌 이상 불가능한데."

"아직 어떤 말씀도 못 드리겠어요. 아무튼 전 저길 올라가 봐야 겠어요."

우리는 병원 관리인에게 사다리를 얻어 와서 풍차로 옮겼네.

내가 올라가려고 자세를 잡자 보안관이 코웃음을 쳤어.

"자네도 사다리가 필요한데 밴 도런은 대체 어떻게 올라갔다는 거야? 날기라도 했나?"

"저 진열장을 밟고 올라섰을 겁니다."

사다리를 반쯤 올라가 손을 뻗으니 시커멓게 그슬린 중앙 수평축에 손이 닿았지. 그 속에는 아무것도 없었네. 화재를 일으킬 만한 그 어떤 것도 보이지 않았지. 하지만 반대편 너머 시커멓게 그슬린 부분 끄트머리에서 흥미로운 무언가를 찾았어.

작은 조각 같은…… 뭐지? 고무인가? 아무튼 그게 불에 반쯤 녹아서 나무에 달라붙어 있었지. 녹지 않은 부분은 빨간색이었어. 전에도 내 시선을 끈 바로 그 색이었지. 하지만 그게 원래 무엇이었는지 도무지 알 수가 없었네. 설마 살인자가 거대한 고무 끈을 이용해 천장에 매달려 있다가, 불이 났을 때 탄성을 이용해 창밖으로 도망친 건가? 아니, 그건 악마만큼이나 말이 안 되는데.

나는 사다리에서 내려왔어.

"수확이 있었나, 선생?"

"별것 없네요."

"그럼 이젠 어쩌지?"

"병원으로 가죠."

시거 박사의 사무실에 들어가 보니 밥 예일이 전화를 하고 있더군.

"또 메이블 포스터예요. 시내 광장에서 노스몬트에 악마가 내려왔다면서 소동을 피웠대요. 부보안관이 붙잡아서 지금 이리로 데려오고 있다는데요."

"도대체 그 여자를 어떻게 해야 좋을지 모르겠군."

시거가 중얼거렸어.

나는 창 쪽으로 걸어가 풍차를 내다보았어.

"콜린스는 좀 어때요?"

"좋아졌습니다. 다음 주 초쯤에는 보스턴으로 이송할 수 있겠어요."

시거가 대답했지.

"정신은 또렷해요."

밥 예일이 차트를 확인하고 말했어.

"불 때문에 풍차가 완전히 망가졌네요. 더는 안 돌아가겠는데요."

내가 말했네.

"고칠 수 있을 겁니다."

시거가 장담하더군.

그때 문득 렌즈 보안관이 했던 말이 생각났어. 몇 분 동안 마음속으로 정리한 끝에 나는 확신이 들었네.

"누가 그랬는지 알겠네요."

"뭐라고요?"

"누가 랜디 콜린스에게 화상을 입히고 아이작 밴 도런을 죽였는지 알겠다고요."

"악마는 아니죠?"

시거 박사가 희미한 미소를 지으며 물었네.

"악마는 아닙니다. 살아 있는 인간입니다."

나는 문 쪽으로 걸어갔어.

"링컨 존스는 지금 어디 있죠?"

밥 예일이 벽시계를 흘끔 쳐다보더군.

"아마 콜린스 씨의 상처를 소독하고 있을걸요."

"거기 가 봐야겠군요."

아무 말도 안 했는데 다들 나를 따라오더라고.

병실에 들어가 보니 남편의 병상 옆에 세라 제인이 앉아 있었어. 화상 부위에 연고를 넓게 펴 바르던 존스가 고개를 들더군.

"한꺼번에 너무 많은 사람들이 들어오는 건 별로 바람직하지 않은데요."

"아주 중요한 용건이 있습니다. 누가, 어떻게 밴 도런을 죽였는지 설명할 예정이라서요."

세라 제인이 의자에서 일어나 다가왔네.

"내 남편한테 이런 짓을 한 인간이랑 같은 사람이에요?"

"네."

"누구죠?"

나는 병상 쪽으로 허리를 숙였어.

"말해도 되겠어요, 랜디? 누가 이런 끔찍한 짓을 당신과 아이작에게 저질렀는지 내가 말해도 돼요?"

"사탄이잖아. 악마."

랜디가 쉰 목소리로 말했네. 나는 고개를 가로저었어.

"아뇨, 그건 우리 각자 내면에 사는 악마였을 뿐입니다. 당신이 자기 자신에게 불을 붙였잖아요, 랜디. 그때는 당연히 사고였지만, 어젯밤 아이작 밴 도런은 사고가 아니었죠."

사람들이 일제히 떠들어 대기 시작했지만, 세라 제인의 목소리가 가장 컸어.

"스스로 불을 붙였다는 게 무슨 소리예요? 어떻게 그럴 수 있어요?"

"랜디는 유리병에 든 휘발유를 고무풍선 여러 개에 조금씩 나눠 담았어요. 그리고 풍차의 수평축에 긴 도화선을 감고, 풍선에 연결했죠. 그러다가 그만 휘발유에 실수로 불이 붙어서 유리병이 깨지고 옷에 불이 옮겨 붙은 거예요. 그때는 축이 돌아가고 있었기 때문에 휘발유를 채운 풍선 몇 개가 불길에 떠밀려 위로 올라간 거죠."

"콜린스 씨가 왜 풍차에 불을 질렀다는 거요?"

시거 박사가 석연찮은 표정으로 물었어. 내가 설명했네.

"풍차 전체를 불태우려고 했던 게 아니었습니다. 바깥을 보세요, 네 개의 날개가 상하좌우 정위치에 멈춰 서 있지 않습니까? 렌즈 보안관님이 저걸 보고 꼭 십자가 같다고 하셨는데, 그 말이 맞습니다. 랜디 콜린스는 이 병원 바로 앞에서 거대한 십자가를 불태우려고 했던 거예요. 박사님이 흑인 의사를 고용했기 때문에."

링컨 존스는 내 말에도 굳이 고개를 들지 않았어. 전혀 신경 쓰이지 않는다는 듯 연고만 발랐지. 콜린스는 내가 말하는 내내 눈을 감고 누워 있었다네.

"개원 날 메이블 포스터가 난동을 피웠고, 시거 박사님이 당신한테 물었죠? 당신이 메이블을 부추겼느냐고. 세라 제인도 그 소동을 일으킨 게 당신일 거라고 생각했어요. 다들 농담처럼 말했기 때문에 당시에는 미처 몰랐지만, 지독히 보수적인 당신의 성향을 떠올리고 깨달아야 했습니다. 청교도 기념 병원에 흑인 의사를 고용한다는 사실을 당신이 어떻게 생각할지.

KKK는 이 근방에서 십자가를 태우는 등, 여러 가지 만행으로 유명하죠. 당신이 KKK의 열성적인 회원이든, 아니면 단순한 동조자이든 범포 풍차 날개는 불타는 십자가로 꾸미기에 딱 좋아 보였을 겁니다. 그래서 당신은 주유소에서 휘발유를 1갤런 구입했어요. 아마 돌아가는 날개에 휘발유를 채운 풍선을 매달고, 도화선에 불을 붙인 뒤 도망칠 생각이었을 겁니다. 풍선이 터지면서 불이 붙은 휘발유가 범포 날개 전체에 퍼질 거라는 계산이었겠죠. 당신은 풍선에 휘발유를 담고, 도화선을 수평축에 감았어요. 돌아가는 수평축을 이용해 풍선을 올라가게끔 하려 한 거죠. 사고는 그때 일어난 겁니다."

"악마가 어쩌고 하는 건 무슨 소린가?"

보안관이 물었어.

"처음에 랜디는 '악마'나 '사탄'이라는 말을 쓰지 않았어요. '루시퍼'라고만 했죠. 메이블 포스터를 포함해서 그런 말을 한 사람은 아무도 없었죠. 자기가 무슨 말을 중얼거렸는지 깨달은 랜디는 이후 악마와 불덩이 이야기만 했지, 루시퍼라는 말은 다시 꺼내지 않았어요. 그럼 루시퍼가 악마가 아니라면 대체 무슨 의미일까요? 바로 가장 흔한 성냥 상표 이름이죠.

여전히 성냥을 루시퍼라고 부르는 사람들이 있습니다. 그리고 전 랜디의 집에서 그 성냥 한 상자를 봤기 때문에 랜디가 그걸 쓴다는 사실을 알고 있었어요. 랜디는 그냥 실수로 성냥에 불이 붙었다는 이야기를 했을 뿐이었던 겁니다. 그런데 정신을 차리고 나니 그걸 이용해야겠다는 생각이 든 거죠. 그래서 루시퍼를 악마로 바꿨어요."

"콜린스 씨는 병원 병상에서 나간 적이 없는데, 어떻게 아이작 밴 도런을 죽일 수 있었던 거예요?"

밥 예일이 의문을 제기했네.

"랜디에게 무슨 일이 일어났는지 알아내니 그 뒤는 쉬웠어. 첫 화재 장소에서 나는 둥글고 두꺼운 유리 조각 하나를 주웠네. 진열장 유리는 편평하기 때문에 그 유리는 아니었어. 깨진 물병이라면 또 모를까. 게다가 오늘 고무 조각까지 찾아내니 풍선을 어떻게 이용했는지 대충 짐작이 가더라고. 랜디가 유리병에 휘발유를 담아 왔다면 그걸 어디서 구했을까? 당연히 시내에 딱 하나밖에 없는 아이작 밴 도런의 주유소에서 사 왔겠지?

화재가 일어나고 며칠 후, 콜린스가 문병객을 받을 수 있게 되자 무슨 일이 일어났을까? 세라 제인이 자리를 비운 점심시간에 밴 도런이 찾아온 거야. 항상 서로 냉랭했던 두 남자가 대체 왜 만났겠어. 밴 도런이 랜디가 자기 몸에 불을 붙였다는 사실을 잘 알고 있었기 때문이지. 자신이 운영하는 주유소에서 휘발유를 한 병 사 갔으니까."

나는 병상에 누운 남자를 돌아보고 말했어.

"밴 도런은 당신을 협박하러 왔던 거죠, 랜디?"

눈은 여전히 감고 있었으나, 랜디는 결국 입을 열었네.

"맞아, 돈을 뜯어내려 하더군. 내가 휘발유로 불을 붙였다는 사실을 폭로하겠다며 몰아붙였지. 그래서 어디 가면 돈을 찾을 수 있을지 말해 줬을 뿐이야."

누렇게 뜬 입술이 미소를 짓는 듯 뒤틀리더군.

퍼즐의 마지막 조각이 제자리를 찾았지.

"바로 그거였군요! 풍차 속에 금은보화를 숨겨 놓았다는 옛날이야기! 당신은 밴 도런에게 돈이 거기 있다고 했겠죠. 뭐라고 했나요? 풍선 속에 사금을 넣어 뒀다고 했나요? 뭐 비슷하게 말했겠죠. 휘발유를 채운 풍선은 여전히 축에 매달려 있었고, 당신은 그 사실을 잘 알고 있었습니다. 휘발유가 새거나 누가 발견하기 전에 서둘러 그걸 없애야 했죠. 그게 드러나면 당신이 무슨 짓을 했는지 사람들이 다 알게 될 테니까요.

그런데 밴 도런이 제 발로 당신을 찾아온 거죠! 안 그래도 소문 때문에 보기 싫은 바로 그 남자였죠. 당신이 저지른 끔찍한 재앙의 마지막 증거를 없앨, 이보다 더 좋은 기회는 없었겠죠. 밴 도런에게 풍차 축 근처에 돈이 숨겨져 있으니 성냥불이나 촛불을 들고 확인하라고 했을 겁니다. 그래서 밴 도런은 전등을 켤 생각을 하지 않았죠.

밴 도런은 매일 휘발유를 팔았기 때문에, 위로 올라가서 성냥 불을 켤 때까지도 휘발유 냄새를 잘 맡지 못했어요. 남아 있는 가스에 불이 붙거나 아니면 풍선이 터졌을 수도 있죠. 뭐든 간에 밴 도런은 금세 불에 휩싸였습니다. 비명을 지르며 아래로 떨어졌고, 그때 다리도 부러졌던 겁니다. 아이작 밴 도런은 첫 번째 화재의 증거와 함께 죽은 거죠."

세라 제인이 병상에 누워 있는 남편에게 손을 내밀었어.

"난 믿을 수가 없어. 이 사람들한테 빨리 아니라고 말해! 랜디, 빨리!"

하지만 랜디 콜린스는 아무 말도 하지 않았지. 그냥 눈을 감고 가만히 누워 있었지. 자신의 상처를 돌보는 흑인 의사 따위가 보이지 않는 것처럼.

샘 호손 박사는 말을 이었다.

"참 기묘한 살인 사건이었어. 아이작 밴 도런이 죽었을 때 랜디 콜린스는 병상에 있었기 때문에, 법정에서는 살인을 증명할 수 없었네. 비록 재판은 열리지 않았지만 어차피 콜린스는 심한 화상을 치료하는 수술을 받는 동안 충분히 고통을 받았을 거야. 보스턴으로 이송된 콜린스는 두 번 다시 돌아오지 않았고, 세라 제인은 콜린스와 이혼한 뒤 다른 이와 결혼했다고 하더군. 링컨 존스는 그 사건 이후 아무런 문제도 겪지 않았고, 청교도 기념 병원에서 가장 인기 있는 의사가 되었지."

노인은 자리에서 일어나 힘겹게 지팡이에 몸을 기댔다.

　"자네가 어…… 약주 한잔 더 할 시간이 없다니 참 아쉽구먼. 다음에 오면 호수 위 보트 얘기를 해 주겠네. 그건 우리의 작은 '메리 셀레스트호 사건'이었지.

The Problem of the Gingerbread Houseboat

생강빵 하우스보트의
수수께끼

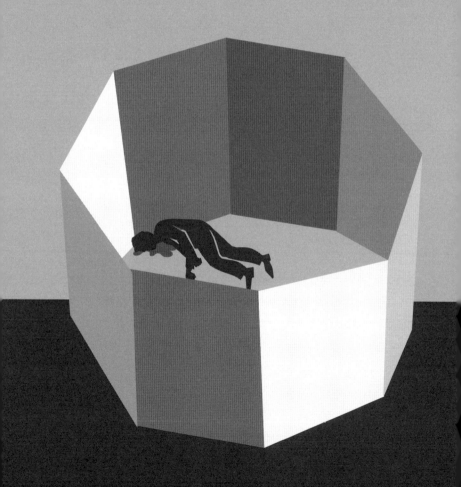

"1929년 여름의 일이었지."

샘 호손 선생은 평소와 다름없이 운을 띄웠다.

"오늘은 다리가 불편한데, 자네 술은 직접 따를 수 있겠지? 하는 김에 내 잔도 좀 채워 주게나. 고맙네. 그래, 어디까지 이야기했더라? 아, 1929년 여름. 한 시대의 종말이라고 할 수도 있을 거야. 그 여름 이후 이 나라는 절대 그전으로 돌아갈 수 없게 되어 버렸으니까. 10월에 증권 시장이 붕괴되고 대공황이 시작되었지. 아무튼 그해 여름까지는 예전과 다를 게 없었네……."

(샘 선생은 말을 이었다.)

노스몬트에서 그리 멀지 않은 곳에 호수가 하나 있었어. 여름이면 사람들이 호수 근처에 작은 별장을 얻어서 놀러 가곤 했다네. 노스몬트 초창기 지주들 중 한 명의 이름을 따 체스터 호수라고 불렀는데, 가로가 한 1.5킬로미터에 세로가 8킬로미터 정도 되었던 것 같네. 그 시절은 내가 사랑에 빠졌던 여름이기도 했지. 상대는 막 대학을 졸업하고 삼촌 부부와 함께 여름을 보내러 호수에 왔던 검은 머리의 미란다 그레이라는 아가씨였어.

그해 여름은 내가 노스몬트에서 보내는 여덟 번째 여름이자, 의대를 졸업한 지 9년째 되던 해였네. 우리 간호사 에이프릴이 틈만 나면 말했듯이 슬슬 결혼해서 지역에 정착할 때였지. 문제는 노스몬트 같은 시골에는 대부분 내 환자들밖에 없어서, 고작 몇 년 전에 볼거리나 수두를 치료해 준 아가씨를 여자로 보기란 쉬운 일이 아니었어. 그래서 미란다가 찾아온 게 내 인생의 커다란 이벤트로 느껴졌네. 그녀는 나보다 열 살은 어렸지만, 당시에는 그리 중요한 문제가 아닌 것 같았지.

미란다의 숙모 키티와 삼촌 제이슨은 원래 체스터 호수 옆 작은 별장에서 여름을 보내곤 했어. 제이슨은 신 코너스의 학교 선생님이라 여름 내내 휴가를 보낼 수 있었지. 이 부부는 내 환자가 아니었기 때문에 다른 상세한 사정은 알 수 없었어. 그런데 6월 말, 에이프릴이 키티 그레이가 조카 미란다와 함께 대기실에서 기다리고 있다고 알려 주더구먼. 키티가 조카를 데리고 잠시 노스몬트를 구경시켜 주고 있었는데, 이 아가씨의 눈에 바람에 날린 먼지가 들어간 거야. 마침 바로 옆에 내 진료소가 있었고, 그래서 찾아오게 된 거지.

나는 기꺼이 일을 받아들였다네. 미란다의 커다란 갈색 눈동자에는 눈물이 그렁그렁했지. 나는 눈꺼풀을 뒤집어서 그 속에 들어간 먼지를 빼냈네. 첫눈에 반한다, 라는 말은 아마 이럴 때 쓰는 거겠지.

"고맙습니다, 선생님."

미란다의 목소리는 마치 음악 같았어.

그 후 몇 주 동안 미란다를 자주 만났네. 황갈색 패커드 오픈카를 타고 드라이브를 했고, 독립기념일 다음 주말에 댄스파티에도 함께 갔지. 일요일이면 호수로 소풍도 가고 말이야. 정신을 차리고 보니 그레이 씨의 별장에도 자주 드나들고 있더라고.

구조가 똑같은 별장이 옆에 한 채 있었는데, 그곳은 하우저 부부가 빌려 쓰고 있었네. 조금 특이하지만 친절한 사람들이었어. 이 부부에 대해 아는 거라고는 보스턴에서 왔고, 돈이 좀 있다는 사실뿐이었지. 레이는 사십 대 초반의 잘생긴 남자였고, 부동산과 주식이 좀 있다고 하더군. 아내 그레텔은 작고 통통했는데 성격은 다소 변덕스러웠어. 이들은 그레이 부부의 친구였고, 두 부부는 함께 저녁을 먹곤 했지. 하우저 부부의 진짜 자랑거리는 바닥이 평편한 배에 집을 올린 하우스보트 '그레텔호'였어. 지붕 덮인 그 배는 창문은 물론 전체가 화려하게 꾸며져 있었는데, 매년 봄마다 잔잔한 호수 위에 떠 있곤 했지. 미란다는 하우스보트를 처음 봤을 때 이렇게 말했네.

"꼭 생강빵으로 만든 과자 집 같아요!"

그레텔은 그 말을 좋아했어.

"그럼 레이랑 내가 헨젤과 그레텔인 셈이네. 돈이 다 떨어지면 저 집을 먹어 치우면 되겠다."

남편은 코웃음만 쳤지.

"주식이 오르고 있으니까 그럴 걱정은 할 필요 없어!"

하우스보트를 띄운 날, 나와 미란다는 더 자세히 보려고 선착장으로 내려갔다네. 키티와 제이슨은 이미 여러 번 가 봤지만 미란다는 처음이었거든. 키티가 레이에게 조카를 태워 달라고 졸랐지.

"제발요, 레이. 미란다한테 배 안을 보여 주고 싶어요!"

여름이면 빨간 재킷을 유니폼처럼 입고 다니는 제이슨은 진정하라고 말렸지만, 키티는 고집을 부렸지. 키티는 삼십 대 후반으로 예쁜 갈색 머리에 웃으면 얼굴이 환하게 빛났어. 수줍음이라고는 전혀 없어서 누구하고든 잘 지냈다네. 나이는 더 많았지만 오히려 조카 미란다보다 더 '플래퍼' 같았지. 레이 하우저는 키티의 고집이 익숙한 듯 어쩔 수 없이 미소를 지었네.

"좋아요, 그럼 다 같이 한 바퀴 돌고 옵시다."

나는 다소 이방인이 된 기분을 맛보며 그들을 따라갔어. 한 달 전만 해도 그레이 부부와 목례 정도나 나누는 사이였다네. 여기 있는 사람들은 아무도 몰랐지. 그런데 갑자기 가족의 일원이 된 것 같더군.

"발밑 조심해요."

삐걱거리는 나무판자를 건너는데, 제이슨 그레이가 내게 말하더군. 여름휴가 중일 텐데도 이 사람은 여전히 조금 따분한 교사 같았어.

하우스보트 내부는 정말 멋졌다네. 중앙에 있는 널찍한 방에는 편안한 의자와 탁자가 있었고, 추울 때를 대비해 준비된 작은 배

불뚝이 난로도 있었지. 가벼운 식사를 위한 길쭉한 방, 2층 침대와 옷장이 수납돼 있는 작은 방도 있었어.

"이 배에서는 네 명까지 잘 수 있습니다. 호수에서 밤새 배를 타는 일이 그리 많지는 않지만요."

레이 하우저가 말했어.

"어떤 모터를 쓰시죠?"

하우저는 나를 고물로 데려갔지.

"여기 보이죠? 이중 선외 모터입니다. 이 배의 거의 모든 부분을 내 손으로 직접 만든 거예요. 보스턴에서 바닥이 편평한 중고 바지선을 사다가 그 위에 집을 올렸죠. 이 모터도 내가 직접 골랐습니다. 여분의 휘발유를 항상 싣고 다녀야 하고 빠르지도 않지만, 기름이 없어서 견인되는 것보다는 낫죠. 속도를 경신하려고 하우스보트를 사는 사람은 없잖아요."

그레텔이 품질 좋은 캐나다 위스키 한 병을 꺼내 와서 칵테일을 만들어 주었네. 놀랍게도 미란다는 거절하더군.

"법을 어기면 안 된다고 생각해요."

미란다의 그 고지식함이 내게는 신선하게 느껴졌어.

"이런, 세상에. 요즘 금주법 지키는 사람이 어디 있어요?"

내가 농담을 했네.

"그럼 그 법은 폐지되어야 하는 것 아닌가요?"

미란다의 삼촌과 숙모 앞에서 논쟁을 벌이자니 무척 당황스러웠어. 어쩌면 갓 대학을 졸업한 아가씨와 사랑싸움을 하기엔 내가 너무 나이가 들었는지도 몰라. 그래도 고집을 부렸지.

"그럼 살면서 한 번도 법을 어겨 본 적이 없나요?"

"왜요, 다들 어기고 살지."

키티가 분위기를 눈치채고 얼른 끼어들어 미란다 편을 들었어.

"난 미란다가 왜 그러는지 이해해요. 워낙 원칙주의자고 준법정신이 투철하거든요."

하우저가 주제를 바꿨어.

"자, 자. 이제 출발합시다."

나는 하우저를 도와서 모터에 시동을 걸고 밧줄을 풀었네. 그레텔호가 선착장에서 점점 멀어지기 시작했어. 하우저는 신중하게 배를 몰았네. 호수를 가로질러 반대쪽에 도착하기까지는 넉넉히 15분이 걸렸다네. 난 항해가 매우 즐거웠고, 미란다 역시 마찬가지였어.

"술 안 먹는다고 놀려서 미안해요."

미란다와 갑판에 단둘이 앉아 있을 때 내가 말했네. 다른 사람들은 안에서 한잔 더 하는 중이었고.

"대학 내내 그런 소리를 들었어요, 샘. 하지만 당신처럼 성숙한 사람이 그런 소리를 할 줄은 몰랐어요."

"앞으론 절대 안 그럴게요."

나는 미란다의 손을 꼭 잡았어. 배가 다시 호수를 가로지르자 산들바람이 우리 얼굴을 스치고 지나갔지.

"춥지 않아요?"

"괜찮아요, 좋은데요."

"당신 삼촌과 숙모는 정말 좋은 사람들이에요, 미란다. 당신 아버지를 살아 계실 때 뵈었다면 참 좋았을 텐데."

미란다는 멀리 호숫가를 바라보며 말했네.

"아빠가 전쟁에 나갔을 때 난 겨우 열 살이었어요. 나중에 당신이 시카고에 있는 우리 엄마를 만나면 좋겠네요."

"그러게요."

"이런 배를 타고 항해를 나가면 그냥 그대로 사라져 버리고 싶지 않아요?"

"그게 무슨 소리예요? 메리 셀레스트호 사람들처럼?"

"그들이 누구예요?"

"아주 유명한 수수께끼죠. 나도 최근에 읽은 내용인데, 1872년에 대서양을 표류하는 어느 작은 범선이 발견됐대요. 바다도 잔잔했고, 갑판이 손상을 입었거나, 폭력이 있었던 흔적도 없었는데 선장 가족과 선원들이 전부 사라진 거예요. 이 사람들에게 무슨일이 일어났는지, 그걸 아직도 모른대요."

"저도 읽어 본 것 같아요."

"사실 난 동네 보안관을 도와서 이상한 범죄 몇 건을 해결한 적이 있거든요. 나중에 기회가 되면 그 얘기를 해 줄게요."

그때 키티가 밖으로 나와 우리에게 다가왔어.

"둘이 화해했어요?"

"네. 조카 따님 덕분에 저도 술을 끊게 될 것 같습니다."

"좋네요! 언젠가는 우리 모두가 다 끊을 날이 오겠죠."

하우저가 하우스보트를 선착장에 대자, 우리는 태워 줘서 고맙다고 인사를 하고 육지로 올라왔어. 그레텔이 별장 문을 가볍게 밀고 들어가는 모습이 보이더군. 미란다와 나도 키티와 제이슨을 따라서 저녁을 먹기 위해 그쪽 별장으로 향했네.

그즈음 들어서 에이프릴은 미란다에 대한 질문하는 일이 잦아졌어. 체스터 호수에서 주말을 보낸 후 월요일 아침만 되면 묻곤 했지.

"좋은 소식은 아직인가요, 샘 선생님?"

"너무 이르잖아요, 에이프릴. 게다가 난 이번 주말에 응급 상황에 두 번이나 불려 갔단 말입니다. 도대체 연애를 하란 건지, 말란 건지!"

"에이, 왜 그래요. 사실 여자보다 의사 일을 더 좋아하면서."

"그건 그래요. 어쩌면 여자 의사랑 결혼하는 게 나을 수도 있겠네요."

사실 노스몬트에 새로 생긴 병원 덕분에 주말 부담이 많이 줄었어. 내가 없어도 병원에 가면 도와줄 사람이 늘 있으니 말이야. 그래서 토요일 오후에 마지막 환자를 보고 나면 진료소 문을 닫을 수 있었네. 주말에는 체스터 호수로 가서 그레이 부부의 별장을 방문했지.

그날도 문 앞에서 나를 맞이한 미란다는 무척 기뻐 보였어.

"샘, 영원히 못 보는 줄 알았어요!"

"주중에 진료소가 바빴거든요. 수요일에 당신을 놀라게 할 생각이었는데, 로저스 부인이 갑자기 출산을 하는 바람에."

"어서 들어와요. 키티 숙모랑 제이슨 삼촌은 옆집 하우저 씨 별장에 계세요."

"좋네요. 당신을 독차지할 수 있겠는데요."

자리에 앉아 사소한 잡담을 나누며 시시덕거리다 보니 30분이 후딱 지나갔네. 6시가 다 되었을 무렵, 철망으로 된 문이 열리고 키티가 들어왔어. 키티는 알록달록한 여름 원피스를 입고 스웨터 한 벌을 손에 들고 있었지.

"미란다, 삼촌이랑 나는 하우저 씨의 하우스보트를 타고 나가야 하니까, 너랑 샘은 알아서 저녁 차려 먹으렴. 알겠지?"

키티는 숨도 쉬지 않고 말하더군.

"알았어요, 키티 숙모."

문밖을 얼핏 내다보니 제이슨의 밝은 빨간색 재킷이 하우스보트 안으로 사라지더군. 하우저 부부는 보이지 않았지.

"같이 내려가서 인사할까요?"

키티가 나를 바라보며 웃었어.

"그래요. 연인은 함께 가야죠."

미란다와 나는 서둘러 뛰어가는 키티를 따라 배로 이어지는 판자를 건넜네. 레이 하우저가 격자무늬로 장식된 화려한 문을 열고 나와 손을 흔들더군. 그러더니 나를 보고 말했어.

"샘, 이 밧줄 좀 풀어 줄래요?"

"물론이죠!"

하우저가 엔진에 시동을 거는 사이 나는 밧줄을 풀어서 그쪽으로 던졌어. 갑판 어딘가에서 그레텔의 웃음소리가 들리는 것 같더군. 아마 미란다의 눈을 피해 호수 위에서 마음껏 술을 마시려는 모양이었어.

키티가 다시 한 번 우리를 향해 손을 흔들고는 배 안으로 들어갔네. 레이 하우저는 우리가 별장으로 돌아갈 때까지 계속 갑판에 앉아 있었어.

"네 분이 굉장히 친하신가 보네요."

나는 철망 문을 열면서 말했어.

"키티 숙모는 아무하고나 다 잘 지내요. 워낙 친근한 분이셔서. 그런데 제이슨 삼촌이 저분들을 그렇게 좋아하실 줄은 몰랐네요."

나는 앞쪽 창문에 서서 하우스보트가 천천히 호수 한가운데로 떠내려가는 모습을 지켜보았네. 근처에 다른 배는 없었고, 호수 반대편 한참 끝에 몇 척 떠 있더군.

"보자, 네 분이서 거의 호수를 독차지하겠군요. 다들 저녁 먹으러 가겠죠?"

"뭔가 속셈이 있는 말 같은데요, 샘?"

나는 미란다를 향해 웃으며 베개를 던졌어.

"당신이 저녁 식사보다 키스를 원한다면 얘기는 다르겠지만요."

"아, 정말!"

내가 하우저의 하우스보트를 계속 지켜보는 사이 미란다는 바쁘게 먹을 것을 준비했어.

창문 옆 쌍안경이 눈에 들어오길래 집어 들었네. 군수 물자였는지 성능이 아주 뛰어나더군. 하우스보트가 잘 보였어. 갑판에는 아무도 나와 있지 않았지만 창문 안쪽으로 제이슨의 빨간 재킷이 보였지.

"이상하네."

미란다가 곁으로 다가와 내 등에 손을 얹었네.

"뭐가요?"

"엔진이 꺼져 있고. 선박이 그냥 둥둥 떠내려가는데요."

"가끔 그럴 때가 있어요. 아마 위로 올라가 술을 마시나 보죠."

쌍안경으로 계속 살펴보는데 호수 반대편에 떠 있던 요트들 중 한 대가 이쪽으로 다가오고 있었네. 그런데 표류하는 것처럼 보이는 하우스보트가 요트를 향해 똑바로 떠내려가고 있었어. 요트를 조종하는 남자는 간신히 하우스보트를 피했고. 자리에서 벌떡 일어나 주먹을 휘두르며 고함을 지르는 것 같더군.

"설마 다들 취했을까요?"

이해할 수 없는 일이었지.

"그럴 리가요! 아직 15분밖에 안 됐는데."

"아직······."

쌍안경을 들고 밖으로 나가서 하우저 부부의 별장 선착장 끝까지 가 보았네. 하우스보트는 물 위에서 천천히 방향을 돌렸지만, 모터로 움직이고 있는 건 아니었어. 아예 배 안에 사람이 없는 것 같았네.

미란다가 내 쪽으로 다가왔어.

"무슨 문제라도 있어요. 샘?"

"영 불안한데요. 뭔가 잘못됐어요. 지난번에 저 배를 탔을 때 하우저 씨는 배를 아주 신중하게 몰더라고요. 그런데 오늘은 그냥 떠내려가잖아요."

"다들 술 마시느라 바쁜가 보죠."

미란다는 말도 안 된다는 듯 코웃음을 쳤네.

"다들 수영할 수 있어요?"

미란다가 고개를 가로저었어.

"우리 삼촌은 팔 저을 줄도 몰라요."

"물에 빠진 사람도 없는 것 같군요."

쌍안경을 눈에서 떼고 그레이 부부의 별장 선착장을 살펴보니 모터보트 한 대가 눈에 들어오더군.

"저걸 타고 가서 한번 확인해 볼래요? 아마 당신 말대로 다들 술을 마시고 있겠지만, 그래도 상황을 좀 봐야 할 것 같아서."

"뭐, 좋아요. 난로를 끄고 올게요."

나는 힘들게 보트의 시동을 걸었고, 미란다와 함께 보트를 타고 하우스보트 쪽으로 향했네. 해가 지려면 아직 두 시간쯤 남았고 다른 보트 몇 대가 호수 위에서 한가로운 오후를 즐기고 있었네. 부딪힐 뻔했던 요트를 제외하면 하우스보트 쪽으로 다가오는 배는 없었어. 나는 아무 말도 하지 않았지만 미란다가 먼저 말을 걸더군.

"아무도 없는 것 같아요. 혹시…… 다들 자는 걸까요?"

"당신은 여기 있어요. 내가 올라가서 보고 올 테니까."

나는 배를 옆에 대고 하우스보트의 난간을 붙잡고 그쪽으로 올라갔지. 창을 들여다보니 제이슨 그레이의 빨간 재킷은 의자 등받이에 걸려 있었어. 문이 잠겨 있지 않길래 안으로 들어갔네. 놀랍게도 술잔도, 술병도 하나도 없었어. 실내에 사람의 흔적 자체가 없었던 거야. 미란다의 말이 맞을 수도 있어. 아마 다들 침대에서 자는 모양이지.

하지만 침대에는 아무도 없었네. 작은 주방에도, 화장실에도 없었어. 하우스보트 전체가 텅텅 비어 있었어.

그레이 부부와 하우저 부부는 체스터 호수 한복판에 그레텔호를 내버려 둔 채, 자취를 감추고 말았네.

우리는 한 시간 동안 호수를 뒤졌어. 어쩌면 이 사람들은 수영을 하거나, 또는 시체가 되었을 수도 있겠지. 최소한 뭔가 단서가 될 만한 것이라도 찾을 수 있을 줄 알았는데, 아무것도 나오지 않았어. 마치 호수와 하늘이 네 사람을 집어삼킨 것 같았네.

"네 명 모두 어디 간 거야! 미란다, 대체 무슨 일이 일어난 걸까요? 꼭 메리 셀레스트호 사건의 재현 같잖아요!"

나는 불안한 마음으로 갑판을 응시했네.

"상상이 너무 지나쳐요, 샘. 다들 금방 나타날 거예요. 이 배를 일단 선착장에 대고 기다리죠."

우리는 타고 온 배에 하우스보트를 연결했고, 겨우겨우 하우저 부부의 별장 선착장으로 옮길 수 있었어. 작은 모터보트는 원래 견인용 배가 아니어서 고생을 좀 했지만, 간신히 성공했지. 하우저 부부의 별장은 잠겨 있었고, 사람이 돌아온 기척은 전혀 없었다네.

"해가 지기 전에 다시 한 번 하우스보트 안을 찾아보죠. 어쩌면 우리가 놓친 곳이 있을지도 모르니까."

하지만 가장 큰 방 천장 위쪽 지붕 밑 공간에도 숨을 만한 곳이 없었어. 갑판 밑에도 창고로 쓰는 공간이 있었지만, 해 질 녘 어스름한 햇빛 속에 연료 통 여섯 개와 넝마 조각만 눈에 들어오더군. 좁은 옷장도 확인했지만 텅 비어 있었지. 위스키를 보관하는 벽장 속에는 반쯤 찬 병이 두 개 있었는데, 지난번 마셨던 그 술이 분명했어. 주방의 작은 아이스박스 속에도 아무것도 없었지. 제이슨의 빨간 재킷을 제외하면 그레텔호에 사람이 탔다는 흔적은 단 하나도 없었던 거야.

배와 선착장을 잇는 판자를 건너 육지로 내려오니 마침 해가 지고 있었어.

"렌즈 보안관님한테 전화해야겠습니다."

"정말 그럴 필요가 있을까요?"

"다 사라졌어요, 미란다. 당신 삼촌도, 숙모도, 하우저 부부까지도. 그런데 그 사람들한테 무슨 일이 생겼는지 알 수가 없잖아요. 그 사람들이 아직도 호수에 있다면 수색 팀을 짜서 찾아봐야 해요."

미란다는 마지못해 동의했어.

"당신 말이 맞아요. 하지만 솔직히 난 아직 믿을 수가 없어요. 그냥 우릴 놀리려는 것 같은데."

"나도 그랬으면 좋겠습니다. 하지만 그냥 장난이었다면 벌써 나오고도 남았겠죠."

호숫가에 전화기가 있는 별장은 드물었지만 그레이 부부의 별장 안에는 있었어. 나는 렌즈 보안관에게 전화를 걸어 무슨 일이 일어났는지 이야기했네.

　체스터 호수는 노스몬트에서 30킬로미터 정도 떨어져 있었지만, 그래도 군에 포함된 지역이었기 때문에, 렌즈 보안관의 관할이었지. 보안관은 내 전화를 받고 경찰차 두 대에 부보안관들과 자원봉사자들을 꽉 채워서 달려왔어. 해가 져서 어두웠지만 다들 랜턴으로 불을 비추며 파도에 쓸려 온 시체를 찾았지.

　"수영을 하다가 다리에 쥐가 났을지도 몰라. 시체는 찾을 수 있을걸세."

　보안관이 어둠 속에 움직이는 불빛들을 바라보며 말했어.

　이 상황에서도 용케 잘 버티던 미란다가 그 말에 몸을 파르르 떨더군. 그리고 고개를 흔들면서 고집스럽게 말했지.

　"저희 삼촌은 수영을 못해요. 그리고 숙모는 수영을 너무 잘해서 이런 잔잔한 호수에서는 절대 빠지지 않고요. 게다가 샘이 쌍안경으로 이 배를 지켜봤어요. 다들 배에 타고 있었다고요."

　"한시도 눈을 안 뗀 건 아니지 않아, 선생? 그리고 반대편은 안보일 텐데?"

　나는 인정할 수밖에 없었지.

　"그렇죠. 아마 뒤로 슬그머니 빠져나갔을 겁니다. 어쩌면 제가 안 보고 있는 사이 잠수함이 슬그머니 수면으로 떠올라 배 반대편에서 사람들을 태워 갔을지도 모르죠. 누구에게도 들키지 않고 네 사람이 한꺼번에 하우스보트에서 빠져나갈 방법이야 당연히 있겠지만, 대체 그 이유가 뭘까요? 정신이 완벽하게 멀쩡하고 상식적인 중년 네 명이 어딘가에 숨을 이유가 뭐가 있겠어요? 만우절도 아니고."

"금방 찾을 거야."

렌즈 보안관이 확고한 말투로 말했네. 하지만 미란다를 자극하지 않으려는 듯 바로 목소리를 낮추더군.

"최소한 시체라도 나오겠지."

수색 팀이 호숫가 전체를 둘러보는 내내, 나는 사람들과 함께 거의 밤을 지새우며 기다렸네. 하지만 시체는 나오지 않았어. 자정 무렵엔 문을 따고 하우저의 별장으로 들어갔네. 무슨 메모나 단서라도 있지 않을까 찾아보았지만 아무것도 없었지. 모든 물건이 주인의 귀환을 기다리는 듯 완벽하게 정리되어 있었어.

이윽고 새벽이 가까워지자 나는 긴 입맞춤으로 미란다를 깨웠네.

"집에 가서 눈 좀 붙여야겠네요. 정오 전에는 돌아올게요."

몇 시간 후 보안관이 나를 깨웠어. 보안관이 내 아파트에 들어올 수 있도록 문을 열어 주던 그 순간, 나는 보안관이 왜 왔는지 깨달았지.

"찾으셨군요!"

"그렇게 재수가 좋진 않아, 선생. 아침 일찍 다시 한 번 수색했는데 아무것도 안 나왔다고. 그 하우스보트도 다시 뒤져 봤고."

나는 잠이 덜 깬 채 의자에 털썩 주저앉았네.

"진짜 메리 셀레스트호 사건의 재현 같네요."

"그게 뭔데?"

"망망대해 한가운데에서 선원도 없이 표류하던 배인데, 거기서 무슨 일이 일어났는지 아무도 알아내지 못했습니다."

렌즈 보안관은 신음했어.

"최근에 일어난 일인가?"

"아뇨, 꽤 옛날 일이죠."

"아직 해결이 안 됐고?"

"분명 그 사람들도 무슨 이유가 있어서 배를 타고 나갔을 텐데, 대체 이유가 뭘까요? 그 바다도 어제 체스터 호수처럼 잔잔했는데 말이죠."

"다른 배가 습격이라도 한 건 아닐까?"

"물론 그럴 수도 있지만, 습격당한 흔적은 전혀 없었다고 합니다. 어제도 마찬가지예요. 제가 모르는 상황에서 그 어떤 배도 하우스보트에 접근할 수는 없었어요."

"일단 가세, 선생. 내가 거기까지 태워 주지. 낮에 보면 뭔가 더 알아낼 수 있을지도 몰라."

"이번 사건은 지금까지와는 달라요, 보안관님. 과거 사건에는 시체가 있고, 특정한 유형의 범죄가 일어났죠. 하지만 이번에는 대체 무슨 일이 일어났는지조차 모릅니다! 용의자도 없어요. 다 사라졌으니까!"

"다는 아니지. 한 명이 있잖아. 미란다 그레이가 아직 얼쩡거리고 있다고."

농담인 줄 알고 흘끔 쳐다봤지만 보안관의 얼굴은 진지했네.

"미란다는 내내 저랑 같이 있었는데요! 어떻게 미란다가 실종과 관련이 있을 수 있겠어요?"

"'어떻게'는 나야 모르지, 선생. 하지만 '왜'는 알아. 그 아가씨는 삼촌과 숙모가 죽으면 거액의 재산을 물려받는다더군. 최근 괜찮은 수익을 내는 주식도 있고. 다른 가족은 없어. 유일한 상속자는 미란다 하나뿐이라고 들었네."

정말 감정을 억누를 수 없었어.

"보안관님, 아무리 그게 사실이라 해도 시체가 모두 발견되기 전까지 미란다는 동전 한 푼 받을 수가 없습니다. 어쩌면 몇 년을 기다리면 법적으로 사망이 인정돼 유산을 받을 수 있다는 이야기를 어디서 들었을지도 모르죠. 하지만 그런 이유가 있다 해도, 또 미란다가 계속 저와 함께 있지 않았다 해도, 그렇게 함부로 의심하실 수는 없습니다. 지금 우리가 알고 있는 사실은 네 사람이 실종되었다는 것뿐인데, 살인이라니 너무 건너뛴 것 같은데요."

렌즈 보안관도 인정했어.

"그건 그래. 아무튼 가 보자고. 우리 부보안관들이 뭔가 찾아냈을 수도 있잖나?"

하지만 호수에 도착해 보니 어제와 크게 달라진 점이 없었네. 미란다가 달려 나와 우리를 맞이했네. 순간 미란다가 나를 껴안는 줄 알았는데, 보안관을 바라보며 묻더군.

"무슨 소식 없나요?"

"아무것도 없어요, 아가씨. 오늘은 사람을 더 불러서 호숫가를 수색하고, 호수 바닥을 훑어볼 예정이오."

"그분들이 돌아가셨다니, 전 믿을 수 없어요!"

나는 다시 하우저 부부의 별장으로 가서 이 수수께끼를 풀 단서가 없을지 찾아보았네. 보스턴의 백화점과 케이프코드 만의 숙박 촌 그리고 심지어 배관 설비 가게에서 보낸 청구서까지 다 뒤져 봤지만 아무것도 찾아내지 못했어.

렌즈 보안관이 내 어깨 너머로 들여다보며 물었네.

"무슨 배관 설비를 샀다는 거야?"

"온수 가열기를 사서 직접 설치했네요."

보안관은 끙 소리를 내더군. 별장 안 작은 방들에서도 아무것도 나오지 않았네. 그곳에는 딱히 지하실도 없었어. 우리는 그 어느 때보다 실망한 채 옆 별장으로 돌아갔지. 나는 미란다에게 투덜거렸어.

"아무 증거도 없습니다. 달리 해 볼 만한 일도 없어요! 그냥 실종된 거예요!"

오후 내내 수색에 참여한 부보안관들과 자원봉사자들도 마찬가지였어. 새롭게 발견된 건 없었지. 호숫가로 떠내려 온 시체도 없었고, 갈고리 닻이 달린 쪽배를 타고 나갔던 사람들이 긁어 온 물건이라고는 갯벌에서 신는 장화와 깨진 맥주 통뿐이었지.

결국 렌즈 보안관이 말했네.

"아가씨, 혹시 삼촌과 숙모의 사진이 있으면 신문에 좀 돌려야 할 것 같은데 갖고 있소?"

잠시 생각하던 미란다의 얼굴이 밝아졌어.

"키티 숙모가 전에 하우저 부부와 찍은 사진을 보여 주신 적이 있어요. 윈슬로 근처에 있는 놀이공원에서 작년 여름에 찍은 사진이에요."

"좀 찾아봐 줄 수 있겠소?"

"그럴게요."

미란다가 그레이 부부네 별장 안을 찾아보았지만 사진은 없었네. 그때 미란다가 침실 천장에 숨겨진 문이 있다는 사실을 떠올렸지. 그리로 올라가면 기어 다녀야 할 정도로 좁은 다락방이 있다는 거야.

"창고로 쓴다고 하셨어요."

나는 의자 위로 올라서서 미란다가 가리키는 곳에 있던 판지 상자를 끄집어냈네. 그 안에서 사라진 네 사람이 함께 카메라를 보고 웃으며 찍은 사진이 있더군. 네 사람 뒤로 '바다뱀 라이드! 1001가지 스릴!'이라는 표지판이 보였지.

사진을 보여 주자 보안관은 습관처럼 끙 앓는 소리를 냈다네.

"설마 바다뱀한테 잡아먹힌 건 아니겠지?"

"설마요. 이 사진은 작년 놀이공원에서 찍었다잖아요. 하지만 네 명이 한꺼번에 사라진 이유로는 나쁘지 않네요."

보안관은 신문에 싣겠다고 약속하고 사진을 가져갔네. 미란다는 조금 기운이 난 것 같더군. 사진을 찾아낸 덕분에 네 사람이 무사히 발견되리라는 희망을 다시 새롭게 얻기라도 한 것 같았어. 어쩌면 그 생각이 맞는지도 몰라. 하지만 난 정말 아무것도 모르겠더라고.

오후 늦게 에이프릴에게 전화를 걸어서 혹시 응급 환자가 있는지 물었지만 별일은 없었네.

"사라진 사람들은 발견될 기미가 좀 있어요?"

에이프릴이 물었어.

"전혀요."

"샘 선생님, 저 갑자기 진료소에 굴러다니던 잡지에서 읽은 게 생각났는데요. 사실인지 아닌지는 잘 기억이 안 나지만, 아무 이유도 없이 모터보트에서 뛰어내려서 죄다 물에 빠져 죽은 사람들 얘기였어요. 알고 보니 보트에 갑자기 큼직한 거미가 나오는 바람에 전부 놀라서 물로 뛰어든 거였대요."

"거미요?"

"네, 맞아요. 혹시 하우스보트에도 그 비슷한 게 있을지도 모르잖아요."

"확인해 볼 가치가 있겠어요, 에이프릴. 실마리 고마워요."

나는 전화를 끊고 밖으로 나갔지. 저 화려한 하우스보트 안 어딘가에 끔찍한 생물이 도사리고 있는 게 아닐까? 먼저 별장 안으로 들어갔어.

"무슨 일이야, 선생?"

렌즈 보안관이 묻더군.

"보안관님, 두꺼운 장갑과 자루가 필요합니다. 그리고 손전등도요."

"랜턴 가지고는 안 되겠나?"

"손전등이 낫습니다. 좁은 곳으로 들어가야 해서요."

"하우스보트 말인가?"

"네. 거미 사냥을 할 겁니다."

장갑 낀 손으로 손전등과 자루를 들고 다시 한 번 하우스보트에 오르는 동안, 보안관과 미란다는 호숫가에 서서 지켜보고 있었지. 일단 배 뒤쪽으로 똑바로 가서 선체 창고로 들어가는 문을 열었어. 안에는 여전히 연료 통과 넝마 조각이 있었고, 나는 천천히 손전등으로 안을 비춰 보았다네. 아무것도 보이지 않았어.

그때 그것이 내 눈에 띄었어. 가늘고 꼼짝도 하지 않았지만, 치명적인 무언가가.

숨 쉬기도 망설일 정도로 신중하게, 그쪽으로 손을 뻗었어.

조금만 더…….

그것을 집어 들고, 자루 속에 아주 조심스럽게 집어넣었네.

"뭘 좀 찾았나?"

전리품을 들고 호숫가로 돌아오니 보안관이 묻더군.

"네, 뭘 좀 찾았습니다."

미란다는 내가 든 자루를 뚫어져라 바라봤지.

"거기 뭐가 들어 있어요, 샘?"

"이 수수께끼의 해결 편이죠. 그리 유쾌한 해결 편이 아닌 게 안타깝네요."

나는 아주 조심스럽게 자루를 열고, 속에 든 것을 두 사람에게 보였 주었어.

"이제 알겠죠? 우리 모두 이야기를 착각하고 있었던 겁니다. 메리 셀레스트호 괴담이 아니라, 헨젤과 그레텔 이야기였어요."

그 후에는 슬프고 끔찍한 시간들이 남아 있었지. 별장에서 해야 할 일도 있었고. 해야 할 일을 마치자 렌즈 보안관은 판사를 찾아가서 체포 영장을 발부받았네. 그리고 밤새 운전해서 케이프코드 시의회 소속 경관들을 만났지.

새벽이 되기 직전, 우리는 그 숙박촌에 도착했어. 벌써 날이 밝아서 주변이 훤히 보였다네. 부엌과 욕실 시설을 두고 하얀 오두막들이 반원 모양으로 늘어서 있더군. 우리는 길가에 차를 세우고 풀밭 위로 흩어졌네. 경관 하나가 내게 물었어.

"선생님, 무기 갖고 계신가요?"

"아뇨, 전 그냥 운전하느라 따라온 겁니다."

왜 굳이 슬픈 결말을 보겠다고 이 먼 거리를 왔을까. 그래도 문을 쾅쾅 두드리는 렌즈 보안관 옆으로 갈 수밖에 없었어.

"경찰이다! 문 열어!"

몇 분 후 오두막 문이 열리고, 피곤한 얼굴 하나가 새벽빛 속에서 우리를 보았네. 그 사람은 보안관보다 나를 먼저 알아봤지.

"안녕하시오, 샘."

침착하게 인사를 하더군. 레이 하우저가 말이야.

"체포 영장을 가져 왔소."

렌즈 보안관이 말했네.

그다음은 더 기다릴 것도 없었지. 오두막 뒤쪽에서 창문이 끽끽거리는 소리가 나더라고.

소리가 난 쪽으로 뛰어가 보니 벌써 여자의 발이 땅에 닿고 있었어.

"안타깝군요. 당신들은 실패했어요."

내가 말했어.

"아아, 샘……."

렌즈 보안관이 우리 뒤로 뛰어오는 사이 여자는 내 품으로 쓰러져 훌쩍거렸네.

"체포 영장을 가져 왔습니다. 1급 범죄 용의자 두 명에 대한 영장. 할 말 있습니까?"

미란다의 숙모, 키티가 고개를 가로저었어.

"없어요. 준비는 되어 있어요."

해당 지역 경찰서에서 법적 절차를 기다리는 사이 나는 레이 하우저와 이야기를 나누었어. 레이는 수갑을 찬 채 우울한 얼굴로 딱딱한 나무 의자에 앉아 있더군. 누구한테 얻었는지 모르겠지만 담배를 피우며 가끔 한 모금씩 연기를 내뿜었지.

"어젯밤 시체 두 구를 발견했습니다. 당신 아내 그레텔과 키티의 남편 제이슨의 시체가 모두 당신 별장 천장의 좁은 다락에서 나왔어요. 당신 짓이죠?"

"맞아."

레이는 짤막하게 대답했어.

"자네 아주 똑똑한 친구로군, 샘. 들키는 건 시간문제라고 생각했지만, 그래도 지금보다는 더 시간을 벌 수 있을 줄 알았어."

"실패한 증거. 전 어제 그걸 하우스보트에서 찾아냈고, 모든 사정을 다 알게 되었습니다. 배에서 갑자기 모든 사람들이 사라져서 메리 셀레스트호 같은 이야기일 줄 알았는데, 알고 보니 헨젤과 그레텔 이야기 그 자체였던 거죠. 아니면 제이슨과 그레텔이라고 해야 할까요? 그 이야기 속에서 사악한 마녀가 남매를 화덕에 넣고 구워 버리려 한 것 기억나세요? 그게 바로 원래 계획이었던 겁니다. 원래 이 하우스보트는 이렇게 텅 빈 채로 발견될 예정이 아니었어요. 폭발로 불태운 후 가라앉힐 생각이었겠죠. 하지만 어제 저는 도화선에서 불이 꺼져 버린 다이너마이트 하나를 발견했습니다. 계획대로 폭발했다면 거기 함께 있던 연료 통 여섯 개에 불이 붙었겠죠. 하우스보트는 화염에 휩싸인 채로 가라앉았을 테고요."

"그랬다면 훨씬 간단했겠지."

레이가 우울하게 말했네.

"그리고 생존자 수색 팀이 당신과 키티 그레이를 구했겠죠. 제이슨과 당신 아내 그레텔은 며칠이 지난 후 시체가 호숫가로 떠내려 왔을 테고요. 물론 이 모든 상황의 열쇠는 그 토요일 오후에 제이슨과 그레텔이 하우스보트에 없었다는 데 있죠. 당신과 키티가 둘을 죽이고……."

"나 혼자 한 거야."

레이는 그렇게 주장하더군.

"키티는 살인과 아무 상관도 없어. 내가 위스키에 수면제를 타서 재운 후에 둘을 목 졸라 죽인 거지. 원래는 폭발 후 시체가 자연스럽게 발견되도록, 하우스보트 안에서 그 일을 하려고 했어. 그런데 제이슨이 별장에서 수면제가 든 위스키를 마시고 잠이 들어 버린 거야. 둘을 배로 데려갈 수기 없어서 시체를 숨겼어. 우리가 구조된 다음, 한밤중에 시체를 호수에 빠뜨릴 생각이었지. 그러면 자연스럽게 나중에 발견될 테니까."

"소용없었을 겁니다. 사망 추정 시각은 속일 수 있어도, 부검을 해 보면 시체의 폐 속에 연기도 물도 없다는 사실이 드러날 테니까요."

"물속에 며칠 있으면 그런 건 문제되지 않을 거라고 생각했네. 불에 타죽은 것으로 위장하려고 시체의 옷도 그슬려 놓았고."

레이는 담배를 깊게 한 모금 더 빨았어.

"자넨 대체 어떻게 진상을 알아낸 거야, 샘?"

키티는 완전히 무너져서 진정제를 맞고 안정을 취하는 중이었지. 나는 레이와 그리 잘 알고 지내던 사이는 아니었지만, 지금 이야기를 할 수 있는 사람은 그밖에 없었어.

"처음부터 계속 신경 쓰이는 점이 있었습니다. 당신은 분명 토요일에는 별장을 잠갔잖아요? 그런데 우리가 모두 하우스보트를 타러 나갈 때는 문을 잠그지 않았더라고요. 당신과 내가 함께 돌아왔던 그날, 그레텔이 그냥 가볍게 밀었는데 문이 열린 걸 기억하고 있습니다. 그래서 갑자기 실종과 잠긴 별장이 관련이 있는 게 아닐까 하는 생각이 들더군요. 혹시 당신이 실종 사건을 꾸몄거나, 아니면 당신이 숨기고 싶어 하는 무언가가 별장 안에 있을 수도 있다고 생각했죠.

하우스보트 안에 연료 통이 있다는 사실을 알고 있었습니다. 예비용이라기엔 너무 많은 양이었죠. 그곳에서 도화선이 꺼져 버린 다이너마이트를 발견하고 모든 것을 알 수 있었습니다. 실제로 그레텔과 제이슨을 그 배에서 보진 못했습니다. 그냥 제이슨의 빨간 재킷만 얼핏 봤을 뿐이죠. 아마 당신이 입고 있었겠죠. 그레텔의 웃음소리를 들었다고 생각했는데, 사실 그건 키티였을지도 모르겠네요. 내가 들은 건 키티와 당신의 목소리뿐이었고, 당신이 밧줄을 던진 뒤에 배는 출발했어요.

저와 미란다에게 네 명이 다 배에 타고 있다고 말할 때 키티는 굉장히 불안하고 감정이 격앙돼 보였어요. 방금 전 살인 현장을 보고 왔으니 당연한 일이었겠죠. 제이슨과 그레텔은 그때 이미 죽어서 당신 별장 다락방에 숨겨져 있었습니다. 처음 당신 별장을 수색할 때는 비밀의 문을 몰랐어요. 시체가 있을 거라고 생각하지 못했기 때문이죠. 하지만 시체를 숨겼다는 확신이 들자 그곳밖에 없을 거라고 생각했죠. 그레이 씨의 별장에는 다락이 있었고, 두 별장은 완전히 똑같은 구조였으니까요."

레이가 담배꽁초를 비벼 껐네.

"도화선에 불을 붙이고 키티와 함께 물에 뛰어들었어. 혹시 당신 두 사람이 보고 있을지도 모르니, 별장에서 보이지 않는 쪽에서 말이야. 하지만 배가 폭발하지 않아서 반대편 호숫가로 헤엄쳐 갔고, 할 수 없이 거기서 차를 훔쳐야 했지."

마치 그게 자신이 저지른 가장 끔찍한 짓이라는 말투였네.

"미란다 말로는 키티가 수영을 굉장히 잘한다던데, 왜 헤엄쳐서 하우스보트로 돌아오지 않았던 거죠?"

"키티는 배가 언제 폭발할지 모른다며 무서워했어. 게다가 왜 삭사의 배우자가 우리 곁에 없는지 설명할 방법도 없었고."

나는 고개를 끄덕였어.

"잘생긴 당신과 '플래퍼' 키티는 고지식한 하우저와 통통한 그레텔에 비하면 더 나은 한 쌍 같았겠죠. 두 사람이 서로에게 끌린 건 이해가 갑니다. 하지만 그렇다고 살인을 저지를 필요까지는 없었잖아요?"

레이는 슬픈 눈빛으로 나를 쳐다보았네.

"우리가 서로 깊이 사랑하고 있다는 건 자네도 알 수 있겠지. 오로지 사랑 때문에 저지른 일이야."

"사랑, 그리고 약간의 돈 때문이었겠죠. 첫날 왔을 때 그레텔은 하우스보트를 보고 자기 돈이라는 식으로 말했죠. 그리고 제이슨은 주식으로 수익을 좀 올렸고요. 당신과 키티는 양쪽에서 유산을 받기 위해 각자의 배우자를 죽여야 했고, 가장 안전한 방법은 사고를 연출하는 일이었던 겁니다."

"내가 분명히 말했잖아. 키티는 살인과 아무 상관도 없다고."

"혼자서 시체 두 구를 다락으로 옮길 수는 없어요. 키티가 최소한 그건 도왔을 텐데요."

레이도 더는 부인하지 않더군.

"그 숙박촌 오두막에 우리가 있는 건 어떻게 알았나?"

"폭발이 실패로 돌아가고 나서 두 사람이 하우스보트에서 도망쳤다는 건 금방 알았습니다. 문제는 어디로 도망쳤느냐였죠. 며칠 안에 시체가 부패해서 냄새가 날 테니 너무 가까운 곳에 숨을 수는 없었을 겁니다. 그때 문득 당신 별장에서 우연히 발견했던 숙박촌 영수증이 떠오르더군요. 이미 한 번 가 봤으니, 두 번 가지 말란 법은 없죠. 보안관님이 그곳에 전화해서 당신들의 외모와 딱 들어맞는 커플이 왔다는 사실을 금세 알아냈습니다. 그 뒤는 뭐, 알겠죠."

레이가 슬픈 표정으로 고개를 흔들었네.

"아니, 모르겠는데. 이제 우리는 어떻게 되는 거지?"

그 질문에 대답할 사람은 내가 아니라 판사와 배심원이었네. 넉 달 후, 레이 하우저는 유죄 판결을 받고 종신형이 선고되었네. 키티는 재판을 받지 않았어. 감방에서 침대 시트로 목을 매달았거든.

"미란다랑 내가 어떻게 되었는지 궁금하다고?"

샘 호손 선생이 술을 한 잔 더 따르며 이야기를 마무리 지었다.

"글쎄, 그건 다른 이야기야. 아니, 다른 수수께끼라고 하는 게 맞겠군. 아무튼 그 수수께끼는 주식 시장이 붕괴되던 바로 그날 노스몬트 우체국에서 일어난 이상한 사건과 관계가 있다네. 하지만 그 이야기는 다음번까지 아껴 두지."

The Problem of the Pink Post Office

분홍색 우체국의
수수께끼

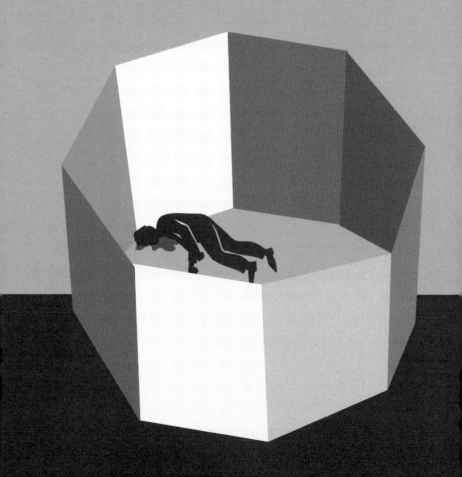

"이제야 좀 여름 같구먼!"

샘 호손 선생이 술을 따르며 이야기를 시작했다.

"다시 젊어진 기분이야! 세상사 따위는 잊고, 여기 나무 아래에 앉아서 옛날 일이나 돌이켜 보자고. 그 뭐였더라? 내가 자네한테 1929년 대공황 때 노스몬트 우체국에서 일어난 일에 대해 얘기해 주겠다고 하지 않았나? 그건 정말이지 잊을 수 없는 사건이었다네. 그즈음에 수사를 도왔던 사건들 중에서도 참 독특한 수수께끼였어. 어떻게 독특했느냐고? 글쎄, 처음부터 얘기를 해 보자면 말이지……."

(샘 선생은 말을 이었다.)

그 날짜는 잊을 수가 없어. 1929년 10월 24일 목요일, 나중엔 '검은 목요일'이라 불리게 된 그날 말이야. 그 후로 며칠간 주식 시장에는 더 끔찍한 시간이 이어졌지. 하지만 노스몬트에서 그날은 그냥 여느 때와 다름없는 가을날일 뿐이었어. 날씨는 흐렸고 기온은 10도를 조금 넘겼지. 살짝 비가 올 것 같았네.

그날은 베라 브록이 새 우체국에 페인트칠을 끝낸 날이었네. 진료소도 한산했기 때문에 나랑 에이프릴은 거기로 구경을 가기로 했다네. 그때까지 우체국은 계속 잡화점 안에 있었는데, 주 정부가 우체국으로 활용하기 위해 그 오래된 잡화점을 인수했다네. 마을 발전의 신호였지.

"이젠 이 마을에 병원도 있고, 개별 우체국도 생겼네요! 앞으로 계속 더 발전하겠어요, 샘 선생님."

에이프릴은 무척 기뻐했어.

"보스턴이 두려워할 것 같네요."

나는 웃으면서 말했지.

"지금 놀리는 거죠? 하지만 이건 사실이에요. 이젠 노스몬트가 지도에도 표시될 거라고요."

"최소한 우편 지도에는 실리겠군요."

나는 페인트 통을 들고 바삐 걷는 우체국장 베라 브록을 가리키며 말했네. 베라는 야무진 사십 대 여성으로, 내가 노스몬트에 온이래 내내 잡화점 안 우체국을 운영한 사람이었어.

"베라!"

내가 소리쳐 불렀어.

"좋은 아침, 샘 선생. 에이프릴이랑 우편물 찾으러 온 거야?"

"새 우체국 구경하러 왔어요."

베라가 페인트 통을 들어 올리더군.

"오늘이 개장하는 날인데 글쎄 벽 한 부분을 깜박했지 뭐야! 이게 말이나 돼?"

베라가 우체국 문을 열었고, 우리는 그 뒤를 따라 들어갔네.

"분홍색이잖아! 분홍색 우체국이라니!"

에이프릴이 입을 딱 벌렸네. 우체국 벽이 열대 지방 덩굴식물로 잔뜩 뒤덮여 있었어도 그렇게까지 놀라진 않았을 거야.

"사실 분홍색 페인트값이 쌌거든."

베라가 솔직히 털어놓았네.

"흄 백스터가 실수로 주문하는 바람에 나한테 싸게 넘겼지. 덕분에 내가 정부 예산을 좀 아낀 것 같아. 지난달에 체신 장관이 올해 적자가 백만 달러로 추산된다고 발표했잖아. 그래서 1종 우편물 요금을 3센트로 올릴지도 모른다고."

에이프릴이 코웃음을 쳤어.

"믿을 수 없어요. 우표값 2센트는 전통이라고요."

"그건 두고 봐야지. 아무튼 페인트를 싸게 구입한 건 별 문제가 될 것 같지는 않아."

"아무리 그래도 분홍색은 너무하잖아요, 베라!"

"내가 보기엔 그렇게 심각하진 않은데. 뭐, 어쩌면 내가 색맹일 수도 있겠지."

새 우체국은 가로세로 길이가 6미터쯤 되는 넉넉한 공간이었어. 한가운데 카운터를 겸한 긴 탁자를 놓아서 사람들이 우편물을 수령하고 우표와 엽서를 살 수 있도록 해 놓았더군. 뒷벽은 우체국에서 흔히 볼 수 있는, 칸칸이 나누어진 비둘기 둥지 같은 분류함이었네. 고객들은 거기서 우편물을 찾아올 수 있었지. 당연히 그 시절에는 우편물을 집까지 배달해 주지 않았다네. 우편물을 받으려면 모두 베라 브록의 우체국에 와야 했어.

"내가 보기에도 그렇게 이상하진 않아요, 베라. 마을이 더 활기차 보이네요."

하지만 그 말은 내 입 밖에서 채 튀어나오지 못했어. 문이 열리고 최근 몇 달 간 노스몬트에 날아든 가장 활기찬 존재, 미란다 그레이가 들어왔거든. 나는 지난여름 미란다를 처음 만나 체스터 호수 사건을 겪고, 몇 달 동안 꾸준히 만났어. 하지만 가을이 오고 학교가 개학하면서, 늘 그렇듯 질병이 다시 돌아오자 환자들에게 불려 가는 횟수도 늘었네. 그리고 이런저런 일들이 겹치는 바람에 미란다와 나는 점점 만나기가 힘들어졌어. 하지만 미란다가 늦여름까지 노스몬트에 머무르는 데에는 틀림없이 무슨 진지한 이유가 있을 거라고 생각했네. 어쩌면 나보다 더 진지한 이유가 있을지도 모르지.

"안녕하세요, 샘. 잘 지냈어요? 지난 토요일 밤 이후로 머리카락 한 올 못 봤네요. 난 당신이 보스턴으로 이사 간 줄 알았어요."

미란다가 내게 인사를 건넸어. 눈이 전혀 웃고 있지 않더군. 내가 닷새나 연락을 안 하는 바람에 순수하게 화가 난 모양이었어.

"날씨가 흐리면 아픈 사람이 많아요, 미란다. 밤낮으로 너무 바빴어요."

"병원이 새로 생겨서 부담이 많이 줄었다면서요."

"심각한 질병은 그렇죠. 하지만 독감이나 수두 같은 건 여전히 내 몫이에요. 여름처럼 한가한 계절이 아니라고요, 미란다."

이 대화 내내 에이프릴은 한쪽에 비켜서서 마치 굉장한 걱정거리인 양 미란다를 흘끔거리고 있었네. 에이프릴의 눈에는 미란다가 우리 진료소에 위협적인 존재로 보였나 봐. 환자들에게 쏟아야 할 내 시간과 능력을 빼앗아 갈 수 있으니 말이지. 한 달 한 달 지날 때마다 나도 그 문제를 실감하게 됐거든.

한편 우체국 개장 첫날을 맞은 베라 브룩은 오늘은 벽 페인트칠을 끝내지 못할 거라는 사실을 받아들이는 중이었네. 우리가 계속 그 자리에 서 있는 동안, 분홍색에 이끌렸는지 사람들이 계속 들어오더군. 베라는 한동안 벽을 바라보며 생각에 잠겼네. 들어오면 바로 오른쪽에 보이는 벽 전면이 카운터 근처에서부터 탁한 노란색이었거든.

"흄 백스터한테 한 시간만 가게를 닫고 와서 페인트칠 좀 해 줄 수 있냐고 물어봐야겠어. 내가 오늘 안에 이걸 마무리하긴 어려울 것 같아."

베라가 말했네.

"어떻게 벽 한 부분 전체에 페인트칠하는 걸 잊어버릴 수가 있어요?"

에이프릴이 물었어.

"내가 작업할 때는 저기에 우편물 분류함이 달린 커다란 캐비닛이 있었거든. 어제 그걸 원래 자리로 돌려놓고 나서야 그 사실을 알게 된 거지."

"시간이 좀 있으면 도와드릴 수 있을 텐데 아쉽네요, 베라."

내가 말했어.

"아냐, 아냐. 샘 선생, 안 그래도 돼! 흄이 너무 바쁘지 않으면 10분 안에 도착할 거야."

'바쁜 흄 백스터'라는 말에 웃음이 터졌네. 흄은 1년쯤 전에 시내 한복판에 페인트, 철물, 농기구를 파는 가게를 열었는데 상상했던 것보다도 훨씬 장사가 안 됐거든. 농부들은 급한 물건을 사러 옷을 다 차려입고 시내까지 나가는 경우가 없었고, 시내 사람들은 그런 가게에 별달리 볼일이 없었으니까.

그래도 흄 백스터는 사람들의 비위를 맞추려고 최선을 다했기 때문에 다들 그 사람을 좋아했네. 아니나 다를까 흄은 페인트 솔을 들고 10분 만에 베라의 우체국 앞에 나타났어. 연갈색 머리의 흄은 삼십 대 중반으로 나보다 몇 살 많았는데, 우체국 문으로 들어서자마자 미란다가 놀리기 시작하더군.

"세상에, 흄. 당신은 여자들이 부르면 언제든지 달려오나 보네요?"

흄은 얼굴을 붉히면서 도망갈 구멍을 찾는 듯 주위를 두리번거렸어.

"글쎄, 나도 가게가 바쁠 때는 꼭 이러진 않는데요."

"미란다 말에 너무 신경 쓰지 말아요, 흄. 나 들으라고 하는 소리니까. 최근에 미란다에게 좀 소홀했거든요."

내가 말했네.

흄 백스터는 시트를 펼치고 분홍색 페인트 통을 열었어. 농담으로 받아칠 여유가 조금 생긴 것 같았지.

"참 이해가 안 되네요, 미란다 양. 어떻게 당신을 놔두고 다른 일이 바쁘다는 건지."

"고마워요, 흄. 당신은 정말 좋은 사람이에요!"

베라가 흄에게 말했어.

"페인트 비용은 나한테 청구해. 아마 정부 돈으로 나갈 거야."

"당연히 그래야죠, 베라. 나도 세금을 많이 내고 있다고요. 정부에서 받아 낼 수 있는 게 있다면 다 받아야죠."

베라가 카운터에 앉아서 오전에 온 우편물을 분류해서 우편물 보관함에 넣는 사이, 흄은 페인트칠을 시작했네.

"당신도 바쁘니 우린 그만 가 볼게요, 베라."

내가 말했네.

"몇 분만 더 기다렸다가 우편물 찾아가, 선생."

"아, 그게 좋겠네요. 새 우체국 안에서 어수선하게 굴어도 괜찮다면 조금 더 있다 가지요."

"저도 기다렸다가 우편물을 찾아가야겠어요."

미란다가 말하더군. 미란다는 오후에 병원에서 간호사 보조로 일했지만, 오전엔 한가한 편이었어.

흄 백스터가 벽 끝에서 페인트칠을 시작해서 차츰 카운터 쪽으로 옮겨 가더군.

"월드 시리즈에 대해 어떻게 생각해, 선생? 애슬레틱스가 컵스를 이길 줄 누가 알았겠어."

흄 백스터가 물었어.

그 전주에 필라델피아 애슬레틱스가 시카고 컵스와 다섯 차례

붙었는데, 네 번을 이겼거든.

"전 라디오로 겨우 한 경기만 들었어요. 지난주에 너무 바빠서."

내가 솔직히 말했네.

그때 갑자기 앤슨 워터스가 들어오는 바람에 대화가 끊겼어. 워터스는 시내 은행장이자 상당한 유명 인사였지. 하지만 얇은 마닐라 봉투 하나를 들고 카운터로 초조하게 들어오는 그 순간은 전혀 유명 인사 같아 보이지 않았다네.

"세상에, 워터스 씨. 아침부터 뭐가 그렇게 바빠요?"

베라 브룩이 물었어.

"소식 못 들었습니까? 주식 시장이 또 무너지고 있소! 뉴욕에서 내 중개인이 방금 전화했단 말입니다."

신문에서 어렴풋이 지난 월요일과 수요일에 주식 시장에 큰 손실이 일어났다는 이야기를 읽긴 했는데, 한참이나 동떨어진 세상에서 일어난 일이라는 생각밖에 들지 않았네. 흄 백스터는 월드 시리즈를 이야기하고, 앤슨 워터스는 주식 시장을 이야기했지만, 내가 사는 세상은 그 사람들과는 완전히 달랐지.

"무슨 일이 있어요?"

미란다가 워터스에게 물었네.

"월가가 난리입니다. 변동 폭이 너무 심해서 외부인이 못 들어오게 증권 거래소를 아예 막았답니다. 게다가 주식 시세를 알려주는 티커 테이프가 거래량보다 훨씬 긴데, 무슨 일이 일어났는지는 아무도 모른다더군요. 중개인이 나한테 현금을 달래요. 손해를 메우려면 현금이 필요하다고."

"우린 도움이 못 되겠네요, 여긴 우체국이라서. 혹시 우표를 좀 사겠다면 모를까."

베라가 농담처럼 말했네.

워터스는 베라에게 봉투를 건네며 말했어.

"지금 농담할 때가 아닙니다, 베라. 이건 내 중개인한테 보내는 우편물인데 1만 달러어치 철도 무기명 채권이에요. 이걸 바로 등록하고 부쳐 줘요. 내일 당장 필요하다니까……."

"그건 보장 못 하겠는데요."

베라가 말했네.

"……늦어도 토요일 오전까지는 부탁합니다. 토요일에는 오전에만 장이 열려서, 정오 전까지 도착해야 합니다."

베라는 바쁘게 그 봉투에 도장을 찍고 우편물 목록을 기입했네.

"유통 채권인가요?"

"그래요. 중개인이 즉시 현금으로 바꿀 거요."

"우편으로 보내기에는 위험한데요."

"그래서 등록해 달라는 겁니다."

"1만 달러라고 하셨죠?"

"맞아요."

베라가 우편 요금과 등록 수수료를 합산해서 청구하자 워터스는 바로 지불했네. 베라는 특별 우편으로 분류해 봉투를 책상 위에 놓아두었지.

"공황이 오래 갈까요?"

내가 워터스에게 물었네.

"만약 그렇게 되면 온 나라가 다 큰일 날 겁니다. 경제 불황이 올 수도 있어요. 이 나라의 은행 구조에 큰 문제가 있다는 사실은 나도 진작부터 알고 있었습니다만."

"그러지 않길 바랍니다."

"나도 마찬가지입니다."

워터스는 영수증을 받아 들고 문 쪽으로 향했어.

"이제 전화기 앞을 지키러 돌아가야겠습니다. 앞으로 남은 30분 동안 상황이 더 나빠지지 않기만을 기도하는 수밖에요."

베라는 서둘러 오전 우편물 분류 작업을 다시 시작했어.

"참 안타까운 일이야. 돈을 쳐다보는 데 그렇게 오랜 시간을 들이면서 정작 그 돈을 쓸 시간은 없다니."

"저렇게 불안해하는 모습은 처음 봐요. 워터스 씨는 은행에서는 바위처럼 차분한데 말이에요."

에이프릴이 말했네.

"저런 부자가 아닌 게 다행일지도 몰라요."

흄 백스터가 말했어. 페인트칠은 어느새 반 이상이 끝났더군.

분류 작업을 마무리한 듯 베라가 말을 걸었네.

"자, 이제 선생 우편물을 찾아 줄 수 있겠어. 미란다 양 것도 여기. 오늘은 편지 한 통밖에 없네."

나는 베라가 건네준 우편물 뭉치를 훑어보았네. 별것 없었지. 청구서 몇 통과 어느 제약 회사에서 내 담당으로 새 영업 사원을 배정했다는 사실을 고지하는 편지뿐이었어.

"이것도 있고."

베라가 카운터 너머로 내가 구독하는 〈주간 의학저널〉 한 부를 건네더군. 의대를 막 졸업한 첫해에 부모님이 구독시켜 주신 건데, 그 후로는 내가 돈을 내면서 계속 받아 보고 있었지.

그때 갑자기 우체국 문이 열렸네. 우리가 돌아보니 렌즈 보안관이 굵은 끈으로 단단히 묶은 커다란 마분지 상자를 들고 들어오더군.

"좋은 아침이오, 여러분."

보안관은 인사를 하며 카운터 쪽으로 향했네. 그러다가 걸음을 멈추고 벽을 뚫어져라 쳐다보더니 멍하니 말했어.

"분홍색?"

베라가 소리쳤네.

"그래요, 분홍색이에요! 오늘은 당신의 실없는 소리 들어 줄 시간이 없으니 빨리 볼일 보고 가 버려요, 보안관!"

보안관이 점잖게 말했어.

"난 그냥 이 상자를 워싱턴에 보내려고 온 거야. 밀수 사건의 증거로 압수한 술이지."

베라가 카운터 중간을 열고 보안관에게 안으로 들어오라고 손짓하며 말했네.

"이리 가져와요. 난 그렇게 무거운 상자 못 들어요."

보안관은 상자를 베라의 책상 위에 올려놓았네.

"여기 말이오?"

"내 책상 말고요, 어리석기는!"

보안관은 베라의 날카로운 목소리에 깜짝 놀라서, 상자를 든 채로 뒷걸음질 치다가 흄이 깔아 놓은 시트에 발이 걸려 넘어질 뻔했어. 베라가 한숨을 쉬고 말하더군.

"미안해요. 이쪽 선반에 놔 줘요, 보안관."

보안관은 상자를 뒤쪽 우편물 분류함에 가져다 놓았네.

"나 때문에 기분이 상했다면 미안해, 베라. 난 그냥 소포를 부치려던 것뿐인데."

베라가 솔직히 말했지.

"내가 오늘 아침에 신경이 좀 곤두서 있어서 그래요. 새 우체국을 열려니 일이 너무 많네요."

"괜찮아, 베라. 다 이해해요."

렌즈 보안관이 어울리지 않게 자제심을 발휘하며 말하더군.

흄 백스터가 시트를 걷으며 말했네.

"페인트칠 다 끝났어요. 마를 때까지 가까이 오면 안 됩니다."

작업 결과를 살펴보러 베라가 다가오자, 흄은 카운터 근처 바닥바로 옆 벽에 페인트칠을 깜박한 곳을 발견하고 허리를 굽혀 마저칠했네.

"정말 잘했어, 흄. 나보다 훨씬 빨리 끝냈네. 정부 돈으로 얼마주면 될까?"

"5달러면 돼요. 한 시간도 안 걸렸으니까."

"10달러 청구해. 그 정도 가치가 있어. 나중에 줄게."

두 여자들과 우체국을 떠나려는데 이번에는 앤슨 워터스가 돌아왔어. 아까보다 더 흥분해서 아예 이성을 잃은 것 같았지.

"완전히 망했어! U.S. 스틸이 12포인트나 떨어졌다고!"

워터스의 손에는 채권 같은 것이 들려 있었네.

"그걸 우편으로 부치려면 봉투에 넣어야 해요."

베라가 지적했네. 워터스는 놀란 듯 자기가 들고 있던 것을 쳐다보더군.

"새 봉투를 준비할 시간도 없소! 아까 부친 봉투에 같이 넣어 주시오. 내 중개인한테 1만 달러를 더 보내야 하니까."

"그건 안 돼요. 이미 부친 거니까."

베라가 대꾸했어.

"그래도 아직 여기 있잖습니까?"

"그건 그렇죠."

"그럼 거기다 같이 넣으면 되지 않겠습니까? 어차피 내가 보낸 건데. 이 사람들이 증인이잖소?"

워터스가 도움을 요청하듯 우리를 돌아보자 베라는 렌즈 보안관을 쳐다보더군.

"이미 보낸 우편물을 되찾을 때 작성해야 하는 양식이 있소?"

보안관이 물었어.

"네, 있죠."

"그럼 그걸 작성해서 우편물을 회수한 다음, 그 봉투에 지금 갖고 있는 채권을 넣어서 다시 부치면 되지 않을까?"

베라가 고개를 끄덕이고 자신의 책상을 돌아보았네.

"그렇네요. 그런데……."

"그런데 뭐요?"

워터스가 재촉했어.

"대체 그 봉투는 어디 있는 거죠?"

"거기 올려놨잖아요. 내가 봤는데."

내가 말했네.

"분명 그랬지. 그리고 치운 적이 없는데."

베라는 허리를 숙여 책상 밑을 들여다보았다가 몸을 일으켰네. 얼굴이 꼭 분필처럼 새하얗더라고.

"없어졌어!"

베라가 갈라지는 목소리로 비명을 질렀네.

"자, 다들 잠깐만 기다리세요."

나는 사람들을 진정시키려 입을 열었어.

"만약 그 봉투가 없어졌다 해도, 워터스 씨가 우편물을 부친 이후 우체국 밖으로 나간 사람이 아무도 없으니 멀리 가진 못했을 겁니다."

나는 에이프릴과 미란다, 베라, 흄, 보안관, 워터스를 돌아보았네.

"여기엔 모두 일곱 명이 있습니다. 봉투는 엉뚱한 곳에 놓여 있거나, 우리 중 누군가가 갖고 있겠지요."

미란다가 항의했네.

"난 그 근처에 가까이 가지도 않았는데 왜 나까지 용의자로 넣는 거예요, 샘?"

"여기 있는 그 누구도 용의자는 아니야. 어디 잘못 놓여 있겠지."

보안관은 마치 베라가 임명한 우편물 분실 사건 담당자 같았네.

베라와 보안관이 열심히 봉투를 찾는 사이, 나머지 사람들은 제자리에 가만히 서 있었네. 하지만 봉투는 어디에도 없었어. 앤슨 워터스는 점점 더 초조해지는 얼굴로, 커다란 벽시계를 계속 흘끗 거리며 그 모습을 지켜보고 있었어.

"벌써 정오잖아! 난 이제 망했어! 당신들 체신부가 나한테 1만 달러 빚졌다는 거 알아 둬!"

"금방 찾을 거예요."

베라는 그렇게 말했지만, 스스로도 확신이 없어 보였네.

이윽고 렌즈 보안관이 나를 돌아보더군.

"선생, 어떻게 생각해?"

"조금 체계적으로 생각해 보죠. 봉투는 도둑맞았거나, 제자리가 아닌 곳에 놓여 있거나 둘 중 하나일 거예요. 봉투 크기가 어느 정도죠, 워터스 씨?"

"가로 20센티미터에 세로 30센티미터 정도네. 여기 이것과 똑같은 무기명 채권과 편지가 들어 있지. 구기고 싶지 않아서 일부러 큰 봉투에 넣었어."

"그럼 아무도 못 보는 사이에 서랍 속이나 책상 뒤로 떨어질 가능성은 없겠군요. 바닥은 리놀륨을 새로 깔았으니 깨진 틈 같은 것도 없고. 그리고 방금 전까지 주변을 샅샅이 찾아보았는데 봉투는 없었습니다. 그렇다면 어딘가 제자리 아닌 곳에 놓여 있을 가능성은 소거할 수 있겠습니다. 도둑맞은 겁니다."

"도둑맞은 편지!"

미란다가 소리를 질렀네. 하지만 다른 사람들은 그게 무슨 뜻인지 아무도 몰랐을 거야.

"맞아요. 포의 소설에서 그 편지는 내내 모든 사람들이 다 볼 수 있는 곳에 놓여 있었지만, 아무도 알아차리지 못했죠. 체스터튼이 말했듯이 현명한 사람은 숲에 나무를 숨기고, 해변에 조약돌을 숨기는 법입니다. 훔친 우편물을 숨기는 데 우체국보다 더 좋은 곳이 어디 있겠어요?"

"이것 봐, 샘 선생. 그 봉투는 카운터에 놓아 뒀고, 그 안에 들어온 사람은 나하고 보안관뿐이었는데 설마 우리 둘 중 하나가 그걸 훔쳤다는 말이야?"

베라가 말했어.

"당신은 오전에 온 우편물을 분류하고 있었죠. 그러니 누군가 저 빼곡한 우편물 분류함 속에 그 봉투를 슬그머니 숨겨 두었다가 나중에 회수하는 건 절대 어려운 일이 아닐 겁니다."

에이프릴은 껌 하나를 꺼내더니 입에 던져 넣었네. 에이프릴의 나쁜 버릇 중 하나였지만 나는 언제나 못 본 체했지.

"정말 사라진 우편물이 저 안에 있을 거라고 생각해요, 샘 선생님?"

"찾아볼 가치는 있겠죠."

우리는 분류함을 찾아보았네.

하지만 그 봉투는 나오지 않았어. 다른 우편물 더미에도 없었고 우편물 분류함, 부친 편지와 도착한 편지가 들어 있는 자루 속에도 없었지.

품위를 되찾은 베라가 말했네.

"그러니까 내가 그랬잖아. 내가 왜 내 우편물을 훔치겠어?"

"그건 내 우편물이지 당신 게 아니라고!"

앤슨 워터스가 흥분해서 소리를 질렀네.

"내 우체국 안에 있으면 내 우편물이에요. 어디 있는지 몰라서 그렇지."

베라가 대꾸했어.

"좋아요, 다음은 보안관님입니다."

내가 말했네.

"뭐? 나?"

"베라의 말이 맞아요. 보안관님은 카운터 안으로 들어간 유일한 사람이에요. 나머지 사람들은 저 너머로 들어갈 기회가 없었으니까요."

"하지만 어떻게 내가……."

"그 상자를 이용하면 되죠. 뉴욕 경찰이 바닥을 특수하게 만든 상자로 소매치기를 잡았다는 이야기를 어디서 읽은 적이 있는데요. 보안관님도 책상에 놓인 봉투 위에 그런 상자를 올려놓았을 수도 있지 않습니까?"

"난 봉투 같은 건 못 봤어!"

"어쨌든 그 상자를 좀 열어 주셔야겠습니다."

"선생, 자네 왜 이래!"

"제발요, 보안관님. 저희가 지금까지 오랫동안 친구로 지내긴 했지만, 이런 상황에서는 누구나 다 용의자예요. 뭐, 의심한 건 일단 사과드리죠."

렌즈 보안관은 계속 툴툴거리긴 했지만 어쨌든 상자를 뜯었어. 꼼꼼히 훑어보았시만 바닥에 딱히 이상한 점은 없었어. 안에 든 건 꼼꼼히 포장한 밀주 몇 병뿐이었지. 봉투는 없었어.

워터스는 점점 인내심을 잃어 가고 있었다네.

"대체 이게 다 무슨 짓이란 말이오? 벌써 두 가지 방법이 나왔는데 아직도 내 봉투를 못 찾아냈잖소!"

당시 나는 아직 젊고 자만심이 가득했어. 스스로에 대한 지나친 확신이 있었지.

"너무 걱정 마십시오, 워터스 씨. 여기엔 일곱 명이 있으니 훔칠 수 있는 방법도 일곱 가지겠죠. 베라와 렌즈 보안관님이 그 봉투를 훔치지 않았다면 더 시야를 넓혀 보면 될 일입니다."

"하지만 카운터 안으로 들어간 건 그 두 사람뿐이잖아."

흄 백스터가 말했네.

"그렇다고 꼭 이 두 사람만 봉투를 훔칠 수 있었던 건 아니죠. 다음은 당신 차례예요, 흄. 베라가 소리를 질렀을 때 보안관님이 놀라서 상자를 들고 뒷걸음질을 치다가 그 봉투를 바닥에 떨어뜨렸을 수도 있어요. 봉투는 어쩌다 카운터 밖으로 튀어 나가 시트 위에 떨어질 수 있죠."

"아니, 난……."

"그러니 그 봉투는 당신이 개어 놓은 저 시트들 속에 숨겨져 있을 수 있어요. 어디 한번 봅시다."

우리는 시트를 펼쳐 보고, 찾아보는 김에 솔과 페인트 양동이까지도 꼼꼼히 훑어보았네.

하지만 봉투는 없었어.

"항상 이러면서 점점 더 불가능한 상황으로 빠지던데. 설마 내가 훔쳤을 수도 있다고 생각해요, 샘 선생님?"

에이프릴이 묻더군.

"안타깝게도 당신 역시 용의자들 중 하나예요, 에이프릴. 다시 한 번 말하지만 봉투가 카운터 밖에 떨어졌을 경우, 우리가 보안관님과 베라에게 정신이 팔린 사이 당신이 주웠을 가능성도 있어요."

"그리고 그걸 어떻게 했는데요?"

"껌을 씹었잖아요, 에이프릴. 그 껌을 뭉쳐서 봉투를 카운터 밑에 붙였을 수도 있죠."

워낙 그럴싸한 방법이었기 때문에 다들 즉시 허리를 숙여 카운터 밑을 들여다보았네. 하지만 카운터 밑에 봉투 같은 건 없었어. 봉투는커녕 아무것도 없었지.

워터스가 코웃음을 치더군.

"다 실패요, 호손 선생. 다음은 누구요? 당신 여자 친구?"

그때까지 웬만하면 미란다를 쳐다보지 않으려 했지만 이젠 방법이 없었네.

"당신이 그걸 집어서 치마 속에 숨겼을 수도 있어요, 미란다."

나는 최대한 차분하게 말했어.

"정말 대단한 아이디어네요, 샘! 그래서 지금 내 몸수색이라도 하겠다는 거예요?"

"에이프릴과 베라가 해 줄 겁니다."

미란다는 거의 눈물이라도 터뜨릴 표정이었어.

"샘! 샘 호손, 만약 정말 그런 짓을 한다면 두 번 다시 당신이랑 말도 섞지 않을 거예요!"

"미안해요, 미란다. 하지만 모든 가능성을 다 검증해 봐야 해요."

베라가 나섰어.

"자, 그럼 이렇게 하자. 우리 여자 셋이서 서로 몸수색을 하는 거야. 이러면 괜찮지? 남자들은 다 등 돌리고 있어요!"

미란다는 조금 진정된 듯했고, 우리는 베라의 말대로 여자들이 서로의 몸을 꼼꼼하게 확인하는 사이 등을 돌리고 있었네. 미란다도 다른 두 명도 몸에 봉투를 감추고 있지는 않았어.

"모두 다 끝났소. 이젠 어쩔 겁니까, 호손 선생?"

앤슨 워터스가 말했네.

"모두 다 끝나진 않았죠. 다섯 명밖에 안 했잖아요. 저랑 워터스 씨가 남았습니다."

"아니, 내가 내 돈을 훔쳤다고?"

"처음 그 우편물을 등록하면서 워터스 씨는 1만 달러어치 채권이 들어 있다고 하셨죠. 만약 그 속에 무기명 채권이 들어 있지 않았다고 가정해 보는 겁니다. 사실 그건 그냥 빈 봉투였고, 실제 채권은 지금 막 가져와서 '추가'하려는 1만 달러밖에 없는 거죠. 그러면 우체국이 1만 달러를 분실했으니 워터스 씨의 손실에 큰 보탬이 되지 않겠습니까?"

"빈 봉투라고! 터무니없는 소리! 만약 그게 사실이라면 그 빈 봉투를 어떻게 숨겼다는 거요?"

"주소를 쓸 때 지워지는 잉크를 사용한 거죠. 만약 바닥에 떨어져 있는 깨끗한 새 봉투를 베라가 발견했다면 그냥 집어서 책상 서랍에 넣거나 어딘가에 놓았겠죠."

하지만 베라는 당연히 내 논리의 허점을 바로 지적했네.

"아무리 주소가 없다고 해도 도장이 찍혀 있고, 등록이 완료됐다는 표식이 붙어 있잖아. 그런 봉투는 내가 한눈에 알아볼 수 있지."

베라의 말을 인정할 수밖에 없었어.

"그럼 저만 남았군요. 저는 제가 봉투를 훔치지 않았다는 사실을 알고 있지만, 어쩌면 그 사라진 채권은 봉투에서 빠져나와 접혀서 작은 뭉치가 되어 버렸는지도 모릅니다. 그리고 제가 모르는 사이 제 주머니로 들어왔을지도 모르죠. 이번에는 누군가가 제 몸 수색을 할 차례인 것 같군요. 아마 보안관님이 적임자가 아닐까 싶은데요."

보안관은 내 몸을 수색한 뒤, 훔 백스터와 앤슨 워터스의 몸도 수색했네. 하지만 봉투도, 무기명 채권도 나오지 않았어. 워터스가 가져온 두 번째 채권을 제외하면 말이야. 그다음에는 내가 보안관의 몸을 수색했지만 결과는 마찬가지였네.

워터스가 코웃음을 쳤어.

"사람이 일곱 명이라서 수수께끼의 해결 방법도 일곱 가지가 될 줄이야! 문제는 그 일곱 가지가 다 틀렸다는 거군요! 그래서 다음엔 뭘 할 거요, 호손 선생? 우리를 전부 청진기로 진찰이라도 할 겁니까? 어쩌면 누군가가 내 채권을 삼켰을지도 모르지!"

나는 진지하게 대답했지.

"그건 어렵습니다. 위산이 종이를 녹이기 때문에 채권이 손상될 테니까요."

워터스가 베라를 돌아보았이.

"아무튼 내 채권에 대해 당신이 책임을 져 줘야겠소!"

"나머지 채권을 중개인한테 우편으로 발송해 드릴까요?"

"당신을 어떻게 믿으라고! 내가 오늘 밤에 기차로 뉴욕에 가서 직접 전달할 거요!"

그 말을 남기고 워터스는 우체국 밖으로 뛰쳐나갔네. 우리는 제자리에 멍하니 서 있었지. 그제야 베라의 얼굴에 오전 내내 겪은 고생과 좌절이 떠오르더군. 베라는 거의 울 것 같은 얼굴로 말했네.

"우체국 개장 첫날을 성공적으로 끝내고 싶었는데, 다 망쳤어."

에이프릴은 갑자기 감정이 격해진 베라를 보고 당황한 눈치였어.

"난 그만 진료소로 가 봐야겠어요, 샘 선생님. 어쩌면 우릴 찾는 환자가 있을지도 모르잖아요."

"그래야겠네요."

나도 동의했어. 역시 떠날 시간이었지. 사라진 봉투 사건의 해결 방법은 도무지 찾을 수가 없었고.

큰길을 걸어가는 미란다의 옆을 따라 걸으며 차분하게 말을 걸었네.

"일이 그렇게 돼서 정말 미안했어요. 당신이 훔쳤다고 진심으로 생각하진 않았어요."

"그랬나요? 그럼 정말 대단한 연기였네요! 난 교도소로 끌려가는 줄 알았다고요."

"미란다, 난……."

"우리 사이는 이미 끝났어요, 샘. 진작 알고 있는 줄 알았는데."

"당신이 돌이키길 원한다면 아직 안 끝난 거예요."

"당신은 지난여름에 내가 만났던 그 남자가 아니에요, 샘."

"어쩌면 당신 역시 달라졌을 수도 있겠군요."

나는 슬프게 말했어.

우리는 모퉁이에서 헤어졌고, 나는 길을 건너 진료소로 향했네. 그때 렌즈 보안관이 건물 뒤에서 나타나 내 앞을 가로막았어.

"잠깐 얘기 좀 하자고, 선생."

"좋습니다, 보안관님. 방금 미란다한테 사과하고 오는 길인데, 보안관님한테도 그래야겠죠. 보안관님이 정말로 상자 바닥에 봉투를 붙여서 숨겼을 거라고 생각하진 않았어요. 모든 가능성을 다 확인하고 싶었을 뿐입니다."

보안관이 대답했네.

"이해해. 하지만 이 사건 때문에 베라가 정말 곤경에 빠졌네. 우체국 개장 첫날부터 1만 달러를 분실했으니 워싱턴에서 자기를 해고할지도 모른다면서 두려워하고 있어."

"그렇긴 한데, 보안관님이 그렇게까지 걱정하실 일인가요?"

"뭐, 그렇지. 자네도 알잖아, 선생. 베라는 그 나이치고 꽤 예쁜 여자야. 나 같은 멍청이는 홀아비로 몇 년 지내다 보면 외로워서 앞뒤 가리지 않게 되지."

어둠 속에 한 줄기 빛이 비쳐 들었네.

"설마 보안관님이랑 베라 브록이······?"

"물론 오늘 아침처럼 나한테 신경질을 부릴 때도 있지만, 대부분 우린 꽤 잘 지낸다네. 내가 베라네 집에 몇 번 간 적도 있었고······."

보안관의 목소리가 작아졌다가 다시 커졌어.

"선생, 자네도 알다시피 난 형사 체질은 아냐. 솔직히 말해 보안관 노릇을 하기에도 많이 부족하지. 어쩌면 이 지역이 내가 감당 못 할 정도로 커지고 있는지도 몰라."

"보안관님은 이 지역에 꼭 필요한 분이세요."

"그래. 하지만 내 말은 베라가 지금 곤경에 처해 있는데 어떻게 할지 모르겠다는 말이야. 망할, 그 봉투를 대체 누가 어떻게 훔쳤는지도 모르겠다고. 모든 곳을 샅샅이 다 뒤졌는데."

나도 동의했네.

"맞아요. 바닥도 뒤지고, 책상도 뒤지고, 우편물 분류함도 하나하나 다 뒤져 보고, 우편물 자루도 쏟아 봤죠. 흄 백스터의 시트랑 도구도 다 수색했고요. 카운터 아래도 살펴보고 심지어 미란다의 치마 속까지도 들여다봤어요. 거기 있던 사람 중 누구 하나 빠짐없이 다 몸수색을 했죠. 맹세컨대 그 우체국 안에 봉투를 숨길 곳은 없고, 우체국 밖으로 갖고 나갈 방법도 없었습니다. 우편물을 찾으러 온 사람은 아무도 없었고, 사건이 일어난 시간 동안 우체국 밖으로 나간 사람도 없었으니까요."

"그러니까 자네도 나처럼 상황이 도저히 이해가 안 간단 말이지, 선생?"

나는 인정했어.

"안타깝게도 그렇습니다. 차라리 명확한 동기가 존재하는 살인사건을 해결하는 편이 더 쉽겠어요. 절도의 동기는 너무 광범위해요. 은행가 워터스 씨를 포함해서, 1만 달러의 돈을 원하지 않는 사람은 아무도 없으니까요."

"아무튼 자네가 베라를 도와준다면 정말 고마울 거야. 나랑 베라 둘 다."

"최선을 다하겠습니다, 보안관님."

진료소로 들어가면서 지난 7년 동안 알아 온 보안관의 가장 인간적인 모습을 보았다는 생각이 들었네.

우체국 사건으로 오늘 오전에 한 커플이 헤어졌지만, 다른 한 커플은 사이가 더욱 굳건해졌을 수도 있겠더라고.

월가의 대공황은 정오가 지나면서 최악으로 치달았지. 은행들이 자신들의 자산으로 주식 시장을 지탱해야 할 상황이 되었네. 오후가 되자 주가가 조금 반등했고, 은행에 다녀온 에이프릴은 워터스가 그나마 웃고 있다는 소식을 전해 주었지.

점심시간 후 예약 환자는 한 명밖에 없었어. 나는 그 환자를 보낸 뒤 책장에서 에드거 앨런 포의 단편집을 꺼내 〈도둑맞은 편지〉를 다시 읽어 보았네. 물론 아무런 소득도 없었어.

베라의 우체국에 있던 모든 우편물은 다 의심스러웠지만, 이미 다 확인이 끝났어. 뻔히 보이는 곳에 있으면서도 우리가 놓친 봉투는 하나도 없었네.

나는 베라와 렌즈 보안관을 실망시켰어. 무엇보다 가장 실망한 사람은 나였고.

퇴근 시간이 되자 에이프릴이 저녁 인사를 하러 왔네. 밖에는 가랑비가 부슬부슬 내리고 있었고, 나는 새 비옷을 입은 에이프릴을 하마터면 못 알아볼 뻔했어.

"다른 사람인 줄 알았어요."

"새 옷을 입으면 그럴 때가 있죠."

새 옷.

에이프릴이 간 후 나는 책상에 앉아 새 옷을 생각했지.

정말 그게 가능한 일일까?

밖은 이미 어두워지기 시작했네. 한 시간 안에 밤이 찾아올 게 분명했지. 만일 내 생각이 맞는다면, 더 간단한 방법으로 그걸 증명해야 했어. 누군가에게 진지하게 말했다가 바보가 될 수도 있었네. 나는 진료소 문을 잠그고 축축하게 내리는 가랑비 속을 걸어 큰길을 따라 내려왔지.

그리고 우체국에 도착해서 커다란 앞창으로 안을 들여다보았네. 베라가 뒤쪽 벽을 향해 작은 조명을 켜 놓아서, 막 칠한 분홍색 벽이 더 으스스해 보이더군. 어디 있는지 알 수는 없었지만 아마 정문에는 경보 시스템이 있을 거라는 생각이 들었지.

내 생각이 맞는다면 도둑은 오늘 밤 그것을 제자리에 돌려놓으려 할 터였어. 내가 할 일은 기다리는 것뿐이었네.

"아직도 도둑을 찾는 거요, 호손 선생?"

등 뒤에서 누가 나를 부르더군. 돌아보니 외투 깃을 세우고 모자를 푹 눌러 쓴 앤슨 워터스가 보였네.

"확인할 일이 또 생각나서요."

"난 이미 분실된 채권을 청구했소."

"오늘 밤 기차로 뉴욕에 간다고 하셨죠?"

"그럴 거요. 뉴헤이븐행 10시 45분 기차. 거기서 갈아타야 하니까."

워터스가 무어라 더 말을 하려는 순간, 멀리서 유리 깨지는 소리가 희미하게 들렸네. 우체국 안의 조명이 꺼졌어. 나는 워터스에게 외쳤네.

"빨리요! 렌즈 보안관님 좀 모셔 오세요!"

"뭐요? 왜?"

"더 묻지 마시고요!"

워터스를 그 자리에 남겨 두고 빌딩 뒤로 달려가 보니 판유리한 장이 깨졌고 창이 열려 있더군. 문틀을 넘어 실내로 들어가 조명 스위치를 더듬어 찾았네. 머리 위 불빛이 켜지고 순간적으로 우리 둘 다 앞이 보이지 않았어. 하지만 금세 범인을 발견했지.

"안녕하세요, 흄."

흄 백스터가 도둑맞은 봉투를 손에 든 채 나를 바라보고 있었지.

"어떻게 알았지, 샘? 빌어먹을, 대체 어떻게 안 거야?"

"솔직히 시간이 좀 오래 걸리긴 했지만 결국 정답에 도달했습니다. 우리가 찾아보지 않은 단 한 곳이 있었어요. 포의 도둑맞은 편지처럼, 내내 코앞에 있었는데 전혀 보지 못했던 거죠."

그 후 렌즈 보안관이 와서 흄 백스터를 체포하고 도둑맞은 봉투를 회수한 뒤 나는 설명했네.

"새 옷을 입으면 사람의 체형과 외모가 완전히 달라 보인다는 생각을 하니, 문득 페인트칠로 새 옷을 입은 벽이 떠오르더군요. 생각나시죠? 보안관님이 그 밀주가 든 상자를 앤슨 워터스의 채권 봉투 바로 위에 올려놓았다가 무슨 일이 일어났는지. 베라가 보안관님한테 소리를 질렀고, 보안관님이 상자를 다시 들어 올렸죠. 그때 봉투는 상자를 묶은 끈에 걸리게 된 겁니다. 보안관님은 카운터 밖으로 몇 걸음 물러났고, 그때 봉투가 바닥에 떨어졌죠."

"어떻게 그런 일이 일어났는데 아무도 못 봤지?"

렌즈 보안관이 의아해했네.

"누군가는 봤죠. 흄 백스터 말입니다. 그 공간에서 우리 일곱 명이 어느 위치에 있었는지 한번 생각해 보세요. 제일 잘 보이는 위치에 흄이 있었다는 게 떠오를 테니까요. 보안관님은 커다란 상자를 들고 있어서 시야가 가로막혀 바닥이 보이지 않았죠. 그리고 몇 걸음 물러서면서, 보안관님과 베라 사이에 있던 카운터가 베라의 시야를 가렸고요. 미란다와 에이프릴과 저는 문 근처에 있었고, 밖으로 나가려던 참이었죠. 저희 눈앞에는 보안관님의 등이 있었고요. 그 시점에 워터스 씨는 우체국 안에 없었어요. 페인트 솔을 들고 옆에 있던 흄 백스터만이 정확히 무슨 일이 일어났는지 볼 수 있었던 겁니다. 보안관님이 상자를 뒤쪽 분류함에 올려놓을 때, 흄은 봉투 위에 슬쩍 시트를 덮어서 슬그머니 자기 쪽으로 가져왔습니다.

흄은 재빨리 그 봉투를 방금 페인트칠한 카운터 옆 벽에 세워서 붙였죠. 그리고 그 위에 분홍색 페인트를 칠했습니다. 위에서 비치는 불빛 때문에 카운터 그림자가 드리우는 곳이었죠. 흄이 허리를 숙이고 딱 그 위치에 있었던 모습이 생각나네요. 당연히 봉투 앞면을 벽 쪽에 붙였기 때문에 도장은 보이지 않았습니다. 그리고 누런 마닐라 봉투는 페인트칠하기 전 누르끄레한 원래 벽 색깔과 크게 차이가 나지 않았기 때문에 그 위에 분홍색 페인트를 칠해도 특별히 눈에 띄지 않았죠."

"아무리 그렇다고 우리가 그걸 아예 보지도 못할 리가 있나."

"여러 가지 이유가 있습니다. 첫째로 흠이 페인트가 아직 덜 말랐으니까 가까이 오지 말라고 해서 우리 모두 벽 근처로 가지 않았죠. 그리고 봉투를 붙여 놓은 위치는 바닥과 가까웠고, 카운터 때문에 잘 보이지 않았습니다. 막 페인트칠한 벽은 항상 축축하고, 다 마를 때까지는 색깔이 균일하지 않아 층이 져 보이기 때문에 봉투 귀퉁이를 쉽게 알아챌 수 없었던 겁니다. 그 봉투가 큼직하긴 했어도 아주 얇았다는 사실을 잊으시면 안 됩니다. 봉투 속에는 접지도 않은 종이 두 장과 무기명 채권, 동봉된 편지만 들어 있었으니까요."

"페인트가 다 마르면 그때는 어쩌려고?"

"바로 그겁니다! 봉투가 벽에서 떨어지거나, 떨어지지 않더라도 귀퉁이가 떠서 눈에 잘 띄겠죠. 그래서 전 범인이 오늘 밤 이곳으로 되돌아올 거라고 생각했어요. 아마 봉투를 떼어 내고, 그 자리에 덧칠하기 위해 분홍색 페인트를 조금 갖고 왔을 테고요."

렌즈 보안관은 고개를 절레절레 저었어.

"인간이란 돈 때문에 못하는 짓이 없군."

"사랑을 위해서도 그렇죠."

나는 윙크하며 말했네. 베라 브룩이 우체국 문 안으로 들어오고 있었어.

샘 호손 선생은 이야기를 마무리했다.

"내가 처음부터 독특한 사건이라고 했지? 첫째는 살인 사건이 아니었고, 둘째는 도둑을 도와준 사람이 렌즈 보안관이었다는 점에서 말이야. 결국 범죄는 그 두 사람에게 각각의 방식으로 영향을 끼쳤네. 흄 백스터는 감방에 가고, 렌즈 보안관은 결혼식장에 갔으니까. 그래, 맞아. 나와 미란다한테는 아무 소용 없었지만, 베라와 보안관에게는 소중한 계기가 됐지. 아무튼 그건 내가 참석한 결혼식 중에서도 가장 행복한 결혼식이었다네. 결혼식 당일에 밀실 살인 사건이 발생했다는 것만 빼면! 그 이야기는 다음에 하자고!"

The Problem of the Octagon Room

팔각형 방의
수수께끼

샘 호손 선생은 두 번째 초인종 소리를 듣고 나왔다. 눈부신 오후 햇빛에 잠시 앞이 잘 보이지 않는 듯 눈을 깜빡였다. 하지만 마지막으로 만난 지 50년이 넘은 그 상대를 금세 알아본 듯했다. 샘 선생은 안으로 들어오라고 재촉했다.

"들어와요, 어서 들어와! 참 오랜만이군요. 노스몬트에서 함께 지낸 지 대체 얼마나 되었는지 모르겠군요. 아니, 아닙니다. 방해 안 했어요. 그냥 다른 사람이 올 거라고 생각해서 그런 겁니다. 요즘 툭하면 우리 집을 찾아와서 내 옛이야기를 듣고 가는 친구가 하나 있어서. 그나저나 참 재미있는 일이네요. 사실 오늘 그 친구에게 당신 얘길 하려고 했는데 말이지요. 당신 얘기랑, 렌즈 보안관이 결혼했을 때 일어났던 일 말입니다. 지금도 종종 떠올리곤 해요. 그 당시 해결했던 여러 수수께끼 중에서두 그 팔각형 방 사건은 참 특이했으니까요. 혹시 내 시점으로 그때 이야기를 들어 볼 생각은 없나요? 좋아요, 좋아! 거기 앉아요. 내가 그……
어…… 약주 한잔 따라 줄 테니까. 우리 둘 다 이젠 늙었고, 약간
의 셰리주는 혈액 순환에 좋다고들 하니까. 아니면 더 독한 거라
도? 괜찮다고? 알겠어요. 그럼 당신도 알다시피……."

(샘 호손 선생은 이야기를 시작했다.)
　그건 1929년 12월에 일어난 일이었습니다. 당시 노스몬트의 12월
은 꽤 따뜻했죠. 토요일이었던가요? 14일 결혼식 당일에도 눈 같
은 건 전혀 안 내렸잖아요? 기억하기로 그날은 아주 맑았고 기온
도 섭씨 15도를 맴돌았어요. 렌즈 보안관이 신랑 들러리를 부탁해
서, 난 아침 일찍 일어났답니다. 노스몬트에서 살다 보니 나랑 보
안관은 아주 친한 친구가 되었거든요. 비록 보안관이 나보다 스무
살은 족히 많았지만, 그래도 보안관은 나를 들러리로 세우고 싶어
했어요.
　보안관이 내게 이렇게 말한 적이 있답니다.
　"샘, 사실 내가 정말로 베라를 사랑한다고 깨달은 건 10월 그
우체국 사건 때였다네."
　베라는 우리 동네 우체국장이었지요. 씩씩하고 야무진 사십 대
여성으로 잡화점 안에서 우체국을 운영하다가 이제는 자기 건물
을 갖게 된 사람이었어요. 베라는 결혼한 적이 없었고, 렌즈 보안
관은 아이가 없는 홀아비였죠. 두 사람은 일종의 동료애에서 감정
이 시작됐지만, 결국은 사랑이 되었죠. 두 사람을 생각하면 너무
나도 행복했어요.

그런데 베라 브룩에게는 꽤나 감상적인 면이 있더군요. 글쎄 결혼식을 그 유명한 에덴 하우스의 팔각형 방에서 치르고 싶다지 뭡니까. 45년 전 자기 부모님도 케이프코드의 팔각형 저택에서 결혼했기 때문이라더군요. 보안관은 평소에는 그렇게 보이지 않았지만, 신앙심이 돈독한 사람이었어요. 자기 첫 결혼식 때처럼 침례교회에서 결혼식을 올리고 싶어 했지요. 결국 두 사람의 의견 차이는 내가 톰킨스 목사님한테 팔각형 방 결혼식에서 주례를 부탁드려서 해결했답니다. 목사님은 내키지 않아 했지만 결국 허락하셨지요.

에덴 하우스는 시내 끝에 있는 고풍스러운 건물이었어요. 1800년대 중반에 조슈아 에덴이라는 사람이 지었는데, 당시엔 온 나라에 소위 '팔각형 열풍'이 불었지요. 특히 뉴욕 북부와 뉴잉글랜드에서는 대단했답니다. 조슈아 에덴은 팔각형 저택을 너무 좋아한 나머지 새로 지은 집 1층에 거울이 가득한 팔각형 방을 만들었을 정도였어요. 건축 자체는 간단했지요. 본래 서재로 설계된 커다란 사각형 방을 하나 만들고, 네 귀퉁이에 각각 바닥에서 천장까지 닿는 거울이 달린 수납장을 대각선으로 설치하면 끝나는 일이었으니까요. 거울의 가로 길이는 벽의 가로 길이와 똑같았기 때문에 그야말로 정팔각형이었지요. 그 방의 유일한 문으로 들어가면 햇빛이 눈부시게 비쳐 드는 커다란 남향 창문과 마주하게 됩니다. 거울을 두고 왼쪽과 오른쪽 벽에는 19세기풍 승마 그림이 걸려 있었어요. 특이하긴 해도 멋진 방이었지요. 방 안의 거울만 신경 쓰지 않는다면 말이죠.

네 귀퉁이의 거울 달린 문 뒤에는 바닥에서 천장까지 닿을 정도로 높은, 선반 수납장이 있다고 했지요? 그 안에는 책, 꽃병, 테이블보, 은식기, 도자기 등등 온갖 종류의 장식품들이 가득 들어 있었어요. 하지만 방 안은 창가 옆에 생화를 꽂아 두는 꽃병을 위한 작은 탁자 외에는 텅 비어 있었지요. 최소한 결혼식 며칠 전 내가 사전 답사를 갔을 때는 그랬다는 말입니다.

그때 조슈아 에덴의 손자 조시 에덴이 나를 안내해 주었답니다. 조시는 노스몬트의 전통을 아주 잘 이해하고 있는 잘생긴 젊은이였어요. 조시가 묵직한 떡갈나무 문의 자물쇠를 열고 문을 당겨서 열더군요.

"샘 선생님도 아시다시피 저흰 가끔 이 팔각형 방을 결혼식장이나 개인 파티 공간으로 빌려주곤 합니다. 이렇게 멋진 곳을 공동체가 공유하지 않으면 너무 아깝잖아요. 보안관님의 결혼식이라니, 최대한 신경 써야겠는데요."

"사실 전 너무 젊은 세대라 팔각형 저택 유행에 대해서는 잘 모릅니다."

내가 솔직히 말했더니 조시가 씩 웃더군요.

"전 선생님보다도 한두 살 더 어린데요. 그래도 제가 몇 가지 알려 드리죠. 팔각형 공간은 실용적이고 공간 활용이 효율적이라는 장점이 있는데, 그것 말고도 미신과도 관련이 있어요. 보통 악령들은 직각으로 된 구석에 숨어 있다고들 하죠. 그래서 직각 구석이 없는 팔각형 저택에는 악령이 없다는 미신이 있습니다. 덕분에 유령을 믿는 사람들에게 팔각형 저택은 꽤 인기가 있었어요. 사실 바로 이 방에서도 저희 할아버지가 친구분들과 함께 강령회를 열었다고 합니다. 전 솔직히 몰아내려는 악령이나 불러들이는 유령이나 뭐가 다른지 모르겠지만요."

나는 조시를 돌아보았죠.

"저주받은 방이라는 말입니까?"

"그냥 오래된 괴담일 뿐이에요."

조시는 킥킥 웃으며 말하더군요. 식 이야기를 나누면서 조시는 꽉 찬 수납장과 창밖 풍경을 보여 주었어요. 나는 밖으로 나가기 전, 조시에게 창문이 안에서 잘 잠겨 있는지 확인하라고 당부했습니다. 그 무거운 나무 문에는 자물쇠가 설치돼 있고, 내부에서 빗장을 지르는 구조였지요. 밖에서는 안쪽 빗장을 지를 수 없었지만, 대신 길고 가느다란 열쇠로 자물쇠를 잠그더군요.

"악령들을 안에 가둬 두는 건가요?"

내가 웃으면서 물었어요.

"수납장 안에 귀중한 골동품들이 좀 들어 있거든요. 그래서 저 방은 사용하지 않을 때면 항상 잠가 둡니다."

조시가 그렇게 설명하더군요.

위층에 올라가다가 빨랫감을 한 아름 들고 내려오는 조시의 아내 엘렌과 마주쳤지요. 나를 본 엘렌이 파란 눈동자를 반짝이며 인사를 건네더군요.

"안녕하세요. 샘 선생님. 언제 오실까 기다리고 있었어요. 다시 만나서 정말 반갑네요!"

엘렌은 혈색이 좋고 건강한 젊은 여성으로, 명랑하고 밝은 성격이었어요. 나는 항상 조시 에덴이 부러웠답니다. 두 사람은 대학에서 처음 만나 금세 결혼했다는데, 둘 다 나보다 몇 살 어렸지만 항상 충만한 삶을 사는 사람들 같았거든요.

조시의 부친 토머스는 전쟁이 끝난 후 가족을 버리고 파리에서 만난 무용수와 새 살림을 차렸다고 해요. 가엾은 조시의 모친은 그 충격이 너무 컸던 데다 1919년에 스페인 독감까지 걸리는 바람에 세상을 떠났지요. 조시는 대학에 진학했고, 조시의 부친은 오랫동안 소식이 없었습니다. 딱히 죽었다는 근거는 없었지만, 어쨌든 법적으로 사망 처리가 되어서 조시가 에덴 하우스와 약간의 유산을 물려받았어요. 조시는 현명하게도 주식보다 부동산에 투자했던 덕분에 그즈음 월가 사태에 아무런 충격도 받지 않았지요. 게다가 그 팔각형 저택으로 들어오는 소득도 가끔 있었고요. 엘렌은 심지어 금주법이 폐지되면 에덴 하우스 전체를 레스토랑으로 바꾸겠다는 이야기까지 하더군요. 그렇지 않아도 주류 산업이 부활하면 일자리가 확 늘어나서 심각한 실업률이 해결될 거라는 이야기가 떠돌던 분위기였으니까요.

"토요일 결혼식 준비 때문에 왔습니다. 방금 그 방을 둘러보고 오는 길이에요."

내가 엘렌에게 말했지요.

"보안관님은 지금쯤 굉장히 떨리시겠네요."

엘렌이 웃더군요.

"꼭 그렇지도 않을걸요. 전에도 해 본 적이 있으니까. 베라는 처음이지만요."

"그 두 사람, 정말 행복할 거예요."

엘렌은 결혼식 때문에 무척이나 들뜬 모양이었습니다. 금요일 저녁, 결혼식 예행연습을 하려고 그곳에 다시 찾아갔더니, 글쎄 엘렌이 베라와 보안관의 결혼 선물로 직접 만든 퀼트 이불을 준비했지 뭡니까.

"너무 예쁘다! 우리 침대에 덮어야겠네!"

베라가 보자마자 소리를 지르더군요.

"별것 아니지만 조시랑 제가 드리는 작은 선물이에요."

엘렌이 수줍은 목소리로 말했어요. 지난번에 내가 혼자 찾아왔을 때보다 좀 얌전해진 태도였지요. 아마 톰킨스 목사가 같이 와서 그랬겠죠.

회색 정장을 입은 목사는 보안관과 베라에게 간단하게 결혼 축하 인사를 건넨 뒤 나를 돌아보았습니다.

"호손 선생, 이미 알고 있겠지만 식은 정확히 내일 오전 10시에 시작해야 하네. 정오에 신 코너스에서 결혼식이 또 있거든. 교회 말이야."

"걱정 마십시오."

그렇게 말하긴 했지만, 꾀까다로운 인간한테 잘못 걸렸다는 생각이 들더군요. 조금 짜증이 났지요.

조시와 엘렌이 문 근처에서 지켜보는 가운데 결혼식 예행연습이 진행됐습니다. 보안관과 베라는 들러리를 딱 두 명만 불렀더군요. 신랑 들러리는 나였고, 베라의 친한 친구 루시 콜이 신부 들러리를 섰지요. 루시는 1년 전에 남부에서 노스몬트로 이사 온 이십 대 후반의 예쁜 아가씨였습니다. 작년에 우체국 일을 가끔 도와주다가 베라와 친해진 모양이었어요.

베라가 전에 이런 말을 한 적이 있었어요.

"샘, 사실 루시가 응원해 주지 않았다면 보안관이랑 결혼 못 했을 거야. 마흔이 넘어서 첫 결혼을 한다는 건 굉장한 결심이 필요한 일이거든."

"루시는 결혼하지 않았나요?"

"뭐 남부에 남편이 있을지도 모르지만 그런 얘기는 못 들어 봤어."

루시는 개방적이고 매력적인 젊은 아가씨였고, 여러 면에서 엘렌 에덴과 비슷했지요. 이 두 사람은 마치 신세대 시골 여성들의 맨 앞에 선 사람들 같았습니다. 책이나 잡지에는 대도시의 '플래퍼' 이야기가 가득했지만, 난 루시 콜이나 엘렌 에덴 같은 이곳 여성들이 더 좋더군요.

예행연습이 끝난 뒤 조시가 팔각형 방의 문을 신중하게 잠그고, 모두 함께 내 차 쪽으로 걸어갔어요.

"그럼 내일 아침에들 봐요."

조시가 말하더군요. 피로연 전에 친한 친구들끼리 먼저 근처에서 결혼식 당일 아침 식사를 할 예정이었거든요.

나는 사람들을 태우고 아파트로 가서 진짜배기 캐나다 위스키한 병을 땄습니다. 보안관은 법을 어기면 안 된다고 툴툴거리긴 했지만 그래도 본인 결혼식 전날 밤이니까요. 우리는 신랑을 위해, 신부를 위해, 그리고 겸사겸사 루시와 나를 위해서도 건배를 했답니다.

아침에 에이프릴을 태우고 식장으로 갈 예정이었기 때문에 일찍 일어났습니다. 에이프릴은 결혼식이나 파티에 참석할 때면 늘 그렇듯이 수다스럽고 잔뜩 흥분한 상태였지요. 가는 길에 렌즈 보안관도 태웠는데 그렇게 멋지게 잘 차려입은 모습은 처음 봤어요. 나는 보안관의 모닝코트 매무새를 정돈해 주고, 넥타이를 반듯하게 고쳐 주었습니다.

"아랫배에 힘만 주고 있으면 멋져 보일 겁니다. 오늘 근사하신데요."

차로 걸어가면서 내가 말했지요.

"반지 가져왔어, 선생?"

"걱정 마세요."

나는 코트 주머니를 톡톡 쳤지요. 우리가 차에 올라타자 에이프릴이 목소리를 높였어요.

"두 분 다 웨딩케이크 위에 서도 손색없을 만큼 멋있네요! 남은 사람은 내가 데려가도 되나요?"

"의사의 아내로 사느니 그냥 간호사로 사는 게 나을 텐데요."

나는 키득키득거리며 말하고 나서 차를 출발시켰어요.

에덴 하우스 옆에 차를 세우니 마침 베라가 루시 콜의 작은 세단에서 내리던 참이었지요.

"세상에, 저것 봐요! 신부가 왔어요!"

손가락질을 하던 에이프릴이 문득 차에 태우고 온 새신랑이 생각났는지 재빨리 덧붙였어요.

"렌즈 보안관님은 보지 마세요. 식장에서 처음 볼 때까지는 신부를 보면 안 되는 거예요."

베라 브룩은 순백의 웨딩드레스를 입고 있었는데 가득 달린 화려한 레이스가 바닥에 끌릴 정도였지요. 드레스 자락을 양손으로 들어 올리고 에덴 하우스를 향해 달려가는 베라가 보이더군요. 그 순간 베라가 꼭 자기 나이 절반 정도밖에 되지 않는 소녀로 돌아간 것 같아서, 왜 렌즈 보안관이 이 여성을 사랑하게 됐는지 이해가 되었습니다. 나는 주차한 뒤에 루시에게 걸어갔어요.

"정말 아름다운 날이네요. 올해 겨울은 별로 안 춥겠어요."

구름 한 점 없는 하늘을 올려다보며 루시에게 그렇게 말을 걸었지요.

그때 베라가 약간 화난 표정으로 다시 문 앞에 나타났어요.

"팔각형 방의 문이 안 열린다는데. 뭐가 걸려 있나 봐."

신랑 들러리가 나설 차례였죠.

"제가 가서 볼게요."

안으로 들어가니 팔각형 방의 떡갈나무 문 앞에 엘렌 에덴과 그 남편이 당황한 표정으로 나란히 서 있더군요. 조시가 말하더군요.

"문이 안 열려요. 이런 적이 한 번도 없었는데."

나는 조시에게서 열쇠를 받아 들고 자물쇠에 끼워서 돌려 보았습니다. 돌아가긴 하는 걸 보니 자물쇠 자체는 문제가 없는 것 같았는데도 문은 열리지 않더군요.

"안에서 빗장을 지를 수가 있었죠?"

"네. 하지만 안에 사람이 있어야만 잠글 수 있죠. 지금은 안에 아무도 없는데요."

조시가 대꾸했지요.

"확실합니까?"

조시 부부가 얼굴을 마주 보았어요.

"제가 저 쪽으로 가서 창문으로 들여다보고 올게요."

엘렌이 나서더군요.

그때 톰킨스 목사가 금으로 된 커다란 회중시계를 들고 연신 시간을 보며 들어오더군요.

"제시간에 시작했으면 좋겠는데. 말했다시피 난 정오에 다른 결혼식이……"

"아주 잠깐 늦어지는 겁니다. 문에 뭐가 걸린 것 같아요."

내가 말했지요.

"교회에서는 이런 일이 절대 안 생기지."

"물론 그렇겠죠."

엘렌이 숨을 헐떡이며 뒷문으로 뛰어 들어왔어요.

"블라인드가 내려져 있어, 조시! 당신이 그런 거 아니지?"

"당연히 아니지! 누가 안에 있나 보네!"

"하지만 대체 어떻게 들어갔을까요? 당신이 자물쇠도 잠그고 창문도 잠그는 걸 내가 분명히 봤는데."

내가 합리적인 의문을 제기했지요.

"창문은 아직도 잠겨 있어요."

엘렌이 거들어 주더군요.

목사가 투덜거리자 조시가 달랬지요.

"조금만 기다려 주세요. 필요하면 문을 부수고라도 들어가겠습니다."

내가 주먹으로 문을 쳐 봤어요.

"부수기엔 너무 두꺼운데."

조시가 내 곁으로 다가와 문을 쿵쿵 두들기며 소리를 지르더군요.

"누군지 모르지만 문 열어! 안에 있는 거 다 안다!"

하지만 문 너머에서는 침묵만 흘렀습니다.

"아무래도 도둑이 든 것 같군. 안에 갇히는 바람에 무서워서 못 나오는 거야."

보안관이 상황을 정리했어요.

"창문을 깨죠."

내가 제안하자 엘렌이 반대하더군요.

"안 돼요! 꼭 그래야 할 때가 아니면 창문은 안 돼요. 월요일까지 는 창을 갈지도 못하는데 지금은 12월이잖아요. 갑자기 폭풍이 들 이쳐서 방이 상하면 어떡해요? 그냥 다 같이 힘을 합쳐서 손잡이 를 당겨 보면 안 될까요? 문 안쪽 빗장은 생각보다 약하거든요."

우리는 엘렌의 말에 따라 손잡이를 돌려서 잡아당겼습니다. 문 이 손톱만큼 움직이는 느낌이 들었어요. 나는 어깨 너머로 고개를 돌려 에이프릴을 불렀지요.

"에이프릴, 내 차에 가서 견인용 밧줄 좀 갖다줘요."

몇 분 후 에이프릴이 손이 더러워졌다고 투덜거리며 밧줄을 가져 오더군요. 그 튼튼한 밧줄을 손잡이에 묶고, 문이 잠기지 않았다는 사실을 다시 한 번 확인하고 나서 조시와 내가 잡아당겼습니다.

"움직여요!"

조시가 외쳤지요.

"보안관님! 오늘이 결혼식 날이라는 건 알지만 힘을 좀 보태 주실 수 없을까요?"

내가 보안관을 불렀지요.

그래서 남자 셋이 밧줄을 잡고 있는 힘껏 끌어당겼어요. 꼭 어린 시절 하던 줄다리기 놀이 같더군요. 이윽고 드디어 나무 문에서 끽끽거리며 나사 돌아가는 소리가 나더니, 문이 벌컥 열리는 바람에 우리는 모두 순간적으로 균형을 잃고 뒤로 나자빠졌어요. 조시와 나는 재빨리 팔각형 방 안으로 뛰어 들어갔고 엘렌이 바로 뒤를 따라왔지요.

실내는 창에 블라인드가 내려져 있어 어두컴컴했지만, 방 한가운데에 팔다리를 내뻗은 채 벌렁 드러누운 남자의 모습이 뚜렷하게 보이더군요. 누더기를 입은 부랑자 같았는데 나는 한 번도 본 적 없는 인물이었어요. 하지만 가슴에는 기다란 은 단검이 꽂혀 있었고, 그 사람이 죽었다는 데에는 의심의 여지가 없었습니다.

내 뒤에서 루시 콜이 비명을 지르더군요.

나는 시체를 빙 돌아, 침침한 방 안을 가로질러 걸어가서 블라인드를 걷었어요. 홑유리로 된 창문은 단단히 잠겨 있더군요. 걸쇠가 반밖에 돌아가진 않았지만 견고하게 잠기기엔 충분했지요. 걸쇠 자체는 쉽게 돌아갔기에 혹시 밖에서 창문을 흔들어 열 수 있는지 시도해 보았지만, 창틀이 워낙 꽉 들어맞아서 틈새가 전혀 없었어요. 판유리도 깨지지 않고 멀쩡했고요.

몸을 돌려 방 안을 둘러보았습니다. 문은 바깥쪽으로 열리기 때문에 안에서 문 뒤에 숨어 있을 수는 없었죠. 거울 달린 수납장은……

"시체는 안 보시나요?"

조시가 묻더군요.

"죽었다는 사실이 확실하니까요. 지금 당장은 방 안을 살펴보는 게 먼저입니다."

특히 내 관심을 끈 것은 우리가 밧줄로 묶어 열심히 잡아당겼던 문의 내부 빗장이었어요. 빗장은 문설주에 대롱대롱 매달려 있었고, 나사 한 쌍이 문에서 튀어나와 있었지요. 하지만 나사 구멍과 나사산 사이에 끼어 있는 나무 부스러기로 미루어 볼 때 빗장이 나무 문에 나사로 아주 단단히 고정되어 있었다는 사실은 틀림없었지요.

그때 문손잡이에 끈이 한 줄 묶여 있는 것이 눈에 띄어서, 전날 밤에 왔을 때도 이런 게 있었던가 싶었지요. 확신할 수는 없었지만요.

"아무튼 죽었다는 거지. 알겠네."

톰킨스 목사가 말하더군요.

나는 문에서 몸을 돌렸습니다.

"피부색으로 미루어 볼 때 사망한 지 이미 몇 시간 경과한 것 같습니다. 너무 매정하게 단정하고 싶진 않지만 이럴 땐 그냥 보기만 해도 알 수 있죠. 혹시 이 사람을 아는 분 계신가요?"

엘렌과 조시는 고개를 가로저었고, 목사는 혼자 중얼중얼 투덜거리고 있더군요.

"마을에 들어온 부랑자인 것 같네요. 보안관님, 앞으로는 절대……"

"아는 얼굴 같아요."

루시 콜이 문 근처에 서서 조용히 말했어요.

"누구죠?"

내가 물었어요.

"아는 사람이라는 게 아니라 얼굴만 봤다는 뜻이에요. 어제 철길 근처를 어슬렁거리던 사람 두 명을 봤는데 둘 다 부랑자였을 거예요. 이 사람의 길고 지저분한 머리와 더러운 빨간색 조끼, 얼굴에 난 작은 흉터를 보니 생각나네요."

조시 에덴이 다가와서 시체 옆에 무릎을 꿇더군요.

"이 단검은 우리 수납장 안에 들어 있던 은제 페이퍼 나이프 같은데. 엘렌, 그게 없어졌는지 확인해 봐."

엘렌이 조심스레 시체 옆으로 돌아 나가서 창문 왼쪽에 위치한 거울 달린 문을 열었어요. 잠시 안을 뒤져 본 뒤 엘렌이 말하더군요.

"여긴 없어. 어쩌면 없어진 게 또 있을지도 몰라. 확신은 못 하겠지만."

"기왕 시작했으니 나머지 네 군데 수납장도 다 찾아보죠."

내가 말했어요.

"왜요?"

조시가 묻더군요. 나는 시체를 내려다보며 대답했지요.

"살인자가 저 안에 숨어 있지 않다면, 우리가 지금 맞닥뜨린 건 아무도 들어갈 수 없는 밀실에서 벌어진 살인 사건이라는 뜻이 되니까요."

그 후 몇 시간 동안 너무 많은 일이 일어나서 지금은 잘 기억도 나지 않는군요. 아무튼 거울 달린 수납장 네 개를 꼼꼼히 살펴보았는데 아무도 숨어 있지 않았다는 건 확실했습니다. 혹시 수납장 뒤에 숨겨진 공간이 있나 싶어 치수까지 재 봤다니까요. 수색이 다 끝나고 결론은 이 방에 밖으로 나가는 비밀 통로나 숨겨진 문이 있지 않은 이상, 아무도 숨어 있지 않다는 사실뿐이었지요. 유일한 문은 안에서 빗장이 질러져 있었고, 유일한 창문 역시 안에서 잠겨 있었으니까요.

창문 걸쇠는 이미 살펴보았지요. 나는 문 옆에 무릎을 꿇고 앉아서 아까 발견했던 문고리에 묶여 있던 끈을 자세히 들여다보았어요.

"혹시 이 끈은 항상 여기에 걸려 있나요?"

내가 엘렌에게 물었어요. 엘렌이 끈을 응시하더니 대답하더군요.

"아뇨, 저희 건 아니에요. 혹시 조시가 무슨 이유가 있어서 묶어 놓았을지는 모르겠지만요."

하지만 조시도 그러진 않았다고 했어요. 살인자나 희생자나 다 영문 모를 노릇인 건 똑같았지요. 사실 한두 해쯤 전에 S. S. 밴 다인의 〈카나리아 살인 사건〉을 읽었는데 거기에 핀셋과 끈을 이용해 어떻게 방 밖에서 문손잡이를 돌릴 수 있는지가 나와 있었습니다. 훌륭한 아이디어였지만 이 경우에 적용할 수는 없을 듯하더군요.

혹시 이 끈을 빗장에 묶고 잡아당기면 문이 잠기지 않을까 하는 생각이 들었지만 아쉽게도 끈이 그렇게 길지는 않았어요. 게다가 문이 너무 꽉 닫혀 있어서 끈 한 올 통과할 틈도 없었지요. 심지어 외풍을 막으려는지 문 안쪽 아래에는 작은 나무토막까지 박혀 있었어요. 나는 조금 더 긴 끈을 찾아내서 그것을 끼우고 문을 닫아 보았어요. 하지만 너무 꽉 닫히는 나머지 끈이 꼼짝도 하지 않더군요.

머릿속이 밀실 생각으로 꽉 차는 바람에 다른 건 다 잊어버리고 있었는데 렌즈 보안관이 다가와서 이렇게 말하더군요.

"선생, 벌써 11시가 다 되어 가. 목사님이 신 코너스로 갈 준비를 하고 있어."

"맙소사! 결혼식!"

팔각형 방에 그렇게나 매료됐던 베라도 핏자국이 다 마르지도 않은 방에서 결혼식을 올리는 건 거부했어요. 우리는 찬바람이 쌩쌩 부는 야외에서 계속 기다리고 있던 하객들에게 계획이 변경됐다는 사실을 전달했습니다. 그래서 다들 다시 차에 올라타고 근처 교회로 향했어요. 식이 지연되는 바람에 화가 많이 났던 톰킨스 목사는 그래도 식장이 교회로 바뀌었다는 사실에 일종의 승리감을 느꼈던 모양이었어요. 식 자체는 부리나케 진행했지만 신랑과 악수하고 신부의 뺨에 가벼운 입맞춤을 하는 데에는 유난히 긴 시간을 쏟더군요. 그리고 나서 정오에 예약된 결혼식장을 향해 먼지 구름을 일으키며 사라져 버렸지요.

"다시 결혼한 소감이 어때요?"

보안관에게 그렇게 물어보았지요.

"아주 근사해!"

보안관은 평소답지 않게 감정을 요란스레 드러내며 신부를 포옹하더군요.

"하지만 신혼여행은 좀 늦어지겠는걸."

"왜요?"

"난 아직 여기 보안관이잖나, 선생. 내 관할 지역에 살인 사건이 벌어졌고."

그제야 나는 사건을 떠올렸어요.

"그래도 보안관님은 신혼여행을 가셔야죠. 사건은 부보안관들이 해결할 겁니다."

보안관은 코웃음을 쳤소.

"그 둘 말인가? 그 친구들은 트렁크 속에 든 스컹크도 못 찾아."

나는 숨을 깊이 들이마셨지요.

"너무 걱정 마세요, 보안관님. 제가 해결할 테니까요."

"설마 그 사람을 누가 죽였는지 안다는 소리야? 밀실에서 어떻게 살인이 이루어졌는지도?"

"네. 보안관님이 걱정하실 필요는 없습니다. 오늘 해 질 녘쯤이면 살인자를 감방에 집어넣을 수 있을 겁니다."

보안관이 감탄하며 눈을 커다랗게 떴어요.

"만약 그렇다면 피로연이 끝나고 바로 신혼여행을 떠나도 되겠는데."

"아무렴요. 그러니까 살인 사건 생각에 너무 골몰하지 않으셔도 됩니다."

나는 발길을 돌리면서 이제 어떻게 이 약속을 지킬지 고민하기 시작했습니다.

우선은 신부 들러리를 내 차에 태우는 일부터 시작하기로 했어요.

"피로연 장소로 가는 방향이 아니잖아요. 지금 시내로 돌아가는 거예요?"

몇 분쯤 가다가 루시가 그렇게 말하더군요.

"지금 당장은 피로연보다 이게 더 중요한 일이에요. 루시, 죽은 사람이 다른 누군가와 함께 걸어가는 모습을 봤다고 했죠?"

"둘 다 부랑자였어요."

"혹시 죽은 사람 말고 다른 사람을 다시 본다면 알아볼 수 있겠어요?"

"모르겠어요. 가능할 것 같기도 하고. 뒤통수에 땜통이 있었거든요. 그건 확실히 기억나요. 그리고 목에 체크무늬 스카프를 두르고 있었어요."

"어디 한번 보러 갑시다."

"아니, 그럼 피로연은……."

"금방 도착해요."

나는 차를 몰고 기차역으로 가서 기찻길 옆으로 난 도로를 달렸지요. 사실 죽은 사람의 친구가 화물 기차를 타고 이미 몇 킬로미터 밖으로 가 버렸을 수도 있었습니다. 사건과 관련이 있다면 더더욱 도망쳤겠죠. 하지만 한번 찾아 볼 가치는 있었어요.

노스몬트 반대편으로 몇 킬로미터쯤 갔을 무렵 나무들 사이로 부랑자 천막이 보이더군요.

"여기서 기다려요. 금방 올게요."

나는 루시에게 그렇게 말하고, 사람들이 많이 다닌 듯한 길을 따라 들어갔어요. 그리고 나무들 사이로 걸어가면서 화톳불을 둘러싸고 있던 사람들이 깜짝 놀라 도망가지 않기만을 바라며 당당하게 모습을 드러냈지요. 손을 녹이던 사람 중 하나가 내가 다가가자 이쪽을 돌아봤어요.

"뭐요?"

남자가 묻더군요.

"전 의사입니다."

"여긴 아픈 사람 없는데."

"혹시 어제 이 길을 따라 걸어가신 분 안 계신가요? 목에 체크무늬 스카프를 두르고 뒤통수에 땜통이 있는 분인데요. 모자는 안 썼고."

모자 얘기는 굳이 할 필요 없긴 했지요.

"그런 사람 없소."

불가에 있던 남자가 대꾸한 뒤 물었어요.

"그 사람은 왜 찾는데? 병이 있어서 찾는 건 아닐 테고."

"그 사람한테 뭐가 있는지는 저희도 모릅니다. 그래서 찾는 거예요."

다른 남자들 중 하나가 화톳불 옆으로 다가오더군요. 몸집이 작고 신경질적인 태도에 남부 사투리를 쓰는 사람이었어요.

"미시 얘기하는 기 아냐?"

먼저 대화하던 남자가 버럭 소리를 질렀어요.

"닥쳐! 이 자식, 망할 역무원 나부랭이가 틀림없다고."

"전 역무원 나부랭이가 아닙니다. 보세요."

312

위쪽에 내 이름과 주소가 적혀 있는 깨끗한 새 처방전 한 장을 주머니에서 꺼내서 보여 주었어요.

"이러면 제가 의사라는 걸 믿을 수 있겠죠?"

첫 번째 남자가 갑자기 교활한 표정을 짓더군요.

"댁이 진짜 의사라면 위스키 처방전 좀 써 주쇼. 약국에서는 파니까."

"의료용으로만 팔죠."

나는 다소 껄끄러운 기분이었어요. 세 번째 남자가 나타나 내 뒤에 서더군요.

그때 갑자기 루시가 내 차의 경적을 울렸어요. 세 남자들은 내가 혼자 온 게 아니라는 사실을 뒤늦게 깨닫고 물러섰지요. 그중 한 명은 철길을 따라 도망쳤어요. 나는 제일 가까이에 있던 몸집이 작은 남자를 붙잡고 물었습니다.

"머시는 어디 있습니까?"

"이거 놔!"

"말해 주면 놓을게요. 머시라는 사람은 어디 있죠?"

"철길 아래 급수탑 옆에 있어. 친구를 기다리는 중이라던데."

"그 친구라는 사람을 압니까?"

"몰라. 둘이 같이 여행 중이래."

나는 남자의 목깃을 놔주었습니다.

"여기서 나가는 게 좋을 겁니다. 이 지역 보안관은 아주 악랄하거든요."

그렇게 경고하고 나서 차로 돌아와 루시에게 말했어요.

"경적 울려 줘서 고마워요."

"그 사람들이 당신을 둘러싸는 걸 보니 무섭더라고요."

"나도 그랬습니다."

바로 차를 몰고 철길 옆으로 난 도로를 달려갔어요.

"우리가 찾던 사람이 급수탑 옆에 있는 것 같아요."

차츰 하늘 저편으로 급수탑의 윤곽이 드러났어요. 그 순간 긴 누더기 코트를 입은 한 남자가 숨어 있던 곳에서 뛰쳐나와 숲 쪽으로 도망치더군요.

"저 사람인가 봐요!"

루시가 소리를 질렀어요.

나는 최대한 속도를 내서 남자를 따라잡았죠. 뒤통수의 땜통과 체크무늬 스카프가 선명하게 보이더라고요. 그러다 차에서 내려 뛰어가서 남자를 붙잡았죠. 나는 상대방보다 스무 살은 젊었기 때문에 따라잡을 수 있었습니다.

붙잡힌 남자가 징징대더군요.

"난 나쁜 짓 안 했다고!"

"당신이 머시라는 사람인가요?"

"그, 그건 맞는데."

"해코지하려는 게 아닙니다. 그냥 몇 가지 물어보려는 거예요."

"뭔데?"

"어제 여기 다른 사람이랑 같이 있었다고 들었는데요. 흰머리가 섞인 지저분한 긴 머리에 더러운 빨간 조끼를 입은 사람 말입니다. 당신과 비슷하게 오십 대쯤 되는 남자고 얼굴에 흉터가 있습니다."

"맞아, 플로리다에서부터 같이 올라왔어."

"그게 누구죠? 그 사람에 대해 알고 싶습니다."

"이름은 토미라던데, 내가 아는 건 그게 전부야. 나랑 같이 올 랜도에서 뉴욕 바로 외곽까지 화차를 타고 가서, 거기서 다른 기차로 갈아타고 여기까지 왔어."

"당신은 왜 여길 온 거죠? 12월에 플로리다에서 뉴잉글랜드로 온 이유가 뭡니까? 눈을 좋아해요?"

"그 친구가 이리로 오고 싶어 했으니까. 나는 딱히 할 것도 없 었고."

"그 사람은 왜 여길 오고 싶어 한 건데요?"

"여기 오면 많은 돈을 손에 넣을 수 있댔어. 그건 원래 자기 돈 이라면서."

"그래서 당신한테 여기서 기다리라고 했습니까?"

"맞아, 날 놔두고 어젯밤 그리로 갔어. 정오쯤엔 돌아올 거라고 했는데 아직 안 왔네."

"그 사람은 영영 못 볼 겁니다. 어젯밤에 누군가한테 살해당했 으니까요."

내가 말했어요.

"뭐라고!"

"자기 돈이라고 주장하던 그 돈에 대해 뭔가 더 이야기한 건 없 나요? 그 돈이 어디 있답니까?"

"그런 얘긴 못 들었는데."

"분명 무슨 얘길 했을 겁니다. 플로리다에서 여기까지 내내 같이 왔다면서요."

머시라는 남자는 불안한 표정으로 먼 곳을 쳐다보더군요.

"그 친구는 그냥 집에 간다는 말만 했어. 에덴동산으로 돌아간다고."

피로연이 열리는 레스토랑에 루시 콜을 내려 주고 에덴 하우스로 돌아갔어요. 그 앞에 차를 세웠을 무렵 이미 날은 어두워져 있었고, 12월의 짧은 햇살은 서쪽 숲 뒤로 거의 사라진 상태였지요. 지치고 난감한 표정의 조시 에덴이 문을 열고 나오더군요.

"결혼식은 어떻게 됐나요?"

조시가 물었어요.

"어느 모로 보나 아주 훌륭하게 잘 치러졌습니다. 곧 신혼여행을 떠날 겁니다."

"그 끔찍한 일 때문에 두 분이 좋은 날을 망치지 않아서 정말 다행이네요."

"혹시 그 팔각형 방을 다시 한 번 볼 수 없을까요? 렌즈 보안관님이 저한테 부보안관님들의 수사를 도와주라고 하셔서요."

"물론이죠."

조시는 나를 데리고 집 안으로 들어갔습니다. 열려 있던 문 너머로 조시가 망가진 빗장 부분을 고치고 있던 것이 보이더군요. 방 안은 거의 어두웠지만, 내려진 블라인드 한가운데에 난 아주 작은 구멍으로 석양빛이 한 줄기 비쳐 들었어요.

"블라인드를 내릴 수밖에 없었습니다. 살인 사건이 났다고 온 동네 사람들이 구경을 오는 통에."

조시가 설명했지요.

"애들은 그럴 수도 있겠네요. 그런데 밤에는 보통 블라인드를 올려놓나요?"

"네, 맞습니다. 어제도 올리는 거 보셨잖아요. 원래는 올려놓습니다."

"그럼 희생자나 살인자가 그걸 내렸겠네요."

"그랬겠죠. 안에서 새는 불빛을 보고 누가 무슨 일이 있나 보러 오면 안 됐을 테니까요."

"왜죠?"

"왜냐니, 당연히 내 집을 털고 있었을 것 아닙니까! 누가 봐도 뻔하죠. 죽은 사람이 어제 다른 부랑자랑 같이 있는 모습을 루시가 봤다면서요? 그 둘이 이 집을 털러 들어왔다가 싸움이 붙어서 다른 한 명이 그 죽은 사람을 페이퍼 나이프로 찔러 죽인 것 아닙니까?"

"문이나 창문을 억지로 열지 않고 어떻게 안으로 들어올 수 있었을까요? 더 중요한 건, 살인자는 어떻게 밖으로 나갔을까요?"

"그건 모르겠네요."

조시도 수긍하더군요.

"죽은 남자의 이름은 토미였습니다."

조시는 눈이 동그래져서 나를 쳐다봤어요.

"그걸 어떻게 알았어요?"

"그 사람은 자기 재산을 되찾기 위해 플로리다에서 여기까지 올라온 겁니다."

"그게 무슨 소리예요, 샘?"

"난 그 사람이 당신 아버지라고 생각합니다. 전쟁에서 돌아오지 않았던 아버지."

팔각형 방은 완전히 어둠에 뒤덮여 있어서 우리는 서로의 얼굴이 거의 보이지 않았어요. 조시가 벽에 붙은 스위치로 다가가서 머리 위의 전등을 켜니, 순간적으로 수납장 문에 달린 거울에 우리의 모습이 비치더군요.

"말도 안 돼요. 내가 친아버지를 못 알아봤다고요?"

"알아봤겠죠. 알아봤으니까 12년 만에 돌아와서 당신의 집과 재산을 빼앗아 가려는 아버지를 죽일 수도 있지 않았겠어요? 그 사람은 더 이상 당신 아버지가 아닙니다. 오래전 당신 모자를 버린 인간일 뿐이죠."

"내가 죽인 거 아니에요. 난 그 사람이 누군지도 몰랐어요!"

조시가 항의하더군요.

그때 내 뒤 복도 쪽에서 부스럭거리는 소리가 들려서, 나는 한숨을 내쉬며 말했지요.

"당신이 안 그랬다는 거 압니다. 이리 나와요, 엘렌. 나와서 왜 시아버지를 죽였는지 말해 봐요."

엘렌은 창백한 얼굴로 팔각형 방의 문 근처에 서서 떨고 있었어요. 거울에 비친 모습으로 미루어 볼 때 한 마디도 빠짐없이 다 듣고 있었던 모양이더군요.

"저…… 저는 그러려던 게……."

엘렌이 숨을 들이켜자 조시가 아내 곁으로 뛰어갔어요.

"엘렌, 저 사람 지금 무슨 소리를 하는 거야? 무슨 뚱딴지같은 소리야?"

내가 대꾸했지요.

"아뇨, 사실입니다. 게다가 엘렌은 밀실 살인을 저지르고 자신의 흔적을 완벽하게 지울 시간이 없었기 때문에, 배심원들 앞에서 그냥 사고였다고 주장할 수도 있습니다. 당신 아버지 토미는 어젯밤 자기 재산을 되찾으러 왔습니다. 당신은 밤새 잠들어 있었지만 엘렌은 문으로 들어오는 소리를 듣고 토미를 안으로 들여보냈죠. 아마 당신 아버지라 주장하는 이 남자는 자기가 아직 죽지 않았으니 에덴 하우스를 되찾아야겠다고 했을 겁니다. 레스토랑을 비롯해서 이 부동산을 두고 세웠던 엘렌의 수많은 계획들이 다 물거품으로 돌아갈 위기였던 거죠. 엘렌은 수납장으로 가서 단검처럼 생긴 은제 페이퍼 나이프를 꺼내 들고, 순간적인 분노에 휩싸여 토미의 가슴을 칼로 찌르고 말았습니다."

조시는 믿을 수 없다는 듯 계속 고개를 흔들어 댔어요.

"그걸 대체 어떻게 안 겁니까? 엘렌이 어떻게 사람을 안에서 죽이고 문이 잠긴 상태에서 밖으로 나왔다는 건데요?"

"방금 여기 오기 전까지는 몰랐는데, 안에 들어가 보니 블라인드 한가운데에 아주 작은 구멍이 있더군요. 그걸 보고 깨달았지요."

"블라인드에 구멍이 뚫렸다고요! 내가 몰랐을 리가 없는데."

"아마 어젯밤에 생긴 구멍일 겁니다. 당신도 알다시피 이 팔각형 방은 다른 방들과 두 가지 면에서 차이점이 있죠. 문과 창문이 정확히 서로 마주 보고 있고, 문이 바깥으로 열린다는 점 말입니다."

"도대체 무슨 말인지……."

"엘렌은 문손잡이에 끈을 묶고, 그 반대편을 창문 걸쇠에 묶었습니다. 오늘 아침 우리가 문을 연 순간 끈에 묶인 창문 걸쇠가 돌아가서 창문이 잠겼죠. 간단한 일입니다."

조시가 입을 딱 벌렸지요.

"잠깐만요……."

"방에 들어가자마자 제일 먼저 창문 걸쇠부터 확인했습니다. 걸쇠는 아주 쉽게 돌아가는데다, 반밖에 걸려 있지 않더군요. 딱 창문이 잠길 정도였죠. 엘렌은 걸쇠가 반 정도 돌아가면 끈이 풀릴 정도로 느슨하게 묶어 놓았습니다. 블라인드가 내려가 있었으니 저는 전혀 몰랐죠. 그래서 블라인드에 구멍이 뚫려 있었던 겁니다. 끈이 통과해야 했으니까요. 엘렌은 블라인드에 끈을 통과시키고, 창밖으로 나가서 끈이 빠지지 않도록 조심하며 창과 블라인드를 함께 내렸습니다. 살짝 늘어져 있던 끈은 우리가 문을 힘껏 당긴 순간 창문 걸쇠를 돌리면서 블라인드 구멍으로 빠져나왔죠."

"그 말이 사실이라면 끈은 어떻게 됐습니까?"

"아마 방바닥 어딘가에 떨어졌을 겁니다. 처음 방으로 들어갈 때는 안이 어두워서 눈에 띄지 않았던 거죠. 나는 즉시 창가로 갔고, 당신들 둘은 내 바로 뒤에 있었어요. 엘렌은 끈을 줍고 문손잡이에 묶여 있던 것도 낚아챘습니다. 깔끔하게 회수한 줄 알았겠지만, 실이 끊어지는 바람에 손잡이에 일부가 남아 있었던 거죠."

"만약 그게 사실이라 해도 왜 엘렌이 그런 짓을 했다는 겁니까? 그 자리엔 여러 사람이 있었어요. 나도 있었고, 루시 콜도……."

조시는 엘렌의 무죄를 절실하게 믿고 싶어 했어요. 나도 그 친구의 마지막 희망을 박살 내고 싶지는 않았습니다.

"조시, 범인은 엘렌일 수밖에 없어요. 정말 모르겠습니까? 그때 집 뒤로 가서 창문이 잠겨 있다고 말했던 게 엘렌이에요. 창문을 깨지 말고 문을 열어야 한다고 주장했던 것도 엘렌이고요. 그래야만 자신의 계획이 성립되니까요. 그 누구도 아닌 엘렌일 수밖에 없단 말입니다."

"하지만 왜 밀실로 만들어야 했던 겁니까? 굳이 문제를 만들어서 위험을 무릅쓸 이유가 뭐죠?"

"시체가 까다로웠기 때문이죠. 사실은 창문을 아예 열어젖혀서 동료한테 살해당한 강도로 꾸미는 게 제일 나았을 겁니다. 루시가 부랑자 둘이 걸어가는 모습을 봤다고 말하기 전까지, 엘렌은 죽은 사람에게 친구가 있다는 사실을 전혀 몰랐죠. 그때 난 루시가 이 사건과 상관이 없다고 확신했습니다. 루시가 범인이었다면 친구가 범인이라는 사실을 암시하기 위해 일부러 창문을 열어 놓았을 테니까요. 하지만 엘렌은 시체를 그 자리에 놔두고 도망쳐야 했기 때문에 그 팔각형 방이 집의 나머지 부분, 즉 당신들 부부가 있던 공간과 완전히 단절된 것처럼 밀실로 위장했던 겁니다. 문의 빗장을 지르고 걸쇠에 끈을 묶어서 창문을 잠갔던 거죠. 마치 방에 얽힌 오래된 괴담처럼, 방에 깃든 악령이 살인을 저질렀다는 인상을 다른 사람들에게 주기 위해서요."

조시는 그때까지 품에 꼭 안고 있던 아내를 떼어 놓더군요. 그러고는 뒷걸음치며 물었어요.

"이게 다 사실이야, 엘렌?"

늙은 샘 호손 박사는 의자에 기대앉아 술잔을 기울였다.

"당연히 그 말은 사실이었지요. 그렇지 않나요, 엘렌?"

샘 호손의 맞은편에 앉아 있는 여자는 그만큼이나 나이가 들었지만, 긍지를 잃지 않은 듯 꼿꼿한 자세로 앉아 있었다. 얼굴에는 주름이 지고 머리는 백발이 되었어도 여전히 엘렌 에덴이었다. 50년이라는 세월이 흘렀지만, 크게 변하지 않은 모습이었다.

"물론 사실이었죠, 샘. 내가 그 늙은이를 죽인 게 맞아요. 만약 그런 일이 또 일어난다고 해도 또 죽일 테고. 당신이 나를 교도소에 보냈다고 원망하려는 건 아니에요. 정말 긴 세월이었지만, 그렇다고 원망스럽지는 않아요. 당신을 원망하는 이유는 조시를 잃었기 때문이에요."

"그건 내 책임이 전혀……."

"나는 교도소에 갔고, 얼마 후 조시는 나랑 이혼했어요. 정말 큰 충격이었죠. 에덴 하우스로 다시는 돌아갈 수 없다는 게……. 나중에 조시가 루시 콜과 결혼했다는 소식을 들었답니다."

"세상엔 그런 일도 일어나는 법입니다. 당신들 둘은 서로 지나치게 닮았지. 조시가 루시와 결혼한 일이 난 전혀 놀랍지 않아요."

"하지만 당신도 알잖아요. 내가 그 늙은이를 죽인 건 에덴 하우스와 그 집에 걸린 내 꿈을 지키기 위해서였어요. 그런데 당신이 그걸 빼앗아 간 거야. 에덴 하우스와 조시를."

"그 점은 미안합니다."

"교도소에서 풀려난 후 난 대륙 반대편으로 떠났어요. 하지만 당신을 용서한 적은 단 한 번도 없어요, 샘. 가끔은 내 인생을 망친 당신을 죽이고 싶다는 충동이 인다고요."

"당신 인생을 망친 건 당신 자신입니다, 엘렌."

엘렌은 한숨을 내쉬고 의자에 깊이 몸을 기댔다. 인생도, 투쟁도 엘렌의 인생에서 사라져 버린 듯했지만, 딱히 그렇지도 않았던 모양이었다.

"난 다른 여자 때문에 자기 가족을 버리고 부랑자가 돼서 돌아와, 자기 아들에게서 재산을 빼앗아 가려는 놈을 죽였을 뿐이에요. 그게 그렇게 나쁜 짓이었나요?"

샘 호손은 대답 없이 한참 동안이나 엘렌의 얼굴을 물끄러미 바라보다가 아주 차분하게 말했다.

"토미 에덴은 다른 여자 때문에 자기 가족을 버린 게 아닙니다, 엘렌. 전쟁이 끝나고 토미가 프랑스에 머물렀던 이유는 부상을 입어 얼굴이 아주 끔찍하게 훼손됐기 때문이었어요. 의사인 내가 봤을 때 얼굴에 났던 그 흉터들은 성형 수술의 흔적이었지. 재판에서는 굳이 말하지 않았습니다. 조시는 이미 충분히 슬퍼하고 있었기 때문에……. 당신이 죽인 그 남자는 살해당할 이유가 없었어요. 그러니 당신에게 내려진 선고는 정당합니다."

엘렌은 깊은 한숨을 내쉬었다.

"내가 10년만 젊었어도 당신을 죽여 버렸을 텐데, 지금은 너무 지쳤네요."

"우리 모두 지쳤습니다, 엘렌. 자, 내가 택시를 불러 드리지."

샘 호손 선생이 말했다.

"자, 어서 들어오게! 왠지 자네가 일찍 올 것 같더라고. 아, 택시 타고 나간 노부인? 참 재밌어, 안 그래도 원래 자네한테 오늘 그 여인 이야기를 하려고 했는데. 잠깐 앉아 있게나. 뭐 마실 거라도 가져올 테니. 시간 있나? 팔각형 방 사건 직후에 일어났던 다른 사건 이야기를 해 주겠네. 청교도 기념 병원에서 벌어졌던 아주 황당한 의학 수수께끼였지. 심장에 탄환이 박혀서 죽었는데 몸에 상처 하나 없던 어느 남자 이야기일세!"

The Problem of the Gypsy Camp

집시 야영지의
수수께끼

샘 호손 선생은 술잔을 채우려 일어났다.

"오늘은 내가 다른 이야기를 해 주기로 했지? 청교도 기념 병원에서 일어났던, 심장에 탄환이 박혔는데 몸에는 상처가 없던 남자의 수수께끼 말일세. 사실 이건 집시의 저주와 관련된 이야기이기도 하다네. 그리고 하나가 아니라 두 가지 불가능 범죄와 맞닥뜨렸던 이상한 사건이기도 했지……."

(샘 선생은 말을 이었다.)

해가 바뀌고 새로운 1930년대가 노스몬트에 첫 그림자를 드리우던 어느 날이었다네. 그해 겨울은 날씨가 따뜻해서 청교도 공원에 생긴 새 운동장에서 야구도 할 수 있을 정도였지. 렌즈 보안관은 신혼여행에서 돌아왔는데, 결혼식 이후 아지 보안관을 만나지 못했네. 환자들은 겨울이면 고질병을 호소했지만, 아직 우리 동네는 조용한 편이었다네. 질병뿐 아니라 범죄도 말이야.

어느 맑은 1월 아침, 나는 에이프릴에게 말했지.

"이렇게 나른한 적이 없는데. 올해에는 춘곤증이 일찍 시작되려나 봐요."

에이프릴은 옛날 서류를 정리하느라 바빴어.

"일찍 시작된 게 그것 말고도 또 있어요. 그 해스킨스네 농장에 집시들이 벌써 돌아왔거든요."

"그래요?"

그 소식에 나는 깜짝 놀랐네. 집시들이 노스몬트에 안 온 지가 벌써 4년이 넘었지. 크리스마스 첨탑 살인 사건 이후 집시들이 아주 멀리 가 버렸다고만 생각했거든. 그런데 이제 와서 오래전에 야영했던 곳에 다시 돌아올 줄이야. 해스킨스 부인은 한두 해 전에 여든 살의 나이로 세상을 떠났는데, 유산 소송 중이었지. 농장은 잡초가 무성하고, 낡은 헛간은 금방이라도 쓰러질 듯 한쪽으로 기울어 있었어. 흉물스러운 곳이 됐지만 집시들은 그런 점 따윈 신경 쓰지 않을 테지.

"언제 왔는데요?"

"오늘 아침 운전하다가 집시들 마차를 봤어요. 길 아래 사는 피치트리 부인이 그러는데 주말에 불쑥 나타났다나 봐요. 부인은 렌즈 보안관님한테 찾아가서 집시들을 쫓아 달라고 하고 있는데, 제가 보기엔 농장 소유자가 정식으로 요청하지 않는 한 법적 문제가 있을 것 같네요."

"그리고 법원은 아직 그 농장의 소유자가 누구인지 결정하지 않앉죠."

"바로 그게 문제예요."

나는 일어나서 기지개를 켰어.

"에이프릴, 깜박 졸 것 같으니 잠깐 나갔다 올게요. 청교도 기념 병원에 들러서 이브스 부인의 상태를 보고 와야겠어요."

"행운을 빌어요."

뒤에서 에이프릴이 말했네. 실제로 행운이 필요했거든. 이브스 부인은 아주 불평이 많은 육십 대 여성이었고, 모든 의사들이 자길 독살하려 든다고 믿고 있었어.

가는 길에 보안관 사무실에 들러 렌즈 보안관을 잠깐 보고 갈까 했지만 나중으로 미루기로 했네. 결혼식 후 사무실에 제대로 복귀한 첫날이니 할 일이 산더미처럼 쌓여 있을 게 뻔했거든. 게다가 에이블 프레이터랑 청교도 기념 병원의 미래에 대해 이야기하고 싶은 마음도 있었어. 팡파르를 울리며 전해 3월에 개업했지만 여든 개의 병상은 단 한 번도 4분의 1 이상 찬 적이 없었어. 지금은 연료와 전기를 아끼기 위해 한 동 전체를 폐쇄한 상황이었지.

당시 병원에서 일하는 의사는 총 세 명이었어. 병원 설립자 시거 박사, 흑인 레지던트 링컨 존스 그리고 보스턴 출신의 실력 있는 외과의 에이블 프레이터 선생이 나중에 합류했네. 시거는 모든 사업적 문제를 프레이터에게 일임해 버렸지. 병동 하나를 닫는다는 건 프레이터의 결정이었어. 그 친구도 그러고 싶지는 않았겠지. 아무리 비엉리 병원이라도 돈을 펑펑 낭비할 수는 없었으니까.

건물로 들어오는 나를 보고 프레이터가 부르더군.

"아침 회진 왔나, 샘?"

"네, 환자 상태를 확인하러 왔어요. 에이블, 당신 손에만 영영 맡겨 두고 있을 수는 없잖아요."

에이블 프레이터는 키가 크고 마른 남자였는데 걸을 때 다리를 약간 절었네. 전쟁 때 프랑스 측 참호에서 부상을 입었거든. 턱수염이 희끗희끗해지기 시작하는 이 선생이 미소를 지으면, 환자들은 아무리 비관적인 진단이라 해도 어떻게든 받아들이곤 했어.

"이 시간이면 누구지? 이브스 부인인가?"

프레이터가 물었네.

"그분 하나뿐이죠."

"그래도 자네가 나보단 나아. 글쎄 어제는 자길 방치했다고 우리를 고소했지 뭔가."

"별로 놀랍진 않네요."

혹시 접수처의 간호사가 들었을까 싶어 목소리를 낮추었네.

"그래서 침대를 마흔 개로 줄이니 좀 어떻습니까?"

"아, 좀 나아졌네. 오늘은 환자가 열여섯 명인데, 몇 주 동안 평균이 딱 그 정도야. 내 생각에는 시거가 사임하지 않을까 싶어. 실수요를 예측하지 못하고 과하게 시설을 지은 책임을 지는 거지. 뭐, 내일 무슨 일이 생길지 아는 사람은 아무도 없겠지만."

"아예 문을 닫을 생각인가요? 노스몬트에서 병원이 사라지면 안 되는데."

"사실 바로 코앞이야. 나는……."

프레이터가 말하다 말고 갑자기 입을 다물더니 내 어깨 너머로 병원 입구를 빤히 쳐다보더라고. 돌아보니 검은 머리에 콧수염이 난 남자가 문으로 들어오고 있었어. 검은색 재킷 앞섶을 잠그지 않아서, 벨트 대신 두른 알록달록한 띠가 다 보이더군. 가까이에서 보니 왼쪽 귓불에만 금귀고리를 하고 있었네. 집시 중 한 명이었던 거야.

"어떻게 도와드릴까요?"

프레이터 선생이 남자에게 물었네.

"저주받았어. 심장에 총을 맞고 죽을 거야⋯⋯."

남자가 겁먹은 얼굴로 말하더군.

"그럼 보안관님한테 가 보셔야 합니다. 병원이 아니고요."

내가 나섰지.

하지만 내가 말을 끝내기도 전에 남자가 가슴을 부여잡고 쓰러졌어. 프레이터가 재빨리 남자 옆으로 달려가더군.

"들것 가져오게, 샘! 심장 마비 같아!"

쫓아온 간호사들의 도움을 받아 남자를 가장 가까운 빈 병실로 다급히 데려갔지만 이미 늦었어. 프레이터가 남자의 상의를 벗기고 심장 마사지를 하다가 갑자기 멈추더군.

"소용없어. 이 사람은 이미 죽었어."

그 털북숭이 가슴에 청진기를 대고 귀를 기울여 보았지만 심박 소리가 들리지 않았어. 그래도 예전에 멀쩡하게 살아 있던 사람을 죽었다고 착각했던 바보짓이 떠올라서 여러 가지 테스트를 더 해보았네. 심지어 거울을 콧구멍에 들이대 봤는데 뿌옇게 흐려지지 않더군.

"어떻게 살리려고, 샘?"

프레이터가 물었네.

"아뇨, 그냥 죽었다는 걸 확인하려는 것뿐입니다. 아무리 심장 마비라고 해도 너무 빨리 죽었어요. 마치 그렇게 두려워하던 총에 맞기라도 한 것처럼."

"설마 그 집시의 저주라는 걸 믿는 거야?"

"그건 아닙니다. 하지만 몸에 아무런 상처가 없어요. 심지어 오래된 상처나 흉터 같은 것도 없다고요."

에이블 프레이터가 지적했어.

"팔에 칼자국이 있긴 하지만 워낙 오래됐고, 그걸로 죽을 정도는 아니군."

"부검하실 때 옆에 있어도 될까요?"

"물론이지. 하지만 가족에게 먼저 알려야지. 이 사람에게 가족이 있는지는 모르겠지만."

죽은 사람의 몸에 신분증 같은 건 없었지만 집시 야영지에서 금방 신원을 밝힐 수 있었어. 해스킨스네 농장에는 화려하게 장식된 마차가 스무 대쯤 세워져 있었네. 집과 헛간에서 약 2킬로미터쯤 떨어진 그 부근은 완전히 황폐해져 있었지. 말들이 천막 끄트머리에 일렬로 묶여 있었는데, 이십 대 초반쯤 되어 보이는 한 젊은이가 먹이를 주고 있었네. 내가 차를 몰고 다가가니 젊은이가 묻더군.

"변호사요?"

"아뇨, 난 의삽니다. 당신네 사람들 중 한 명이 우리 병원에 있어요."

젊은이의 눈이 커졌어.

"에도 몬타나! 그렇게 저주를 두려워하더니!"

"이 안에 가족이 있습니까?"

젊은이는 고개를 끄덕였네.

"그 사람 여동생, 테레스한테 데려다 드리죠."

테레스 몬타나는 키가 크고 몹시 여윈 아가씨였는데, 방금 전 젊은이와 비슷한 또래로 보이더군. 테레스는 우리가 자기 마차로 다가오는 모습을 보고는 뛰다시피 일어나서 우리 앞으로 다가왔어.

"무슨 일이야, 스티브? 이 사람은 누구야?"

"저는 의사인 샘 호손이라고 합니다. 에도 몬타나 씨가 당신 오빠인가요?"

"네."

"오늘 아침에 한 남자가 병원으로 찾아왔습니다. 심장 마비가 분명했죠. 안타깝게도 그 사람이 당신 오빠인 것 같습니다."

테레스는 소리 높여 흐느꼈네. 이 여성도 자기 오빠처럼 쓰러지는 건 아닌지 걱정이 되더군. 다른 집시들이 그 소리를 듣고 쫓아왔고, 어느 억세 보이는 집시 하나가 나를 덥석 붙잡았어.

"이 남자가 네게 무슨 못된 짓이라도 한 거야, 테레스?"

"그 사람 놔줘요, 루돌프. 당신은 이미 할 만큼 했잖아요! 당신의 저주 때문에 에도 오빠가 죽었다고요!"

나는 풀려나자마자 몸을 뒤로 돌렸네. 루돌프의 굳은 표정이 보였어.

"어떻게 그런 일이? 난 에도를 총으로 쏘지도 않았는데!"

"위협하기는 했군요?"

내가 물었네.

"내가 들었어요. 바로 오늘 아침에 둘이 싸웠는데, 루돌프가 에도한테 이렇게 말했어요. '네 심장이 집시 총알로 꿰뚫려 죽을 것이다!'라고."

스티브가 말했어.

"입 닥쳐! 내가 안 죽였다고!"

루돌프가 으르렁거렸지.

"시체의 신원을 확인할 사람이 필요합니다. 병원에서 부검이 이루어질 예정이라서."

"제가 갈게요."

테레스가 차분하게 말하더군.

나머지는 내버려 두고, 테레스만 데리고 들판을 가로질러 차로 걸어갔어. 테레스의 마음을 좀 편하게 해 줄 생각으로 전에 노스몬트를 방문했던 집시들 중 기억나는 이름들을 언급하며 야영지에 있는 다른 집시들에 대해 물어보았네. 하지만 테레스는 내가 말한 사람들을 아무도 모르는 눈치였어.

"에도랑 저는 올버니 근처에서 최근에 이 무리에 합류했어요."

"그 무리의 지도자가 누굽니까?"

테레스가 깊이 숨을 들이마셨네.

"루돌프 로만이에요. 그래서 그 사람의 저주가 그토록 강력한 거예요."

"그 사람이 왜 당신 오빠를 저주했죠?"

테레스는 대답하지 않았어. 병원이 시야에 들어오자 해야 하는 일이 떠오른 모양이더라고. 해스킨스네 농장에서 병원까지 차로 가려면 숲을 빙 돌아야 했다네. 몇 분 정도 걸리는 거리인데, 에도 몬타나는 숲을 헤치고 달려왔기 때문에 10분 정도 걸렸던 것 같더군.

테레스를 데리고 정문으로 들어가서 부검실로 향했어. 프레이터는 침통한 표정으로 테레스와 악수하고 애도를 표했네. 죽은 사람의 얼굴에 덮여 있던 천을 걷자 테레스는 비명을 질렀지.

"에도, 에도!"

나는 테레스의 팔을 잡고 진정시키려 애썼네.

"자, 자. 내가 야영지로 다시 태워다 줄게요."

테레스는 내가 누구인지도 모른다는 눈빛으로 나를 쳐다보더군.

"그럴 필요 없어요. 집시들이 데리러 올 거예요."

테레스가 왜 '내 가족들'이 아니라 '집시들'이라고 말했는지 의아했지만, 더 생각할 시간은 없었네. 시거 박사가 난감한 표정으로 부검실 안으로 뛰어 들어왔거든. 벗어진 머리에 땀방울이 송송 배어 있었어.

"밖에 집시들 오륙십 명이 우리 병원 정문을 향해 오고 있는데, 사무실에서 총을 꺼내야 할까?"

"그럴 필요는 없을 것 같습니다."

내가 말했네.

청교도 기념 병원 설립자 시거는 집시들이 자기 건물을 파괴하러 오는 줄 알고 겁을 집어먹었던 모양이야. 테레스 몬타나가 시거를 보며 말했지.

"죽은 이를 예우하러 오는 거예요."

"시체를 넘겨 드리기 전에 먼저 부검을 해야 합니다. 가서 저 사람들 좀 진정킬 수 있겠어요?"

프레이터 선생이 물었어.

"저 사람들은 이미 차분해요."

테레스는 그렇게 말하긴 했지만 프레이터가 시킨 대로 밖으로 나가더군.

"우리가 시체를 넘겨주면 매장하러 갈 겁니다. 부검을 서두르는 게 좋겠어요, 에이블."

내가 말했네.

시거는 테레스를 따라 밖으로 나갔고, 프레이터와 나는 수술 가운을 입고 마스크를 썼네. 프레이터는 고무로 된 수술 장갑을 끼고 최초 절개를 위해 메스를 집어 들었어. 나는 에도 몬타나의 시체에 덮여 있던 천을 걷었지.

프레이터가 피부를 가르고 가슴 부위를 드러내자 찢어진 조직과 근육이 보였어. 심장 자체를 무언가가 뚫고 들어간 것 같았네. 그리고 그 상처를 낸 것이 소형 구경 탄환이라는 사실을 알아내기까지는 몇 초도 채 걸리지 않았네.

나는 눈으로 본 것을 도저히 믿을 수가 없어 천천히 숨을 내쉬었지.

"자네 친구 렌즈 보안관에게 전화하는 게 좋겠네. 이건 살인이야. 심장에 총을 맞았어."

프레이터가 침착하게 말했어.

렌즈 보안관은 부검실에 모습을 드러내자마자 투덜거리더군.

"아니, 자넨 내가 신혼여행에서 돌아오자마자 또 불가능 범죄인가 뭔가에 연루된 거야, 선생? 이번엔 또 뭔가?"

"이번 사건은 의학적인 이유로 불가능합니다. 이번 사건에 밀실이 있다면 그건 인간의 피부라고 할 수 있겠죠. 프레이터 선생님과 저, 둘이서 사망 당시 시체를 확인했거든요. 가슴에도 등에도 상처는 없었고, 유일한 흔적은 팔에 난 오래된 흉터 하나뿐이었습니다. 프레이터 선생님이 시체를 부검할 때 저도 곁에 있었고, 탄환 때문에 생긴 심장의 상처를 확인했죠. 탄환 꺼내는 걸 저도 직접 도왔고요."

렌즈 보안관은 훤히 드러난 시체의 흉강을 불쾌한 눈빛으로 쳐다보더군.

"피는 별로 안 났군."

"죽은 지 이미 한 시간은 됐으니까요. 다른 체액들과 마찬가지로 혈액 역시 사후에 신체 내에서 가장 낮은 수위로 가라앉은 겁니다."

에이블 프레이터가 설명했네.

"그래서 누가 이 사람을 죽였단 말이지?"

"그런 것 같습니다. 저희가 알아내야 할 건 그게 누구이고, 어떻게 했는지입니다."

내가 말했네.

"집시의 저주가 어쩌고 하는 얘기를 하지 않았던가? 그게 지금 밖에서 어슬렁거리는 저 집시들 이야기야? 피치트리 씨가 전화했던 그 집시?"

"맞습니다. 지난번처럼 해스킨스의 농장에 자리를 잡고 야영을 하고 있죠. 죽은 사람을 저주한 건 그 집시들의 지도자 루돌프 로만이라는 사람인 것 같더군요."

렌즈 보안관이 고개를 끄덕였어.

"그자를 잡아 와야겠군. 항상 제일 유력해 보이는 용의자를 잡아 와야 뭐든 시작되는 법이지."

몇 분 후 보안관은 아까 나를 붙들었던 힘센 집시 남자를 데려왔네. 남자는 루돌프 로만이라고 자기 이름을 밝혔고, 아버지가 돌아가신 후 그 집시 무리의 지도자인지 왕인지가 되었다고 하더군. 다른 집시 무리에게서 해스킨스네 농장이 야영하기도 좋고 경찰들이 괴롭히지도 않는 곳이라는 이야기를 듣고 찾아왔다고 털어놓았네.

"하지만 해스킨스 부인은 이미 돌아가셨습니다. 그 땅은 지금 소송 중이에요."

법적 문제에 대해서는 잘 몰랐지만 해스킨스 부인의 조카 한 명이 그 땅이 자선 단체에 기부될 게 아니라, 자기 소유라고 주장한다는 건 알고 있었거든. 해스킨스 부인의 유언장이 너무 애매모호해서 말이야.

루돌프 로만은 내 말에 그저 웃기만 하더군.

"우리는 소송 같은 건 모릅니다. 땅은 그 사람들이 알아서 쓰겠죠. 저희는 그냥 거기서 야영만 할 뿐입니다. 땅에 해를 끼치지는 않아요."

"에도 몬타나는? 그 친구한테는 해를 끼쳤잖아!"

렌즈 보안관이 말했네. 로만은 그 말을 순순히 인정하더군.

"그건 정말 아무 생각 없이 한 말이었습니다. 그냥 말다툼을 좀 하다가 제가 순간적으로 저주를 내뱉은 거예요. '네 심장이 집시 총알로 꿰뚫려 죽을 것이다!'라고 외쳤죠. 에도는 제 말에 얼굴이 창백해지더니 달아났습니다."

"그리고 탄환이 심장에 박혀서 죽었지. 댁의 저주는 항상 그런 효력이 있는 거요?"

보안관이 물었어. 루돌프 로만이 한숨을 내쉬었네.

"나는 아버지의 뒤를 이어 이 무리의 지도자가 되었습니다. 무리 사람들은 항상 내가 아버지처럼 해 주기를 바랐죠. 한번은 아버지가 어떤 사람을 저주한 적이 있었는데 그 사람이 바로 그다음 날 죽었다고 합니다. 그 저주는 우리 사이에서 일종의 전설이 되었고, 내가 별생각 없이 그 말을 내뱉었을 때, 에도는 그걸 떠올린 겁니다."

나는 고개를 끄덕였지.

"그래서 도망쳤군요."

"하지만 내가 죽인 게 아니에요! 죽일 생각은 없었어요."

"에도가 도망치고 나서 뭘 했습니까?"

내가 물었네.

"내 마차로 돌아가서 혼자 있었습니다."

"당신들 둘은 왜 싸운 거죠?"

"마…… 말 못 합니다."

"이건 살인 사건 수사요."

렌즈 보안관이 말했네.

결국 입을 연 로만은 갑자기 부드러운 목소리로 말하더군.

"그 테레스라는 여자 때문이었어요."

"테레스가 왜요?"

"나는 테레스를 아내로 맞고 싶었습니다. 에도에게 그렇게 말했더니 불같이 화를 내더군요. 하도 모욕적인 말을 퍼붓기에 그만 화가 나서 저주를 하고 말았습니다."

"무리의 지도자에게 동생을 시집보내는 건 영광스러운 일 아닙니까?"

로만은 무어라 대답을 하려다가, 현명한 행동이 아니라고 생각했는지 입을 다물어 버리더군.

"테레스와 다시 이야기를 해 봐야겠습니다."

내가 말했네.

렌즈 보안관이 테레스를 데리러 간 사이, 나는 부검 테이블로 돌아갔네. 프레이터가 시신을 꿰맬 준비를 하고 있더군.

"시체를 빨리 보내야 저 사람들도 상례를 치르겠지. 여기 계속 놔둬 봤자 더 알아낼 것도 없어."

프레이터는 그렇게 말했네.

하지만 찢긴 심장 속 한 부분이 내 시선을 끌었어. 나는 장갑을 끼고 얇은 나뭇조각 하나를 뽑아냈지.

"그게 뭐지?"

프레이터가 물었어.

"저도 모르겠습니다. 작은 나뭇조각 같은데 확실하지는 않네요."

나는 시체 꿰매는 일을 도우며 물었네.

"선생님 생각에는 사인이 무엇인 것 같으세요?"

"이런 망할, 샘. 심장에 탄환이 박혔잖아! 그게 사인일세. 그게 어쩌다 박혔는지는 내가 알아낼 일이 아니야."

렌즈 보안관이 테레스를 자기 사무실로 데려간 덕분에, 테레스는 오빠의 시체를 다시 마주 보지 않을 수 있었지. 사무실에 가니 보안관이 테레스에게 질문하고 있더군.

"루돌프 로만은 아가씨랑 결혼하겠다고 했다가 아가씨 오빠랑 싸웠다는 사실을 인정했소. 하지만 거기에 대해 더 이야기할 생각은 없어 보이더군. 둘이 싸울 때 아가씨도 그 옆에 있었소?"

"네."

테레스는 고개를 숙인 채 대답했네.

나는 궁금했던 점을 묻기로 했어.

"오빠랑 나이 차이가 굉장히 많이 나는군요? 에도는 거의 사십 대 후반인 것 같던데."

테레스는 망설이다 말하더군.

"네, 에도는 마흔 일곱이에요. 저는 스물 둘이고요. 사실 에도는 제 의붓오빠예요."

"정말 그냥 오빠인가요? 아니면 그 이상의 존재였나요?"

내가 물었어.

"그게 무슨 뜻이죠?"

"루돌프가 결혼 이야기를 꺼내자 그토록 화를 냈다는 게 아무래도 의외여서요. 정말 두 사람은 남매 사이가 맞습니까, 테레스?"

테레스가 갑자기 울음을 터뜨리는 통에 렌즈 보안관은 어안이 벙벙하더군. 뭐라고 말하려 했지만 내가 손을 내저었어.

"진실을 말해요, 테레스. 당신과 에도는 결혼한 사이가 맞죠?"

내가 부드럽게 물었어.

테레스는 울음을 그치려 애쓰며 고개를 끄덕였네.

"루돌프의 집시 무리에 합류하기 전, 작년 여름에 올버니에서 결혼했어요. 전통적인 집시 결혼식을 치르지 않았기 때문에 에도는 우리 사이를 비밀로 하고 싶어 했죠."

"최소한 루돌프 로만에게는 그 비밀을 아주 잘 지켰던 모양이군요. 그냥 사실을 털어놓고 집시 결혼식을 올리면 안 됐던 겁니까?"

테레스는 대답을 하지 못하고 멍하니 고개만 가로젓더군. 이윽고 간신히 울음을 그치고는 가라앉은 목소리로 말했어.

"저는 그 무리의 일원이 아니에요. 집시가 아니거든요. 그냥 가출했다가 올버니에서 에도를 만난 거예요. 제 피부색이 검은 편이기 때문에 에도가 그냥 집시라고 해도 다들 믿어 줄 거라고 했죠. 그래서 집시 무리에 들어가기로 했어요. 에도가 그 사람들한테 절 자기 동생이라고 한 덕분에 제 출신에 의문을 갖는 사람은 없었죠. 에도가 무리 사람들 몇몇과 알던 사이이기도 했고요. 루돌프가 저에게 관심을 갖기 전까지는 아무도 신경 쓰지 않았어요. 제가 집시가 아니라는 사실이 밝혀지면, 전 그 무리를 떠나야 해요."

"혹시 로만이 어떻게 에도를 죽였는지에 대해 짐작 가는 점은 없습니까?"

"없어요. 저주가 아니고서야."

"에도는 로만과 말다툼을 한 뒤 바로 야영지를 나갔나요?"

"그랬던 것 같아요, 맞아요. 스티브한테 에도를 찾아 달라고 했어요……. 기억하시죠? 오늘 아침에 당신이 만났던 그 젊은이 말이에요. 결국 못 찾았죠. 스티브가 예전에 저주를 막아 주는 물약 캡슐을 갖고 있다고 한 적이 있거든요."

뭔가가 내 뇌리를 스치고 지나갔어.

"캡슐이라고요? 얼마나 큰 캡슐 말입니까?"

"우리한테 한번 보여 준 적이 있어요. 말한테 먹일 수 있을 정도로 컸어요."

문이 열리고 프레이터 선생이 고개를 들이밀었네.

"시체를 다 꿰매고 집시들한테 돌려줬습니다. 그 사람들, 지금 야영지로 돌아가고 있는데요."

나는 테레스를 돌아보았어.

"그 사람들이랑 같이 갈 거예요?"

테레스는 고개를 들고 눈에 붙은 머리카락을 떼어 냈네.

"모르겠어요."

그 순간 테레스는 굉장히 어려 보이더라고.

"가출했다고 했는데 당신, 스물두 살이 아니죠? 스물두 살 먹은 사람은 굳이 가출할 필요가 없잖아요."

"열일곱이에요."

테레스는 순순히 말했네.

렌즈 보안관이 벌떡 일어났어.

"이런 젠장! 가출한 후에 고작 집시 야영지에서 서른 살이나 많은 남자와 살고 있었다고? 네 부모님한테 돌려보낼 때까지 유치장에 좀 있어야겠다!"

에이블 프레이터는 여전히 문 근처에 서 있더군.

"밖에 있는 사람들한테는 뭐라고 말하죠?"

"질문이 있어서 이 아가씨를 구류해 놓았다고 하쇼. 다른 얘기는 하지 말고."

창으로 내다보니 집시 무리의 남자들이 에도 몬타나의 시체를 들것에 실어서 왔던 길로 되돌아가더군.

"시체를 돌려준 게 잘한 일인지 모르겠네요. 아직 어떻게 죽었는지 알아내지도 못했는데."

내가 말했더니 렌즈 보안관이 대꾸하더군.

"심장에 탄환이 박혔잖아. 프레이터나 나나 그거면 된 거야. 내가 허락했네. 저 사람들 좀 보내 버리려고."

시거 박사를 찾으러 나가 보니 정문에 서서 떠나는 집시들을 지켜보고 있더라고.

"하느님, 저 인간들을 쫓아 주셔서 정말 감사합니다. 샘, 난 저 인간들 두 번 다시 보기도 싫어."

"한 가지 여쭤 볼 게 있는데요."

"얼마든지. 뭔가?"

"요즘 마약으로 쓰기 시작했다는 젤라틴 캡슐 말입니다. 혹시 그 속에 탄환을 숨겨서, 먹는 사람이 눈치채지 못하게 먹일 수 있을까요?"

"가능하지. 하지만 탄환은 그냥 위를 통과해서 장으로 배출돼 버릴걸세. 심장에 가서 박히진 않아."

"그건 잘 압니다. 그냥 궁금해서 그렇죠. 이건 어떨까요? 오래된 탄환이 몇 년 동안 심장 근처에 남아 있다가, 그 사람이 갑자기 몸에 힘을 주거나 크게 놀라는 바람에 결국 죽음에 이르게 할 수는 없을까요?"

"그것도 가능하지만 이번 경우는 아니야, 샘. 프레이터가 몬타나의 시체를 꿰매기 전에 나도 봤는데, 탄환은 몸 속에서 폭발한 게 분명하네. 최근에 난 상처였고, 너무 광범위해서 오래된 부상으로 인해 사망했다고 보기는 어려워. 게다가 몸에 난 상처라고는 팔의 흉터뿐이지 않았나."

"압니다. 제 말 신경 쓰지 마세요. 전 그냥 모든 가능성을 다 검토해 보려는 것뿐이니까요."

"그리고 남은 가능성은 아무리 황당해 보여도 결국은 진실이라는 뜻이지?"

시거 박사가 웃으며 말했다.

"그게 문제입니다. 아무것도 남지가 않아요! 그래도 제가 찾은, 아주 작은……."

"선생! 나 좀 도와줘!"

뒤돌아보니 렌즈 보안관이 비틀거리며 우리를 향해 복도를 걸어오고 있었어. 코와 얼굴이 온통 피범벅이더라고.

"무슨 일입니까?"

내가 뛰어가며 물었네.

"웬 놈이 나를 때리고 그 여자애를 데려갔다고! 뒷길로 뛰어갔네."

"누가 보안관님을 때린 거예요?"

"그 집시 놈이야! 여자애가 스티브라고 부르는 걸 들었어."

보안관의 코피를 지혈하고, 집시 야영지에 도착할 무렵에는 벌써 해가 저물기 시작하는 참이었네. 스티브와 테레스는 사라졌고, 루돌프 로만은 전혀 모르겠다고 하더군.

"아침까지 데려오지 않으면 여기 있는 인간들 다 체포할 거야!"
보안관이 으름장을 놓았어.

로만은 그저 웃기만 했네.

"정말 그럴 수 있을 것 같으세요?"

"제기랄, 내가 왜 못 해! 주 경찰들까지 불러올 거야!"

"집시들은 밤새 다 떠나 버릴 겁니다."

"한번 해 봐! 난 그 여자애도 찾고, 그 망할 스티브도 찾아서 폭행죄로 체포해야겠어!"

야영지의 다른 집시들이 차로 돌아가는 우리 모습을 지켜보고 있었네. 몇몇 남자와 소년들은 1월 밤 추위를 견디기 위해 벌써 모닥불을 피울 땔감을 모으는 중이었어.

"나 농담 아니야, 샘. 진짜로 주 경찰에 전화할 거야."

보안관은 그렇게 말하면서 차를 시내 쪽으로 돌리더군.

"로만이 밤사이에 떠날 것처럼 말하지 않았나요?"

"그 스티브라는 놈과 여자애를 데려올 때까지 그놈들은 아무데도 못 가! 밤새 그 야영지를 지켜보고 있을 거니까!"

보안관은 화가 많이 났더군. 폭행을 개인적 모욕으로 받아들인 모양이야. 유치장으로 간 보안관은 주 경찰에 전화해서 아침까지 집시들을 감시할 수 있도록 경찰차 세 대를 보내 달라고 요청했네. 그리고 부보안관들에게도 전화해서 집시들을 감시하라는 지시를 내렸어.

에이프릴에게 전화해 보니 환자가 한 명 있다더군. 차를 끌고 해스킨스네 농장 옆을 지나가는데, 일렁이는 모닥불 불빛에 집시들의 마차 그림자가 보였네. 밤새 거기서 움직이지 않을 모양이었어. 렌즈와 부보안관 한 명이 내 뒤에 차를 세우고, 야영지가 잘 보이는 곳에 자리를 잡았네. 나는 잘 자라고 손을 흔들고 계속 차를 몰았지.

원래 아침에 일찍 일어나는 편이었지만 그다음 날은 거의 새벽에 눈을 떴다네. 채 5시도 안 된 시각이었어. 집시 야영지가 너무 신경이 쓰인 나머지 꼭두새벽에 옷을 갈아입고 해스킨스 농장으로 갈 채비를 했네. 렌즈 보안관이나 집시들이 무슨 바보짓을 하지나 않을까 걱정이 되더라고.

커피 한 잔과 토스트 한 조각을 단숨에 먹어 치운 뒤, 차가운 아침 공기에 몸을 살짝 떨면서 차로 향했네. 그 황폐한 농장까지는 10분 정도가 걸렸어. 보안관의 차가 어제 본 그 자리에 그대로 있더군. 부보안관이 탄 경찰차는 6미터 정도 떨어진 곳에 세워져 있었어. 보안관 차의 차창을 두드리고 문을 열어 보았네.

"일어나셨어요, 보안관님?"

"아, 자네였군, 샘. 주 경찰들은 언제 지원을 오려는지, 원. 슬슬 날이 밝아지고 있으니 수사에 나서 주면 좋겠는데 말이야."

"밤새 안 주무신 겁니까?"

"그러셨지. 저놈들이 빠져나가면 안 된다고 하시더군."

부보안관이 대신 대답하더군.

나는 야영지 쪽 어둠을 바라보면서 꺼지지 않은 모닥불이 있을까 살펴봤지. 아직 밤의 장막은 깨지지 않았더라고. 앞쪽 길에 전조등이 비치더니, 주 경찰차 한 대가 더 나타나 길가에 주차하더군. 렌즈 보안관이 서둘러 나갔어.

"저놈들은 사유지에 무단 침입하고 범죄자를 은닉하기까지 했소. 심지어 저들 중 한 명은 어제 낮에 나를 구타하고 용의자가 도망치는 것을 도왔지. 그리고 저놈들과 관련된 살인 사건까지 벌어진 상황이오."

말을 마친 보안관은 주 경찰들과 함께 차로 돌아왔고, 나는 제복 입은 경관들과 악수를 나눴지. 그들이 허리에 찬 권총에 손을 얹고 있고, 심지어 다른 차에 탄 경관 한 명이 트렁크에서 산탄총을 꺼내는 모습을 보니 썩 기분이 좋진 않았네.

"총이 꼭 필요할 것 같지는 않은데요."

내가 말했어.

"어제 누가 총에 맞았다고 들었습니다."

"뭐, 그건 그렇죠. 하지만……."

새벽이 밝아 오고 시야가 점점 환해지면서, 하던 말을 끝맺을 수가 없었네. 들판에는 안개가 자욱했고, 거의 꺼진 모닥불에서 가느다란 연기가 느릿느릿 피어올랐지. 하지만 나를 당황하게 만든 광경은 그게 아니었어.

어젯밤만 해도 분명히 마차 스무 대가 그 자리에 있었는데 지금은 단 한 대도 없는 거야. 집시들이 있었다는 사실을 알려 주는 건 모닥불을 피운 흔적뿐이었네. 어떻게 했는지는 몰라도, 렌즈 보안관과 부보안관이 밤새 지켜보는 가운데 집시 야영지가 연기처럼 사라진 거야.

"이건 악마의 소행이야!"

렌즈 보안관이 빈 들판을 이리저리 오가면서 으르렁거렸어. 해가 뜨니 그 악마의 소행이 더욱 뚜렷하게 보이더군. 집시 마차 스무 대가 통째로 사라진 그 모습 말이야.

"아니면 이 역시 집시의 저주일 수도 있죠."

내가 반쯤 농담 삼아 말했네. 주위를 둘러보니 눈앞에 일어난 일은 그야말로 불가능해 보였거든. 해스킨스네 농장은 삼면이 키 큰 나무들로 둘러싸여 있었고, 가축들이 너무 멀리 가지 못하도록 울타리도 쳐져 있었어. 도로로 나가는 유일한 출구는 바큇자국 가득한 좁은 길이었고, 거기엔 보안관의 자동차가 세워져 있었지.

"혹시 깜박 조신 적 있으세요?"

"한두 번 그랬을 수도 있겠지. 하지만 부보안관 프랭크는 계속 깨어 있었네. 게다가 우리는 길 끝 맞은편에 바로 차를 세워 놓았어. 둘 다 잠들었다 해도 말 스무 마리에 마차 스무 대가 움직였다면 깨지 않았을 리가 없잖아. 어디 따로 숨을 데도 없으니 결국 여기가 막다른 골목일 텐데!"

나도 그 말에 동의할 수밖에 없었어. 재만 남은 모닥불들과 농장을 한 바퀴 둘러보고, 울타리를 넘어간 흔적이 없는지 살펴보았지만 아무것도 없더군.

"사람이라면 쉽게 넘어갈 수 있겠지."

프랭크가 당혹스러워하며 내게 말했네.

"그렇죠. 하지만 말과 마차는요? 울타리에는 부서진 흔적도 없고, 마차는 숲속을 빠져나갈 수도 없잖아요."

주 경찰은 무슨 일이 일어났는지 아예 파악도 못 하는 눈치였네.

"정말 집시들이 원래 여기에 있었던 게 맞습니까?"

경관 하나가 보안관에게 묻더군.

"물론이오, 내가 직접 봤다니까! 여기 있는 의사 선생도 봤고. 우리가 미치거나 헛것을 봤다고 생각하는 거요?"

나는 모닥불 자리에 남은 재를 쑤셔 보았네. 분명히 이 자리에 있었는데, 전부 사라져 버렸어. 에도 몬타나의 심장에 갑자기 나타나 박힌 탄환처럼 그 사람들도 너무 간단히 자취를 감춘 거야.

"어디 가나, 선생?"

내가 차로 돌아가자 렌즈 보안관이 물었어.

"일하러 가야죠. 전화도 한두 통 해야 하고."

"일이 이 지경이 됐는데 안 도와줄 거야? 지금 불가능한 상황이 하나도 아니고 둘이나 벌어졌다고, 선생!"

보안관은 거의 애걸하고 있었네.

"새신부가 있는 집으로 돌아가세요, 보안관님. 베라는 어젯밤부터 계속 혼자였잖아요. 무슨 일 생기면 제가 전화드릴게요."

"집시들은 어쩌고?"

"주 경찰한테 수배를 부탁하세요. 이 농장에서 사라지는 건 어찌 가능하겠지만, 경찰들이 눈을 번득이는 공공 도로에서 사라지는 건 진짜 기적이 일어나지 않고서야 불가능할 겁니다. 여기서 160킬로미터 내 범위를 전부 확인하라고 하세요. 특히 북동쪽 올버니로 가는 길을 더 꼼꼼하게 확인하시고요."

"아니, 도대체 어떻게……."

"나중에 봬요, 보안관님."

진료소에 도착해도 여전히 이른 아침이더군. 에이프릴이 도착하기 전에 그 전날 우편물들을 가져왔지. 에이프릴은 출근해서 내가 이미 책상에 앉아 있는 걸 보고는 깜짝 놀랐어.

"설마 밤새 그러고 앉아 있었던 건 아니죠, 샘 선생님?"

"아닙니다. 오는 길에 집시 야영지에 들렀어요."

"보안관님이 집시들을 놓쳤다는 얘기는 들었어요."

"한 방 먹은 셈이죠. 바람처럼 홀연히 사라졌으니."

"야영지 전체가요?"

"야영지 전체가요."

"이제 선생님은 어떻게 하실 거예요?"

"전화를 해야죠."

나는 책상에 있던 주소록을 뒤적여, 2년 전 해스킨스 부인을 치료할 때 딱 한 번 걸었던 그 전화번호를 찾았네.

해스킨스 부인의 조카는 막 보스턴 사무실로 출근하려는 중이었어. 내가 누구인지 설명하고, 집시들이 그 농장에서 야영을 했다는 사실을 전달했네.

"나도 압니다. 내 변호사가 그 사람들을 그냥 내버려 두라고 했어요."

조카는 퉁명스럽게 말했어.

"왜요?"

"지금 그 땅을 자선 단체에 기부하는 게 아니라 내게 상속시켜 달라고 판사를 설득하는 중입니다. 내 변호사가 그러는데 집시들이 그 땅에 오래 머무르면 자선 단체 측에 나쁜 인상을 줄 수 있다더군요. 자선 단체가 그 땅을 그냥 놀려 두면 더 많은 집시들이 몰려들수 있으니까요. 나는 즉시 그 땅을 개발하겠다고 약속했고요."

"해스킨스 부인이 유언장에 대체 뭐라고 쓰셨는데요?"

"저와 자선 단체 중에서 노스몬트 시민의 공공 이익에 맞는 용도로 땅을 사용할 수 있는 쪽에 물려주겠다고 하셨습니다. 어처구니없는 유언장이지만 판사가 승인했어요. 그래서 지금 이 꼴이 된거죠."

"사실 그 집시들은 오늘 아침에 사라졌습니다."

"뭐라고요?"

"밤사이에 사라졌다니까요."

"그거 안타깝게 됐군요."

"한 가지 묻겠습니다, 해스킨스 씨. 숙모님 유언장에서 언급된 그 자선 단체가 대체 어디죠?"

"당신네 지역에 있는 그 비영리 병원이오. 청교도 기념 병원이라고 했던가?"

"맞습니다. 그런 이름입니다."

"난 지금 당장 출근해야 합니다, 호손 선생님. 그래서 뭐 때문에 전화하신 거죠?"

"궁금한 건 모두 알려 주셨어요. 감사합니다, 해스킨스 씨."

나는 10분 후 병원으로 가는 길에서 보안관의 차를 지나쳤네. 보안관이 나를 보고 경적을 빵빵 울렸지. 후진하는 보안관의 차 뒤로 내 차를 세웠어.

"아주 훌륭한 예측이었어, 선생. 주 경찰이 뉴욕 주 경계 바로 안쪽에서 집시들의 마차를 붙잡았다더군. 대체 어떻게 안 거야?"

"보안관님 말씀대로 훌륭한 '예측'이었던 거죠. 지금 병원에 가는 길인데 저를 따라오시면 모든 일이 다 해결되는 모습을 보실 수 있을 겁니다."

전날에 비하면 청교도 기념 병원은 비교적 분위기가 차분했어. 시거 박사는 상황이 궁금해 안달이 났는지, 내가 프레이터 선생도 같이 있어야 한다고 하자 당장 호출하더군.

"이게 뭡니까? 무슨 미스터리 소설의 마지막 대결 같은 건가요?"

프레이터가 들어오면서 물었어.

"뭐, 그런 거죠."

렌즈 보안관은 평소 말버릇처럼 직설적으로 말했지.

"현재 집시들은 구류 중이오. 지금은 살인자를 체포하러 온 거고."

"그건 아닙니다, 보안관님. 살인 사건은 벌어지지 않았어요."

내가 정정했네.

"뭐? 선생, 자네 나한테 분명……."

보안관이 입을 떡 벌렸어.

"이걸로 문제는 해결된 겁니다. 그 사건은 살인 사건이 아니기 때문에 살인자 역시 존재하지 않습니다. 두 가지 불가능 범죄가 벌어졌지만 둘 다 진짜 범죄는 아니었어요."

"범죄가 아니라니? 에도 몬타나의 심장에 박힌 탄환은?"

프레이터가 물었네.

"범죄에 가장 가까운 행위라면 시체 훼손이라고 해야겠죠. 그리고 아마 보안관님은 당신을 체포하지 않을까 싶습니다, 프레이터 선생님."

프레이터는 아무 말 없이 서서 나를 가만히 바라보더군. 결국 시거 박사가 침묵을 깼네.

"자네 지금 무슨 소리 하는 건가, 샘?"

"에도 몬타나가 집시 야영지에서 병원까지 뛰어왔을 때를 생각해 보죠. 왜 뛰어왔을까요? 누가 저주를 걸었기 때문에? 아무리 그렇다 하더라도 몬타나가 통증을 느끼지 않고서야 그랬을 리가 없겠죠. 예를 들어, 로만이 저주를 내뱉은 직후 가슴에 통증을 느꼈다면, 겁을 집어먹고 의학적 도움을 받아야겠다고 생각했을 겁니다. 그리고 뭘 했죠? 병원까지 10분 만에 뛰어왔어요. 심장 마비가 일어났다면 해서는 안 될 가장 최악의 행동을 한 겁니다. 그래서 병원에 도착한 몬타나는 죽고 말았습니다. 자연사였죠."

"하지만……."

"고인이 숨을 거두기 직전, 프레이터 선생님은 심장에 박힌 탄환의 저주를 듣고 그것을 현실로 만들기로 결심했습니다. 그래서 시거 박사님 방에서 총을 가져와서, 제가 집시 야영지에 다녀온 사이 죽은 사람의 심장을 향해 발사한 겁니다."

"시체에는 상처가 없었잖아."

렌즈 보안관이 지적했어.

"심장에서 아주 작은 나뭇조각 하나가 발견됐습니다. 프레이터 선생님은 시체의 가슴 앞에 나무 판을 대고 총을 발사했을 겁니다. 목적은 두 가지였겠죠. 작은 구경 탄환의 관통력을 죽여 몸 안에 탄환을 남길 것. 그리고 가슴 앞을 가려서 화약이나 다른 흔적들이 남지 않게 할 것."

"왜 그런 정신 나간 짓을 한 거지?"

보안관이 물었네.

"그 점은 프레이터 선생님이 직접 말씀해 주실 겁니다. 해스킨스의 농장 때문이죠, 에이블?"

프레이터의 어깨가 약간 처졌네. 그때까지 프레이터는 내가 그냥 억측으로만 말하는 줄 알았나 봐. 결국 잠시 후 입을 열더군.

"난 아무도 해코지하지 않았어. 이 남자는 자연의 저주로 이미 죽어 가고 있었네. 하지만 보스턴의 판사가 농장을 해스킨스 부인의 조카에게 줄지, 아니면 병원에 줄지 이직 고민하고 있있지 않나. 어제 우리 변호사가 전화를 우연히 들었는데, 집시들이 거기에서 야영하고 있는 걸 판사가 이미 알고 있다고 하더군. 그건 우리에게 불리했어. 병원은 그 땅을 받아도 당장 뭔가 할 수 없었거든. 집시들이 계속 찾아오게 내버려 둘 거라는 인상을 줄 수가 있었지. 하지만 병원의 미래를 위해서는 그 땅이 필요했어.

만약 죽은 사람의 심장에 탄환을 박아 집시의 저주를 널리 퍼뜨리면, 집시들은 체포당하거나 노스몬트에서 금세 쫓겨날 거라고 생각했네. 그런데 실제로 저주받은 환자가 나타났지. 소음을 줄이기 위해 수건으로 총구를 감쌌지만 어차피 작은 구경이라 그렇게 큰 소리도 나지 않았다네. 그리고 나무 판을 사이에 두고 쏜 것도 맞아."

"저걸 어떻게 다 알아냈나?"

시거 박사가 내게 물었어.

"불가능한 일들을 다 소거해 보았죠. 죽은 후에 탄환이 심장에 박혔다면, 실행하고 흔적을 감출 수 있는 사람은 프레이터 선생님뿐이었습니다."

"그럼 집시 야영지는? 도대체 그건 어떻게 증발한 거야?"

보안관이 궁금해했네.

"진짜 문제는 '언제' 사라졌느냐였죠, 보안관님. 로만은 말과 마차를 일찍 내보낸 거예요. 늦은 오후 우리가 그 야영지에서 떠나고 나중에 보안관님이 다시 찾아가기 전에 내보낸 거죠."

"그때 마차가 분명히 있었는데! 내가 봤다고!"

"우리가 본 건 '모닥불에 비친 그림자'일 뿐이었죠. 그건 마차 크기로 자른 판지였어요. 로만은 항상 이런 속임수를 썼을 겁니다. 비상사태를 대비해서 마차마다 그런 판지를 늘 싣고 다녔을걸요? 집시 몇 명만 남아서 불을 피우고 평상시와 다름없는 행동을 하다가 마차가 도로를 빠져나갈 시간을 버는 겁니다. 그리고 어두워지면 판지를 모닥불에 태운 뒤 울타리를 넘어 빠져나가서 다른 사람들과 합류한 거죠. 모닥불 흔적을 자세히 보면 그 판지 조각을 찾을 수 있을 거예요."

렌즈 보안관이 투덜거렸네.

"이런 망할! 그렇다면 대체 어디를 찾아야 그 마차들을 잡을 수 있을지는 어떻게 알아낸 건가, 샘?"

"아까도 말했다시피 그냥 훌륭한 예측이었던 거죠. 어두워지기 전에 출발했고, 마차를 탔다면 160킬로미터는 족히 갔을 거라고 판단했습니다. 몬타나와 테레스가 올버니 근처에서 그 집시 무리에 합류했다고 했으니 아마 그쪽으로 돌아갔을 거라고 생각했고요."

보안관은 고개만 가로젓더군.

"아직도 믿을 수가 없네. 불가능 범죄 두 건이 한꺼번에 일어났는데 둘 다 범죄가 아니라니."

"가끔은 그럴 때도 있죠."

내가 히죽 웃으며 말했네.

(샘 호손 선생이 이야기를 마무리 지었다.)

"상황은 그렇게 정리되었지. 프레이터 선생은 그다음 주에 병원을 그만두고 서쪽 어딘가로 떠났어. 테레스와 스티브가 그 무리로 돌아오지 않았기 때문에, 로만의 집시 무리들은 처벌을 받지 않았지. 두 사람은 로만에게 결혼하겠다는 말만 남겼다더군. 어쩌면 이 이야기가 해피엔드로 들릴 수도 있겠지만, 로만 입장에서는 아니었지.

병도 비었고 슬슬 나도 자러 갈 시간이군. 다음에 오면 또 다른 이야기를 해 주겠네. 노스몬트에서 흔했던 갱단과 밀주꾼들의 다툼 이야기인데, 그 어떤 엽기적인 살인 사건이라 해도 내 이야기에 비하면 시시하게 느껴질 거야."

The Problem of the Bootlegger's Car

밀주업자 자동차의
수수께끼

.

샘 호손 박사가 이야기를 시작했다.

"잠깐 기다리게, 새걸 딸 테니. 그러니까, 어…… 약주 한잔 없이는 얘기를 할 수가 없단 말이야. 이 작은 병을 보고 있으면 참 많은 일들이 떠오른다네. 금주법 시대, 당연히 자네는 너무 어렸겠지만 나는 그 시절을 직접 겪었지.

이렇게 말하니 마치 평화로운 뉴잉글랜드 노스몬트에서 끔찍한 갱단 싸움이 벌어지고, 내가 간신히 살아남은 것처럼 느껴질 수도 있겠구먼. 그런데 사실 1930년 봄, 농담이 아니라 정말로 엄청난 일이 벌어졌다네. 빈 술통들이 온 사방에 가득하고, 맞아, 진짜로 빈 술통이었다네. 그게 어느 밀주업자 자동차의 불가능한 실종 사건과 관련되어 있었지. 나는 말 그대로 살기 위해 그 문제를 해결해야만 했어."

(샘 선생은 이야기를 이어 갔다.)

그건 5월 초 어느 토요일 아침에 일어난 일이었네. 나는 청구서를 몇 장 쓰기 위해 진료소에 와 있었어. 에이프릴이 플로리다에 있는 여동생을 만나러 간 터라 나는 3주 동안 혼자 남겨진 채, 잡다한 서류 업무도 다 직접 처리해야 했다네. 플로리다까지 가는 건 당시에는 상당히 긴 여행이었거든. 청구서에 우표를 붙이는 등 업무를 거의 마쳤을 무렵, 문 바깥에 달린 작은 종이 울렸어. 달리 아무 예정도 없었기 때문에 누가 왔나 보러 나갔지.

가는 세로 줄무늬 정장에 갈색 페도라를 쓴 남자가 대기실 한복판에 서서 총신이 긴 권총으로 나를 겨누고 있었어.

"호손 선생?"

"맞습니다. 총은 왜 겨누고 계시는 거죠?"

"잠깐 같이 좀 가 줘야겠어, 의사 선생. 다친 사람이 있어."

"그렇다면 총을 겨누지 않으셔도 됩니다. 왕진 가방 가져오겠습니다."

남자는 여전히 총을 든 채 안쪽 사무실까지 따라 들어왔네. 여분의 붕대를 가방에 쑤셔 넣으며 대충 무슨 부상인지 알 것 같았지만 일단은 물어보았네.

"어쩌다 다쳤습니까?"

"총에 맞았어."

"여러 방인가요?"

"한 방인데 상태가 심각해. 잡담 그만하고 어서 가자고!"

나는 가방을 탁 닫고 남자보다 앞서서 문밖으로 나왔네.

"문을 제대로 잠그셔야 합니다. 요즘에는 워낙 사기꾼들이 많아서."

내가 주의를 주었지.

"지금 내 앞에서 똑똑한 척하는 거야?"

남자가 나를 보고 말했네.

"전혀요."

밖에 나가니 문이 닫힌 검은 세단 운전석에서 또 다른 남자가 기다리고 있었어. 오른손을 재킷 속에 넣고 있는 걸 보니 권총이 있을 게 뻔했지. 하지만 무섭지는 않았어. 왠지 B급 갱스터 영화의 등장인물이 된 기분이더라고.

"얼른 타!"

내 뒤로 따라오던 남자가 나를 떠밀었어.

주위를 둘러보았지만 토요일 오전에는 보통 진료소 뒷골목에 사람이 없는 편이었고, 이웃집에서도 내가 곤경에 처했다는 걸 눈치챌 수 있는 분위기는 아니더라고. 시키는 대로 자동차 뒷좌석에 앉아서 나를 납치한 남자에게 물었네.

"그쪽을 어떻게 부를까요? 아무래도 몇 시간 동안은 같이 있어야 할 것 같은데."

"필. 운전하는 친구는 마티. 저 친구는 말이 별로 없어."

총 든 남자가 말했지.

"지금 어디로 가는 거죠?"

"시내 바로 밖에 있는 농장. 뚱보 래리가 빌렸지."

"뚱보 래리?"

남자는 권총으로 나를 쿡 찔렀어.

"당신 환자야. 너무 많은 걸 묻지는 말라고, 선생. 댁한테도 별로 좋을 것 없어."

그 이름을 신문에서 읽은 게 생각나더군.

"혹시 뚱보 래리 스피어스를 말하는 겁니까? 그 밀주업자?"

"자꾸 묻지 말라고 했어, 선생. 당신도 살아서 집에 돌아가고 싶을 거 아냐?"

나는 입을 다물고 뚱보 래리 스피어스를 떠올렸지. 신문에서 읽은 바에 의하면 보스턴과 프로비던스에 유통되는 불법 위스키는 다 그 사람 손을 거친다더군. 사람을 거의 대여섯 명은 죽였다는 소문도 있었어. 목숨이 위태로웠던 적도 한두 번이 아니었고, 뉴욕 갱단에서 그 사람 목에 거액의 현상금을 걸었다는 것도 잘 알려진 사실이었지. 갱들은 뚱보 래리 같은 사업자를 중간에 두고 싶어 하지 않았거든.

봄 햇살을 받으며 낡은 산마루 길을 덜컹덜컹 달려 시내 밖으로 몇 킬로미터를 달린 끝에 어느 잡초가 무성한 길로 들어서더군. 눈앞에 보이는 농가는 바로 해스킨스의 농장이었어. 하지만 그곳은 1년 전 결혼하지 않은 막내 남동생이 죽은 후 완전히 버려지고 말았네. 뚱보 래리 스피어스가 그곳을 빌렸다면, 그리 비싼 돈을 지불하지는 않았을 거야. 사거리 근처에 있는 그 농가는 밀주꾼들이 서로 접선하기에 딱 좋은 위치였지.

나는 마티와 필과 함께 그 안으로 들어갔네. 내 등에는 여전히 총이 있었지. 우리가 도착하자 검은 머리에 날씬하고 예쁜 여인이 문을 열어 주었네.

"나한테는 통 상처를 안 보여 줘. 출혈이 저렇게 심한데! 저 사람이 의사야?"

여인이 묻더군.

"저는 샘 호손입니다. 부상을 입은 지 얼마나 되었죠?"

내가 묻자 여인은 총을 든 사내를 흘끗 쳐다보더군.

"언제였더라, 필? 9시쯤이었나?"

"맞아. 놈들이 길가 덤불 속에 숨어서 뚱보 래리를 기다리고 있었어. 래리가 문밖으로 나오자마자 바로 총을 쏜 거야. 그래서 우리가 즉시 달려온 거고."

"어디 한번 봅시다."

여인을 따라 1층에 있는 침실로 들어가면서 나는 이미 왕진 가방을 열고 있었네.

안에는 정말로 뚱보 래리 스피어스가 있었어. 하지만 신문에서 봤던 사진 속 말쑥한 모습과는 전혀 달랐네. 몸을 웅크린 채 침대에 누워서 배를 부여잡고 몸부림치고 있더라고. 침대 시트와 셔츠는 온통 피범벅이었고, 팔 위쪽에도 얕은 상처가 보였어.

"의사입니다. 좀 보겠습니다."

래리는 몸을 돌리더니 얼굴을 찌푸리며 여인에게 말했어.

"나가 있어, 키티. 당신은 보지 마."

"아니, 래리……."

"내 말 안 들려? 나가!"

래리가 고함을 질렀네.

여인은 두 남자와 함께 나갔어. 방 안에는 나와 내 환자만 남았지.

"상처를 볼 수 있게 손을 좀 치워 주십시오."

그러자 래리가 바로 일어나 앉았네. 동시에 셔츠 앞자락이 열리면서 털이 덥수룩한 배가 드러났네. 하지만 깨끗했어. 상처 따윈 없었다네.

대신 내 머리 옆에 작은 22구경 자동 권총이 있었지.

"소리 내지 마. 비명도 안 돼."

뚱보 래리 스피어스가 내게 경고했어.

"그럴 생각도 없었습니다. 난 그냥 당신을 치료하러 온 것뿐인데요."

내가 조용히 대답했네.

"상처는 팔에 난 것 하나뿐이야. 그냥 피부를 좀 긁혔는데, 그걸 치료하고 나서 이야기하자고."

"총은 넣어 두셔도 됩니다."

하지만 래리는 총을 내리지 않았어.

"당신이 의사라는 걸 어떻게 믿지?"

"이런 젠장, 그럼 당신이 밀주업자라는 건 어떻게 믿습니까?"

"똑똑한 친구로군."

"당신보다 더 똑똑하기야 하겠습니까?"

나는 팔을 치료하기로 했네.

"신문에서 본 것보다 말랐네요. 왜 다들 뚱보 래리라고 부르는 겁니까?"

"예전에는 뚱뚱했으니까. 살을 뺐어. 덕분에 오늘 아침에 목숨을 건진 거야."

래리는 누운 채 몸을 돌려서 옷 속에 입고 있던 두툼한 조끼를 보여 주더군.

"1년 전부터 살을 뺐지만 비밀로 하고 있었지. 이런 일을 하다 보면 뉴욕에 총 가진 놈들 절반은 나를 쫓아오는 법이거든. 어느 날 갑자기 외모를 좀 바꿔야겠다는 생각이 들더라고. 그래서 배 둘레에 완충재를 채워 넣고 입안에 솜을 물고 다니기로 했네. 겉은 예전과 똑같지만, 사실은 20킬로그램 정도 더 가볍지."

총알은 팔의 피부만 스쳤기에 몇 바늘 꿰매는 걸로 끝났네.

"아플 겁니다. 나중에 병원에 가셔야 해요."

내가 경고했어.

"입 다물고 치료나 하라고, 선생. 나도 댁을 쏘고 싶진 않아."

"그러진 말아야죠."

내가 치료를 다시 시작하자 래리가 이를 악물었어.

"바깥에 있는 사람들에게는 왜 살을 뺐다는 사실을 숨기는 거죠?"

"저놈들 중에 밀고자가 있어. 한 놈이 뉴욕 갱들에게 내 일거수 일투족을 다 알려 주고 있다고. 그러니 오늘 아침 총잡이가 숨어 있었던 거지. 내가 여기 있다는 사실을 아는 건 저 셋뿐이야. 배에 감은 완충재가 총알을 막아 주긴 했지만 충격 때문에 넘어졌어. 그 순간 심한 부상을 입은 척해야겠다는 생각이 들더군. 내목숨이 간당간당하면 밀고한 놈도 방심할 테고, 그때 그놈을 찾아내면 되겠지. 알아듣겠어?"

"키티는 당신이 살을 뺐다는 사실을 알 텐데요."

래리는 코웃음을 치더군.

"내가 저 여자랑 잔다고 생각하나 본데, 그것도 벌써 1년 전 일이야. 키티는 그냥 나한테서 뭐 떨어질 게 없나 내 주위를 맴돌고 있을 뿐이라고. 어쩌면 뉴욕 놈들이 더 이익이 될지도 모르겠다고 생각할 수도 있지."

래리의 팔을 두드리며 말했네.

"다 끝났습니다. 운이 좋았네요. 보스턴이나 다른 곳으로 돌아가면 주치의한테 꼭 검사를 받으셔야 합니다."

"선생, 한 가지만 더."

"뭐죠?"

"오늘 밤 선생이 내 옆에 있어 줘야겠어."

"뭐라고요?"

"내 말 들었잖아. 당신은 이 장소와 내가 그리 큰 부상을 입지 않았다는 것도 알고 있어. 경찰은 첫 번째 사실에 관심이 있을 테고, 나를 쏜 놈들은 두 번째 사실에 관심이 있겠지. 그러니 오늘 밤 내 일이 다 끝날 때까지 여기 있어야 해."

"무슨 일 말입니까?"

"술통을 배달해야 해."

"밀주요?"

"아니, 그냥 통만. 내가 약속할 수 있는 긴 트럭이 해 질 녘에는 이리로 올 거라는 사실뿐이야."

래리는 말을 끊고 나를 쳐다보더군.

"그 통, 아주 비싼 물건이야."

나는 래리의 셔츠 단추를 다시 채워 주다가 문득 옷에 묻은 핏자국을 보았네.

"이 피는 다 팔에서 난 겁니까?"

　창백한 얼굴에 희미한 미소가 드리워졌어.

"맞아. 일부러 피를 셔츠에 물들여서, 가슴에 부상을 입은 것처럼 위장했지. 내 아이디어이긴 하지만 순발력이 꽤 괜찮지?"

"그 덕분에 당신이 목숨을 부지하고 있다면 동의할 수밖에 없군요."

"이 동네 경찰들은 어떤 놈들이지, 선생?"

"렌즈 보안관님한테 부보안관 몇 명이 딸려 있긴 하지만 이쪽 길로는 순찰을 나오지 않습니다. 당신을 귀찮게 할 일은 없을 겁니다."

"좋아! 자, 이제 나가서 다른 놈들한테 내가 잘 회복하고 있지만 누워서 안정을 취해야 한다고 말해. 알겠지?"

"알겠습니다."

"트럭이 올 때까지는 댁을 여기서 내보내지 말라고 할 거야. 그냥 카드놀이나 하다 보면 무사히 나갈 수 있을 거라고."

　래리가 갑자기 목소리를 높여 고함을 질렀네.

"마티! 필!"

　운전수와 총잡이가 즉시 들어왔어.

"좀 어때요, 래리?"

"살 수 있을 거라던데. 이 의사가."

　나는 일어나서 도구들을 정리하며 고개를 끄덕였네.

"아주 운이 좋았습니다. 지금은 많이 쇠약해져서 누워 있어야 하지만, 다행히 총알이 급소를 건드리지는 않았어요. 상처에 세균 감염이 일어나지 않는다면 한 달이면 일어나서 걸을 수 있을 겁니다."

"트럭이 올 때까지 이 의사를 여기 붙들어 놔. 그 일이 끝나고 나면 보내 줄 거니까."

래리가 갑자기 힘든 척하더니, 두 남자에게 말했네.

"알겠습니다, 래리. 가자고, 의사 선생."

필이 말했어.

"키티는 이리로 데려와."

침대에 누운 채로 래리가 명령하더군.

농가 안에는 가구가 별로 없었지만 그래도 거실에는 탁자와 의자가 있었네. 필이 내게 앉으라고 손짓하고는 키티에게 말했어.

"네 차례야. 래리가 오래."

키티가 나를 돌아보았네.

"그 사람은 좀 어때요?"

"힘들겠지만 상태가 안정됐어요. 괜찮을 겁니다."

침실로 들어가서 등 뒤로 문을 닫는 키티의 얼굴은 마치 가면을 쓴 것 같았어. 필은 탁자에 앉아서 정장 코트를 벗고 권총을 어깨 총집에 꽂더군.

"카드놀이 어때, 선생? 진 러미 할 줄 아나?"

"물론이죠. 마티는요?"

"마티는 카드 안 쳐."

"말을 하긴 합니까?"

필이 고개를 들어 건장한 운전수 쪽을 돌아보았네.

"의사 선생한테 뭐라고 말 좀 해 줘, 마티. 자네가 벙어리인 줄 알잖아."

"말할 수 있어."

거칠고 쉰 목소리였어.

"아니, 저 사람 목소리가 대체 왜 저런 겁니까?"

"질 나쁜 밀주 때문이야. 목구멍이 다 타 버려서 거의 죽을 뻔했어. 초기에는 병에 넣을 수 있는 거면 뭐든 다 팔았거든. 요즘도 그런 게 있을걸."

혹시 마티가 밀주 때문에 뚱보 래리 스피어스를 원망하지는 않았을까? 마티가 래리 밑에서 계속 일하는 이유는 래리를 뉴욕 갱에 팔아넘겨서 복수하기 위해서가 아닐까?

탐정 흉내를 내고 있었지만, 사실 그럴 이유는 없었어. 술통을 가득 실은 트럭이 곧 도착할 테고, 그럼 여기 있는 모든 사람들이 다 떠날 거야. 이들이 아직 나를 죽이지 않았으니, 래리가 나를 풀어 줄 건 분명했지.

필이 카드를 돌리는 사이 내가 물었네.

"도대체 래리를 쏜 게 누굽니까?"

필은 어깨를 으쓱하더군.

"뉴욕 갱이 보낸 용병이겠지."

"래리가 여기 있다는 걸 어떻게 알았을까요?"

"아마 우리를 미행했을 거야. 아니면 토니 배럴에게서 들었거나."

"누구요?"

"토니 배럴로. 다들 토니 배럴이라고 불러. 술통을 파는 인간이라서. 오늘 배달 올 친구 말이야."

"도대체 그 통 속에는 뭐가 들어 있죠?"

"아무것도 안 들었어. 공기뿐이야."

"래리가 아주 비싼 거라고 하던데요."

필은 자기 카드를 집어 들었지만, 마티는 제자리에 서서 필의 어깨 너머로 탁자를 들여다보고 있었지.

"밖으로 나가, 마티. 나가서 트럭이나 지켜보고 있어."

그 말을 듣고 마티가 나가자 필은 말했다.

"짜증나는 놈이야. 항상 저렇게 아무 말이 없다니까. 도대체 무슨 생각을 하는지 알 수가 없어. 그런데 어디까지 얘기했지?"

"술통 얘기요."

"아, 맞다."

"래리가 아주 비싼 거라고 하더군요."

"뭐, 하나에 60달러씩 하는데 한 트럭에 200통씩 실려 있거든. 그러니까 1만 2천 달러인 셈이지."

"빈 통 하나에 60달러라고요?"

필이 히죽 웃으며 말했네.

"특별한 통이야. 보면 알아."

우리는 진 러미를 두 판 했고, 두 판 다 필이 이겼어. 막 세 번째 판을 시작하려는데 키티가 침실에서 나왔네.

"배고프대. 샌드위치나 하나 만들어 줘야겠어."

필이 나를 흘끔 쳐다보았어.

"선생은 배에 칼 맞은 인간이 샌드위치를 먹어도 된다고 생각하나?"

"뭐, 총알이 내장까지 건드린 건 아니니까요. 조금은 드셔도 됩니다."

키티는 주방으로 들어갔네. 냉장된 고기와 빵 덩어리를 약간 저장해 둔 모양이었지.

"나도 하나 부탁해. 마티도 배고플 거야. 벌써 1시가 넘었다고."

필이 소리를 질렀어.

키티는 나른하면서도 품위 있는 동작으로 샌드위치를 갖다주더군. 왠지 예전에 칵테일 바 웨이트리스였던 것 같았어.

"오늘 아침 래리가 총에 맞았을 때 당신들 세 사람은 뭘 하고 있었죠?"

내가 최대한 자연스럽게 물었어.

"키티는 아침 식사를 준비하고 있었지. 마티와 나는 잠들어 있었고. 어제 자정 넘어서까지 못 잤거든. 총소리를 듣고 눈을 떴어."

"몇 번이나 울렸죠?"

"서너 번 정도?"

키티가 끼어들었네.

"네 번이야. 네 방을 쐈어. 내가 문으로 쫓아가 보니 래리가 계단에 쓰러진 채 안으로 기어 들어오려고 버둥거리고 있었어. 총잡이는 아무 데도 보이지 않았고. 래리가 그러는데 길 건너 덤불에서 총알이 날아왔대."

"당신들 같은 사람들을 데리고 다니다 보면 래리도 항상 위험을 감수해야겠는데요."

내가 말했어.

"래리는 항상 위험을 감수하긴 해. 특히 토니 배럴 같은 사람하고 거래하다 보면 더 그렇지. 토니는 뉴욕 갱들과도 거래하니까. 그 사람이 누구 편인지는 아무도 몰라."

키티도 고개를 끄덕이더군.

오후쯤 되니 슬슬 좀이 쑤시더라고. 내가 없어졌다는 걸 혹시 누가 알아차리지 않았을까 궁금해졌어. 하지만 아무도 모르겠지. 토요일에는 원래 진료실에 오래 있는 편이 아니고, 에이프릴은 휴가를 갔으니 말이야. 렌즈 보안관이 들를 수도 있겠지만 내가 없다고 별로 수상하게 여기진 않을 테지.

3시가 되자 나는 자리에서 일어나서 말했네.

"환자를 좀 봐야겠습니다."

"자고 있을 텐데."

키티가 말했어.

"살짝 들여다보기만 하죠."

문을 열고 안을 보니 뚱보 래리가 눈을 감고 침대에 누워 있다가 금방 눈을 번쩍 뜨더군. 이불 밑에서 22구경 자동 권총을 움켜쥐고 있있겠지.

"뭐야? 트럭이 왔어?"

래리가 물었네.

나는 안으로 들어가 등 뒤로 문을 닫았어.

"아직 아닙니다. 그냥 당신 상태가 궁금해서 와 본 겁니다."

래리가 굳은 미소를 짓더군.

"배때기에 총을 맞고 드러누워 있으니 대접이 좋군. 저 녀석들이 혹시 의심하던가?"

"그런 것 같진 않던데요. 그런데 이 상황이 도대체 어떻게 정리될까요? 저 사람들 중 한 명이 당신의 숨통을 끊으려고 덤벼들까요?"

"그럴 수도 있지. 일단 토니 배럴이 도착했을 때 어떻게 하나 보자고."

나는 다른 사람들이 있는 곳으로 나갔네. 모두들 지쳐 있었지. 진러미 한 판을 더 시작하기 전에 다행히 마티가 밖에서 들어왔어.

"자동차랑 트럭이 오고 있어."

마티가 쉰 목소리로 말했네.

필이 총에 손을 뻗으며 벌떡 일어났어.

"뒤를 맡아, 마티. 혹시 속임수일 수도 있으니까."

그러고는 키티에게 말하더군.

"래리에게 가서 그놈들이 왔다고 전해."

키티는 침실로 들어갔다가 래리의 말을 듣고 바로 나왔어.

"토니 배럴을 안으로 데려오래. 그래야 거래를 하고 운반비를 줄 거라고."

필은 고개를 끄덕이고 문 쪽으로 향했네. 나는 창밖으로 지저분한 도로를 따라 먼지바람을 일으키며 우리를 향해 다가오는 차들을 지켜보았지. 차 한 대가 먼저 진입로로 들어와 섰고, 그 뒤로 짐칸을 방수포로 덮은 크고 긴 트럭이 따라 들어왔어. 빈 술통을 실은 수수께끼의 트럭도 흥미로웠지만 함께 온 차도 시선을 끌더군. 검은 패커드 리무진이었는데 뒷좌석 차창에 전부 블라인드가 내려져 있었어. 중키에 비쩍 마르고 얼굴에 곰보 자국이 가득한 남자가 운전석에서 내렸어. 필처럼 검은 정장을 입고 챙이 넓은 페도라를 쓰고 있었지만, 옷이 너무 커 보이더군.

"토니의 운전수 스쿠프 터너야. 저 사람이 바로 토니 배럴이고."

필이 말했어.

스쿠프가 뒷문을 열자 덩치가 크고 수염이 덥수룩한 남자가 내렸네. 물론 진짜 술통처럼 생기지는 않았지만 체격이 굉장히 좋았는데, 무성한 검은 수염과 챙이 굽은 모자 때문인지 어울리지 않게 땅딸막하다는 인상을 주더군. 운전수가 차에 기대선 가운데 토니 배럴은 잰걸음으로 계단을 올라 앞문으로 다가왔네.

필이 권총을 총집에 꽂고 문을 열었어.

"안녕하세요, 토니. 다시 만나 반갑군요."

토니 배럴의 청회색 눈동자가 재빨리 방 안을 훑어보더니 키티를 획 지나쳐 내게 고정되더군.

"이 사람은 누구지?"

"동네 의사인데요. 래리가 다쳐서요."

내가 손을 내밀었네.

"의사 샘 호손이라고 합니다. 만나서 반갑습니다, 토니."

"그래요."

토니는 내 손을 잡고 가볍게 흔들었어. 술통처럼 생긴 다이아몬드 반지를 끼고 있더군.

"래리한테 무슨 일이 생겼다는 거요?"

"누가 총을 쐈어요."

내가 입을 열기 전에 필이 앞질러 말했네.

"이 선생이 그러는데 괜찮을 거랍니다. 래리는 저기 뒷방에 있는데, 당신하고 직접 만나서 운반 얘기를 하겠다는데요."

"트럭까지 1만 2천 달러는 더 받아야겠어."

"래리가 줄 겁니다."

"운전수는 데리고 있나?"

"뒤쪽에 마티가 있어요."

토니 배럴이 코웃음을 쳤어.

"그 마약쟁이!"

"당신네 운전수는 좀 나은가 보네요?"

필이 창문 밖을 내다보았네.

"아니, 저 인간은 왜 저렇게 산탄총을 휘두르면서 돌아다니는 겁니까?"

"짐을 지키는 거야."

토니 배럴이 말했어.

나도 창으로 가서 슬쩍 내다보았네. 트럭 운전사가 경비를 서는 군인처럼 더블 배럴 산탄총을 들고 서 있더군. 키티가 내 옆으로 다가왔어.

"총을 들고 있는 사람은 찰리 헬로. 인디언 혼혈인가 그렇대. 마티랑 비슷해. 둘 다 총은 잘 쏘는데 그게 다거든."

"저 술통이 그렇게 비싸다는 겁니까?"

"밖으로 나와 봐. 내가 보여 줄게."

토니 배럴이 래리 스피어스의 방으로 들어가더군. 인사를 건네는 래리의 힘없는 목소리가 들렸네.

"토니, 내 오랜 친구. 하마터면 죽을 뻔했지만 보다시피 끈질기게 살아남았다네."

토니는 문을 닫아 버렸네.

필은 마티를 찾으러 가고, 나는 키티를 따라 밖으로 나갔네. 토니 배럴의 운전수라는 스쿠프 터너는 여전히 패커드 자동차에 기대서 있다가, 우리가 다가가자 움찔하더군.

"왜 저 사람을 스쿠프●라고 부르죠?"

내가 키티에게 물었네.

"예전에 시카고에서 기자 노릇을 했거든. 하지만 갱 밑에서 일하는 게 돈벌이가 더 좋았나 봐. 항상 돈 꽁무니만 쫓아다니는 인간이니까."

키티는 낮은 목소리로 운전수에게 인사를 건넸어.

"요즘 어때, 스쿠프?"

운전수는 미소를 짓더군.

"안녕, 키티. 요즘도 다들 너한테 환장해?"

"당연하지, 스쿠프."

키티가 내게 설명해 줬어.

"예전에 시카고에서 벌레스크 쇼 무대에 선 적이 있거든. 여기 스쿠프가 딱 한 번 기사로 낸 적이 있지. 그렇지, 스쿠프?"

● 스쿠프 scoop. 특종 기사

"그때 근사했지."

"토니 차 한번 봐도 돼?"

스쿠프가 어깨를 으쓱하고는 뒷문을 열었네. 블라인드가 내려져 내부는 어두컴컴했지만 화려한 가죽 갓이 달린 천장 조명이 희미하게 빛을 드리우고 있더군. 앞 좌석 등받이 주머니에는 작은 산탄총이 꽂혀 있었어. 스쿠프가 앞 좌석 등받이에 팔을 걸치며 키티의 반응을 살피더라고.

"아주 고급스럽지?"

"왜 블라인드를 쳤어?"

"토니에게 총을 쏘려는 사람이 워낙 많아서. 이러면 차 안에 있는지 없는지 모르잖아. 봐, 운전석도 뿌옇지. 정면만 투명한 유리야."

"방탄이야?"

"그렇다고는 하는데 기관 단총을 갈기면 어떻게 될지 모르지."

키티와 나는 트럭 쪽으로 걸어갔어. 스쿠프는 차 문을 닫더니 어슬렁어슬렁 집 옆으로 걸어가더군.

"이 일에 얽히게 해서 좀 미안하네. 하지만 내가 래리한테 당신을 해치지 말라고 당부해 놨어. 토니 배럴이랑 그 부하들이 떠나면 바로 풀어 줄게."

필과 마티가 둘 다 집 뒤쪽에 있는 이참에 도망칠까도 생각했지만 그러지 않기로 했네. 트럭 운전수 찰리 헬로는 여전히 산탄총을 들고 있었고, 도망치는 사냥감을 쫓는 걸 즐길지도 몰랐으니까.

"찰리. 나 키티야. 기억하지?"

찰리는 아무 말도 하지 않고, 산탄총 방아쇠에 손가락을 걸고 말했네.

"트럭에서 떨어져."

"그냥 통이 궁금해서 그래, 찰리. 문제를 일으키려는 건 아니야."

찰리의 눈을 보니 마약에 취해 있는 것 같았어. 우리를 보고 있긴 했지만, 다시 경고하진 않았네. 키티가 방수포를 들어 올리고 나무로 된 술통을 보여 주더군. 한 줄이 뒤집혀 있어서 속이 비었다는 걸 알 수 있었네.

"새것이 아니네요. 속에 새까만 자국이 보이는데."

"이런 바보, 당연히 새까맣지! 그래서 그렇게 비싼 거야. 전부 토니 배럴이 캐나다 양조장에서 사 온 거거든. 오래된 위스키를 담아 두는 바람에 까매진 거야. 저 통에 변성 알코올을 넣어서 몇 주 동안 보관하면, 스카치든 호밀 위스키든 버번이든 원래 통에 들어 있던 향이 변성 알코올에 스며들거든."

"변성 알코올은 어디에서 가져오는데요?"

"일부 회사는 정부 허락을 받고 판매할 수 있어. 독성이 있는 것도 있지만, 모발 영양제를 만들 때 쓰는 알코올 같은 건 좀 역하긴 해도 먹고 죽지는 않거든. 약사라면 여러 번 증류해서 역겨움을 유발하는 성분을 날려 버릴 수 있지. 그러면 순수한 알코올이 남는데, 그걸 저 통 속에 몇 주 동안 저장하는 거야. 그럼 진짜 위스키랑 똑같다고."

"놀랍네요!"

"장사꾼들이 다 그렇지 뭐."

"전 래리 스피어스가 국경을 넘나들며 술을 밀수해 오는 줄 알았는데요."

"실제로 그렇게 하기도 해. 하지만 수요가 공급을 넘어섰거든. 게다가 래리의 도박 빚이 자꾸 불어나서 돈이 더 많이 필요해."

"저기 토니 배럴이 오네요."

농가 문이 열리더니 덩치 크고 수염이 덥수룩한 남자가 모습을 드러냈어. 필과 마티 역시 집 모퉁이를 돌아서 나왔지.

"돈은 받았어요, 토니?"

필이 소리쳤네.

"그래. 트럭 가져가."

토니가 우물거리듯 대답했어. 그러고는 아무것도 들지 않은 오른손을 뻗어서 리무진의 뒷문을 열고 올라타더라고.

"트럭 이리 끌고 와, 마티."

필이 지시하자 마티가 빠른 걸음으로 트럭을 향해 걸어갔네.

그때 일이 터졌어.

머릿속에 술이나 마약 생각밖에 없는 게 뻔한 찰리 헬로가 자신을 향해 뛰어오는 마티를 발견한 거야. 마티가 자길 공격한다고 생각한 모양인지 산탄총을 들어서 정확히 마티를 겨냥해 발사했네. 마티는 먼지 속에서 미끄러지듯 바닥에 엎드리더니, 코트에서 총신이 짧은 권총을 꺼냈지. 찰리가 산탄총을 다시 한 번 쏘자, 마티는 엎드린 채로 세 발을 응사했어.

찰리는 균형을 잃고 트럭 펜더에 부딪히더니 바닥에 쓰러졌네.

"이런 망할, 쏘지 마!"

필이 비명을 지르며 총을 뽑아 들고 앞으로 달려 나갔어. 키티와 나는 여전히 리무진과 농가 사이에 있었네. 스쿠프 터너도 자기 총을 빼들고 운전석에서 뛰쳐나오더라고. 스쿠프 뒤에서 필과 마티를 향해 총을 쏠까 겁이 났지만, 다행히 뭘 어떻게 해야 좋을지 망설이더군. 스쿠프는 자동차의 왼쪽 앞바퀴를 내려다보고 있었네. 펑크가 난 게 보이더군. 찰리의 산탄총에 맞은 것 같았지.

"선생, 이 친구 죽은 것 같아! 와서 좀 봐 줘!"

필이 내게 소리를 질렀네.

"여기 있어요."

나는 키티에게 그렇게 말하고 앞으로 뛰쳐나갔어.

마티는 여전히 총을 든 채로 굳어 가는 시체를 내려다보고 있었네.

"저놈이 먼저 쐈어. 날 죽이려고 했다고!"

마티가 쉰 목소리로 말하더군.

"마티가 쏜 건 차 타이어뿐이야. 다들 총 집어넣어."

스쿠프 터너가 말했어.

나는 마티가 쏜 총에 찰리 헬로가 죽었다는 사실을 확인했네. 리무진 쪽을 쳐다보았지만 토니 배럴은 아직도 차에서 내리지 않았더라고. 뒷좌석에 있던 산탄총이 떠올라, 토니가 바보짓을 하기 전에 뭐라고 한마디 해야겠다는 생각이 들었네.

"어디 가는 거야?"

필이 물었어.

"토니에게도 말해 줘야죠."

리무진 뒷좌석 문을 열었네. 하지만 텅 비어 있었어.

앞 좌석 역시 비어 있었지.

찰리 헬로와 마티가 서로 총질을 하는 사이 토니 배럴은 사라져 버린 거야.

"어디 갔지? 차에서 내리지도 않았는데."

키티가 말했네.

"내린 게 분명합니다. 없어요."

내가 대답했어.

"없어졌을 리가 없잖아!"

스쿠프 터너가 버럭 소리를 지르더니 나를 밀치고 직접 차 안을 확인해 보더군. 필과 마티도 확인하러 따라왔어.

"총격이 시작됐을 때 집으로 돌아간 게 분명해."

필이 말했어.

"집 안으로는 안 들어갔을 거야. 내가 지켜보고 있었어!"

키티가 주장했지.

"총을 쐈든 안 쐈든 당신들도 봤을 거 아냐! 차에서 집까지 10미터는 된다고. 토니가 무슨 투명 인간도 아니고!"

"안을 확인해 보고서 상황을 정리해야겠습니다."

나는 집 안으로 뛰어 들어갔네. 토니 배럴이 의자 뒤에 숨어서 웅크리고 있을 거라고 확신했지만 거실엔 아무도 없었어.

혹시 래리 스피어스도 사라진 게 아닐까 하는 생각이 들었지만, 래리는 침대에 앉아서 문을 향해 22구경 자동 권총을 겨누고 있더군. 창백하고 겁먹은 얼굴이었어.

"방금 그 총소리 뭐야? 경찰?"

래리가 물었네.

"차라리 그러면 다행이죠. 마티가 트럭 운전수 찰리 헬로를 죽였습니다."

"그건 별일 아니야."

"하지만 큰일도 있습니다. 총격전이 벌어진 사이 토니 배럴이 자기 차에서 사라졌어요."

"사라졌다는 게 무슨 소리야?"

"그냥 말 그대로요. 분명히 차에 타는 걸 봤는데 없어졌단 말입니다."

래리 스피어스가 총구를 내렸어.

"그럼 가서 찾아봐. 내가 나갔다간 거짓말이 다 들통 나잖아. 배신자는 분명히 아직도 날 노리고 있을 거야."

"금방 돌아오겠습니다."

밖에 나가 보니 키티가 자동차 좌석 시트를 더듬으며 사람이 숨을 만한 공간이 없는지 찾고 있더군. 하지만 리무진에 그런 공간은 없었네. 스쿠프에게 트렁크를 열어 달라고 했지만 여분 타이어와 도구 몇 개 외에는 아무것도 없었지.

"대체 어딜 간 거야?"

필이 내게 물었어.

"나도 알고 싶습니다. 집 안에도 없고, 래리도 아무것도 모르더라고요."

우리는 집 주위를 둘러보고 트럭 주변도 돌아다녀 봤지만 아무것도 나오지 않았네. 래리의 차 안을 뒤져 본 뒤, 혹시나 싶은 마음에 트럭에 실린 빈 통도 다 들여다봤어. 우리의 눈을 피해서 토니가 그 안으로 숨을 방법은 없었지만, 그래도 어쨌든 다 살펴봤지.

20분 후 우리는 결국 패배를 인정할 수밖에 없었어. 토니 배럴은 깨끗이 사라졌어.

"토니를 찾을 수 있는 제일 빠른 방법은 이거지."

필이 총을 꺼내 들더니, 몸을 돌려 스쿠프를 겨눴어.

"우리 모두 다 토니가 차에 타는 걸 봤어, 스쿠프. 당신은 분명 무슨 일이 일어났는지 알 거야."

"아무 일도 안 일어났어!"

전직 기자가 소리를 질렀네.

"그 사람이 당신한테 뭐라고 말한 것 없습니까?"

내가 물었지.

"그냥 찰리를 태우면 바로 출발하라고만 했어. 그런데 갑자기 총소리가 들리고 타이어에 펑크가 난 거야."

"찰리는 원래 리무진을 타고 갈 예정이었습니까?"

"맞아. 내 옆 조수석에. 래리 스피어스가 트럭까지 샀거든."

"현금으로 1만 2천 달러 말이죠. 토니 배럴은 그 돈을 가지고 있었으니, 여러분 중 그 누구라도 돈을 노릴 동기가 있었겠군요."

내가 말했어.

"지금 우리 중 누군가가 토니를 죽였다는 거야? 대체 어떻게?"

키티가 묻더군.

"저도 모르죠."

나는 솔직히 말했어.

"토니는 내 알 바 아냐. 토니가 죽었는지 살았는지는 모르겠지만 찰리 헬로는 죽었어. 누가 오기 전에 빨리 여기서 떠야 해. 트럭에 실린 저 통들은 어차피 큰돈이 되겠지."

필의 말에 다른 사람들도 모두 동의했지만 스쿠프 터너가 묻더군.

"시체는 어쩌고?"

"가져가야지. 통 속에 넣어서. 가다가 길에 버리거나 다리에서 떨어뜨리면 돼."

터너가 나를 가리켰어.

"의사 선생은 어떡하지?"

"저 인간은 너무 많은 것을 알고 있어."

필이 가차 없이 내뱉더군.

"잠깐만! 래리가 의사 선생은 안 건드리기로 약속했단 말이야!"

키티가 소리를 지르며 권총을 꺼내려던 필 앞으로 다가갔네.

"어차피 래리는 죽어 가고 있잖아. 그런데 뭐가 문제야?"

"의사 선생은 아무것도 몰라. 심지어 우리 성도 모른다고."

스쿠프 터너가 말하더군.

"내 성은 알지. 그런데 난 이제 어떡하나? 찰리는 죽었고 보스는 사라졌는데."

"원래 뭘 하고 있었는데? 토니와 뭘 하려고 했던 거야?"

필이 묻더군.

내가 손을 들어 사람들을 진정시켰네.

"여러분끼리 이렇게 싸우기만 해서는 아무 데도 못 갑니다. 계속 이러고 있으면 결국 경찰에 다 체포될 거예요. 경찰이 찰리의 시체를 찾아내고, 어쩌면 토니의 시체까지 찾아낼지도 모릅니다."

"토니는 죽은 거야?"

키티가 물었네.

"제 생각에는 그렇습니다. 자, 여러분 모두 교도소에 가고 싶으세요? 아니면 제가 살인자를 찾아내길 바라세요?"

"우리 중에 범인이 있다고?"

"범인은 오늘 아침 래리 스피어스를 쏜 사람과 같은 사람일 겁니다. 래리를 쏜 것 자체가 지금 이 범죄와 연결돼 있을 수도 있죠."

"당신은 토니의 시체가 어디 있는지 안다는 거야?"

"네."

"좋아. 그럼 토니의 시체를 찾아내고 누가, 어떻게 죽였는지 말하면 풀어 주겠어. 거래 성립이지, 의사 선생?"

필의 말에 나는 고개를 끄덕였어.

"래리의 방으로 갑시다. 래리도 이 이야기를 들어야 하니까요."

찰리 헬로의 시체는 그대로 내버려 둔 채 모든 사람들이 나를 따라 안으로 들어왔네. 오후 내내 지나가는 차는 한 대도 없었지만 나는 렌즈 보안관이 가끔 늦은 시간에 이 길을 통과한다는 사실을 알고 있었어. 누군가가 총소리를 듣고 불법 사냥 신고를 했을 가능성도 있었지.

우리가 들어가자 래리 스피어스가 총을 들이밀었어.

"이번엔 또 뭐야? 뭘 원하는 거야?"

"거래를 했습니다. 제기 토니 배럴의 시체와 그 살인자를 찾아내면 절 풀어 주기로요."

"그렇게 심한 상처를 입었는데 어떻게 일어나 앉아 있는 거야? 아까 내가 들어왔을 때는 거의 죽어 가고 있었잖아."

키티가 물었지.

"설명할 일이 더 있는 것 같군그래."

필의 손가락이 슬그머니 방아쇠에 닿는 게 보이더군.

"토니 배럴이 정말 죽었다면, 살인을 저지를 수 있는 건 이 인간뿐이잖아?"

필은 스쿠프 터너를 가리켰어. 스쿠프의 얼굴은 차츰 공포로 일그러졌네.

래리 스피어스가 스쿠프를 겨냥했어.

"그리고 오늘 아침에 여기로 차를 끌고 와서 날 쏠 수도 있었겠지!"

힘이 들어간 래리의 손가락이 하얘지더군. 나는 몸을 날려 침대로 뛰어들었어. 정확히 총이 발사되는 그 순간, 래리의 팔을 쳐냈네. 총알은 천장에 박혔어. 나는 래리가 또 쏘기 전에 덤벼들어 손에서 총을 비틀어 빼냈어.

"필! 이놈 죽여! 둘 다 죽여 버려!"

래리가 내 밑에 깔린 채 고함을 질렀지.

"그러진 않을 겁니다! 필은 나도 스쿠프도 죽이지 않을걸요. 시체가 어디 있는지 궁금할 테니까."

"그래서 어디 있는데?"

키티가 캐물었어.

나는 래리 스피어스의 팔을 꽉 잡은 채 말했지.

"이 침대 밑에 있습니다. 시체를 이 밑에 넣은 게 바로 래리 스피어스라고요!"

내가 그렇게 말하자마자 스쿠프 터너가 문 쪽으로 슬금슬금 움직였지. 하지만 마티가 역시 조용히 움직여서 스쿠프의 앞을 가로막았어.

"좋습니다. 잘 붙잡고 계세요. 그 사람이 곧 필요할 테니까."

"그럼 스쿠프도 관련이 있다는 뜻이야?"

키티가 물었어.

나는 고개를 끄덕이며 구겨진 침대보를 끌어당겼지. 토니 배럴의 시체가 보이더군.

"래리가 이 사람을 죽인 건 맞지만, 스쿠프의 도움 없이는 불가능했습니다. 스쿠프가 항상 돈 꽁무니를 쫓는다고 했죠? 그리고 래리는 가끔 그걸 보여 줄 때가 있었을 거예요. 토니 배럴은 이 방 안에서 살해당한 겁니다."

나는 드러난 시체를 자세히 들여다보았어.

"가느다란 철사로 목을 졸랐군요. 토니는 이 집 밖으로 나간 적이 없습니다. 이 집에서 나와서 차에 탄 사람은 가짜 수염을 달고 배에 완충재를 넣은 스쿠프였던 거죠. 두 사람은 비슷한 옷과 모자 차림이었고, 게다가 스쿠프는 애초에 몸에 맞지 않는 옷을 입었었죠."

키티가 고개를 갸웃거렸어.

"하나도 이해가 안 가. 토니를 죽인 사람이랑 아침에 래리를 쏜 사람이 같은 사람이라면서?"

"바로 그렇습니다! 래리가 자기 자신을 쏜 거죠. 도착하자마자 배에 아무 상처도 없다는 사실을 알았지만, 팔의 상처가 직접 쏴서 만든 거라는 사실은 방금 전에야 알았습니다. 덤불 속에 총잡이 같은 건 없었어요."

"대체 왜? 자기 자신을 총으로 쏘고, 토니를 죽이고, 사라지는 연극을 한 건데?"

"토니를 침실로 오게 해서 그 안에서 죽이려고 계획을 짠 거죠. 그런 계획이 없었다면 밖에서 만났거나, 최소한 당신들이 함께 있는 가운데 만났겠죠. 토니를 죽인 이유는 아주 간단해요. 오늘 가져온 술통은 래리에겐 너무 간절한데, 운반비 1만 2천 달러가 없었기 때문이죠. 사람이 사라진 연극은 원래 계획에는 없었던 일이었을 겁니다."

"계획에 없었던 일이라는 게 무슨 소리야?"

필이 물었네.

"이 범죄를 처음부터 차근차근 설명해 보겠습니다. 그러면 원래 계획과 일이 어디에서 잘못됐는지를 알 수 있을 겁니다. 래리는 가짜 위스키를 만들기 위해 이 통이 필요했어요. 그래서 1만 2천 달러에 이 술통을 토니에게서 사들이기로 했죠. 여기까지는 모두 알겠죠? 하지만 어쩌다 보니 돈이 다 떨어진 겁니다. 그렇죠, 래리? 키티가 그러는데 당신이 최근에 도박에 푹 빠졌다고 하더군요. 토니 같은 인간한테 제값을 다 치르지 않았다가는 갱들끼리 전쟁이 일어날 겁니다. 하지만 당신이 용의 선상에서 완벽하게 벗어날 수만 있다면 죽이지 않을 리가 없죠.

당신은 사전에 스쿠프를 매수했습니다. 한 1천 달러쯤? 아무튼 있는 돈을 모두 긁어다가 줬겠죠. 그리고 오늘 아침 문밖으로 걸어 나가서 22구경 자동 권총으로, 자신의 팔에 대고 피부를 가볍게 스치도록 쏘았습니다. 출혈이 심했기 때문에 배에 맞은 것처럼 속일 수 있었죠. 천 같은 걸 대고 쏘면 상처 주위에 화약 흔적도 남지 않고요. 22구경이니 큰 부상을 입지 않으리라는 사실도 알고 있었겠죠."

"배에 총을 맞은 게 아니라고, 래리가 당신한테 말했어?"

키티가 묻더군.

"그럴 수밖에 없었습니다. 의사를 불러 놓고 그런 비밀을 지키기란 불가능하잖아요. 그리고 계획에 따르면 꼭 침대에 누워 있어야 하는데 팔에 난 상처만으로 굳이 침대에 누울 필요는 없었죠. 토니 배럴이 혼자서 이 방으로 들어와야만 목을 졸라 죽일 수가 있었습니다. 사실 래리는 당신들 셋 중 하나가 뉴욕 갱단에 자신을 팔았을지도 모른다고 말했지만, 그건 그냥 저를 붙잡아 두기 위한 '훈제 청어'였을 뿐이죠. 토니가 돈을 받으러 이 방에 들어왔을 때, 래리는 기운이 없어 목소리가 나오지 않으니 침대 위로 가까이 와 달라고 부탁했을 겁니다. 그리고 냅다 철사로 토니의 목을……"

"한쪽 팔에 부상까지 입었는데 토니처럼 힘센 남자의 목을 어떻게 졸라?"

키티가 물었네.

"부상은 왼팔에 입었으니 오른팔은 충분히 힘이 있었겠죠. 방심하던 토니는 깜짝 놀라서 아마 쉽게 당했을 겁니다."

"스쿠프 터너는 어떻게 들어온 건데?"

"창문을 통해 들어왔습니다. 처음에 우리에게 리무진을 보여 주고 나서 스쿠프가 집 옆을 어슬렁거렸던 일을 떠올려 봐요. 스쿠프는 가짜 수염을 달고, 래리가 두르고 있었던 완충재를 걸쳤습니다. 어쩌면 래리가 시체를 침대 밑으로 밀어 넣는 걸 도왔을지도 모르죠. 아무튼 그러고 나서 문밖으로 나왔습니다. 그때 토니는 웅얼거리듯 한두 마디밖에 하지 않았잖아요. 차에 타고 나서 스쿠프는 바로 수염을 떼고 완충재와 함께 글러브박스에 쑤셔 넣었겠죠. 토니를 찾으려고 여기저기 뒤졌지만, 우리 중 아무도 그런 좁은 곳까지 들여다보진 않았어요.

스쿠프는 앞 좌석으로 넘어가서 차를 몰고 가 버리려고 했어요. 찰리 헬로만 태우면 잽싸게 그 자리를 벗어나려 했겠죠. 어쩌면 여러분이 모두 떠난 뒤 래리가 이 집에 불을 질러 토니의 시체까지 없앨 계획이었는지도 모릅니다. 하지만 찰리 헬로가 망쳐 버렸죠. 갑자기 총질을 해서 자동차 바퀴에 펑크를 내는 바람에, 우리 모두가 토니 배럴이 실종됐다는 사실을 알게 된 겁니다. 그 사건만 없었다면 불가해한 실종 사건은 일어나지 않았고, 100킬로미터 아니, 200킬로미터는 떨어진 곳에서 토니가 사라졌다는 사실을 뒤늦게 알게 되었을 거예요. 자동차는 다리에서 추락했을 수도 있고요. 무슨 일이 일어나든 래리는 결백했겠죠. 찰리는 마약에 너무 취해서 뒷좌석에 보스가 없었다고 해도 그러려니 했겠죠. 만약 의심했다고 하더라도 스쿠프가 토니를 어디 다른 곳에 내려 줬다고 하면 그냥 넘어갈 수 있었을 겁니다."

"그런 걸 다 어떻게 안 거야?"

필이 물었어.

"토니가 집에서 나와서 차에 탈 때 오른손 손가락에 있었던 술통 모양의 다이아몬드 반지가 사라졌다는 사실을 알아차렸습니다. 그리고 토니가 돌아오는 모습은 우리 모두가 봤지만, 스쿠프가 차로 돌아오는 모습은 아무도 못 봤잖아요. 운전석 옆 유리가 뿌옇기 때문에 확실하지는 않겠지만, 만약 운전석에 있었다면 보스를 위해 문을 열어 주지 않았겠어요? 처음 여기 도착했을 때처럼 말이죠. 수염 난 남자가 토니가 아니고 스쿠프가 변장한 거라면, 그리고 토니가 침실에서 나오지 않았다면, 시체는 여전히 집 안에 있겠죠. 그렇다면 논리적으로 가장 적합한 장소는 침대 밑이고, 논리적으로 가장 적합한 살인자는 래리가 되겠죠. 동기까지 모든 것이 다 맞아떨어졌어요."

필은 침대에 누워 있는 남자를 내려다보았네.

"할 말 있어요, 래리?"

"그래, 내가 죽였다! 살인이 처음도 아니고. 당장 원래 계획대로 여기서 빠져나가자고."

"의사 선생은 어쩌죠?"

"죽여."

"스쿠프는요?"

"그놈도 죽여."

내가 지적했네.

"그럴 생각이었으면 몇 분 전에 했어야죠. 유일한 목격자 하나만 죽였으면 됐을 텐데. 이제는 키티와 필과 마티까지 다 죽이지 않으면, 토니를 죽인 사실을 감추기는 어려울 겁니다. 갱들이 당신을 뒤쫓겠죠."

갑자기 마티가 창문으로 걸어가더니 쉰 목소리로 말했어.

"차가 오는데."

"경찰입니다. 누가 총소리를 듣고 신고했나 보네요."

나는 내 말이 맞기를 바라며 최대한 자신감 있게 말했네.

스쿠프가 우리를 밀치고 문을 향해 잽싸게 달려갔어. 문이 열리고 스쿠프가 사라지자마자 렌즈 보안관의 우렁찬 목소리가 들렸지. 나는 그제야 마음이 놓여서 미소를 지을 수 있었네. 이제 다 괜찮아질 테니까.

샘 호손 박사가 이야기를 마무리 지었다.

"키티와 필과 마티는 토니 배럴의 살인을 책임질 생각이 전혀 없었지. 모두 무기를 버리고 저항 없이 투항했다네. 보안관은 스쿠프 터너를 체포했고, 스쿠프 역시 이 살인 계획에서 자기가 했던 일을 재빨리 자백했어. 몇 달 후 뚱보 래리 스피어스는 전보다 더 야윈 채로 재판을 받았고, 1급 살인죄가 선고되었네.

그 뒤로 밀주꾼들은 노스몬트에 얼씬도 하지 않았지만, 또 다른 문제가 생겼다네. 1930년 여름, 공중 곡예를 하는 곡예비행사들이 시내로 찾아와서 우리 동네 아가씨 한 명과 사랑에 빠진 거야. 그리고 하늘에서 밀실이 만들어졌지! 하지만 그 얘긴 다음에 하지. 자네 가기 전에 어…… 약주 한잔 더 하겠나?"

The Problem of the Tin Goose

깡통 거위의
수수께끼

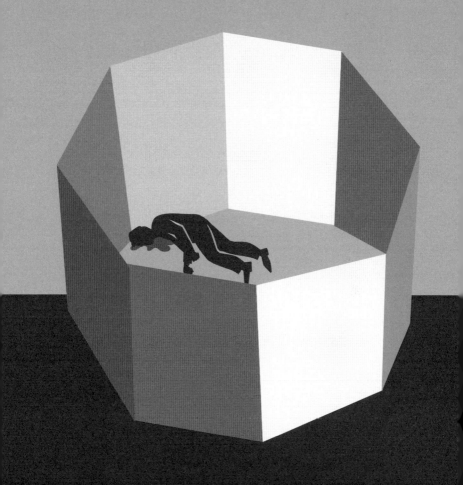

"이번에는 무슨 이야기를 한다고 했더라?"

샘 호손 선생은 셰리주를 술잔 두 개에 가득 따르고는 낡은 가죽 안락의자에 몸을 기댔다.

"아, 그랬지. 1930년에 노스몬트를 찾아왔던 곡예비행단 이야기였지. 새삼 말하는데 정말 엄청난 일이었어. 그야말로 '하늘을 나는 밀실'에서 벌어진 살인 사건이었다니까. 그런데 이 모든 이야기는 어느 곡예비행사와 시골 처녀 사이에 빠르게 피어난 로맨스에서부터 시작됐다네…….

(샘 선생은 말을 이었다.)

어느 덥고 구름 한 점 없는 7월 오후, 나는 세 줄짜리 광고를 내기 위해 〈노스몬트 비〉 사무실을 찾아갔다네. 한 2년쯤 전에 샀던 황갈색 패커드 오픈카를 팔 생각이었거든. 좋은 차이긴 했지만

1928년 2월에 나를 죽이려던 자에 의해 불타 버린, 사랑하는 피어스애로를 결코 대신할 수는 없었어. 그러던 중 대공황으로 거액을 잃은 신 코너스의 어느 의사에게서 거의 새것이나 다름없는 1929년식 스터츠 토르페도를 구입할 수 있었다네. 운이 좋았지. 그래서 패커드를 팔려고 신문에 광고를 내기로 했어.

보니 프랫이 글자 수를 다 센 뒤 말했네.

"60센트예요. 가격 괜찮은데요? 가서 저도 한번 봐야겠어요."

나는 얼른 대답했지.

"그럼요. 지금 내 사무실 옆에 세워 놓았어요."

"선생님이 모시는 거 봤어요."

보니는 당돌한 빨간 머리 아가씨로, 1년 전 아버지를 잃고 대학을 졸업한 뒤 바로 〈비〉에서 일하기 시작했지. 프랫네 식구들은 좋은 사람들이었어. 나는 보니에 대해 잘 몰랐지만, 그래도 노스몬트처럼 작은 동네에서는 눈에 띌 만큼 예쁜 아가씨였어.

"뭐, 나중에 보러 갈게요."

보니가 덧붙였네.

나는 광고료 60센트를 지불한 뒤, 보니와 몇 마디 더 이야기를 나누었지.

"최근에 뭐 새로운 소식 없어요, 보니? 특종 같은 거라도."

보니는 나를 향해 마주 웃고서 말했네.

"신문을 사서 보세요, 샘 선생님. 선생님도 공짜로 진료해 주진 않잖아요."

"그건 그렇네요."

나도 인정했어.

"그래도 헤드라인 정도만 슬쩍 보여 줄 수는 없을까요?"

"아, 그건 좋아요."

보니는 오후 신문을 집어 들었지.

"하나같이 주말에 온다는 곡예비행단 얘기뿐이에요."

"여긴 공항도 없는데 대체 어디로 온다는 거죠?"

"아트 질랜드 비행 학교에요. 이 사진들 좀 보세요. 이건 포드 3발기인데 동체가 전부 주석이라서 '깡통 거위'라고 불러요. 실제로 승객을 싣고 군을 가로질러 20분 동안 비행한 뒤 돌아온다네요. 그리고 이게 곡예용 복엽기인데요. 용기가 있다면 탑승할 수도 있죠. 5분에 5달러래요. 그 곡예단은 3발기 한 대랑 복엽기 두 대를 소유하고 있어요. 꽤나 대단한 쇼예요."

"근래 몇 년 들어 그 곡예비행사들 얘기를 많이 들었습니다. 왜전에는 온 적이 없을까요?"

보니가 합리적인 이유를 말했어.

"아트 질랜드가 비행 학교를 세운 지 얼마 안 됐거든요. 지금까지는 착륙장도 없었어요. 하지만 앞으로는 항공 산업이 뜰 거예요! 요즘은 다들 비행기로 대륙을 날아다니잖아요. 저희 이모도 작년에 48시간 걸려서 로스앤젤레스에서 뉴욕까지 여행 가신 적이 있어요. 낮에는 비행기를 타고, 어두울 때는 위험하니까 밤에는 열차로 갈아타고 가셨대요. 이모한테는 그게 첫 비행이었는데 글쎄 찰스 린드버그가 직접 조종했다지 뭐예요."

"굉장히 흥분한 것 같은데요?"

"맞아요. 〈비〉에서 저한테 로스 원슬로를 인터뷰하라고 했거든요. 그 사람이 곡예비행단 단장이에요. 정말 잘생겼죠."

'원슬로 플라잉 서커스'의 단장은 곱슬거리는 검은 머리에 가느다란 콧수염을 지닌 매력적인 친구였어. 신문 일 면에 실린 원슬로의 사진을 보니 새로운 세상은 로스 원슬로 같은 선구자들이 이끌고 가겠다는 생각이 들더군. 보니 프랫 같은 아가씨들은 이런 남자들과 사랑에 빠지겠지. 나처럼 지루한 시골 의사가 아니라.

"나도 만나 보고 싶네요. 곡예비행사들을 만나 본 건 1927년에 여기서 영화를 찍는다고 왔던 사람들뿐이라."

고개를 끄덕이던 보니가 문득 떠오른 듯 말했네.

"난 그때 막 대학을 졸업했죠. 있잖아요, 금요일에 나랑 같이 보러 갈래요? 정오쯤에 비행한대요."

나는 굉장한 흥미를 느꼈지.

"어디 한번 봅시다. 그날 해스컬 부인이 아이를 낳지 않으면 몇 시간 정도는 자리를 비워도 될 것 같군요."

금요일 정오에 보니 프랫과 함께 아트 질랜드 비행 학교를 찾아갔네. 잡초 가득한 들판에 착륙해 있는 포드 3발기 한 대와 작은 복엽기 두 대가 있더군. 아트 질랜드도 비행사들을 맞이하러 직접 나와 있었어. 세계대전 에이스 조종사처럼 목에 하얀 비단 스카프를 감고 있었지. 삼십 대 중반인 아트는 나처럼 아직 결혼하지 않았어. 1년 전인가 그즈음에 노스몬트로 와서 비행 학교를 열었는데, 남부 어딘가에 아내와 아이들을 버리고 왔다는 뜬소문이 떠돌았지. 아트는 쾌활했지만, 대부분의 시간은 혼자 보냈어.

스터츠 토르페도를 세우고 나오는데, 아트가 내게 인사를 건넸어.

"다시 만나서 반갑네요, 샘. 요즘 의사 일이 잘되나 보죠?"

아트는 내 오픈카의 반짝이는 검은 펜더를 쓰다듬었네. 차체는 황갈색이지만 두 개의 좌석 커버는 대조되는 빨간색이어서 빨간 바퀴와 잘 어울렸지. 시골 의사에게는 너무 호화로운 자동차였지만 내 유일한 사치이기도 했어.

"시골길이 워낙 안 좋아서 좋은 차가 필요하더라고요."

"차라리 그 차보다 비행기를 사는 게 싸겠군요."

우리는 들판을 가로질러 곡예비행사들을 맞이하러 걸어갔네. 한 남자가 선두 비행기에서 내려 손을 흔들고는, 우리에게 걸어오고 있더군. 당연히 로스 윈슬로였지. 나와 자신을 소개하는 보니 프랫은 이미 몹시 들떠 있었네.

"의사 선생님의 도움이 필요 없기를 바라야겠네요."

윈슬로가 강철 같은 손으로 나와 악수를 나누며 농담을 던지더군.

"그럴 일은 아마 없을 것 같습니다. 비행하다 날개가 부러지면 의사 선생님이 하실 수 있는 일은 별로 없을 테니까요."

아트 질랜드는 윈슬로와 안면이 있었네. 둘은 비행기 세 대를 세워 둘 곳과 곧 밀려올 구경꾼들의 동선 등을 논의했네. 그리고 낮은 목소리로 입장 수익에서 윈슬로가 받아 갈 지분에 대한 이야기도 나누더군. 몇 백 달러 정도의 기본 금액에 비행이 추가될수록 얼마를 추가해서 주기로 한 것 같았어.

나는 윈슬로 플라잉 서키스의 다른 멤버들 쪽으로 관심을 돌렸네. 총 세 명이 있었어. 두 명은 나보다 나이가 약간 많아 보였지.

한 명은 뺨에 흉터가 있는 금발 남자로 이름은 맥스 렌커라고 했고, 다른 한 명은 키가 작고 유쾌한 성격의 토미 버던이라는 남자였어. 하지만 내 진짜 관심사는 네 번째 멤버였어. 긴 금발의 메이비스 윙이라는 여성은 노스몬트에서는 한 번도 본 적 없는 나른한 미소를 지으며 나를 바라보더군.

"곡예비행사 중에 여성이 있을 거라고는 생각도 못 했습니다."

나는 겨우 정신을 차리고 말했네. 메이비스 윙이 다시 나른한 미소를 지었어.

"당연히 여성도 할 수 있죠, 호손 선생님. 릴리언 보이어는 자기 전용기도 있고, 한쪽에 자신의 이름으로 멋지게 장식도 해 놓았다고요. 그게 제 목표죠. 제 이름은 사실 윙가튼인데 비행기 한쪽에 써 놓기에는 좀 그렇죠?"

"그냥 사진을 붙이는 게 낫겠는데요. 그거면 충분할 것 같습니다."

내가 정중하게 말했지.

"맙소사, 왜 이러세요? 호손 선생님, 지금 저를 유혹하는 건가요?"

내가 목적을 달성하기 직전에, 윈슬로가 멤버들에게 비행기를 제자리에 세워 두라고 지시를 내리더군. 그래서 나는 보니와 함께 윈슬로를 인터뷰하기로 했어. 아트 질랜드가 격납고 안에 탁자와 의자를 마련해 두어서 인터뷰는 그곳에서 이뤄졌네. 보니는 윈슬로의 이야기를 빠른 손놀림으로 적어 나갔지.

"맥스랑 토미는 둘 다 전쟁 때 조종사였어요. 그래서 저한테 큰 도움이 됐죠. 전 조종 훈련을 받았지만, 프랑스에 가기도 전에 전쟁이 끝나 버렸거든요. 저희 셋은 거의 10년 동안 같이 일하다가 최근 들어 곡예비행을 시작했습니다. 아마 유럽의 유명한 곡예비행사 앨런 코브햄 경 이야기를 읽어 보신 적이 있을 겁니다. 코브햄 경이 이끄는 곡예단은 유럽 대륙 전체를 돌면서 공연을 했죠. 저희 목표는 대서양 이편에서 같은 업적을 이루는 겁니다. 당연히 경쟁자가 많겠죠. 저희는 각자 고안해 낸 고난도 곡예를 뛰어넘기 위해 노력 중입니다."

"비행기 얘기도 좀 해 주세요."

보니는 고개도 들지 않고 말했어.

"미국에 와서는 저희 모두 제니를 탔습니다. 저 작은 복엽기 말이죠. 군에서 전쟁 말기에 만든 JN-4D 훈련기입니다. 제작이 마무리됐을 때 전쟁이 끝나는 바람에 수천 대의 제니들이 3백 달러에 팔려 나갔죠. 전쟁 때 비행기를 몰았거나, 저처럼 비행 훈련을 받은 사람들은 다들 한 대씩 샀답니다. 맥스와 토미 그리고 저는 제니 세 대로 시작했지만, 작년에 한 대를 팔고 포드 3발기를 구입했습니다. 곡예비행을 보고 난 관중들이 비행기에 함께 타고 싶어 한다는 사실을 알았거든요. 제니를 타고 5분을 날기 위해 삼사십 명쯤 되는 사람들이 줄을 서더군요. 그래서 똑같이 5달러를 받고, 비행 시간을 살짝 늘리고, 한 번에 열 명씩 태우면 돈을 더 많이 벌겠다는 생각이 들었습니다."

보니가 채근했어.

"곡예비행 얘기도 해 주세요. 사람들이 가장 궁금해할 거예요."

"글쎄요, 일단 맥스와 제가 제니 두 대로 날아올라, 그 날개 위에서 걸으면서 시작됩니다. 그다음으로 메이비스가 거의 한 팔로 비행기 날개에 매달리는 아주 스릴 넘치는 묘기를 선보이죠. 그 비행기는 제가 조종하고요. 그걸 보면 관객들의 얼굴이 하얗게 질린답니다. 토미 버던은 저희 팀 광대 역할입니다. 그야말로 뭐든 다 하는 친구죠. 가끔 토미는 여장을 하고서, 제니를 타려는 사람들 줄에 섞여서 같이 기다립니다. 그러다 조종사가 내리면 토미가 올라타서 엉망진창으로 이륙을 시도하죠. 그러면 사람들은 여지없이 비명을 지릅니다. 그러고 나서 제가 마무리를 하죠. 비행기두 대의 날개 끝에 줄사다리를 연결하거나 아니면 그냥 걸어서, 다른 비행기로 넘어가서 조종간을 잡는 거죠."

"수입은 많은가요?"

로스 윈슬로가 코웃음을 쳤네.

"아뇨, 그냥 좋아서 하는 일이죠. 누군가는 곡예비행이 죽고 싶어 하는 사람들이 할 만한 일이라고 합니다. 사실 맞는 말이죠. 올해까지만 하고 그만두려고 했는데, 앞으로 공황이 닥칠 거라면서요. 저희도 사실 막막해요. 앞으로 한두 해쯤 더 하다 보면 항공 산업도 자리를 잡고, 정규 조종사로 채용해 주지 않을까 기대하고 있지요. 그러면 진짜로 돈을 벌 수 있겠죠."

"메이비스 윙 이야기도 해 주세요."

"메이비스는 정말 대단해요. 이따 꼭 보세요. 작년 여름에 메이비스가 저희 팀에 들어오고 나서 사업이 갑자기 커졌다니까요. 젊은 여자가 비행기에 매달려 있는 걸 보면 관중들은 난리가 나죠. 멀리서도 여자라는 사실을 알 수 있도록 머리를 기르는 게 좋겠다고 했죠. 그리고 조금이나마 다리가 보이게끔 반바지를 입고요."

"정말 굉장한 쇼가 될 것 같네요. 내일은 아침 일찍 여기 와야겠어요."

우리가 떠날 준비를 하고 있는데 윈슬로가 보니에게 물었어.

"이 동네 사람들은 밤에 어딜 가죠? 괜찮은 바 없습니까?"

"금주법 몰라요?"

보니가 짐짓 놀란 척하며 물었네.

"이러지 말고요. 당신도 가는 곳이 있잖아요."

"작은 식당이 있는데 커피 잔에 위스키를 팔긴 해요. 어때요?"

"괜찮은 시작이네요. 나랑 같이 갈래요?"

보니는 아주 잠깐 망설였어.

"어…… 글쎄요. 뭐, 그래요."

"좋아요. 내가 사무실로 데리러 갈까요?"

"비행기로요?"

윈슬로가 유쾌하게 웃더군.

"아트가 시내에서는 자기 차를 쓰라더군요."

그렇게 두 사람은 만나기로 했어. 나는 내 차에 보니를 태워 〈비〉 사무실로 데려다주었지. 로스 윈슬로가 저리도 쉽게 데이트 신청을 했다는 게 참 놀라웠지. 나는 왜 한 번도 그런 생각을 못 했을까.

〈노스몬트 비〉는 월요일, 수요일, 금요일 오후에 발간되는 신문이었는데, 특히 금요일에 발행되는 신문은 주말용으로 만들어졌다네. 당시에는 대부분의 사람들이 토요일에도 오전까지 일하긴 했지만, 그래도 금요일 신문이 제일 잘 팔렸어. 그래서 나도 금요일 신문에 광고를 실었지. 금요일 저녁에 몇 사람이 전화를 했고, 그중 시내 은행장 아들이 토요일 오전에 와서 차를 사 갔다네.

차가 팔리니 주말엔 마음이 좀 편하더라고. 해스컬 부인의 아이는 아직 태어나지 않았고, 월요일까지는 출산의 기미가 보이지 않았기 때문에 나는 진료소를 일찍 닫고 간호사 에이프릴과 함께 곡예비행을 보러 가기로 했네.

"그럼 새 차에 태워 줄 거예요?"

에이프릴이 묻더군. 곡예비행보다 그게 더 기대되는 모양이었어.

"지금 있는 차가 새 차예요. 예전 차는 오늘 아침에 팔아서."

"돈이 있었으면 내가 샀을 텐데. 새 차는 잘 간수해 주세요, 샘 선생님."

스터츠를 타고 비행 학교로 가는 내내 에이프릴은 잔뜩 신이 났어. 바람에 날리는 머리카락을 붙잡느라 정신도 없었고. 정오 직전에 도착하니 옆 착륙장에 벌써 마차와 자동차들이 잔뜩 주차돼 있었고, 관객들이 웅성거리는 소리가 들려왔네. 자동차 소리 때문에 말들이 불안해하고 있었는데, 비행기가 날아다니며 행사의 시작을 알리자 사람들이 아랑곳하지 않고 환호성을 질러 댔어.

"시내 사람들이 다 여기 와 있나 봐요."

에이프릴이 말했네.

렌즈 보안관과 새 신부 베라도 와 있더군. 두 사람을 보니 반갑더라고. 결혼 생활은 보안관을 완전히 낯선 사람으로 만들어 버렸지만, 가끔씩 예전 모습이 드러날 때도 있었다네. 난 그럴 때마다 기뻐하곤 했지.

"선생, 안 그래도 베라가 자네를 저녁 식사에 초대하자는 얘기를 하고 있었어. 신혼여행에서 돌아온 지 벌써 6개월이 됐는데 이번 봄 교회 친목회에서 보고 통 못 봤잖아."

베라도 덩달아 거들더군.

"다음 주는 어때, 샘? 언제쯤이 괜찮을까?"

베라가 아직 우체국에서 일하고 있다는 걸 아는데 굳이 퇴근 후에 저녁 준비를 하게 만들고 싶진 않더라고.

"일요일 저녁이 좋겠네요. 내일 말고 다음 주 일요일이 어떨까요?"

"좋지. 새 차에 나도 좀 태워 주면 안 될까?"

"물론이죠."

그때 에이프릴이 내 소맷자락을 잡아당겼어.

"샘, 저기 봐요!"

제니 두 대가 착륙했는데, 한 대가 곧 다시 날아올랐네. 그 날개에 사람이 매달려 있었지. 긴 금발에 하얀 블라우스와 반바지 차림이었어. 메이비스가 곡예를 시작한 거야. 나는 에이프릴을 보안관 부부 옆에 남겨 두고 더 잘 보이는 자리를 찾아 관중들 주위를 돌아다녔네. 관중들 속에 아는 사람이 보이면 계속 고개를 끄덕이면서 격납고가 있는 곳까지 갔어. 프랫이 윈슬로 옆에 서 있더군. 윈슬로는 짧은 비행 재킷을 입고 있었는데 한 팔로 보니의 허리를 가볍게 감싸고 있더군.

"안녕하세요, 보니."

"안녕하세요, 샘."

보니는 윈슬로의 팔에서 슬쩍 빠져나왔어.

"오프닝이 훌륭하네요. 당신도 저기서 메이비스와 함께 날고 있을 줄 알았는데요."

나는 윈슬로에게 말했어.

"오늘은 맥스가 조종합니다. 메이비스가 다 끝나면 제가 '깡통 거위'에 승객들을 싣고 비행할 예정이죠."

그때 질랜드가 당황한 얼굴로 격납고에 들어왔네.

"잠깐 나 좀 보자고, 로스."

두 사람이 함께 사무실 쪽으로 가자 나는 보니에게 말했어.

"어젯밤 윈슬로에게 시내를 구경시켰나 보네요. 좋은 시간 보냈어요?"

"나 저 사람이랑 사랑에 빠졌나 봐요, 샘. 정말 잘생기고 멋진 사람이에요. 꼭 전쟁 영웅 같아요. 이 동네 남자들과 비교가 안 돼요."

"보니, 저 사람은 주말이 지나면 떠날 거예요. 너무 큰 희망을 갖진 말아요."

"어쩌면 노스몬트에 정착할 수도 있다고 했어요. 이제 곡예비행은 질렸다고."

도대체 얼마나 많은 동네의, 얼마나 많은 아가씨들이 주말에 똑같은 말을 들었을지 궁금해지더군. 하지만 난 그냥 이렇게만 말했네.

"잘되길 바라요, 보니."

질랜드와 윈슬로가 돌아왔네. 질랜드가 이렇게 중얼거리더군.

"당신네들을 고용할 때는 이런 일이 있을 거라곤 상상도 못 했어."

윈슬로는 대답하지 않았지만, 보니를 돌아본 순간 그 얼굴에 다시 익숙한 미소가 떠올랐어.

"곧 비행할 거예요?"

보니가 물었어.

윈슬로는 하늘을 올려다보며 고개를 끄덕였네. 메이비스가 비행기 날개에 한 손으로 매달려 있었고, 관중들은 환호성을 지르며 박수를 쳤어.

"금방 끝나겠네요. 가죠, 3발기 내부를 보여 줄 테니."

나도 포함되는 것 같았기에 얼른 보니를 따라갔어.

그 비행기는 내가 알던 그 어떤 기체보다 컸네. 동체는 주름 잡힌 강판으로 만들어졌고, 위쪽 날개가 엔진 셋 중 둘을 지탱하고 있었어. 마지막 엔진은 비행기 앞에 붙어 있었지. 안에는 통로를 사이에 두고 고리버들로 짠 좌석 두 줄이 배치돼 있었네. 마치 접의자에 앉은 느낌이었어.

"지나치게 안락하진 않군요."

내가 윈슬로에게 말했네.

"고리버들 의자는 가볍습니다. 그래서 항공사들도 그 의자를 선택하고 있습니다. 물론 안락함도 중요하죠. 사실 차세대 더글러스 항공기가 나온 덕분에 이 비행기를 꽤 저렴한 가격에 구입했습니다. 이 비행기는 시끄럽기도 하고, 고도를 높이면 춥죠."

"언제쯤 새 비행기를 타 볼 수 있을까요?"

"몇 년 안에는 어려울 거예요. 하지만 나오기만 하면 항공 산업에서 포드는 완전히 퇴출될 겁니다. 포드가 디트로이트 공항을 소유하고 있긴 하지만, 일요일에는 열지 않을 테니까요."

윈슬로는 사랑스럽다는 듯 금속 동체 한쪽을 어루만졌어.

"아무튼 내가 갖고 있는 건 이 녀석이고, 당신을 태우고 날 것도 이놈입니다. 공중회전 한번 할까요?"

무척 타 보고 싶었지만 에이프릴과 함께가 아니라는 사실에 양심의 가책을 느꼈다네.

"우리 간호사도 데려와야 해서요. 나중에 타겠습니다."

"두 사람은 어때요?"

윈슬로가 보니와 질랜드에게 물었어.

"좋죠. 갑시다. 나도 손님들이 5달러를 내고 무슨 경험을 하는지 알아야겠소."

아트 질랜드가 대답하더군.

윈슬로가 조종석에 올라타고 등 뒤에서 문을 닫았네. 윈슬로가 창밖으로 뭐라 소리를 지르자 지상 승무원이 와서 바퀴 밑에 깔려 있던 블록을 치웠어. 바로 엔진 세 개가 움직이기 시작했지. 윈슬로가 창문을 닫는 게 보였고, 비행기는 잡초가 가득한 활주로를 천천히 달리기 시작했어. 이윽고 모터가 고속으로 회전하면서 비행기는 서서히 떠올랐고, 앞으로 나아갔네.

위를 올려다보니 제니는 아직 관중들 머리 위를 맴돌고 있었어. 메이비스가 날개 위로 올라가서 조종석으로 들어가는 모습이 보였네. 두 번째 제니가 아직 땅에 있기에 다른 팀 멤버인 토미 버던은 어디 갔는지 궁금해지더라고.

나는 어슬렁어슬렁 걸어 에이프릴과 보안관 부부가 있는 곳으로 돌아갔네.

"비행기 탔어요? 선생님이 보인 것 같던데."

에이프릴이 물었어.

"그냥 구경만 했어요. 윈슬로가 아트 질랜드랑 〈비〉의 보니 프랫을 데리고 올라갔거든요. 그 사람들을 내려 주고 나면 유료 승객을 받을 거예요."

"저도 타 보고 싶어요."

에이프릴이 말했네.

"그럴 줄 알았어요."

관중들이 또다시 하늘을 올려다보았네. 맥스 렌커가 조종하는 제니가 자기보다 더 큰 포드 3발기 가까이로 다가가더군. 두 대가 날개 끝을 거의 맞대며 날았고, 메이비스는 또다시 제니의 위쪽 날개로 걸어 나오며 관중들에게 손을 흔들었어.

"도대체 저 아가씨가 다음엔 또 뭘 하려는 거야?"

렌즈 보안관이 궁금해했네.

"걸어서 반대쪽 비행기 날개로 넘어가려나 봅니다."

윈슬로의 설명을 떠올리고는 내가 말했어.

아니나 다를까 메이비스는 마치 길을 건너가듯 가볍게 날개를 건넜네. 비행기 두 대가 머리 위로 날아가자 관중은 환호성을 질렀지. 보니가 머리 위 날개를 보려고 3발기 창문에서 애쓰고 있는 모습이 아래쪽에 있는 내게도 보이더군.

"오히려 탑승객들은 쇼를 볼 수가 없군."

베라가 한마디 했네.

메이비스가 서둘러 날개를 선너자, 비행기 두 대는 천천히 서로 떨어졌어. 제니가 한 바퀴 더 회전할 때 메이비스는 열려 있는 조종석으로 기어 들어갔네. 그제야 제니는 들판 저 건너편에 착륙하러 내려가더군. 바퀴가 땅에 닿은 3발기는 관중들 근처에서 멈출 곳을 찾아 천천히 달리다가 이윽고 바로 그 뒤에 섰네.

객실 문이 열리기를 기다렸지만 조용하더군. 객실 안에서 흐릿한 움직임이 보이는데, 윈슬로는 조종석 창으로 안 보이더라고. 이윽고 몇 분이 더 흐른 후, 객실 문이 갑자기 열리고 보니가 고개를 내밀었어.

"샘 선생님!"

보니가 소리를 질렀네.

나는 뭔가 잘못됐다고 느꼈다네. 들판의 잡초들을 밟으며 비행기로 달렸지.

"왜 그래요, 보니?"

"로스가 조종실에 있는데 문이 잠겼어요. 계속 불러도 대답이 없어요. 무슨 문제가 생겼나 봐요!"

나는 문으로 올라가서 고리버들 의자 사이를 뛰어갔네. 아트 질랜드가 조종실 문을 쾅쾅 두들기고 있었어.

"윈슬로! 무슨 일이야? 문 열어!"

"사다리를 가져와서 조종실 창문을 들여다보는 게 어때요?"

보니가 말하더군. 나는 바로 사다리를 가져와 살펴보았지.

"심장 마비라면 1초가 소중합니다. 이 잠금장치는 부술 수 있겠는데요."

나는 질랜드를 흘끔 쳐다보며 허락을 구했어.

"부숴도 될까요?"

"빨리 해요."

어깨로 밀치니 문은 금세 덜컹거렸네. 한 번 더 들이받자 튕기 듯 열렸어.

로스 윈슬로는 문 바로 앞에 있었지. 텅 빈 부기장석에 쓰러져 있었네. 출혈이 심하더군. 통로에서 보니가 비명을 질렀어.

"또 무슨 일이야?"

나는 심호흡을 하고 질랜드에게 말했네.

"보니를 비행기에서 끌고 나가요. 지금 당장."

그리고는 안으로 들어가서 조종석으로 몸을 숙이고 윈슬로를 살펴보았네. 틀림없이 죽어 있었어.

"도대체 무슨 일이에요?"

메이비스 윙이 곡예용 의상을 걸친 채 조종실로 들어오고 있었어.

"로스 윈슬로가 죽었습니다."

"뭐라고요?"

"칼에 찔려 죽었어요. 가서 렌즈 보안관님을 불러 오시겠어요? 관중석 끄트머리에 서 있는 건장한 남자예요."

렌즈 보안관은 그냥 고개만 절레절레 젓더군.

"자네 말은 그야말로 말이 안 돼, 선생. 윈슬로가 문이 잠긴 이 조 종실 안에서 칼에 찔려 죽었다면서, 자살이 아니라고 말하는 거야?"

나는 다시 한 번 말했어.

"자살이 아닙니다. 칼이 꽂힌 곳을 잘 보세요. 왼쪽 옆구리 갈 비뼈 사이로 등을 향해 찔렸죠? 자살하는 사람은 절대 저렇게 찌르지 않습니다. 각도도 불가능하고, 굳이 이 각도를 선택할 필요도 없어요. 게다가 자살할 이유가 있나요? 이 사람은 비행기를 착륙시키고 관중들 쪽으로 천천히 몰아 가고 있었어요. 그런 사람이 갑자기 자살을 결심하고 이렇게 힘든 각도로 찔렀다는 게 말이나 됩니까?"

보안관은 턱을 쓰다듬으며 생각에 잠겼네.

"글쎄, 그렇다면 한 가지 가능성밖에 안 남는데. 질랜드와 보니프랫이 조종실 문을 열고 이 친구를 같이 찌른 거지."

"질랜드와 보니는 서로를 잘 알지도 못하는데, 어떻게 공모해서 윈슬로를 죽이겠습니까? 게다가 잊고 계신 모양인데 조종실 문은 안에서 잠겨 있었습니다. 제가 어깨로 밀어서 열었다고요."

"그랬지."

보안관이 침울하게 대꾸했어.

"그 사람들하고 얘기를 좀 해 봐야겠습니다. 조종실 안에서 무슨 일이 일어났는지 볼 수는 없었겠지만 적어도 소리라도 들었을 테니까요."

둘은 격납고에서 기다리고 있었네. 나는 보니와 이야기를 하고, 보안관은 질랜드에게 질문을 던졌지.

"조종실에서는 아무 소리도 안 났어요. 당신이 탔어도 아무 소리도 못 들었을 거예요, 샘! 그 기계 속에 들어가면 진짜 상상할수도 없는 시끄러운 공간이 펼쳐진다고요! 아트 질랜드가 그러는데 항공사에서는 승객들에게 귀를 막으라고 솜을 준대요."

보니는 확신에 찬 목소리로 말했어.

"지상에서 봤을 때는 굉장히 매끄러운 착륙이던데요."

"맞아요, 비행기가 멈출 때까지는 이상한 일이라고는 하나도 벌어지지 않았어요. 로스가 문을 열고 나오지 않은 걸 빼면."

보니는 마지막 말을 하다가 결국 흐느껴 울기 시작했네.

내가 부드럽게 말했지.

"보니, 이것만 물어볼게요. 당신과 윈슬로, 얼마나 깊은 관계였던 거죠? 두 사람은 어제 처음 만났을 뿐이잖아요."

보니가 눈물범벅이 된 얼굴로 나를 돌아보더군.

"살면서 그런 사람은 처음이에요, 샘. 난 첫눈에 반한다는 말을 믿은 적이 없었는데, 아마 내가 그랬나 봐요."

"윈슬로도 그랬나요?"

"그 사람도 그렇다고 했어요. 우…… 우린 어젯밤을 같이 보냈어요."

"알겠습니다."

"곡예비행 같은 건 이제 그만두고 이런 곳에 정착해서 가정을 꾸리고 싶댔어요."

"당신 말고 수많은 여자들한테 똑같은 말을 했을지도 몰라요, 보니."

"난 그렇게 생각 안 해요, 샘. 그 사람을 믿으니까."

보니가 눈물을 닦았어.

"하지만 오늘 아침에 당신이 곡예를 보러 여기에 왔다가 그 사람의 거짓말을 깨닫고, 죽여 버리고 싶다는 생각이 들었을지도 모르죠."

"지금, 진심이에요?"

"나도 어떻게 생각해야 좋을지 모르겠어요, 보니."

보니는 정신을 차린 듯 눈물을 마저 닦았지.

"글쎄요. 날 의심하든 안 하든 상관없지만 난 신문사 사람이니까, 이 이야기를 기사로 써서 월요일 신문에 실어야겠네요."

보니를 격납고에 남겨 두고 보안관을 찾았지. 보안관은 질랜드의 이야기 역시 보니와 똑같다고 했어. 비행기 소음이 너무 심해서 조종실에서 무슨 소리가 났는지 전혀 안 들렸다는 거야.

"이제 어쩌지?"

아직도 들판 한구석에 모여서 기다리는 관중들을 불안하게 쳐다보며, 렌즈 보안관이 말했네. 사고가 나서 쇼는 취소되었다고 분명히 알렸는데도, 심지어 청교도 기념 병원 구급차가 시체를 싣고 간 후에도 대부분 꼼짝도 하지 않았어.

지금 할 수 있는 최선의 일은 메이비스 윙이 두 동료와 함께 도망가기 전에 붙잡아 두는 것이라는 생각이 들더군. 보안관에게 말했더니 자기도 따라가겠다고 나섰네. 메이비스와 두 동료는 관중들을 피해 질랜드의 사무실에서 기다리고 있더군. 우선 메이비스를 한쪽으로 데려가서 물었지.

"로스 윈슬로와는 어떤 사이였습니까?"

메이비스가 싸늘한 눈빛으로 나를 노려보았어.

"왜 그런 질문에 대답해야 되는지 모르겠네요. 당신은 경찰도 아니잖아요?"

"아니지. 하지만 나는 경찰이니 질문에 대답하시오."

렌즈 보안관이 말했네.

"이 점은 분명히 확인해야겠습니다. 윈슬로는 이 지역 아가씨 한 명과 어젯밤을 함께 보냈어요. 당신이 질투한 나머지 윈슬로를 죽일 수도 있지 않을까요?"

"아니에요. 그리고 잊었나 본데, 난 그 시간 내내 하늘에 떠 있었어요."

"윈슬로가 조종하는 비행기의 한쪽 날개 위에 서 있었죠. 윈슬로는 언제든 조종실 창문을 열고 당신에게 신호를 보낼 수 있었어요. 당신은 창이 닫히기 전에 칼을 던져서 윈슬로를 맞힐 수 있었겠죠. 창문은 죽기 전에 닫혔을 테고."

내 말에 보안관이 오만상을 찌푸렸네. 자기가 듣기에도 통 말도 안 되는 소리 같았나 보더라고.

"날개 위에 서 있으면 조종실이 안 보여요. 못 믿겠으면 한번 올라가 봐요. 게다가 내가 날개 위에 서 있었던 건 몇 초뿐이고, 그나마도 지상에서 다 볼 수 있잖아요? 내가 뭘 던지는 거 본 사람 있어요? 없잖아요! 난 균형을 잃지 않기 위해 온 정신을 거기 쏟고 있는데!"

"시도해 보죠."

그렇게 말하긴 했지만 뭔가 노선을 잘못 선택했다는 생각은 들더군. 그래서 렌즈 보안관에게 물었어.

"범행에 사용된 칼의 출처는 알아내셨습니까?"

보안관이 고개를 끄덕였네.

"질랜드가 그러는데 격납고에서 쓰는 다용도 칼이라는군. 아무나 집어 갈 수 있다고 하던데."

"누가 칼을 들고 있는 거 본 적 있어요?"

내가 메이비스 윙에게 물었어.

"아뇨."

"비행기 날개 위에 서 있는 동안 뭔가 이상한 건 못 봤습니까?"

"못 봤어요."

"좋아요. 나중에 보안관님이 다시 질문할 겁니다."

나는 한숨을 내쉬며 말했어.

사무실을 나오면서 렌즈 보안관이 묻더군.

"나머지 둘은? 렌커와 버던이랬던가?"

"렌커는 메이비스가 서 있던 그 비행기를 조종하고 있었죠. 3발기 바로 옆에서. 버던은 지상 어딘가에 있었습니다. 어쩌면 렌커가 자기 조종실에서 칼을 던졌을지도 모르죠."

"그 소리 작작 좀 해, 선생. 자네도 알잖아. 바람이 그렇게 부는 허공에서는 칼을 던지면서 균형을 유지할 수 없어. 그리고 칼에 찔린 상처는 옆구리에서 등을 향해 비스듬히 기울어져 있었네. 비행기 창문으로 칼을 던져서 그런 상처를 만들 수는 없지."

나는 선뜻 대답했어.

"당연히 아니죠. 메이비스에게 이야기하면서 저도 금세 깨달았습니다. 그러면 렌커는 같은 이유로 제외될 수 있죠. 그래도 일단 얘기는 들어 봐야겠네요."

맥스 렌커는 삼십 대 중반의 남자로, 금발과 뺨의 상처가 마치 대학 때 결투로 흉터를 입은 독일 전쟁 영웅을 연상케 하더군. 렌커는 우리 질문에 바로바로 대답했지만 크게 도움이 될 만한 정보는 없었네.

"3발기 조종석 창으로 윈슬로의 모습이 보이던가요?"

내가 물었네.

"네, 봤습니다. 심지어 그 친구한테 손까지 흔들었는데요. 그때는 건강하게 살아 있었어요. 하기야 당연히 그랬겠죠. 비행기를 조종하고 있었으니까."

"저도 메이비스처럼 날개 위로 올라가 보고 싶은데요."

내가 갑자기 말했어. 렌커의 눈이 커졌지.

"하늘에서 말인가요?"

"아뇨! 지상에서요. 제가 올라가는 걸 좀 도와주시겠습니까?"

"알겠습니다."

렌커는 먼저 나가서 내가 날개 위로 올라가도록 도왔네. 높이가 족히 3미터는 되더군. 조종석이 있는 앞부분은 잘 보였지만 메이비스의 말이 맞았어. 유리 각도 때문에 조종석 안쪽은 안 보이더라고.

"다 확인했어요. 그만 내려가죠."

"3발기 날개 위를 걷는 곡예는 제니에서 하는 것보다 훨씬 위험합니다. 제니의 날개 위에는 전선이 얽혀 있어서 거기 매달리거나 다리를 고정할 수가 있거든요. 지상에서는 잘 모르겠지만, 그게 굉장히 큰 도움이 돼요."

사다리에서 내려오는 나를 붙잡아 주면서 렌기기 설명했네.

나는 지상으로 내려와 비행기 앞쪽으로 갔어.

"이게 뭐죠?"

오른쪽 조종석 창 아래에 붙어 있는 작은 금속 문을 가리키며 내가 물었네.

"짐과 우편 행낭을 싣는 칸입니다. 저희는 도구를 넣어 두죠."

"조종석에서 여기로 바로 내려가는 문은 없나요?"

"없습니다. 직접 보시죠."

나는 다시 3발기 안으로 들어갔네. 그리고 고리버들 의자 사이 통로를 따라 걸어서 아까 두들겨 부순 조종석 문 앞에 도착했지. 안에서 창문을 확인해 보니 모든 내부 걸쇠들이 단단히 잠겨 있었어.

렌커가 내 뒤에서 설명했네.

"조종석 안은 저희 편의에 따라 개조해 놓았습니다. 문 위치도 상업 항공기와 약간 다르고, 이런 걸쇠들을 추가해서 아이들이 조종석 창으로 기어오르지 못하도록 막았죠. 밤중에 시골에 있는 이 착륙장에 내릴 때를 대비해서요."

"그럼 문과 창문은 전부 안에서 잠겨 있었군요. 설사 창문이 열려 있다 해도 외부에서 그 안으로 칼을 던져 넣을 수도 없고."

나는 비좁은 조종석 안에서 렌커를 바라보았어.

"하나 물어보죠. 윈슬로가 어떻게 죽었는지 당신은 알고 있지 않나요?"

렌커는 문 옆 벽에 기대섰네.

"아트 질랜드와 그 여자가 로스를 찌른 거예요. 로스는 비틀거리며 뒤로 물러나 조종석으로 들어가서, 문을 잠그고 그 안에서 죽은 겁니다. 칼에 맞고 아주 치명적인 부상을 입은 사람들이 가끔 그런 일을 저지른다고 들은 적이 있어요. 그렇지 않나요?"

"그런 일이 있긴 하죠. 하지만 두 사람이 다 거짓말을 하고 있다고는 믿기 어렵네요. 게다가 문에는 핏자국이 전혀 보이지 않았습니다. 마치 앉아서 찔리기라도 한 듯 바로 이 자리에만 피가 묻어 있어요."

"그럼 어떻게 된 거죠? 자살?"

"모르겠습니다. 하지만 자살일 것 같지도 않아요."

"아무튼 난 로스를 죽일 이유가 없다고요. 로스는 우리 팀의 스타였으니까. 로스와 메이비스 두 사람 모두 스타죠. 토미와 나는 그 둘 없이는 아무것도 아니에요."

"토미와도 이야기를 해 봐야겠네요. 토미는 지상에 있었으니까 우리 모두가 놓친 것을 봤을지도 모르겠군요."

토미 버턴은 짧고 검은 머리에 몸집이 작은 남자였어. 사무실에 앉아 있었는데 추운지 긴 흰색 외투를 입었더라고.

"난 아무것도 몰라요. 그 친구를 죽이지도 않았고."

버턴이 중얼거렸네.

"사건이 일어났을 때 어디 있었소?"

렌즈 보안관이 물었어.

"사건이 언제 일어났는지 모르는데요. 공중에서 죽은 겁니까, 지상에서 죽은 겁니까?"

버턴은 주저하며 묻디군.

"비행기를 착륙시킬 때까지는 당연히 살아 있었겠죠."

내가 지적했어.

"그렇겠네요. 어, 난 그때 애들이 내 비행기에 올라오지 못하게 지키느라 격납고에 있었어요."

"당신을 본 사람이 있습니까?"

"아마 없을걸요. 하지만 내가 로스를 죽이는 걸 본 사람도 없잖아요."

버던이 대꾸했네.

"당신이 죽였습니까?"

내가 물었지.

"아니라고 했잖아요. 귀가 먹었나."

"이 차림으로 광대 역할을 하려고 한 겁니까? 광대치고는 그렇게 친근하진 않군요."

"보스가 죽었는데 친근하게 굴어서 뭘 해요?"

나는 렌즈 보안관과 함께 밖으로 나왔어.

"저 친구 별로 마음에 안 드네요."

"나도야, 선생. 그렇다고 저 친구가 살인했다는 증거는 아니니까. 우린 아직도 살인이 어떻게 일어났는지 모르잖아."

보안관은 잠시 생각에 잠겼네.

"어쩌면 조종석에 앉았을 때 칼이 고인을 찌르도록 무슨 기계적인 장치를 해 놓은 게 아닐까?"

"잘 생각해 보세요. 피해자는 비행기를 이륙시켜서, 날개를 가까이 붙이는 위험한 곡예비행을 한 다음 착륙까지 성공했어요. 앉자마자 칼에 찔린 상태로 계속 그런 조종을 할 수는 없잖아요."

보안관이 침울하게 동의했네.

"그 말이 맞아. 그럼 그 버던이라는 친구는 어떨까? 본인 말대로 비행기에 애들이 가까이 다가오지 못하게 쫓은 게 아니라, 광대 분장을 하고 애들을 속였을 수도 있잖아?"

"좋은 지적입니다. 하지만 범행 시각에 자기가 어디 있었는지 버던이 거짓말을 하고 있다면……."

나는 문득, 앞서 나눴던 대화가 떠올라 하던 말을 멈추었어.

"질랜드를 찾아보죠."

비행 학교 소유자는 보니와 함께 격납고에 있었네. 보니의 맞은편에 앉아 그녀의 두 손을 잡고 있더군. 우리가 들어가자 두 사람은 후다닥 떨어졌어.

"안녕하세요, 샘. 보니랑 난 그냥 사건 이야기를 하고 있었습니다."

"그런 것 같네요. 아트, 살인 사건이 일어나기 전에 당신이 윈슬로한테 따로 보자고 했죠. 그때 당신이 분명 '당신네들을 고용할 때는 이런 일이 있을 거라곤 상상도 못 했다'라고 하는 걸 들었습니다. 그게 무슨 뜻이었나요?"

질랜드는 불쾌한 듯 자세를 바꾸더군.

"오늘 아침에 오하이오에 있는 친구에게서 전화가 왔습니다. 그 친구 말로는 그쪽 동네에서 윈슬로와 그 팀 사람들이 술에 취해서 기물을 부수는 사건을 일으킨 적이 있다더군요. 그래서 윈슬로 부부는 유치장에서 히룻밤을 보냈답니다."

"윈슬로 부부?"

"그래요. 로스와 메이비스는 결혼한 사이였더군요."

보니 프랫은 얼굴이 시뻘게져서 고개를 돌리더군.

"알고 있었어요?"

내가 보니에게 물었네.

"아트가 방금 말해 줬어요. 그 전엔 몰랐고요."

"그게 바로 살인 동기였군요. 세상에서 가장 오래된 동기."

"동기는 알아냈을지 몰라도 아직 살인자는 못 찾았잖아, 선생. 그리고 자넨 윈슬로가 밀실이 된 조종실에서 칼에 찔려 죽을 수 있는 가능성을 하나하나 다 소거해 버렸고."

"모두 소거하면 결국 하나가 남을 겁니다, 보안관님."

나는 격납고 문 쪽을 흘끔 쳐다보았네. 토미 버던이 자기 비행기를 향해 재빠른 걸음으로 들판을 가로지르는 모습이 보였어.

"갑시다!"

내가 고함을 질렀어.

그리고 버던을 불렀지만, 버던이 갑자기 달리기 시작했네. 내 의심을 알아차린 모양이었지.

"저 사람 잡아요!"

나는 보안관을 향해 소리쳤네.

버던의 긴 흰색 코트가 그의 도주를 방해했지. 결국 내가 뒤를 따라잡아서 옷자락을 낚아챘다네. 버던은 넘어져서 바닥을 굴렀어. 보안관과 나는 함께 버던을 깔아뭉갰지.

"그러니까 이놈이 살인자였군."

보안관이 수갑을 꺼내며 말했네.

"아뇨, 보안관님. 잘못 짚으셨습니다."

"관중들은 다 여기 있는데 곡예를 끝낸 메이비스의 비행기가 유난히 먼 곳에 착륙했다는 점이 이상하지 않던가요?"

버던의 옷자락을 들치니 하얀 블라우스와 반바지가 드러났지.

"그 비행기에 타고 있던 건 메이비스가 아닙니다. 토미가 메이비스 대신 날개 위를 걸었고, 그 동안 메이비스는 '깡통 거위' 조종석에 타고 있던 자기 남편을 칼로 찔러 죽인 거죠."

보안관이 메이비스를 체포해 진술을 들은 뒤, 나는 텅 빈 격납고 한가운데 서서 사건을 정리해 이야기했지. 마치 강사라도 된 기분이었네.

"사실은 아주 간단한 일이었습니다. 너무 간단해서 하마터면 놓칠 뻔했죠. 조종석 문을 부수고 들어간 뒤 보니와 아트에게 보안관님을 불러오라고 지시했었죠. 그리고 허리를 굽혀 시체를 들여다보는데 뒤에서 갑자기 메이비스가 나타나더군요. 전 메이비스가 제니의 날개 위에 있었던 걸 봤기 때문에 굳이 뭘 하는지 묻지도 않았죠. 어떻게 착륙장 저 멀리에서 여기까지 그렇게 빨리 왔는지도 묻지 않았습니다. 메이비스가 어떻게 렌즈 보안관님보다 먼저 나타날 수 있었는지 애초에 궁금해하지 않았던 겁니다."

"어떻게 비행기에 탄 거예요? 밖에서는 메이비스를 못 봤는데."

보니가 물었어.

"당연히 못 봤겠죠. 메이비스는 조종석에 숨어서 내내 그 비행기 안에 있었으니까요. 조종석에 메이비스가 나타났을 때 윈슬로는 자길 죽일 거라고는 상상도 하지 못했을 겁니다. 그래서 굳이 소리를 지르거나 도움을 요청하지 않았죠. 메이비스는 아마 토미 버턴에게 자기 대역을 시켰을 겁니다. 윈슬로도 버턴이 가끔 여장을 하고 곡예를 할 때가 있고, 또 먼 거리에서 관중이 볼 수 있는 건 긴 금발과 메이비스가 늘 입고 다니는 옷차림뿐이라고 말한 적이 있었죠."

"그런데 왜 조종석에 숨어 있었던 거예요?"

"전날 밤 자신의 남편이 보니와 함께 있었다는 사실을 추궁하기 위해서였겠죠. 그렇지 않아요, 메이비스?"

메이비스는 앉은 채로 자세를 바꾸며 심드렁하게 대꾸했어.

"그 인간은 항상 그래요. 계속 그러면 내가 죽여 버린다고 분명히 경고했는데."

"그래서 당신은 조종실에 숨어 있다가 남편 앞에 나타났습니다. 아마 비행 내내 둘이 시끄러웠겠지만, 비행기 안의 소음 때문에 두 사람의 목소리는 밖에서 들을 수 없었죠. 당신은 조종석 뒤로 돌아가서 칼을 꺼내 남편의 옆구리를 찔렀어요. 그리고 부기장석에 앉아 조종대를 잡고 비행기를 착륙시켰죠. 내가 잠금장치를 부수고 문을 밀고 들어갔을 때 당신은 내 눈에 띄지 않는 위치에서 벽에 딱 붙어 있었을 겁니다. 그리고 내가 시체를 보려고 허리를 숙이자 통로로 나가서, 마치 방금 비행기에 올라탄 것처럼 나타난 거죠."

"이런 망할."

렌즈 보안관이 투덜거렸네.

"질랜드나 보니가 기내에 남아 있었다면 그런 기회조차 없었겠지만, 아무튼 둘이 기내에서 나간 덕분에 감쪽같이 해냈어요. 뭐, 그게 유일한 탈출 기회였을 겁니다."

"그렇다면 렝커와 버턴은 범인이 누군지 알고 있었던 것 아닌가?"

보안관이 물었어.

"당연히 의심을 품었겠죠. 하지만 둘은 이미 스타 한 명을 잃었어요. 메이비스까지 고발해 버리면 직업이 사라질 처지였지요."

버턴이 고개를 가로저었네.

"난 메이비스가 대신 날개 위를 걸어 달라고 부탁한 이유를 몰랐어요. 전에도 그냥 장난 삼아 한 적이 있었거든요. 설마 로스를 죽이려고 할 줄은."

이야기를 끝내자 관중은 모두 집으로 돌아가고 에이프릴과 베라만 남았어. 두 사람은 '깡통 거위' 옆에 서서 우리를 기다리고 있었지. 나는 에이프릴에게 비행기에 태워 주려고 했는데, 그러지 못하게 돼서 미안하다고 사과했지.

샘 호손 박사가 이야기를 마무리 지었다.

"사건은 그렇게 정리됐다네. 노스몬트에 곡예비행사들이 온 건 그게 마지막이었지. 곡예비행사들의 시대도 그즈음 끝이 났고. 시작도 갑작스러웠지만 끝도 갑자기 찾아왔지. 위대한 곡예비행사 로스 윈슬로가 죽은 그날, 함께 끝나 버린 거지.

그해 가을에는 우리 부모님이 노스몬트로 찾아오셨네. 아들이 의사 노릇을 잘하고 있나 보러 오셨던 거야. 한창 사냥철이었는데, 사슴 사냥 중 일어난 불가능 살인 때문에 하마터면 모처럼의 방문을 망칠 뻔했지. 그 이야기는 다음에 하자고."

The Problem of the Hunting Lodge

사냥꾼 오두막의 수수께끼

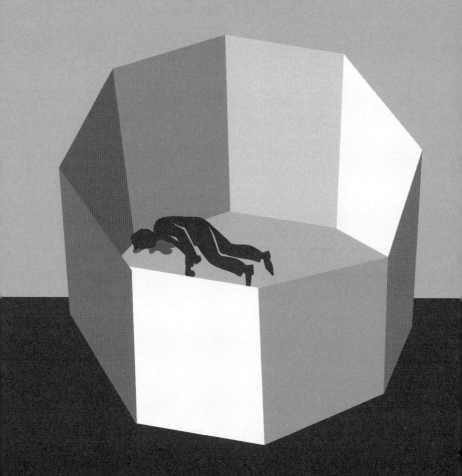

샘 호손 선생이 브랜디를 따르며 말했다.

"지난번에 노스몬트를 방문하신 우리 부모님 이야기를 해 주겠다고 했지? 그건 1930년 가을, 사슴 사냥철 초엽의 일이었다네. 해리 호손은, 그러니까 아버지는 거의 평생, 40년 가까이 해 왔던 포목점을 접고 막 은퇴한 참이었지. 장사가 꽤 잘됐는데 말이야. 뉴잉글랜드에 사는 외동아들을 만나고 겸사겸사 사슴 사냥도 즐겨야겠다고 결심하신 건 뭐, 자연스러운 일이었지. 당연히 어머니도 같이 오셨고 두 분을 뵙게 되어 정말 기쁘더군. 렌즈 보안관의 결혼식 직후, 작년 크리스마스 이래 고향에 다녀온 적이 없었지. 8년을 노스몬트에서 살면서 두 분이 찾아오신 건 이게 두 번째였어.

나는 기차역으로 두 분을 모시러 갔지. 아버지와 짐을 나눠 들고 차로 향했어.

아버지가 투덜거리시더군.

"닷새가 아니라 한 달은 머무르고 싶었다만, 네 엄마가 밖에 나오면 영 시들시들해서 말이다."

아버지는 지금은 백발이 성성하시지만, 당시에는 머리숱도 많았고 젊은 사람처럼 기운이 펄펄하셨지. 반대로 어머니는 몸이 약한 편이었어.

새로 산 스터츠 토르페도에 짐을 싣는데, 아버지가 은근 부러워하며 고개를 끄덕이더군.

"요새는 의사 벌이가 괜찮나 보구나. 차 좋은데."

"운이 좋았어요. 돈이 급한 어떤 의사한테서 싸게 샀죠."

"졸업 선물이었던 그 차는 정말 안타깝게 됐어."

어머니가 조수석에 오르며 말했어.

"불이 났어요. 그나마 안 타고 있었길 다행이죠."

나는 조수석 문을 닫고 운전석에 앉았지.

진료소에 도착해서 두 분을 안으로 안내했어.

"어머니, 이쪽은 저희 간호사 에이프릴이에요. 늘 말씀드렸듯 항상 큰 도움을 받고 있어요."

에이프릴은 우리 부모님을 처음 뵈었기 때문에, 요란스럽게 예의를 차리더군. 막 나가려던 참에 마침 렌즈 보안관이 들러서, 아버지와 힘찬 악수를 나누었다네.

"호손 선생님, 아드님은 정말 훌륭한 탐정입니다. 그간 도움을 받았던 사건이 정말 셀 수 없을 정도지요."

어머니가 깜짝 놀란 표정을 짓더군.

"네? 이 동네에 그렇게 범죄가 많이 일어나나요, 보안관님?"

보안관은 묘한 자부심에 찬 목소리로 대답하더군.

"상상하시는 것 이상이지요. 그런 놈들을 상대하려면 우리 샘 선생처럼 진취적인 사람이 필요해요! 아주, 그 뭐더라, 아인슈타인이라는 친구 같은 두뇌를 가졌어요!"

"이제 가 봐야겠습니다."

늘 그렇듯 보안관의 찬사에 몸 둘 바를 모르던 나는 결국 그렇게 정리를 했지.

"아버님, 여기 계시면서 뭘 하실 예정이신가요?"

보안관이 아버지에게 물었어.

"글쎄요, 사슴 사냥이라도 할까 싶은데요."

"사냥하기 참 좋은 날씨죠."

"이 지역에 편지를 주고받던 친구가 있습니다. 라이더 섹스턴이라고, 그 친구나 한번 찾아가 봐야겠네요."

아버지가 말했네.

"아, 맞네요. 섹스턴도 사냥꾼이었죠! 만나시면 그 사람 무기 컬렉션을 꼭 구경하셔야 합니다!"

"정말 보고 싶네요. 편지에도 그 이야기를 썼더군요."

렌즈 보안관이 입술을 핥았어.

"한 가지 충고해 드리죠. 라이더 섹스턴은 오늘 아니면 내일 꼭 찾아가세요. 자기 사유지에서 열리는 사냥에 초대할지도 모르거든요. 그 사람은 연못이 있는 숲을 갖고 있는데, 이 군 전체에서 사냥하기 가장 좋은 곳입니다. 심지어 연못 옆에 작은 사냥꾼 오두막까지 지었다니까요. 거기서 오리 사냥도 한다더군요."

"좋은 충고 감사합니다. 그럼 나중에 또 뵙시다, 보안관님."

아버지가 말했네.

나는 저녁 계획을 준비해 놓았지만, 보안관의 충고에 혹한 아버지가 하도 가야겠다고 우겨서, 할 수 없이 내 아파트에서 함께 저녁을 먹은 뒤 섹스턴에게 전화를 할 수밖에 없었네. 나는 그 사람을 잘 몰랐지만, 아버지에게 전화를 바꿔 드렸더니 두 사람 모두 굉장히 반가워하더라고. 그래서 결국 다음 날 두 분을 모시고 섹스턴의 사유지로 향하기로 했지.

손님방에 잠자리를 준비하면서 부모님께 말씀드렸어.

"9시에는 예약 환자가 있으니 10시쯤 출발할게요. 섹스턴의 집은 여기서 차로 20분이면 도착해요."

라이더 섹스턴은, 뉴잉글랜드에서 이런 말이 적절할지는 모르겠지만, 군 대지주의 후예였네. 120만 제곱미터 정도의 땅을 갖고 있었지. 당연히 농장이 있을 만큼 넓었지만, 라이더 섹스턴은 농부가 아니었어. 무슨 시골 귀족도 아니고. 섹스턴은 전쟁 중에 군수 물자로 돈을 벌었거든. 지금은 회사를 팔고 완전히 손을 뗐는데도, 그 회사 이름은 여전히 '섹스턴 암스'였어.

다음 날 아침은 11월 중순치고 아주 상쾌하고 청명했다네. 나는 바큇자국이 가득한 뒷길을 따라 차를 몰며, 농장과 건물 등을 가리켰지.

"이 울타리부터 섹스턴의 사유지가 시작돼요."

"정말 넓구나. 해리, 당신은 어떻게 부자들하고 항상 친한지 모르겠다니까."

어머니가 한마디 했지.

아버지는 짐짓 투덜거리는 척하더군.

"그냥 〈아메리칸 라이플맨〉이라는 잡지에 그 사람이 기고한 글을 보고 편지를 보냈을 뿐이야. 그 사람이 부자인지 가난한지도 몰랐고, 섹스턴 암스랑 관계가 있는 사람인 줄도 몰랐어."

"몇 년 전에 회사를 팔고 나서 여기에 땅을 샀대요. 한 해를 플로리다와 뉴욕에서 나누어 지내는데, 사슴 사냥철에는 항상 여기와 있어요. 렌즈 보안관님이 저한테도 그분의 무기 컬렉션 이야기를 해 주셨죠."

라이더 섹스턴은 우리를 맞으러 직접 문 앞으로 나왔네. 술 달린 사슴 가죽 재킷에 승마 바지를 입고 있더군. 키가 크고 혈색이 좋은 남자였는데, 군인처럼 짧게 깎은 반백의 머리가 꽤나 인상적이었어. 아버지와 마주한 모습을 보니 마치 지난 전쟁 후 재회한 참전 용사들 같더군. 전쟁이 일어났을 때 섹스턴은 집에서 일하느라 바빴을 테고, 아버지의 군 복무라야 지역 징병 위원회가 전부였지만 말이야.

섹스턴은 내게도 살짝 고개를 숙였지만, 아버지를 만나서 기쁜 눈치였어.

"당신 편지를 항상 목이 빠져라 기다렸습니다, 해리. 지역 신문에 실리는 웬만한 글보다 훨씬 현명한 이야기들이었지요. 이쪽이 도리스로군요."

어머니에게도 고개를 숙인 후, 섹스턴은 반갑게 두 팔을 벌렸지.

"두 사람 다 노스몬트에 온 걸 환영합니다. 어서 들어와요, 들어와!"

나는 섹스턴의 가족과 만난 적이 없었네. 웬 젊은 여성이 꽃을 한 아름 안고 나타났는데, 섹스턴이 아내라고 소개하는 걸 보고 깜짝 놀랐지.

"오늘 밤은 정말 추울 거래요. 그래서 마지막 남은 걸 얼른 모아 왔어요."

여성의 이름은 로즈메리라고 했는데, 거의 예순이 다 돼 가는 자기 남편보다 서른 살은 어린 것 같았어. 아마 후처인 듯했고 매력적이면서도 소탈한 성격이었네. 시내에서 본 적이 있나 생각해 보았지만 도무지 떠오르질 않더군. 그도 그럴 것이 이 부부는 한 해 동안 지극히 짧은 시기만 여기 머무르니까.

우리는 네모난 패널을 덧댄 거실에 들어가 커다란 벽난로 앞에 앉았지. 아버지가 물었네.

"이 근방 사냥은 어떻습니까? 여기 머무는 동안 한번 해 보고 싶은데요."

"지금이 최고죠. 사실 내일 사람들을 몇 명 모아 출발할 예정이 었는데 괜찮으면 같이 갑시다. 내 사유지에 연못이 있는데, 그 밑으로 내려가서 사냥을 할 거요. 사유지는 120만 제곱미터 정도로 숲이 많은 땅입니다. 이 아래에 작은 사냥꾼 오두막도 하나 지어 놨답니다."

"정말 감사합니다."

아버지는 웃으면서 그 제안을 받아들였네.

"자네도 같이 가자고, 샘."

섹스턴은 뒤늦게 생각난 듯 내게도 말했어.

"우리가 사냥 나가 있는 동안 자네 모친은 여기서 로즈메리랑 함께 있으면 되니까."

나는 환자 몇 명이 있다고 우물거렸지만, 사실 일정은 조정할 수 있었네. 어릴 때처럼 아버지와 함께 사냥할 수 있다는 반가움이 너무 커서 사슴을 죽이는 혐오감을 잠깐 잊고 말았어.

"몇 시쯤 시작하실 겁니까?"

섹스턴은 잠시 생각에 잠겼네.

"일찍 가야지. 가능하면 7시까지 오게나. 이웃에 사는 짐 프리먼이랑 시내에서 온 빌 트레이시도 함께할 거야. 렌즈 보안관도 초대해야지. 그러면 다 합쳐서 여섯이군."

빌 트레이시는 섹스턴과 종종 거래하는 부동산 업자였고, 짐 프리먼은 크게 성공한 농부였어. 둘 다 내가 잘 아는 사람들이었네. 최근 프리먼의 딸을 치료해 주기도 했었지.

"그때 오겠습니다. 그런데 무기 컬렉션을 좀 볼 수 있을까요? 궁금해서 몸이 근질거릴 지경인데."

라이더 섹스턴은 껄껄 웃으며 우리를 데리고 바로 옆방으로 들어갔네. 유리문이 달린 수납장이 거의 벽 두 면을 꽉 채우고 있었어. 대부분 나무로 만들어진 물건이 가득 차 있었지.

"몇 년 동안 원시 무기를 수집했죠. 머무르는 시간은 얼마 되지 않지만, 내 소장품을 보관하기에는 여기가 가장 좋은 장소더군요. 첫 번째로 돌팔매가 있습니다. 이 돌을 이렇게 주머니에 넣고 머리 위로 빙빙 돌려서 던지는 겁니다. 바로 다윗이 골리앗을 죽인 무기죠. 그리고 이건 인도에서 온 석궁인데 이 주머니를 줄 두 개 사이에 끼우는 겁니다."

아버지가 중얼거렸어.

"진기한 물건이군요. 난생처음 봅니다."

"이건 오스트레일리아 원주민들이 쓰던 부메랑입니다. 당연히 잘 알고 계시겠죠. 뿐만 아니라 다트, 창, 투창도 있습니다. 짐 프리먼은 전쟁 중에 비행기에서 다트를 뿌렸다더군요.

그리고 이건 남태평양에서 사용되던 나무 투창이죠. 이 구멍에 집어넣고, 팔에 관절이 하나 더 달린 것처럼 던지는 겁니다. 에스키모들은 작살과 비슷한 투창을 쓰고요. 이건 파타고니아 올가미인데 중심 하나에 공 세 개가 가죽 끈으로 연결돼 있죠. 보통 표적을 옭아맬 때 쓰는 물건이에요."

나는 다음 수납장을 흘끗 쳐다보았네.

"이 검들은 비교적 최근 것 같은데요."

"그건 서태평양 어느 섬에서 쓰는 의전용 검이라네. 이 곤봉 좀 보게. 끝에 상어 이빨을 붙여서 매우 위험하지. 나도 상처 입은 사슴의 숨통을 끊을 때 쓰곤 한다네. 그리고 이건 비슷한 지역 물건인데 코코넛 섬유로 만든 방패야."

섹스턴은 그 후로 30분 동안 더 설명을 늘어놓았네. 그때 로즈메리의 목소리가 들렸지.

"제니퍼가 왔어요!"

이십 대로 보이는 여성이 자전거를 타고 옆 뜰로 들어오는 모습이 창으로 보이더군.

"이리 와요. 내 동생을 소개시켜 줄게요."

섹스턴 부인이 우리를 재촉했어.

우리는 모두 밖으로 나갔네. 부인의 동생은 사용하지 않는 닭장 안에 자전거를 넣고 있더군.

"제니퍼, 이쪽은 해리와 도리스 호손 부부야. 그리고 두 분의 아들이자 시내에서 온 샘 호손 선생님. 두 분은 이번 주에 아드님을 방문하러 오셨고, 해리 씨는 라이더의 친구래."

제니퍼는 반가운 얼굴로 우리를 맞았네.

"로즈메리 언니는 항상 여기 와서 한 달쯤 머무르라고 해요. 하지만 전 주변에 사람이 와글거리는 걸 더 좋아하거든요. 뉴욕에 좀 살았더니 금세 도시 사람이 됐나 봐요."

"자전거를 타는 모습이 아주 편안해 보이던데요."

내가 말했어.

"형부는 저 뒤 숲에서는 절대 타면 안 된대요. 사냥꾼이 저를 사슴으로 착각할까 봐 걱정되나 봐요."

제니퍼는 뺨을 귀엽게 부풀리더군.

"저를 사슴으로 오해하진 않으실 거죠?"

"그럴지도 모릅니다."

나는 수긍했지.

짐 프리먼이 늦는 바람에 출발이 좀 늦어졌어. 들판을 가로질러 느릿느릿 걸어오는 짐을 보면 그 육중한 덩치 때문에 농부보다는 레슬링 선수가 떠오르곤 했어.

"일기 예보에서 그러는데 오늘 밤에는 눈이 좀 올 거라는군. 사냥꾼 오두막에 물이 얼지 않도록 물을 틀어 놓는 게 좋겠어!"

프리먼이 섹스턴에게 말했네.

"그래야겠군."

섹스턴은 아버지에게 설명했어.

"오두막에 물탱크를 설치했거든요. 커피를 끓이거나, 칵테일을 만들 때 편리하죠. 설거지를 하고, 심지어 집 밖에 물을 뿌릴 수도 있습니다."

"집에 있는 것처럼 편하겠네요."

어머니가 심드렁하게 말했어. 어머니는 사냥에 별 관심이 없었지. 일요일 오후에 아버지가 꿩 사냥을 나갈 때면 늘 나를 데려가라고 말하던 일이 생각났어.

라이더 섹스턴은 헛간에서 줄감개에 둘둘 말린 거의 백 미터짜리 호스를 가져와서, 끌고 걷기 시작했네.

"내일 아침에 머무를 곳을 보여 드리죠. 밤새 물을 틀어 놓으면 물탱크가 얼진 않을 겁니다."

그렇게 말하고는 프리먼을 돌아보았어.

"아침에 여섯 명이서 같이 사냥을 나갈걸세. 해리랑 샘이 같이 갈 거고, 렌즈 보안관도 초대하려고 하네."

"좋지."

떡갈나무 두 그루 사이를 지나 야트막한 언덕 하나를 넘으니 발밑으로 사오십 미터 아래에 거친 판자로 벽을 만들고 나뭇가지로 지붕을 엮은 조잡한 오두막이 보였네. 그 옆에는 아침 햇살에 반짝이는 고요하고 잔잔한 연못이 있었지. 섹스턴이 호스를 당겨 언덕 밑으로 내려갔네. 호스가 짧은 풀 위에서 미끄러지더군. 많은 농부들이 관개용으로 쓰기 위해 그런 호스를 백 미터 단위로 구매하곤 했지.

사냥꾼 오두막은 밖에서 볼 때보다 널찍하더군. 우리 모두 들어갔는데도 그다지 불편하지 않았어. 로즈메리 섹스턴과 그 동생 제니퍼도 따라왔고, 섹스턴, 프리먼, 우리 부모님과 나까지 있었으니 모두 일곱이었지. 천장이 바로 머리 위에 있었지만, 허리를 굽힐 정도는 아니었어. 화로, 조악한 의자, 탁자에 총 보관대, 음식과 음료를 보관할 수 있는 소형 아이스박스까지 있었네. 금속으로 만든 물탱크는 한쪽 벽에 설치된 선반 위에 있었어. 섹스턴은 끌고 온 호스 끝을 거기에 연결했지.

"이 물탱크에 대충 100리터는 들어갑니다."

섹스턴은 아버지를 바라보며 말을 이었어.

"이 호스는 언덕 꼭대기 펌프실까지 이어집니다. 펌프에 연결해 놓으면 밤새 물을 채울 수 있습니다. 물이 한 방울씩 떨어지도록 물탱크 꼭지만 살짝 열어 두면 되죠. 흘러나온 물은 연못으로 가고요."

"벽에 구멍이 많네요."

내가 한마디 했네.

"다 총안이야, 샘. 그렇죠, 라이더?"

"그럼요! 내일 아침엔 우리 중 몇 명이 사슴을 이리로 몰고, 나머지는 여기서 기다릴 겁니다. 그리고 시야가 확보된 곳으로 사슴이 지나가면 여기서 총을 쏘는 거죠."

"아주 근사하군요."

아버지는 흥미진진하신 모양이었어.

"그러게요."

어머니는 대충 중얼거렸지.

갑자기 제니퍼가 작은 환호성을 외치더군.

"내일은 언니랑 나랑 둘이서 사슴 요리를 하면 되겠다."

섹스턴 부인은 코웃음을 쳤네.

"아직 한 번도 잡은 적이 없는데 뭐. 나는 사슴에 돈을 걸래."

우리는 언덕 뒤편을 거닐었어. 섹스턴은 펌프를 켜서 물이 사냥꾼 오두막 쪽으로 흐르게 하더군. 프리먼은 들판을 가로질러 자기 농장으로 돌아갔고, 나는 부모님을 내 차에 태웠어.

"내일 7시에 봅시다."

라이더 섹스턴이 우리를 향해 외쳤네.

그날 저녁 식사 자리에서 어머니는 섹스턴 부부가 괜찮은 사람들 같다고 인정하셨어.

"사슴 사냥꾼치고는 말이야."

그렇게 덧붙였지만.

아버지가 웃었지.

"그 부인은 사냥에 관심 없는 것 같던데, 도리스. 부인까지 매도하진 말라고."

"전 진료소에 들렀다 와야겠어요. 에이프릴이 무슨 메시지를 남겼을지도 모르거든요."

"다녀오렴. 네 아버지랑 난 닭 우는 시간에 일어나려면 일찍 자야겠다."

어머니가 식기를 정리하며 말했어.

"닭 울기 전이야, 도리스."

아버지가 정정했지.

진료소에 가 보니 중요한 메시지는 딱 하나 있었네. 내 환자 하나가 농장에서 부상을 당해 입원했다는 거야. 그래서 바로 청교도 기념 병원으로 향했지. 병원에서 나오는 길에 빌 트레이시와 마주쳤어. 빌은 항상 목깃에 빳빳하게 풀을 먹이고 옷을 잘 차려입고 다녀서 부동산 업자라기보다 시내 은행가에 더 가까워 보였네. 이 사람이 사냥에 취미가 있는 줄 전혀 몰랐기 때문에 한마디 묻지 않을 수가 없었어.

"나도 사냥은 자네처럼 초보야, 샘. 그런데 자넨 어쩌다 거길 가게 됐나?"

빌이 오히려 되묻더군.

"저희 부모님이 여기 오셨는데, 아버지가 섹스턴 씨와 편지를 주고받는 사이셨거든요. 그래서 섹스턴 씨가 저와 아버지를 사냥에 초대했지요. 오늘 아침에 가서 한 바퀴 둘러보고 왔는데 정말 좋은 곳이더라고요."

"섹스턴의 처제도 왔었나?"

"제니퍼요? 네, 왔어요. 예쁜 아가씨더군요."

빌 트레이시가 빳빳한 목깃을 손가락으로 문질렀네.

"지난주 오후에 프리먼의 농장을 지나가다가 그 아가씨를 얼핏 봤어. 글쎄, 잘은 모르겠네. 어쩌면 섹스턴 부인일지도 모르겠군. 둘이 좀 닮았더라고."

"가까이서 보면 그렇지도 않아요. 혹시 프리먼 씨 따님은 아니었나요?"

"아니야. 제니퍼가 타는 그 자전거가 집 근처에 세워져 있었어."

그러더니 빌 트레이시가 내게 윙크를 하더군.

"제니퍼 말로는 시골 생활은 이제 질렸다던데."

"오늘도 비슷한 말을 했어요."

"그럼 내일 아침에 보세, 샘. 눈을 크게 뜨고 있으면 사슴보다 더 흥미로운 걸 볼 수 있을 거야."

집에 가는 내내 그 말을 생각했네. 집에 들어가니 어머니가 창가에 앉아 핫 초콜릿을 마시고 계시더군.

"자기 전에 마음을 좀 진정시켜야 할 것 같아서 말이다. 네 아버지는 벌써 코를 골고 있구나."

"아버지 건강은 좀 어때요, 어머니?"

나는 어머니 옆 소파에 앉으며 물었어.

"나이치고는 건강한 편이야. 심계항진 때문에 지난달에 진찰을 받긴 했어. 사슴 사냥 내내 아버지한테 눈을 떼면 안 된다, 샘."

"당연하죠."

어머니는 핫 초콜릿을 한 모금 마시고는 한숨을 쉬셨지.

"난 정말 네 아버지가 사냥하는 게 싫어. 너도 그렇고!"

"전 사냥을 하지 않은 지 20년은 됐어요. 마지막이 아버지랑 함께 했던 사냥이었죠. 내일은 그냥 아버지 기분을 맞춰 드리는 거예요."

"아버지는 아직도 네가 어린 아들이라고 생각하는 거야, 샘."

"저도 그러길 바라는데요, 뭐. 어머니한테도 그렇고."

어머니는 고개를 가로저었어.

"안 돼. 넌 이제 다 컸잖니. 결혼을 해서 가정을 꾸려야지."

"네, 그렇죠."

"지난 크리스마스에 보낸 편지에 결혼 이야기를 했잖니? 난 그 게 네 얘긴 줄 알았지 뭐냐."

"렌즈 보안관님 얘기예요. 그분은 저보다 나이가 훨씬 많아요."

"내 말을 그냥 흘려들으면 안 돼, 샘. 환자와 그 탐정 노릇인지 뭔지에만 빠져 있으면, 어느 날 아침에 눈을 떴을 때 사랑해 주는 이 하나 없는 노인이 되어 있을 거야."

나는 웃었어.

"아니, 이게 그렇게 심각할 일이에요? 우리 둘 다 잠이나 자자 고요. 알람은 5시 반에 맞춰 놓았어요."

"그래."

어머니는 내 뺨에 입을 맞췄지.

"하지만 내 말 잊으면 안 된다."

나는 누워서 잠시 잠들지 못했네. 옆방의 코 고는 소리를 들으 며 어머니에게는 당신을 사랑해 주는 사람이 있었을까 생각했지.

아침에 알람이 울려, 꿈도 꾸지 않은 깊은 잠에서 깨어났다네. 창밖을 내다보니 눈이 온 사방을 얇게 뒤덮고 있었어. 아직 어두웠지만, 부모님은 벌써 일어나서 화장실을 들락거리고 옷을 갈아입고 계셨지.

"안녕히 주무셨어요? 밤새 눈이 1센티미터는 내렸네요!"

"사슴을 추적하기에 아주 좋지!"

아버지가 힘차게 답했지.

"그러게요! 아침 준비할게요."

우린 30분 후 바로 출발했네. 섹스턴의 농장으로 가는 길은 그야말로 순백색이었어. 하얀 눈 위에 타이어 자국 몇 개만이 찍혀 있었지. 농장 진입로로 들어가자 타이어 자국 중 하나는 우리보다 앞서 도착한 렌즈 보안관의 차라는 사실을 알 수 있었네. 슬슬 날이 밝기 시작했지. 보안관은 차 옆에 서서 사슴 사냥용 총을 옆구리에 끼고, 라이더 섹스턴과 짐 프리먼이랑 대화를 나누고 있었네.

"눈 덮인 풍경이 참 근사하지 않습니까? 사슴도 도망칠 구석이 없을 겁니다!"

라이더 섹스턴이 우리를 보고 큰 소리로 인사를 건넸네.

제니퍼가 집에서 나와 우리 모두에게 샌드위치를 나누어 주었고, 로즈메리도 다급히 뒤따라 나와서 어머니를 맞이했어.

"집 안으로 들어오시면 따뜻할 거예요. 안전하기도 하고요."

내 스터츠 뒤를 따라 또 다른 차 한 대가 진입로로 들어왔네. 빌 트레이시가 화려한 가죽 케이스에서 산탄총을 꺼내며 내리더군.

"좋은 아침입니다, 여러분!"

나는 빌을 우리 부모님께 소개했고, 빌은 제니퍼에게서 샌드위치를 받아 들었어. 그리고 섹스턴은 사냥 지시를 내렸다네.

"모두 연못과 오두막에 초점을 맞추고 반원형으로 흩어집시다. 각각 보이지 않을 정도로 퍼져야 한 명이 넓은 범위를 맡을 수 있죠. 그리고 오두막 쪽으로 사슴을 몰아오는 겁니다. 샘, 자넨 나랑 같이 오두막에 남지 않겠나?"

하지만 전날 밤 아버지에게서 눈을 떼지 않겠다고 어머니와 약속한 일이 떠오르더군.

"괜찮으시다면 저는 사냥하러 같이 나가고 싶습니다."

라이더 섹스턴은 어깨를 으쓱했어.

"알겠네. 그럼 나 혼자 여기 남아서 사격장에서처럼 신나게 총을 쏴야지, 뭐. 다섯 명이라면 더 넓은 범위를 맡을 수 있을 테니."

우리는 얇게 쌓인 눈밭을 걸어서, 어젯밤 섹스턴이 조작한 펌프가 있는 펌프실에 도착했네.

"짐, 여기서 기다리고 있다가 내가 물을 잠그면 호스를 뽑아서 나한테 던져 줘. 누가 여기에 걸려 넘어지는 바람에 좋은 사냥감을 놓칠 수도 있잖아."

프리먼은 거기에 남고 나머지는 오두막으로 내려갔어. 스웨터 위에 얇은 재킷 한 벌과 남자용 작업 바지만 달랑 입은 제니퍼가 섹스턴과 함께 선두에서 걸었네.

"같이 사냥할 건가요?"

내가 소리쳐 물었어.

"끼워 주면 정말 좋겠네요!"

빌 트레이시는 맨 뒤에서 아버지와 함께 걸었고, 나는 렌즈 보안관과 보폭을 맞췄네.

"부인은 잘 계세요, 보안관님?"

"그럼, 잘 있고말고. 하루 종일 여기 있을 텐데 식탁에 올릴 고기 한 덩이라도 못 가져가면 용서받지 못할걸세!"

그때 맨 앞에서 섹스턴이 투덜거렸어.

"이런 젠장. 내가 미쳤거나 어디다 머리를 떼어 놓고 왔나 보군."

그러더니 제니퍼에게 중얼중얼 몇 가지 지시를 내리고는, 사냥꾼 오두막이 보이는 언덕 근처에서 멈춰 섰네.

"제니퍼, 다시 돌아오는 길에 펌프실에 있는 짐한테 내가 신호를 보내면 호스를 당기라고 전해 줘."

"알겠어요."

제니퍼는 대답하고 나서 발걸음을 돌렸지.

"부츠 멋진데요."

섹스턴의 반짝이고 윤기가 나는 새 가죽 부츠가 눈에 띄더군.

"뉴욕에서 샀다네. 이 독특한 밑창 좀 보라고!"

섹스턴은 내게 신발 바닥을 보여 주다가 문득 내 총을 보았네. 몇 년 동안 갖고 있던 오래된 윈체스터 산탄총이었지.

"이런 말을 해서 불쾌할지도 모르겠는데 샘, 그건 사슴 사냥용 총이 아니야. 괜찮다면 우리 집에 있는 여분을 빌려주겠네."

"아뇨, 괜찮습니다. 전 이거면 됐습니다. 멋진 사냥 실력은 저희 아버지가 보여 주실 겁니다."

"자네가 괜찮다면야."

섹스턴은 아버지와 빌 트레이시, 보안관 쪽을 바라보았어.

"보시죠. 총을 잘못 쏴도 이 작은 언덕이 어느 정도는 오두막을 막아 줍니다. 그래도 이쪽으로 쏘지 않도록 조심하세요. 산탄총 탄환은 꽤 먼 거리를 날아가기 때문에 창문이 깨질 수도 있습니다. 자칫하면 마누라도 죽을 수 있고."

마지막 말을 할 때 조금 킥킥거리더군. 그냥 농담으로 덧붙인 말이었겠지. 우리가 언덕 근처에서 기다리는 동안 섹스턴은 깨끗한 눈밭을 밟으며 오두막으로 걸어갔네. 오른손에는 산탄총, 왼손에는 제니퍼가 준 샌드위치를 들고 호스를 넘어 문으로 들어가더군. 오두막의 총안 너머로 섹스턴이 물탱크에서 호스를 뽑아 문 근처로 던지는 모습이 보였다네.

"당겨!"

섹스턴이 소리치자, 나는 펌프실에 있는 짐 프리먼에게 그 신호를 전달했네. 프리먼이 거기서 줄감개를 돌리자 호스가 눈밭 위를 뱀처럼 기어 올라가더군.

프리먼이 작업을 끝마치고 우리가 있는 곳으로 다가오자 섹스턴이 소리를 질렀네.

"자, 이제 반원형으로 흩어져요. 사슴이 뛰는 모습을 잘 지켜보다가 전부 이쪽으로 몰아오는 겁니다. 난 커피 끓여 놓고 준비하고 있을게요!"

우리는 들판으로 흩어졌네. 트레이시와 프리먼은 동쪽으로, 보안관과 아버지와 나는 반대 방향으로 달려갔지. 아버지는 금세 사슴 흔적을 찾아내시더군. 아버지를 시야에서 놓치지 않고 있던 나도 그걸 확인하려고 그쪽으로 뛰어갔어.

"사슴 맞네요. 그것도 엄청 큰 놈인데요."

나는 굳이 내 위치를 고집하지 않고 아버지 옆을 따라 터덜터덜 걸었네. 마치 어린 시절처럼 아버지와 함께였지.

아버지도 같은 생각을 하신 모양이더군.

"옛날 생각나지 않니?"

"맞아요, 아버지."

"엄마가 내 심장 얘기 하던?"

"약간 문제가 있다고는 하셨어요. 약은 드시고 계시죠?"

"그럼, 그럼. 난 백 살까지는 살 거다. 게다가 내 아들이 의사 아니냐?"

"두 분이 근처에 살면 좋겠는데요. 혹시 동쪽으로 이사 올 생각 없으세요?"

"뉴잉글랜드로? 말도 안 되는 소리! 우린 중서부 사람이야. 너 도 예전엔 그랬지."

"알아요. 하지만 이젠 되돌아가기 어려울 것 같아요."

"난 모르겠다. 여기 살아 보니 삶이 좀 나아졌니?"

"재미있어요."

"섹스턴 같은 사람이 부모였으면 좋겠니? 저런 부자가?"

"저 사람은 제 부모가 아니에요. 아버지 친구잖아요."

"네 엄만 저 사람 부인이 별로 안 행복해 보인다더라."

"왜요?"

아버지가 사슴 뒤를 계속 쫓을 수 있도록 숲길로 인도하며 물었어.

"글쎄, 섹스턴 부인이 사냥을 두고 뭐라 했는지 들었잖니. 아마 그 여자의 삶 전체가 남편의 변덕에 휘둘렸겠지. 도리스가 보기엔 굉장히 힘든 것 같다더라."

"그래도 자리를 바꿀 수 있다면, 노스몬트 여자들은 얼마든지 바꾸자고 할걸요."

눈밭 위에 새로 찍힌 사슴 발자국이 나타나자 아버지가 조용히 하라는 신호를 보냈네.

"이제 말하면 안 된다. 녀석이 바로 앞에 있어."

아버지가 속삭였지.

숲을 빠져나가 얕은 덤불 주위를 맴돌다 보니 렌즈 보안관이 왼쪽에서 나타났어. 보안관은 손을 흔들며 바로 앞을 가리켰어. 우리에게는 보이지 않는 무언가 있는 모양이었네. 그때 갑자기 200미터쯤 앞에서 사슴 한 마리가 나타나더니 정확히 사냥꾼 오두막 쪽으로 내달리기 시작했어.

"저놈 뿔 좀 봐! 엄청 큰 놈이야!"

아버지가 고함을 질렀네.

사슴이 우리 쪽으로 방향을 돌리자 렌즈 보안관이 산탄총을 들어 한 발을 쏘았어. 하지만 정확하게 조준하기에는 너무 먼 거리였고, 보안관도 그 사실을 알고 있었는지 총구를 낮춰 사슴이 방향을 바꾸도록 위협사격을 했지.

"바람이 우리 방향에서 불고 있소. 저놈이 우리 냄새를 맡은 게 분명해요."

아버지가 말했어.

"트레이시와 프리먼이 제자리에 있다면 놈을 궁지에 몰아넣을 수 있을 겁니다. 빠져나갈 길이라곤 오두막 앞뿐인데, 섹스턴 씨가 놈의 숨통을 끊어 놓겠죠."

우리는 도망치는 사슴과 속도를 맞춰 서둘러 달렸네. 연못이 시야에 들어오고 오두막이 나타났어. 프리먼이 반대편 언덕 위에서 달려왔고, 잠시 후 빌 트레이시도 집 뒤에서 나오더군. 둘 다 사슴을 보고 산탄총을 들었지.

"왜 안 쏘는 거요?"

렌즈 보안관이 달려와서 우리 옆에서 물었어.

"사슴이 오두막에 너무 가까워서 섹스턴 씨가 정확히 명중시킬 수 있을 겁니다. 그래서 쏘지 않는 거겠죠."

아버지가 말했네.

사슴은 화살처럼 빠른 속도로 계속 달렸어. 텅 빈 들판을 내달려 오두막에서 채 20미터도 떨어지지 않은 곳을 지나갔지.

그런데 총을 안 쏘는 거야.

무슨 일이 일어났는지 깨닫기도 전에 거대한 사슴이 연못가의 얕은 물을 뛰어넘어 프리먼에게 달려들었어. 프리먼은 몸을 돌리고 한쪽 무릎을 꿇으며 재빨리 총을 쏘았지. 도망치는 사슴 뒤로 물이 첨벙 솟구치더군. 하지만 사슴은 연못 너머 숲속으로 사라져 버렸어.

"도대체 무슨 일이야?"

트레이시가 고함을 지르며 우리 쪽으로 왔네.

프리먼도 다급히 쫓아왔어.

"섹스턴은 뭐 하고 있던 거야?"

"나도 모르겠소."

아버지가 그렇게 대답했고, 나도 알 수가 없었지. 우린 그냥 사냥꾼 오두막을 내려다보며 멍하니 서 있었어. 거기에는 라이더 섹스턴이 남긴 발자국이 있었고, 커피 끓일 불이라도 피웠는지 연기가 가느다랗게 올라오고 있었지.

아버지가 오두막 앞을 지나간 사슴의 흔적을 따라서 눈밭을 가로지른 다음 옆으로 방향을 바꿔 오두막 문으로 들어갔네.

그리고 즉시 다시 나와서 나를 부르셨지.

"빨리 와 봐라, 샘. 큰일 났어! 이 사람, 살해당한 것 같다!"

나는 다른 사람들에게 제자리에 가만히 있으라고 하고 상황을 확인하러 갔다네.

라이더 섹스턴이 오두막 한가운데, 탁자 가까이에 누워 있었어. 얼굴을 바닥에 대고 엎드린 상태였고 뒤통수는 피범벅이었지. 근처에는 원시 무기 컬렉션에 있던 상어 이빨 달린 곤봉이 떨어져 있었어.

"죽었네요. 저걸로 맞고 즉사한 모양이에요."

"도대체 누가 죽인 걸까, 샘?"

아버지가 물었어.

나는 문으로 걸어가서 렌즈 보안관을 불렀네.

"보안관님, 좀 와 주셔야겠습니다. 조심해서 걸어오세요. 발자국이 훼손되면 안 됩니다."

"발자국은 없어, 선생. 라이더 것밖에 없다고. 내가 집 주위를 다 돌아다녔는데 바깥엔 아무것도 없어."

연못 쪽을 내다보니 보안관 말이 맞더군. 오두막 이쪽이 연못과 맞닿아 있는데, 그 사이에는 아무도 밟지 않은 깨끗한 새 눈이 10미터 정도 펼쳐져 있었어. 내가 경고했음에도 불구하고 트레이시와 프리먼이 바로 우리 뒤를 따라왔지만, 결국 그건 문제가 되지 않았지. 오두막으로 들어온 발자국은 라이더 섹스턴의 것뿐이었고 나간 발자국은 없었거든. 원시 무기로 섹스턴을 때려죽인 사람이 누군지는 몰라도 무기를 원격 조종하는 것 외에는 방법이 없어 보였어.

"부인한테 말해 줘야겠는데."

짐 프리먼이 시체를 내려다보며 말했네.

"도대체 누가 이런 거지? 숲에서 온 부랑자인가?"

"어떤 부랑자가 발자국을 남기지 않을 수 있을까요? 저희가 본 건 사슴 발자국뿐이잖아요. 누구 사람 발자국 본 분 계세요?"

내가 물었지.

모두가 고개를 가로저었어. 아무도 못 봤으니 당연했지. 나는 밖으로 나가 눈 위에 무릎을 꿇고 섹스턴이 남긴 발자국을 관찰했네. 그 후 모두 함께 섹스턴의 집으로 돌아갔고, 렌즈 보안관이 소식을 전하는 사이 다들 우울하게 서 있었지. 로즈메리 섹스턴은 잘 이해가 되지 않는 듯 가만히 우리를 쳐다보았어.

"죽었다뇨? 죽었다는 게 무슨 말이에요?"

"총소리는 들렸어요. 혹시 사냥 중에 사고가 난 거예요?"

제니퍼가 물었네.

"머리를 맞고 죽었습니다. 왜 죽었는지는 저희도 모르겠습니다."

내가 말했네.

로즈메리 섹스턴은 쓰러졌어.

제니퍼와 짐 프리먼이 섹스턴 부인을 침실로 옮기고, 나는 차에서 왕진 가방을 가져와 가벼운 진정제를 놓았네. 렌즈 보안관은 이미 전화를 붙잡고 교환수에게 지시를 내리고 있었지. 부보안관들에게 전화해서 시체를 실어 갈 구급차를 보내라는 이야기였어.

나는 거실로 돌아와, 얼굴이 하얘진 채 의자에 앉아 있던 어머니에게 다가갔네.

"무슨 일이 일어난 거니, 샘?"

"지금 조사하는 중이에요. 어머니, 혹시 저희가 없는 사이 이 집 밖으로 나간 사람이 있었나요? 섹스턴 부인이나 제니퍼 중에서?"

"없었는데."

어머니는 대답했다가 바로 정정하시더군.

"최소한 내가 보기엔 없었다는 얘기야. 로즈메리는 케이크를 굽고 있어서, 주로 주방에 있었지. 제니퍼는 10분쯤 위층에 있었어. 어쩌면 둘 중 하나는 내 눈을 피해서 밖에 나갔을 수도 있겠다."

나는 어머니의 손을 꼭 잡아 드리고 위층으로 올라갔다네. 제니퍼와 프리먼은 아직도 로즈메리 곁에 있었지. 집 뒤쪽에 사냥꾼 오두막 방향으로 침실이 하나 더 있다는 사실을 발견했지만, 커다란 붉은색 헛간이 집과 오두막 사이를 가로막고 있더라고.

"어떻게 그런 일이 벌어졌는지 알아냈나?"

뒤에서 짐 프리먼이 물었어.

"저도 불가능한 일이라고 생각해요. 섹스턴은 죽었습니다. 솔직히 여기서 그 곤봉이 박격포처럼 발사됐다는 생각밖에 안 드는데요."

프리먼이 창으로 다가와 밖을 내다보더군.

"여긴 제니퍼 방인데. 설마 자네, 제니퍼가 그랬다고 생각하는 건 아니지?"

"저도 모르겠습니다. 그냥 바깥 풍경을 확인했을 뿐이에요."

프리먼이 고개를 끄덕였어.

"전쟁 중에 난 프랑스에서 육군 항공대에 있었거든. 거기선 진짜 비행기를 타고 날면서 적군의 머리 위로 다트를 뿌렸어. '플레셰트'라고 불렀지."

"제 말이 바로 그 말이에요. 비행기에서 다트를 뿌려 사람을 죽일 수도 있고, 화살을 칼처럼 휘둘러 찔러 죽일 수도 있으니 박격포로 곤봉을 발사할 수도 있지 않겠습니까?"

"솔직히 황당한 소리로밖에 안 들리는군."

프리먼이 말했어.

"맞아요. 더구나 오두막 지붕에 그렇게 큰 구멍이 뚫려 있는 것도 아닌데."

나는 문득 다른 생각이 들었어.

"혹시 섹스턴 부인이나 그 동생이 프리먼 씨 농장을 방문한 적이 있었나요?"

"그건 왜 묻지?"

"이웃 농장이니까 자연스러운 일이잖아요. 빌 트레이시가 그러는데 자기가 그 둘 중 한 명을 지난주에 거기서 본 것 같다던데요."

프리먼은 코웃음을 쳤어.

"빌 트레이시는 진짜 아줌마처럼 수다스럽구먼. 그래, 제니퍼가 자전거를 타고 한 번 온 적이 있어. 그게 왜? 자네 말마따나 이웃 농장이잖아."

"로즈메리 섹스턴은 한 번도 온 적이 없고요?"

"한 번도 없는 건 아니고, 라이더랑 어느 날 저녁에 왔었어. 하지만 혼자 온 적은 한 번도 없었지. 자네 아마 그걸 묻는 것 같은데. 설마 내가 그 친구 아내를 빼앗으려고 살인을 저질렀다는 거야?"

"지금 당장은 뭘 어떻게 생각할 수도 없어요, 짐. 그냥 물어보는 거죠."

"그럼 다른 사람들한테도 물어봐."

프리먼은 몸을 돌려 방을 나갔네.

아래층으로 내려가 보니 렌즈 보안관이 그때 막 도착한 부보안관들과 상의를 하고 있더군.

"오두막 사진을 몇 장 찍고 시체를 치우겠다는데 괜찮겠지, 선생?"

"네. 보안관님이 책임자시잖아요."

우리는 부보안관들과 함께 숲을 통과해서 사냥꾼 오두막으로 돌아갔네. 곳곳에서 눈이 녹기 시작했지만 딱 한 줄 나 있는 라이더 섹스턴의 발자국은 여전히 또렷하게 남아 있었어.

"자네도 알겠지만 선생, 난 이 살인이 성립되려면 세 가지 방법밖에 없다고 생각해."

렌즈 보안관이 천천히 입을 열었네.

지금까지는 이런 상황이 늘 익숙했어. 보안관이 내게 그럴싸한 의견을 제시할 때면 늘 의기양양했지. 그런데 그날만큼은 목소리에 힘이 없더라고.

"그게 뭐죠, 보안관님?"

"우선 그 곤봉을 누군가가 눈 위로 던지거나 새총 같은 걸로 쏘는 방법이 있지."

"살해당할 때 섹스턴은 오두막 안에 있었습니다. 그 이론을 받아들인다면 섹스턴은 곤봉이 날아왔을 때 고개를 밖으로 내밀고 있다가 집 안으로 쓰러졌을 테고, 곤봉은 집 밖 눈밭에 떨어졌겠죠. 게다가 치명상을 입힌 건 상어 이빨이에요. 어딘가에서 곤봉을 던졌다면 각도가 딱 맞는다고 해도 사람을 죽일 정도는 아닐 겁니다."

"그 방법은 자네도 이미 생각했군."

"그럼요."

"좋아. 그럼 두 번째 가능성은 이래. 살인자는 섹스턴의 발자국을 그대로 밟고 들어왔다가 다시 그대로 밟고 뒷걸음질 쳐서 나간 걸세."

나는 마지못해 고개를 가로저었어.

"섹스턴의 새 부츠 밑창은 아주 독특해요. 발자국을 제가 확인해 보니 흐릿하거나 모호하지 않았어요. 눈 위를 밟고 걸어간 사람은 섹스턴 한 명뿐이에요, 보안관님. 그리고 딱 한 번만 걸었고요."

렌즈 보안관이 깊은 한숨을 내쉬었어.

"그럼 선생, 내 마음속에 남은 세 번째 가능성을 말해 주겠네.

섹스턴은 다른 사람들이 들어가기 전, 맨 먼저 오두막에 들어간 사람에게 살해당했어."

"맨 먼저 오두막에 들어간 사람은 제 아버지인데요."

"나도 알아."

렌즈 보안관이 말했네.

우리는 더는 이야기를 나누지 않고, 눈이 천천히 녹기 시작한 길을 걸어 부보안관들이 작업을 마무리하고 있는 오두막에 도착했네. 시체는 딱 맞는 커버를 씌운 들것에 실려 있었지. 부보안관 한 명이 떠나기 전에 마지막으로 눈길에 남은 발자국을 사진에 담으려고 카메라를 옮기는 중이었어.

"이걸 바닥에서 발견했습니다."

다른 한 명이 보안관에게 손에 들고 있는 무언가를 내보였지.

"뭐지? 깃털인가?"

"네."

보안관이 끙 앓았어.

"오래된 것 같은데. 지난번 오리 사냥철에 흘린 모양이야."

"제가 보기에는 닭의 깃털 같습니다. 누가 화살 깃으로 쓴 것 같군요."

부보안관이 말했어.

"흉기가 화살이 아니라는 게 문제지."

보안관이 투덜거리면서 깃털을 주머니에 넣더군.

두 번째 부보안관까지 나가고 우리끼리만 남자 나는 보안관에게 말했어.

"아버지는 섹스턴을 죽이지 않았습니다."

"나도 자네 기분 알아, 선생. 아마 나도 똑같이 말했을 거야. 자네 아버님께 동기가 없는 것 같다는 점도 그렇고……."

"아버지는 섹스턴을 죽일 수가 없었다고요, 보안관님. 생각 좀 해 보세요. 어떻게 그 곤봉을 가져올 수 있었겠어요? 그건 저 위쪽 섹스턴 집 방 안 유리 수납장에 들어 있었어요. 섹스턴은 집에서 그걸 가져오지 않았어요. 섹스턴이 오두막으로 들어가면서 들고 있었던 건 산탄총이랑 샌드위치뿐이었잖아요. 섹스턴이 집으로 돌아갈 수 없었다는 건 제가 이미 증명했습니다. 자기 발자국을 그대로 밟고 돌아간다 해도 발자국이 흐려지는 건 피할 수가 없으니까요."

"이런 젠장, 선생. 흉기는 범인이 가져온 거야. 그걸 증명하는 건 어렵지 않아."

"물론 범인이 흉기를 가져왔겠죠. 그리고 그 점이 바로 저희 아버지의 결백을 증명한단 말입니다. 어떻게 아버지가 코트 속에 그 기다란 상어 이빨 달린 곤봉을 숨기고, 저랑 같이 숲속을 걷고, 저희 모두가 보는 앞에서 오두막으로 들어갈 수가 있었겠어요? 저희가 그걸 알아채지 못할 리가 없잖아요."

렌즈 보안관은 눈에 띄게 안도한 표정이었어.

"그래, 선생. 자네 말이 맞아. 그건 불가능한 일이야."

"게다가 섹스턴이 아직 살아 있었다면 저희가 오두막 근처에 있었을 때 그 앞을 지나가는 사슴을 쐈겠죠. 그때 이미 죽어 있었기 때문에 사슴을 쏠 수가 없었던 겁니다."

"그럼 이젠 뭐가 남는 거지?"

"저도 모르겠습니다."

나는 솔직히 말했네.

"지나가던 새가 죽였나 보군! 그럼 깃털도 이해가 돼! 아니면 팔에 커다란 날개가 달린 인간이 눈 위로 퍼덕퍼덕 날아왔겠지! 어떤가, 선생?"

"그건 좀 아닌 것 같네요."

나는 차분하게 말했어. 우리는 오두막을 나와 집으로 향했지.

"그나저나 코트 속에 흉기를 숨겼다는 얘기가 나와서 말인데요, 도대체 범인은 어떻게 곤봉을 손에 넣었을까요? 왜 라이더 섹스틴은 무슨 일이 일어날지 깨닫지 못한 걸까요?"

"무언가로 감춰져 있었나 보지."

나는 손가락으로 딱 소리를 냈어.

"산탄총 케이스!"

"그래, 빌 트레이시가 갖고 있던 그런 것 말일세!"

우리는 트레이시가 산탄총과 케이스를 차에 싣고 있는 걸 발견했어. 렌즈 보안관이 곤봉을 가져와서 케이스에 넣어 보았지만 들어가질 않더군. 산탄총이 케이스 안에 들어 있으면 곤봉을 넣을 수가 없고, 산탄총을 빼고 넣으면 툭 튀어나오더라고.

"난 이 케이스를 들판으로 가저가지도 않았어요! 그냥 산탄총만 꺼내서 가져갔다고요! 설마 당신들, 나를 이 사건의 범인으로 점

찍은 겁니까?"

트레이시가 항의했네.

"그런 건 아니에요, 빌."

내가 대꾸했어.

트레이시는 자기 차에 올라탔지.

"더 질문할 게 있으면 찾아와요. 내가 어디 사는지는 알겠지."

트레이시가 차를 몰고 떠나는 동안 섹스턴의 집에서 어머니가 나왔네.

"샘, 이 상황 때문에 너희 아버지가 속이 많이 상했어. 지금 당장이라도 여길 떠나야 할 것 같다."

"당연하죠. 보안관님과 이야기만 매듭짓고 갈게요. 잠깐만 기다리세요."

렌즈 보안관은 잠시 집 안으로 들어갔다가 다시 나타났어.

"곤봉을 빼면 수납장에서 사라진 무기는 하나도 없었네. 그런데 또 다른 생각이 떠올랐어, 샘. 그 파타고니아 올가미에 얼음을 넣어서 던졌다면 어떤가? 그게 오두막 문을 통해 들어가서 섹스턴의 목을 둘둘 감고 머리통을 후려쳤을 수 있잖나. 얼음은 불에 녹아 버리고."

"끈은 어쩌고요, 보안관님? 그것도 같이 녹았단 말인가요? 게다가 얼음이 녹아 물구덩이가 생긴 곳은 없었어요. 그리고 머리에 상어 이빨 자국이 있는 건 분명하잖아요? 그건 설명할 방법이 없죠."

하지만 불 이야기를 하니 커피가 떠올랐고, 바로 다른 게 연상됐어.

"물탱크!"

"뭐?"

"따라오세요, 보안관님! 제가 설명해 드리겠습니다."

내가 헛간과 펌프실을 지나 오두막으로 향하는 언덕으로 오르자 보안관도 다급히 뒤를 따라오더군.

"모르시겠어요? 살인자는 눈밭을 밟은 적이 없어요. 왜냐하면 거기에 내내 숨어 있었으니까. 눈이 내리기 전부터 말이죠! 그 금속으로 만든 탱크에 물 100리터 정도를 저장할 수 있다면 몸집 작은 어른은 충분히 들어갈 수 있을 겁니다. 살인자는 섹스턴을 죽이고, 빠져나가도 안전하다고 생각될 때까지 그 안에 숨어 있었던 거예요."

우리는 오두막에 거의 도착했고, 렌즈 보안관도 덩달아 흥분했네.

"아직도 거기 있을까?"

"그건 아니겠죠. 하지만 물탱크가 비어 있다면 그 자체가 증거가 됩니다. 살인자는 안에 들어가기 위해 물탱크를 비웠을 테고, 펌프실에 연결되어 있던 호스는 이미 뽑혔으니, 물탱크를 채울 방법이 없어요."

내 인생에서 뭔가를 그토록 확신한 적은 없었네. 오두막으로 들어간 나는 탱크 덮개를 들어 올리고 그 속에 손을 쑥 집어넣었어.

물은 거의 테두리까지 찰랑찰랑 차 있었지.

렌즈 보안관이 나를 위로했네.

"내 말 들어 봐, 선생. 범인은 계속 숨어 있다가 나중에 물을 채운 거야."

"호스가 없잖아요."

"연못물을 퍼 왔겠지."

"오두막과 연못 사이의 공간에는 발자국이 없었어요."

그래도 우리 둘 다 확신을 얻어야 했기에, 나는 탱크 꼭지를 조금 틀어 보았어. 아주 깨끗하고 맑은 물이 흘러나왔다네. 탁한 연못 물은 아니었지.

섹스턴의 집으로 돌아온 나는 렌즈 보안관이 아버지를 언급했을 때만큼 기운이 쭉 빠져 버렸다네. 이 사건에도 분명 해답은 있겠지만, 나는 잘 알고 있었지. 해결하지 못하는 시간이 길어질수록 사건의 해결도 점점 멀어진다는 걸. 단 한 명인 용의자 트레이시는 집에 가 버렸고 말이야.

로즈메리 섹스턴은 간신히 회복한 듯 아래층에 내려왔어. 얼굴이 창백하고 말이 좀 어눌하긴 했지만 진정제 때문인 듯했네.

"도대체 어떻게 된 일인지 말 좀 해 줘요."

"우리도 모릅니다. 아마 오두막에서 자고 있던 부랑자에게 살해당한 게 아닐까요?"

로즈메리는 손을 내저었어.

"짐 프리먼이 이미 얘기했어요. 그이의 무기 컬렉션에 들어 있던 곤봉이 흉기라면서요. 부랑자가 그랬을 리가 없잖아요."

때마침 아버지가 방으로 들어오다가 이 대화의 끄트머리를 들었지.

"설마 누가 그 사람을 죽였는지 네가 안단 말이냐? 믿을 수가 없구나."

"아직 아무것도 몰라요."

나는 녹초가 된 채 말했어.

"그 사람은 내 친구였다. 살인자를 잡기 위해서라면 난 뭐든 다 할 생각이야."

어머니가 끼어들었네.

"우리가 할 수 있는 최선의 일은 당장 시내로 돌아가는 거야. 샘, 어서 우릴 데려다주렴."

어머니 말이 맞았어. 그만 떠날 시간이었지. 하지만 난 그냥 포기하고 갈 수가 없었네.

"무기 수납장 좀 다시 한 번 봐야겠어요."

"내가 이미 확인했네, 선생."

보안관이 말하더군.

그래도 유리문이 달린 그 커다란 수납장이 있는 방으로 향했네. 제니퍼가 따라오더군.

"섹스턴이 수납장 열쇠는 보통 어디다 뒀습니까?"

"열려 있었어요. 한 번도 잠근 적이 없거든요."

나는 가만히 서서 태평양 섬에서 가져왔다는 상어 이빨 곤봉이 원래 놓여 있던 자리를 들여다봤네. 라이더 섹스턴이 이걸 보여주며 했던 말도 되짚어 봤지. 누군가가 이 곤봉을 들고 깨끗한 눈 위를 새처럼 날아 집주인을 죽인 걸까?

문득 유리문을 보니 유리에 비친 내 모습 옆에 제니피가 있더군.

"나가서 산책이라도 합시다."

"해가 졌어요. 점점 추워질 거예요."

제니퍼는 문을 열며 말했어.

뒤쪽 계단으로 내려가며 나는 제니퍼를 붙잡아 주었고, 우리는 옆 건물로 향했지.

"오늘 밤 눈이 또 올 모양이네요."

"너무 무력한 기분이에요."

제니퍼가 말했어.

"우리 모두 다 그렇습니다. 방금 전 유리 수납장을 들여다보기 전까지는 저 자신이 얼마나 무력했는지 몰라요. 하지만 갑자기 누가 라이더 섹스턴을 살해했는지 깨달았죠. 하지만 배심원들을 설득할 증거는 없군요."

"수납장을 보고 알았다고요?"

나는 고개를 끄덕였어.

"섹스턴이 곤봉을 보여 주면서 했던 말이 떠올랐어요. 들판에서 상처 입은 사슴의 숨통을 끊을 때 좋다고 했죠. 실제로도 그 용도로 사용했을 겁니다. 맞죠? 그리고 오늘 아침에 뭔가를 깜박 잊었다고 했을 때 그건 분명 곤봉 이야기였을 거예요. 그래서 누군가를 시켜 그걸 오두막으로 가져오게 한 거죠."

제니퍼는 미심쩍은 표정으로 나를 쳐다보더군.

"당신한테 시켰죠, 제니퍼. 당신은 섹스턴 옆에 있었고, 그가 당신에게 뭐라고 중얼거렸어요. 당신은 집으로 돌아가 그 곤봉을 갖다 줬죠. 그때 우리는 들판과 숲으로 흩어져 있었기 때문에 당신이 오두막으로 곤봉을 가지고 다시 돌아가는 모습을 보지 못했어요. 당신이 그 무기를 들고 오는 모습을 보고도 섹스턴은 전혀 놀라지 않았습니다. 자기가 시킨 일이니까요. 심지어 당신한테 등을 돌리고 있었기 때문에 아주 완벽한 목표물이었습니다. 상어 이빨이 박힌 그 곤봉으로, 일격에 죽이는 일은 그렇게 어렵지 않았을 거예요."

"지금 저한테 덮어씌우는 거예요?"

"가능한 사람이 당신밖에 없어요, 제니퍼. 동기는 돈 때문이겠죠. 당신 언니는 상속을 받을 테고, 나중에는 당신 돈이 될 테니까."

"아니에요."

"맞아요, 제니퍼. 어머니가 당신이 10분 정도 위층에 올라갔다고 하셨어요. 그 정도면 충분한 시간이죠."

"내가 어떻게 눈밭 위를 건너갔단 말이에요? 발자국도 전혀 없는데."

우리는 언덕 꼭대기에 도착했네. 그림 같은 배경 속에 자리한 사냥꾼 오두막이 내려다보이는 곳이었어. 아직 눈이 완전히 녹지 않아서 오두막으로 이어진 라이더 섹스턴의 발자국이 또렷하게 보였지.

"발자국은 없지만 흔적은 있었죠. 자길 발견해 달라고 고래고래 소리치는 흔적이. 하지만 체스터튼의 우편배달부처럼 너무 명확해서 오히려 안 보였던 거예요. 그 흔적은 바로 펌프실에서 오두막 물탱크로 이어지는 호스였습니다. 어젯밤 내린 눈은 호스 위에도 쌓였습니다. 그래서 오늘 아침 호스를 뽑았을 때 그 흔적도 들판을 따라 오두막 문 앞까지 똑바로 남겨졌죠."

"당신 미쳤어? 그 호스는 폭이 겨우 3센티미터 정도밖에 안 된다고! 까치발로 걷는다 해도 아무 흔적 없이 그 위를 계속 걸을 수는 없잖아!"

차가운 바람이 불어와서 나는 재킷의 옷깃을 올렸네.

"까치발로 걸은 게 아니죠, 제니퍼. 자전거를 탔잖아요."

내가 차분하게 말했어.

제니퍼가 성난 짐승처럼 날뛸 줄 알았는데 그렇지 않더군. 그냥 눈을 감고 약간 몸을 떨 뿐이었어. 그래서 제니퍼를 진정시키려고 손을 내밀었네.

"섹스턴이 숲에서 자전거 타는 걸 싫어한다고 말한 적이 있었죠. 그 말이 떠오르자, 무슨 일이 일어났는지 짐작할 수 있었어요. 호스가 남긴 가느다란 자국을 따라 자전거를 타고 가는 건 그리 어려운 일이 아니었겠죠. 한두 번 비틀거렸다 해도 당겨진 호스 역시 고른 흔적을 남기지는 않았을 테니까 큰 문제는 아니었습니다. 닭장에서 펌프실까지는 자전거를 들고 갔을 겁니다. 그래서 농장 주위에 별다른 자전거 자국은 남지 않았고요. 아마 곤봉을 옆구리에 끼고 자전거를 탔을 거예요. 돌아올 때는 같은 자국 위를 달렸고요. 범행을 저지르는 동안 새로 눈이 내리지 않아서 자전거 바퀴의 흔적도 남지 않았죠. 당신은 아무런 단서도 남기지 않았지만 단 하나, 오래된 닭 깃털 하나가 근처에 떨어져 있었습니다. 아마 자전거를 닭장에 보관해 둘 때 붙었겠죠. 어제 당신이 자전거를 닭장에 넣는 모습이 떠올랐어요. 그것 덕분에 모든 걸 확신할 수 있었습니다."

결국 제니퍼는 털어놓더군.

"돈 때문이 아니었어요. 그건 아무 의미 없어요. 그 인간은 우리 언니한테 너무 잔혹했단 말이에요. 언니가 얼마나 불행한지 아마 느꼈을 거예요. 가끔 술에 취하면 언니를 때리기도 했어요. 언니가 먼저 그 인간을 떠나진 않을 테니, 제가 언니에게 해 줄 수 있는 최대한의 일을 한 거예요. 그 인간을 죽였죠."

"그 이야기는 보안관에게 하시죠. 하지 않으면 제가 하겠습니다."

우리는 섹스턴의 집으로 돌아갔고, 제니퍼가 렌즈 보안관에게 사실을 털어놓는 사이 나는 부모님과 함께 그곳을 떠났네. 시내로 향하는데, 그 커다랗고 멋진 뿔을 지닌 사슴이 숲을 달리는 모습이 보이더군. 아버지가 한번 쏘아 보겠다며 차를 세워 달라고 하셨지만 난 그냥 계속 달렸어.

샘 호손 선생이 이야기를 마무리 지었다.

"우리 부모님이 노스몬트를 방문하신 건 그게 처음이자 마지막이었다네. 도시 생활이 훨씬 안전하다고 하시더군. 그건 그렇고 여기 좀 보라고. 병이 비었네. 다음에 자네가 찾아올 때는 새 병을 준비해 두지. 그때는 드디어 렌즈 보안관이 자기 힘으로 수수께끼를 해결했던 이야기를 해 주겠네."

건초 더미 속
시체의 수수께끼

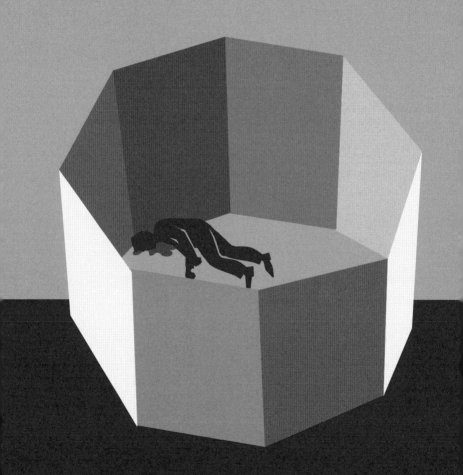

샘 호손 선생은 새로 딴 브랜디병에서 술을 따라서, 자기가 제일 좋아하는 의자에 앉았다.

"이번에는 렌즈 보안관이 혼자서 해결했던 사건 이야기를 해 주겠다고 약속했지? 아, 물론 나도 해결했지. 하지만 그때만큼은 보안관이 나를 앞질렀다네. 아무튼 빨리 본론으로 들어가겠네. 이사건은 노스몬트가 아주 조용하던 시기에 일어났다네. 8개월 동안 살인도, 다른 심각한 범죄도 일어나지 않았거든……."

(샘 선생이 말을 이었다.)

1931년 7월, 여름이 한창이었지. 나라 전체는 심각한 대공황에 빠져 있었지만 우리 동네는 아주 평화로웠고, 거의 아무런 영향을 받지 않았다네. 제일 충격적이 소식이라 해 봤자 검은 곰 한 마리가 홀랜드 숲 옆에 자리를 잡아서, 농부들이 키우는 가축을 사냥하기 시작한 일 정도였지. 그즈음에는 노스몬트에도 수의사가 와 있었지. 나보다 몇 살쯤 어린 명랑한 친구였는데 이름은 밥 위더스라고 했어. 곰한테 공격받고 운 좋게 살아남은 짐승들을 치료하거나 치명상을 입은 짐승들의 숨통을 끊어 편안하게 보내 주는 일을 하느라 항상 바빴지.

그날 나는 청교도 기념 병원에 내 환자들을 보러 갔어. 한 명은 막 쌍둥이를 낳았고, 한 명은 가벼운 수술을 받은 사람이었어. 날씨는 아주 덥고 습했어. 낙뢰를 동반한 소나기가 올 조짐이었지. 코브 언덕길을 올라가는데 농부들이 방수포로 건초 더미를 덮고 있더군.

펠릭스 베넷이 방수포 밑으로 건초를 긁어모으고 있었어. 나는 길 한쪽에 스터츠를 세우고 말을 걸었네. 펠릭스는 180센티미터가 넘는 키에 마른 남자였어. 하얀 피부 때문인지 챙이 넓은 밀짚모자를 쓰고 있었지. 남들이 멀리서 보고 허수아비로 착각할 수도 있으니까, 계속 움직여야겠다고 내가 농담을 한 적도 있었지. 펠릭스는 원래 무뚝뚝한 남자였지만, 내게는 가끔 미소를 짓거나 몇마디 답을 해 주곤 했지. 내가 노스몬트에 처음 왔을 때부터 계속 농사를 짓던 사람이었어. 농지가 120만 제곱미터 정도는 됐으니, 이 군에서 제일 큰 농장들 중 하나라 할 만했지.

"건초 말리는 중이었어요, 펠릭스?"

나는 그렇게 물으면서, 작은 배수로 하나를 뛰어넘었네.

"뭐, 그렇지."

펠릭스는 커다란 망치를 내려놓고 작업복 앞섶에 땀이 흠뻑 밴 손바닥을 문질러 닦으며 대답했네.

"요즘 곰 봤어요?"

내 질문에 씹는담배 한 뭉치를 퉤 뱉은 후 커다란 밀짚모자를 벗고 이마의 땀을 닦더군. 펠릭스는 항상 내면의 필터에서 말을 한 번 거르는 듯 대답이 느렸지.

"난리도 아냐. 어제도 우리 집 돼지 한 마리를 죽였어. 위더스 선생이 지금 집에 와 있어."

"저런."

오후 햇살에 눈을 가늘게 뜨고 둘러보니 베넷의 농가 옆에 수의사의 마차가 세워져 있더군.

"저도 잠깐 들러서 밥한테 인사나 하고 가야겠습니다."

"세라한테 내가 금방 간다고 전해 줘. 이것만 덮어 놓으면 집 옆에 한 뭉치밖에 안 남으니까. 그건 나중에 하면 돼."

펠릭스에게는 거의 연설이나 다름없는 긴 말이었어. 하지만 그 말을 하고 나서는 다시 침묵으로 돌아갔지. 양손에 침을 퉤퉤 뱉고 망치로 건초 더미 주위에 박혀 있던 말뚝을 다시 쳐 내더군. 나는 잠시 그 모습을 지켜보다 차로 돌아갔어.

진료 도구로 꽉 차 있는 밥 위더스의 마차 뒤로 차를 몰고 갔더니 말이 깜짝 놀라 펄쩍 뛰더군. 철망으로 된 문은 잠겨 있지 않았지만 두드려도 아무 소리가 없어서 안으로 들어가 보았네. 시골 의사들은 자주 그러거든. 내 눈에 제일 먼저 띈 광경은 소파 위에서 누군가와 뒤엉켜 있는 세라 베넷이었지. 나갔다가 다시 들어오기엔 이미 너무 늦어 버렸다네.

밥 위더스가 다급히 일어나서 옷매무새를 정돈하며 당황한 표정을 지었네.

"아, 안녕하세요, 샘. 들어오는 소리 못 들었는데."

"노크했는데요."

세라 베넷은 남편보다 한참 어렸지만 밥 위더스보다는 열 살쯤 나이가 많았네. 세라는 눈 위로 쏟아진 연갈색 머리카락을 쓸어 올리며 최대한 아무렇지 않은 척하더군.

"무슨 일이세요, 선생님?"

"요 길 밑에서 펠릭스랑 얘기를 했는데, 밥이 여기 있다고 들어서요. 어젯밤에도 곰이 습격했다면서요?"

"돼지 한 마리를 죽이고 한 마리는 발톱으로 할퀴었어요. 위더스 선생님이 막 봐 주신 참이에요."

위더스는 나를 집 밖으로 내보내려고 안달이 났지. 문까지 따라 나오더라고.

"그 곰을 어떻게든 잡아야 해요, 샘. 안 그러면 다음에는 사람을 해칠 거예요. 렌즈 보안관님한테 사람을 모아서 곰을 잡아 달라고 할 수 없을까요?"

우리는 현관으로 나와 먼지투성이 흙길을 내려왔네. 밥 위더스는 나보다 키가 조금 작았지만 걸음은 훨씬 빨랐어. 아무튼 집에서 나를 얼른 쫓아내려는 모양이었지. 혹시 내가 방금 전 목격한 장면에 대해 밥이 무슨 이야기를 꺼낼 것만 같아서, 나는 곰 이야기를 떠들어 댔지.

"보안관님이 사냥철에 사슴을 잡는 건 본 적 있는데, 곰 뒤를 쫓아가는 건 상상이 안 되네요. 곰이 돼지우리를 다 헤집어 놓았나요?"

"그럼요. 따라오세요, 보여 줄게요."

농가에서 30미터쯤 떨어진 헛간 한쪽에 닭장이 있었어. 가까이 가니 울타리가 뜯겨 있더군.

"아마 오늘 밤 또 올 거예요. 여기에 먹을 게 있다는 사실을 아니까."

"그럼 보안관님한테 전화해 봐야겠네요. 이 집 전화를 좀 써야 겠습니다."

농가로 가려는데, 위더스가 뭐라 말하려 하더군.

"샘, 난……."

"네?"

"아무것도 아닙니다. 보안관님께 전화해 주세요."

위더스는 다친 돼지를 보러 갔지.

내가 다시 집으로 들어가자 세라가 부엌에서 묻더군.

"밥?"

"아닙니다, 베넷 부인. 샘 호손이에요. 전화 좀 빌릴 수 있을까 요? 렌즈 보안관님께 전화를 해야 해서."

세라는 창백한 표정으로 거실에 나왔어.

"왜요? 펠릭스가 설마……."

"그냥 곰 얘기입니다. 밥이 그러는데 오늘 밤 곰이 또 올 거라고 해서, 보안관님한테 덫을 좀 설치해 달라고 하려고요."

내가 다급히 말했지.

"아! 그렇겠네요. 전화기 여기 있어요."

나는 크랭크를 돌리고 교환수에게 보안관의 번호를 말했어. 보안관이 전화를 받자 곰 문제를 이야기했네.

"오늘 밤에 가서 베넷을 도와줘야겠구먼. 내 담당은 아니지만 사람들이 난리를 피우고 있고, 몇 달 후면 선거가 있으니까."

나는 키득키득 웃었네.

"끝내주는 선거 포스터가 나오겠는데요. 곰이 쓰러져 있고 보안관님이 한쪽 발로 그 곰을 밟고 있는 거죠. 테디 루스벨트처럼."

보안관은 이 아이디어가 마음에 든 듯했지.

"좋군. 아무튼 내가 저녁 먹고 가 보겠다고 전해 줘."

나는 전화를 끊고 세라 베넷에게 그 말을 전했어.

집 뒤에서 무슨 소리가 나기에 펠릭스가 밭에서 돌아온 줄 알았는데, 베넷 농장의 일꾼이자 소작농인 핼 페리가 왔더군. 페리는 밭 건너편에 작은 자기 집을 갖고 있었고, 땅 일부를 직접 경작하면서 베넷 농장의 잡일을 거들었네. 파종이나 수확처럼 손이 많이 필요할 때는 펠릭스의 일도 거들었지. 난 항상 이 사람이 궁금했어. 마치 뭔가를 숨기는 듯 늘 혼자서 지냈거든.

"안녕하쇼, 선생. 누가 아파서 왔소?"

페리가 내게 인사를 건네며 작업복 주머니에서 씹는담배를 한 줌 꺼냈네.

"아뇨, 그냥 위더스 선생이랑 곰 얘기를 하려고 들렀습니다. 혹시 밭 건너에서 뭐 좀 본 것 없나요?"

"발자국은 봤는데 그게 다요. 분명 아주 큰 놈일 거요. 크고 성질이 더러운 놈이지."

페리는 터덜터덜 걸어 사라졌네. 횡해져 가는 머리를 움츠리고, 부엌문을 통해 나가더라고.

목소리가 들리지 않을 만한 곳까지 사라지자, 펌프로 열심히 물을 받던 세라 베넷이 나를 보고 말했네.

"아까 여기서 본 건……."

"전 아무것도 못 봤습니다, 베넷 부인."

"고마워요."

세라는 부드럽게 말했어.

바깥으로 나가니 마침 펠릭스가 밭에서 돌아오더군.

"아직도 안 갔소, 선생? 온 김에 저녁이나 먹고 가지."

"아뇨, 부인을 번거롭게 해 드릴 수는 없죠."

"번거롭긴 무슨! 위더스 선생도 같이 먹고 가면 좋겠구먼. 둘이서 말이랑 사람을 고칠 때 어떻게 다른지 얘기도 좀 해 주고."

어느새 위더스가 우리 옆으로 다가왔지.

"말은 다리가 네 개죠. 차이점은 그것밖에 없어요."

"하나 더 있습니다. 말은 어디가 아픈지 직접 말하지 못하죠."

나도 말했어.

"사람들도 가끔은 제대로 말하지 못하던데요. 의사가 먼저 이해해 줘야 하죠."

밥 위더스가 대꾸하더군.

그때 세라가 현관으로 나오자 펠릭스는 저녁 식시 탁자에 두 자리를 더 만들어야 한다고 우겼어. 베넷 부부는 자식이 없었기 때문에 대부분 단둘이 식사를 했을 거야. 기껏해야 핼 페리가 함께 했겠지. 이런 상황에서 여기 있기가 껄끄러웠지만, 위더스는 기쁘게 초대를 받아들였어.

주방에 있는 커다란 떡갈나무 탁자에 둘러앉으니 세라가 햄을 구워 가져다주더군. 나는 환자들의 식사 초대에 익숙했지만 베넷 부부와 함께 식사하는 건 이게 두 번째였어. 예상했던 대로 식사 중 대화가 너무 부담스럽더군. 그런데 식사를 마치고 세라의 자랑거리인 라즈베리 파이를 먹을 때 일이 터졌어. 웬 포드 모델T 한 대가 진입로로 들어와 내 스터츠 뒤를 가볍게 들이받은 거야.

펠릭스와 나는 동시에 벌떡 일어나 무슨 일이 일어났는지 보러 갔네. 차에 손상은 없었지만 포드 모델T의 운전자는 전혀 사과할 생각이 없어 보였네. 좀 짜증이 나더라고. 검은 수염이 지저분하게 난 키 작은 남자는 아예 날 무시하고 펠릭스한테만 이야기하더군.

"나 기억하지?"

펠릭스는 현관 계단 맨 위에서 얼어붙었어.

"당연히 기억하지, 로슨. 여긴 왜 돌아온 거야?"

펠릭스는 그렇게 말했지만 입술이 거의 움직이지 않을 정도였다네.

"나 방금 출소했어, 펠릭스. 9년은 참 긴 시간이야. 나오면 당신을 찾아올 거라고 분명히 말했는데?"

로슨은 덥수룩한 콧수염 밑으로 미소를 짓고 있었지만, 얼굴은 전혀 웃고 있지 않더라고.

"내 땅에서 나가, 로슨."

펠릭스 베넷이 조용히 말했네.

"원 세상에. 아직도 내가 그렇게 무서워?"

펠릭스는 고개를 돌리더니 페리를 불렀어.

"헬, 좀 나와 봐!"

헬 페리가 철망 문을 열고 현관으로 나왔네. 페리는 덩치가 컸고, 로슨 같은 인간 두 명 정도는 그다지 힘들이지 않고 때려눕힐 수 있게 생겼거든. 로슨은 미소만 짓더군.

"당신이 새로 고용한 보디가드야, 펠릭스? 이 친구가 지금 내 집에 살고 있는 거야?"

"다시 한 번 말하지. 당장 내 땅에서 나가."

"이 사람 말 안 들려?"

헬 페리가 말했어.

로슨은 어떻게 할까 고민하더니 결국 물러나기로 결심한 모양이었어.

"좋아, 하지만 이게 끝이 아닐 거야, 펠릭스. 다음번에는 당신 혼자 있을 때 찾아오지. 아마도 곧."

로슨은 차로 돌아가 진입로를 빠져나갔지.

"대체 이게 다 무슨 일입니까?"

탁자에 돌아와 앉은 나는 펠릭스에게 물었어.

펠릭스는 자리에 다시 앉아 냅킨을 접으며 말했네.

"선생이 누스몬트에 오기 조금 전의 일이야. 난 항상 사람늘을 돕고 싶었지. 특히 전과자들에게 새 인생을 살 기회를 주고 싶었어. 제이크 로슨도 그런 사람이었지. 로슨은 지금 헬이 사는 그 작은 집에 살았어. 자기 소유의 땅을 조금 일구고, 잡일을 도와주었지. 로슨은 살인죄로 20년형을 받았다가 가석방된 사람이었네. 자기 예전 고용주를 죽였거든. 9년을 남기고 교도소에서 나왔다고 하더군. 한동안은 잘 지냈는데, 어느 날 밤 술을 마시고 세라를 쫓아왔어. 대체 무슨 의도인지는 알 수 없었지만 어쨌든 나도 위험을 무릅쓸 수는 없었어. 그래서 가석방 교도관에게 이야기해서 교도소로 돌려보냈지. 놈은 출소하면 꼭 나를 찾아오겠다고 이를 갈았네."

"저 사람을 또 볼 줄은 몰랐어요. 오랫동안 원한을 품고 있었나 봐요."

세라는 우리와 눈을 마주치지 못하고 자기 접시만 내려다봤지.

"두 번 다시 못 돌아올 겁니다. 난 저런 인간들을 잘 알아요."

페리가 말했지. 그제야 페리 역시 전과자일 수도 있다는 사실을 깨달았어.

"그러길 바라야지. 저 인간은 그냥 사고뭉치일 뿐이야."

펠릭스가 말했네.

밥 위더스가 주방 창문 밖을 내다보았어.

"렌즈 보안관님이 오시네요. 그 얘기도 같이 하시면 좋을 것 같습니다."

보안관은 약속했던 대로 와 줬네. 한쪽 옆구리에 산탄총을 끼고 있더라고.

"곰 잡으러 왔소이다."

보안관이 당당하게 말했어.

우리는 순간적으로 조용해졌고, 세라 베넷이 입을 열었어.

"문제가 좀 생겼어요, 보안관님. 제 남편이 협박을 받았어요."

그리고는 로슨의 갑작스러운 방문에 대해 이야기했네.

당연히 렌즈 보안관은 나보다 노스몬트에 오래 살았기 때문에 제이크 로슨이 일으킨 문제에 대해 알고 있었어.

"이미 한 번 교도소에 처넣었으니, 문제를 일으키면 얼마든지 또 보낼 수 있지."

보안관은 세라가 내민 라즈베리 파이를 기뻐하면서 신나게 먹어치웠네. 그리고 세라와 밥 위더스를 제외하고 나머지 사람들끼리 밖으로 나왔지.

펠릭스 베넷은 사실 제이크 로슨의 방문을 대수롭지 않게 여기는 눈치였어. 그보다는 곰이 더 걱정되는 듯했지.

"밤새 함께 있다가 곰이 오면 쫓아 주겠소, 보안관?"

"물론이오."

"그럼 뒷문 앞에 있어 주면 좋겠군. 닭장부터 제일 가까운 건초 더미까지가 아주 잘 보이니까. 핼은 농장 반대편에 있는 자기 집에서 지키고, 난 헛간에 있겠소. 곰이란 놈이 또 쳐들어오면 다 같이 십자포화를 퍼붓자고."

"절대로 서로를 쏘시면 안 됩니다."

내가 주의를 주었어.

초저녁 해가 슬슬 서쪽 하늘에 걸리더니 시커먼 먹구름 뒤로 사라지려 하고 있었네. 펠릭스는 그걸 보더니 뭔가 떠오른 모양이었어.

"이런 젠장, 헬. 마지막 건초 더미를 깜박했어. 비 오기 전에 얼른 해치우자고."

렌즈 보안관과 내가 농가로 돌아가니 위더스와 세라가 심각한 이야기를 나누고 있더군. 슬슬 떠날 시간이었어. 나는 세라에게 맛있는 저녁을 대접해 줘서 고맙다고 인사한 뒤, 렌즈 보안관에게 차를 좀 빼 달라고 부탁했네.

"저도 이제 가야겠습니다."

위더스가 말했어.

렌즈 보안관이 고개를 끄덕였지.

"차를 길옆으로 치우지."

우리는 세라와 몇 마디 잡담을 나눈 뒤 집을 나섰어.

다시 건초를 긁어모으러 나갔던 펠릭스 베넷이 집 가까운 곳에 있는 건초 더미에 방수포를 씌우고 있더군.

"안녕히 계세요, 펠릭스! 오늘 밤 행운을 빕니다!"

펠릭스는 내게 손을 흔들고 다시 건초 더미로 돌아갔네. 보안관이 차를 빼자 나는 차를 몰아 후진했어. 그즈음 펠릭스는 방수포를 덮고 농장 건너편에 있는 핼 페리의 작은 집으로 걸어가고 있었지.

하늘은 제법 깜깜해졌고, 시내를 향해 달리기 시작하자 빗방울이 하나둘 떨어지기 시작했네. 길을 달리다 보니 제이크 로슨의 포드 차량이 키 큰 잡초 무더기 옆에 세워져 있었네. 로슨은 보이지 않았고.

자정에 잠자리에 든 나는 건초 더미와 곰이 나오는 꿈을 꾸다가 전화벨 소리에 깼네. 밤중에 의사에게 전화가 오는 일은 드물지 않았기에 몸을 굴려 전화를 받으며 환자나 사고를 알리는 에이프릴의 목소리를 기다렸지.

하지만 그 대신 거의 알아듣기 힘들 정도로 속삭이는 목소리가 들려왔어.

"선생, 나 펠릭스 베넷일세. 좀 도와줘."

"곰인가요?"

"아냐, 이건…….."

전화가 끊겼네.

나는 즉시 펠릭스 집에 다시 전화를 걸고 기다렸네. 렌즈 보안관이 전화를 받기에 펠릭스는 어디 있는지 물었어

"헛간에 있어, 선생. 한 시간 전에 그리 가는 걸 내가 봤는데. 아직 곰은 안 왔고."

"헛간에는 전화기가 없잖아요?"

"없지."

"그런데 펠릭스가 방금 어딘가에서 저한테 전화를 했어요. 무슨 문제가 생겼나 본데요."

"내가 가서 확인해 보고 다시 전화하겠네, 선생."

침대에 앉아 전화를 기다리며 보안관이 대체 헛간에서 무엇을 발견할지 긴장하고 있었네. 하지만 5분 후 다시 전화를 건 보안관은 이렇게 말했어.

"헛간에는 없었고, 세라 말로는 위층에도 없다더군. 대체 그 친

구한테 무슨 일이 일어난 것 같나, 선생?"

"모르겠어요. 저도 차를 끌고 가 봐야겠습니다. 페리한테도 확인해 주세요. 뭔가를 봤을지도 모릅니다."

"로슨이 돌아왔을까?"

"그 사람 멀리 가지도 않았어요. 제가 집에 가는 길로 1, 2킬로미터쯤 내려가다가 그 차를 봤습니다."

"그럼 우리한테 전화를 했어야지."

"거기에 보안관님이 계시는데 그 인간이 또 무슨 짓을 할 거라는 생각은 안 들었거든요. 아무튼 당장 가겠습니다."

비는 곧 멈췄고, 이제는 먹구름 대신 보름달이 떠서 벌판에 부드러운 달빛을 드리우고 있더군. 이런 밤에는 운전도 즐겁지. 앞도 잘 보이고 길도 텅 비어 있으니까. 포드를 봤던 곳에 가까워져서 속도를 늦추고 잡초 더미 속을 들여다보았지만, 그 차는 어둠에 가려진 채 숲 가까운 곳으로 옮겨져 있었어. 그다음 모퉁이를 도니 베넷 농장이 시야에 들어왔지.

렌즈 보안관이 나를 맞으러 나올 줄 알았는데 여전히 뒷문 앞자기 자리를 지키며 곰이 오는지 망보는 데에만 정신이 팔려 있더라고. 핼 페리는 보안관 옆에 와 있었고, 세라는 내가 도착하자 목욕 가운을 입은 채 문밖으로 나왔어.

"펠릭스 못 봤어요, 세라?"

내가 물었어.

"아뇨. 걱정돼 죽겠어요, 샘 선생님."

"저희가 찾아내겠습니다."

확신은 없었지만 그렇게 말했네.

나는 다시 밖으로 나와서 보안관과 핼 페리에게 말을 걸었지.

"핼은 펠릭스가 헛간으로 간 후 한 번도 못 봤다는군. 혹시 무슨 소리를 듣고 곰을 찾아 숲으로 들어간 게 아닐까?"

보안관이 말했네.

"아니면 제이크 로슨을 찾아갔을 수도 있죠."

내가 대꾸했어.

하지만 페리가 고개를 가로젓더군.

"혼자는 안 가지."

"제가 떠나고 나서 벌어진 일들을 빠짐없이 말씀해 주세요."

렌즈 보안관이 어깨를 으쓱했네.

"별일 없었어, 선생. 저기서 펠릭스가 건초를 모으는 작업을 끝내고……."

"그때는 저도 여기 있었습니다. 저도 봤죠."

"그러고 나서 비가 내리기 전에 농장을 돌아다니면서 좀 둘러보더군. 그리고 페리네 집에 가서 뭐라고 소리를 쳤네."

"뭐라고 했죠?"

페리에게 물었어.

"그냥 내가 산탄총을 들고 제자리에 잘 있는지 확인했던 거요. 점점 어두워지고, 슬슬 곰의 습격을 대비해야 했으니까. 난 잘 있다고 소리 질러 대답했소."

"집 안으로 들어오던가요?"

"아뇨. 15미터 정도 밖에 서서 나한테 소리만 질렀소. 나도 밖으로 나가지 않았고. 그냥 제자리에 있다고 말만 했지. 그때 비가 와서 펠릭스도 헛간으로 돌아갔소."

세라가 문 근처에서 이야기를 듣고 있었기에 나는 그쪽을 돌아보았어.

"펠릭스가 집 안으로 다시 들어오진 않았죠, 세라?"

세라는 대답하기 전에 잠시 머뭇거리더군.

"안 왔어요. 저녁 먹고는 그이를 못 봤어요."

"위더스 선생은 얼마나 있다 갔나요?"

"선생님이 가고 나서 몇 분 있다 금방 갔어요."

"그리고 펠릭스가 헛간으로 간 후로는 전혀 못 봤다는 말이군요."

"코빼기도 못 봤지."

페리가 거들었네.

"그럼 제이크 로슨이나 다른 누군가가 그 헛간으로 숨어들 수도 있었겠네요."

"자네가 받은 전화는 어쩌고?"

렌즈 보안관이 지적했어.

그때 갑자기 페리가 달빛이 비치는 농장 건너편을 가리키며 소리를 질렀어.

"뭐가 움직였는데! 펠릭스 같아!"

나는 눈에 힘을 주고 숲 끄트머리에서 희미하게 움직이는 그림자를 뚫어져라 쳐다봤네.

"뭐가 저기 있긴 하군요."

목소리를 낮췄어.

그리고 잠시 후 렌즈 보안관이 속삭였네.

"곰이야!"

그건 그야말로 곰이라는 말이 잘 어울리는 느릿한 걸음으로 저 멀리 농장 끝에서부터 오고 있었어. 멀리서 보면 숲에서 꾸물꾸물 나오는 시커먼 그림자 덩어리로밖에 보이지 않았네. 하지만 틀림없이 곰이었지.

"닭장으로 가고 있군. 내가 저놈 주의를 끌 테니 놈이 닭장에 접근하면 보안관이 먼저 쏘시오. 당신이 놓치면 놈이 숲으로 돌아가기 전에 내가 한 발 더 쏘겠소."

곰은 이제 헛간에서 30미터 떨어진 위치까지 다가왔어. 그런데 갑자기 방향을 틀더니 건초 더미 쪽으로 가더군. 이해할 수가 없었지.

"저놈이 어딜 가는 거지?"

보안관이 의아해하더군.

"건초 더미 냄새를 맡는 것 같은데요. 여기서 쏠 수 있으세요?"

내가 물었어.

"조금 더 가까이 가야겠어."

보안관은 천천히, 신중하게 뒷문 현관에서 나왔네.

보안관이 접근하는 걸 곰이 알아차릴까 겁이 났지만, 곰은 건초 더미를 덮은 방수포를 열심히 할퀴기만 했지. 렌즈 보안관이 더 다가가자 곰이 겨우 하던 짓을 멈추고 고개를 돌렸어. 그러자 보안관은 한쪽 무릎을 꿇고 재빨리 총을 쏘았네. 잠시 후 햄 페리기 괴수원에서 한 발을 더 쏘았어. 곰이 크게 포효하더니 한쪽으로 돌았다가 또 반대쪽으로 돌더군. 결국 놈이 완전히 몸을 돌려 숲 쪽으로 도망치려 하자 렌즈 보안관이 한 발을 더 쏘았어. 놈은 6미터 정도 뛰어가다 쓰러져서 꼼짝도 하지 않네.

"훌륭한 사격이었소."

우리가 모두 곰 주위로 모이자 페리가 보안관에게 말했어.

"당신도. 확실하게 하려면 머리에 한 발 더 쏴 버리는 게 좋겠군."

페리가 마지막 한 발을 쏘고 나서 우리는 곰에게 더 가까이 다가갔네. 검은 곰은 무게가 100킬로그램은 넘는 것 같았는데, 확실히 죽은 상태였지.

"이걸로 선거 포스터를 찍으면 되겠네요, 보안관님."

내가 말했어.

세라 베넷이 농장을 가로질러 우리가 있는 곳으로 다가왔네.

"펠릭스는 못 찾았어요?"

"전혀 못 봤소. 새벽까지 안 나타나면 숲에 수색대를 보낼 생각이오."

보안관이 말했어.

하지만 내 생각은 달랐지.

"세라, 일단 집에 가 있어요. 죽은 곰은 별로 보기 좋진 않아요."

내가 부드럽게 말했어.

세라가 마지못해 집으로 돌아가자 두 남자가 나를 돌아보더군.

"대체 무슨 생각이오?"

페리가 물었어.

"건초 더미 말인데요. 곰이 방수포를 긁은 이유가 있지 않을까요?"

우리는 달빛 밑에서 조용히 건초를 묶은 밧줄을 풀었네. 속에는 건초밖에 없는 듯했지만, 방수포를 한쪽으로 치우고 산탄총으로 건초 더미를 찔러 보자 윗부분에서 시체가 나왔어.

펠릭스 베넷이었네. 가슴에 난 한 줄의 상처를 보니 쇠스랑에 찔려 죽었다는 사실을 알 수 있었지.

어느덧 새벽 2시가 넘었지만 우리에겐 해야 할 일이 남아 있었네. 그중에서도 가장 힘든 일은 세라에게 이 사실을 알리는 것이었지. 세라는 순수하게 슬퍼하고 있었지만, 낮에 본 일을 생각하면 정말 슬프긴 한지 의구심이 들더군.

"여쭤어 볼 게 있습니다. 보안관님보다는 제게 이야기하는 게 더 편하실 겁니다."

내가 말했네.

"제가 이 일이랑 관련이 있다고 생각하시는 건가요?"

"아뇨, 직접적으로는 아닙니다."

세라는 내 말을 바로 알아들었어.

"밥! 설마 밥이 그랬다는 말이에요?"

"그렇게 말하진 않았습니다. 하지만 세라, 당신이 전화로 여기로 좀 불러 줬으면 해요."

세라가 밥과 통화를 하는 사이 렌즈 보안관이 들어왔어.

"누구랑 이야기하는 거지?"

"밥 위더스를 이리로 불렀으면 합니다."

"위더스 선생을? 왜? 곰을 치료할 필요는 없잖나."

"밥도 좀 전에 이곳에 있었습니다. 그 친구도 용의자예요."

보안관이 고개를 절레절레 저었어.

"자네, 뭔가 아는 게 있는 모양이군. 그럼 이것도 자네가 늘 해결하는 그 망할 놈의 불가능 범죄라는 뜻인데."

"왜요?"

"우리 모두 펠릭스가 건초 더미에 방수포를 씌우는 걸 봤지. 그런데 그 친구가 이젠 죽어서 그 속에 뻗어 있어. 제길, 선생. 난 자네가 떠난 후로 뒷문 앞에 앉아서 한시도 놓치지 않고 곰이 오는지 지켜봤네. 심지어 해가 진 후에도 계속. 그러니 아무도 펠릭스를 죽이고 거기에 시체를 넣어 둘 재간이 없단 말이야. 아니, 시체를 그렇게 건초 더미 꼭대기에 올려놓으려면 그 끈을 풀었다가 다시 묶고 도망가야 하는데 어떻게 그게 가능해?"

"그럼 보안관님이 1분쯤 화장실에 다녀오셨나 보죠."

"그런 적 없네!"

"아니면 부엌에 잠시 커피를 드시러 가셨던가요."

"그런 적도 없어!"

"몇 분쯤 졸았을 수도 있지 않습니까?"

"난 거기 있는 내내 정신 바짝 차리고 있었네!"

보안관이 버럭 화를 내며 대꾸했어.

"잘 듣게. 자네도 봤지만 우리 셋이서 그 방수포 묶은 끈을 풀고 시체를 끌어내렸잖아. 보통 일이 아니었지. 그런데 그걸 그대로 하고, 심지어 도로 묶어 놓기까지 했다고."

"여러 가지 가능성은 있습니다. 건초 더미 반대편은 뒷문 앞에서 절대로 안 보이는 사각지대죠. 게다가 달빛이 아무리 밝아도 밤이었으니까, 살인자는 건초 더미에 가려 집에서는 안 보이는 각도를 계속 유지하며 펠릭스의 시체를 끌고 농장을 가로질러서 방수포 가장자리로 시체를 쑤셔 넣기만 하면 되는 겁니다."

"그건 아니지, 선생. 펠릭스의 시체는 건초 더미 꼭대기 부근에 놓여 있지 않았나. 그리고 비가 와서 아직도 땅이 좀 젖어 있는데, 농장 저편에 발자국까진 뚜렷하게 남지 않겠지만 시체를 끌고 온 흔적은 확실히 남을 거야. 그리고 핼이 반대 방향에서 농장을 지켜보고 있었으니까, 뒤쪽에서 눈에 띄지 않고 건초 더미로 접근할 수는 없어."

"핼은 어떻죠? 그 사람, 뭐 하던 사람인가요?"

내가 물었네.

그때 위더스와의 통화를 마친 세라 베넷이 우리 대화에 끼어들었지.

"펠릭스는 항상 불운한 사람들을 도왔어요. 출소한 전과자들이 새 삶을 살 수 있게 늘 농장에 있는 작은 집을 빌려줬죠. 제이크 로슨은 별로 잘되지 않았지만, 난 항상 그이한테 다시 시도해 보라고 권하곤 했어요. 핼은 저희랑 거의 9년 가까이 살면서 아무 문제도 일으키지 않았고요."

"핼은 왜 교도소에 갔나요?"

"로슨처럼 살인이 아니라는 건 장담할 수 있어요. 무슨 절도나 횡령일 거예요."

"핼의 집에 전화가 있나요?"

"아뇨. 필요하면 여기 와서 써요."

"전화는 왜 묻나?"

보안관이 물었어.

"제 말 기억 안 나세요? 펠릭스가 죽기 전 어딘가에서 저한테 전화했다고 했잖아요. 왠지 그게 자꾸 집 전화일 것 같다는 생각이 듭니다."

"난 계속 뒷문 앞에 있었어. 그랬으면 내가 봤을 텐데."

"못 보셨을 수 있습니다, 보안관님. 펠릭스가 길을 빙 돌아 앞문으로 들어왔다면요."

"왜 굳이 그런 번거로움을 무릅쓰고 전화를 걸어 도움을 청한 거지? 내가 산탄총을 들고 뒷문 앞에 버티고 있는데? 나한테 도움을 청하면 내가 보호해 줄 수 있지 않나?"

"저도 모르겠습니다."

나는 솔직히 말했어.

"한 가지만 시도해 보죠. 이 전화 크랭크를 돌릴 때 뒷문이나 2층까지 소리가 들리는지 알아보고 싶으니 두 분이 원래 계셨던 곳으로 가 주세요."

크랭크를 세 번 돌려 보았지만 그 소리는 위층이나 뒷문에서 들리지 않았네. 두 사람 모르게 집 안에서 충분히 전화를 걸 수 있었던 거지. 하지만 그렇다고 뭔가 증명된 건 아니었네.

병원에 전화를 해서 펠릭스의 시체를 실어 갈 구급차를 보내 달라고 요청했네. 언제 죽었는지 알아야 하기 때문에 최대한 빨리 와 달라고 했어. 그리고 밖으로 나가 핼 페리와 대화를 나눴지.

"전에 법을 어긴 일로 한 차례 곤란을 겪은 적이 있었죠?"

"맞소. 한동안 복역을 했지. 일하던 곳에서 돈을 훔쳐서. 하지만 펠릭스는 나한테 정말 잘해 줬어요. 내가 새롭게 시작할 수 있도록 물심양면으로 도움을 줬다고."

다른 질문을 던지려는데 헛간 쪽에서 무슨 소음이 들렸네.

"갑시다!"

나는 그렇게 말하며 뛰쳐나갔지. 짐승 소리가 아니었어. 사람이 갈퀴와 쇠스랑을 가지고 내는 소리가 틀림없었거든.

"이쪽에는 총이 있다! 당장 나와서 손 들어!"

내가 헛간을 향해 고함을 질렀어.

잠시 침묵이 흐른 뒤 누군가 어둠 속에서 모습을 드러냈어. 제이크 로슨이었지. 저녁때 그 차림새 그대로더라고.

"뭐야, 총 없잖아. 세상에서 제일 오래된 속임수에 속았군그래."

"여기로 돌아와서 뭘 하고 있었던 거지, 로슨?"

로슨은 흐릿한 불빛 속에서 눈을 가늘게 뜨고 날 쳐다보았어.

"아까 그 의사 맞지? 난 그냥 베넷과 오래 묵은 문제를 해결하고 싶었을 뿐이야."

"확실하게 해결했나 보군. 방금 전 건초 더미 속에서 시체를 찾았어."

"뭐라고? 말도 안 되는 소리!"

"사실이야. 그리고 당신은 가장 유력한 용의자고."

내가 힘주어 말했네.

"죽이려고 돌아온 건 아니야. 그냥 가석방을 취소시킨 원한이나 풀려 했을 뿐이야. 그 면상에 주먹이나 좀 날려 주고 싶었지. 내가 진짜로 그 인간을 죽이려고 했다면 그렇게 당당하게 선언하고 일을 저지를 만큼 멍청할까?"

"글쎄, 당신이 얼마나 똑똑한지는 내가 알 길이 없으니."

나는 페리에게 말했어.

"이 사람을 집 안으로 데려갑시다."

현관에 도착하자 전조등을 켠 차 한 대가 진입로로 들어왔어. 밥 위더스가 의료 도구가 가득한 마차 대신 패커드를 끌고 왔지.

"무슨 일이죠? 세라가 그러는데 펠릭스가 살해당했다면서요."

위더스가 문득 로슨을 알아보았네.

"이 사람이 그런 겁니까?"

"우리도 몰라요. 도대체 어떻게 범행이 이루어진 건지 알 수가 없어서."

내가 대답했어.

"세라 말로는 쇠스랑에 찔렸다던데요."

문득 내가 어떤 흉기가 사용됐는지 세라한테 말했던가 하는 의문이 들었네. 하지만 확신할 수는 없었어.

"맞습니다. 하지만 시체가 방수포가 덮인 건초 더미 위에 있었다는 게 문제예요. 도대체 어쩌다 거기까지 갔는지 모르겠어요."

우리는 함께 집으로 돌아갔고, 위더스는 세라를 위로했지. 뭐라고 했는지는 몰라도 몇 분 후 세라가 식료품 저장실로 향하는 게 보였어. 문이 완전히 닫히지 않아서, 세라가 선반에서 무언가를 꺼내 휴지통에 버리는 모습이 얼핏 보이더군. 나는 세라가 돌아오기를 기다렸다가 슬그머니 식료품 저장실에 숨어들었네. 그리고 휴지통 속에서 작은 꾸러미를 주워 들고, 다른 곳을 바라보며 주머니에 슬쩍 넣었지.

거실로 돌아오니 때마침 병원에서 보낸 구급차가 진입로로 들어오고 있었어. 렌즈 보안관이 직원들에게 시체를 가리키면서 내게 말했네.

"해가 밝으면 그 부근을 수색하고 사진을 찍자고. 지금 당장은 보이지 않으니까."

나도 고개를 끄덕였지.

"시체를 더 자세히 살펴봐야 할 것 같습니다. 구급차를 같이 타고 병원에 가야겠어요. 다시 돌아올 테니 뭔가 발견한 게 있으면 알려 주십시오."

"나도 여기 오래 있지는 못할걸세. 죽은 곰은 아침에 페리가 알아서 처리하겠지."

보안관은 얼굴을 찌푸리며 나를 바라보았어.

"선생, 자넨 대체 어떻게 생각하나? 시체가 어떻게 건초 더미 위로 올라간 걸까?"

"제 방법 아시잖아요, 보안관님. 잘 생각해 보세요."

나는 어느 유명한 소설 속 탐정의 대사를 살짝 바꿔서 말했네.

렌즈 보안관은 떫은 표정을 지었어.

"뭔가 콕 집어서 말해 줄 건 없나?"

나는 미소를 지으며 말했네.

"한밤중에 곰에게 일어난 의문의 사건."

"뭐?"

"그리고 제이크 로슨의 덥수룩한 콧수염."

"자네 지금 대체 무슨 소릴 늘어놓는 거야?"

"잘 생각해 보세요, 보안관님."

나는 다시 한 번 말한 뒤 내 차로 향했네.

굳이 병원에서 펠릭스 베넷의 시체를 다시 확인할 필요는 없었지만 가설에 불과한 무언가를 확인하고 싶었네. 밀짚모자를 제외하면 펠릭스는 아까 본 그 차림새 그대로였는데, 시체가 되니 왠지 몸집이 더 작아 보였어. 시체는 이미 차갑게 식어 있었고, 사후 경직이 상당히 진행된 상태였네. 예상했던 대로였지.

이쯤 되니 무슨 일이 벌어졌는지 대충 알 수 있었어. 보안관에게 이 사실을 서둘러 보고해야겠다고 생각했지. 돌아와 있길 바라면서 유치장에 전화를 걸었더니 직접 받더군.

"이봐, 선생. 자네가 준 단서가 도대체 무슨 말인지 아직도 하나도 이해가 안 돼."

"제가 잠깐 들러서 설명해 드리겠습니다, 보안관님. 저희 둘 다 어차피 제대로 잠을 못 잘 것 같으니까요."

"아냐, 그럴 필요는 없어. 진짜야, 선생. 그 단서 없이도 내가 문제를 해결했거든."

"네?"

"자네가 떠나고 나서 조금 있다가 내가 살인자를 체포해서 완벽한 자백을 받아 냈네."

"뭐라고요? 이런, 당장 가겠습니다."

내가 말했어.

보안관은 유치장 사무실에서 환한 미소를 지으며 앉아 있었네.

"드디어 나 혼자 힘으로 사건을 해결했군, 선생."

"얘기 좀 해 주시죠."

"우선 자네가 말한 단서들부터 설명해 주겠나, 선생. 한밤중의 곰이란 건 무슨 뜻인가?"

"좋습니다. 그 곰이 펠릭스의 시체 냄새를 맡고 접근했잖아요. 그건 펠릭스가 죽은 지 시간이 꽤 지났다는 뜻 같았습니다. 적어도 몇 시간은 됐겠죠. 방금 죽은 시체를 방수포로 덮어 놓으면 곰이 접근할 만큼 냄새가 나진 않겠죠."

보안관은 석연찮은 표정이었네.

"그럴 수도 있겠지. 그럼 콧수염은?"

"로슨의 덥수룩한 콧수염은 그냥 한 대 때리러 왔다는 본인의 증언을 뒷받침해 주는 아주 강력한 증거였습니다. 교도소 안에서 그렇게 콧수염을 기를 수는 없지 않습니까? 적어도 교도소에서 나온 지 몇 주, 아니 몇 달은 되었다는 뜻이죠. 그 정도 시간이라면 자신을 교도소에 다시 보낸 인간을 죽여 버리겠다는 생각이 머릿속에 가득할 것 같지는 않더군요. 복수심이야 있었겠지만, 완전히 미쳐 버리지는 않았을 겁니다. 그렇지 않고서야 몇 주, 몇 달 있다가 찾아올 리는 없으니까요."

"그래, 그 점은 나도 짐작했네."

보안관이 동의했어.

"그래서 누굴 체포하신 거죠?"

보안관은 나를 보며 씩 웃었네.

"자네도 모른다는 뜻인가, 선생?"

"보안관님의 해답이니까, 직접 듣고 싶습니다."

"자, 이 사건을 불가능 범죄로 만드는 가장 큰 요소는 펠릭스가 언제 죽었는지를 우리가 모른다는 점에 있지. 알고 보면 굳이 방수포를 걷고 건초 더미 위에 시체를 올린 다음 다시 방수포를 덮을 필요가 없어. 시체를 먼저 올려놓고, 그 위에 방수포를 덮은 거야. 즉 펠릭스는 어제저녁 자네가 농장을 떠나기 전에 이미 죽어 있었다는 뜻이지."

보안관 말이 옳았어. 보안관은 정답을 알고 있었고, 자기 힘으로 결론에 도달한 거야.

"하지만 저희 모두 펠릭스가 살아 있는 걸 봤잖아요."

"아니, 선생. 우린 못 봤어. 살인자가 펠릭스의 커다란 밀짚모자를 쓰고 얼굴과 머리카락 색을 가린 모습을 봤을 뿐이지. 펠릭스는 집을 나와서 건초 더미 쪽으로 걸어갔고, 살인자는 완전히 똑같이 차려입고 다가가 쇠스랑으로 펠릭스를 찌른 거야. 그리고 모자를 빼앗아 쓴 뒤 시체를 건초 더미 위에 올려놓고 그 위에 방수포를 덮었네. 간발의 차이로 그 모습을 본 사람은 아무도 없었지. 실질적인 살인 행위는 건초 더미 반대편, 집에서는 안 보이는 곳에서 이루어진걸세."

"펠릭스를 흉내 낸 게 대체 누군데요?"

"말 안 해도 이미 다 알고 있지 않나, 선생. 세라는 아냐. 그리고 밥 위더스는 자네보다도 키가 작으니 불가능하지. 마찬가지로 키가 작은 제이크 로슨 역시 제외할 수 있어. 범행이 가능한 건 펠릭스와 키가 비슷한 핼 페리뿐이었네. 핼도 키가 커서 문으로 들어오려면 고개를 움츠려야 할 정도였으니 말이지."

"맞습니다. 페리예요. 범행 동기를 말하던가요?"

"그럼. 몇 년 동안 펠릭스의 돈을 훔쳤다는군. 물건을 시장으로 가져가면서 계속 돈을 슬쩍했다는 거야. 펠릭스는 점점 의심하기 시작했고. 페리는 또다시 교도소로 보내질까 두려웠다고 하더군. 그 상황에서 로슨이 찾아오자 누명을 덮어씌우기 딱 좋은 인물이라고 생각했다는 거야. 그래서 건초 더미 옆에서 펠릭스를 쇠스랑으로 찔러 죽이고 모자를 빼앗아 썼다고 했네. 우리는 멀리서 봤으니 건초 더미에 방수포를 씌우는 사람이 펠릭스인 줄로만 안 거지. 페리는 원래 새벽까지 거기에 시체를 숨겨 놓았다가 숲으로 옮겨서, 숨어 있던 제이크 로슨이 펠릭스를 죽인 것처럼 위장할 계획이었어. 그런데 곰이 먼저 냄새를 맡은 거야."

나는 고개를 끄덕였어.

"페리는 펠릭스와 똑같은 작업복을 입고 있었고, 밀짚모자만 쓴다면 먼 거리에서 전혀 구분할 수 없죠. 그때, 페리는 저한테 손을 흔들긴 했지만 말을 하진 않았습니다. 보안관님도 펠릭스가 페리의 집을 향해 걸어가면서 뭐라고 소리쳤다고 하셨죠. 페리는 집 안에서 곰을 기다릴 예정이었으니, 아마 두 사람이 함께 있는 모습은 절대 보지 못하셨을 겁니다. 사건이 일어난 후 페리는 헛간

으로 들어갔어요. 자정이 되자 앞문을 통해 집 안으로 숨어 들어
간 다음 제게 전화를 걸어 펠릭스가 아직 살아 있다고 믿게끔 만
들었습니다. 그리고 제가 보안관님한테 전화를 걸기 전에 다시 빠
져나와 자기 자리로 돌아갔죠."

"만약 우리가…… 세라나 내가 헛간에 먼저 가 봤다면 어땠을까?"

"페리는 그냥 펠릭스가 숲으로 갔다고 말하기만 하면 되는 거였
죠. 참 안전한 계획이었는데 곰이 시체 냄새를 맡는 바람에 그만
물거품이 됐네요. 그런데 보안관님은 범인이 페리라는 걸 어떻게
아셨죠?"

보안관은 의기양양한 미소를 지었네.

"당연히 밀짚모자 때문이었지. 펠릭스는 햇빛 때문에 늘 그 모
자를 썼는데, 마지막으로 건초 더미에 방수포를 씌우러 갈 때는
해가 없었잖나. 그때 아주 짙은 먹구름이 끼었던 것 기억나지? 그
래서 왜 그 친구가 굳이 밀짚모자를 쓰고 갔는지 자문해 봤다네.
그랬더니 정답이 머릿속에서 번득이더군."

나는 이틀 후 펠릭스 베넷의 장례식에 참석한 뒤 다시 한 번 베
넷 농장을 찾아갔네. 밥 워더스가 거기 있었고, 고인의 이웃과 친
구들도 몇 있더군. 주방에서 혼자 있는 세라를 붙잡고 주머니에서
작은 꾸러미를 꺼내 세라에게 슬며시 보여 줬지.

"당신이 지난번에 이걸 버리는 모습을 봤습니다."

내가 조용히 말했어.

"뭐라고요?"

세라는 꾸러미를 낚아채려 했지만 내가 순간적으로 주먹을 쥐었지.

"이건 헛간 근처에 놓아두면 쥐를 퇴치할 수 있다는, 수의사용 신약 샘플이죠. 밥 위더스가 준 게 아닌가요? 펠릭스의 시체를 발견했을 때, 이젠 필요 없다는 생각이 들었을 겁니다."

"전……."

세라는 무어라 말하려 했지만 목소리가 차마 나오지 않는 모양이었어.

"불쌍한 펠릭스. 주위에 온통 자기가 죽길 바라는 사람들밖에 없었군요."

나는 차를 타고 집으로 돌아왔네. 그날 밤 그 쥐약을 변기에 넣고 물을 내려 버렸지.

샘 호손 선생이 이야기를 마무리 지었다.

"그렇게 해서 렌즈 보안관은 건초 더미 위에 놓인 시체 사건을 혼자 힘으로 해결했다네. 햌 페리는 20년형을 선고받았고, 세라는 밥 위더스와 결혼했어. 세라는 농장을 팔고 위더스는 자기 사무실을 다른 수의사에게 넘겨준 뒤 둘이 함께 떠나 버렸다네. 그 뒤로는 아무 소식도 못 들었어.

몇 달 후 나는 짧은 휴가를 냈네. 하지만 살인에서는 도무지 벗어날 수가 없더군. 등대에서 하룻밤을 보내다가 그만 어느 해적 유령과 얽히고 말았거든. 그 이야기는 다음에 약주 한잔과 함께 들려주지."

The Problem of Santa's Lighthouse

산타의 등대
수수께끼

샘 호손 선생은 고급 크리스털 와인 잔에 술을 따르며 이야기를 시작했다.

"자네 이번에는 크리스마스 이야기 한번 들어 보겠나? 뭐, 슬슬 연말도 다가오고 있으니 말이지. 마침 내가 1931년 12월에 제법 재미있는 모험을 한 적이 있다네. 그 모험은 노스몬트가 아니라 해안을 따라 내려가 케이프코드 만 쪽에서 벌어진 일이었는데……."

(샘 선생은 말을 이었다.)

당시 나는 며칠 휴가를 내고 해안으로 드라이브를 떠났다네. 시골 의사에게 휴가란 흔한 게 아니었으니, 나 스스로에게 주는 일종의 포상인 셈이었지. 그즈음 노스몬트에 청교도 기념 병원이 생겨서 부담이 많이 줄었어. 응급 상황에서 굳이 나를 찾지 않아도 병원에 가면 처치를 받을 수가 있으니 말이야.

그래서 나는 며칠 동안은 아무 일 없을 거라고 에이프릴에게 전화로 당부한 뒤 스터츠 토르페도를 타고 무작정 떠났네. 12월 첫째 주였지만 뉴잉글랜드 해안에는 아직 본격적으로 겨울이 시작되진 않았어. 눈도 오지 않았고, 기온도 4도 정도밖에 되지 않았지.

　노스몬트를 벗어나 뉴잉글랜드 안 다른 지역들을 돌아보니 대부분 대공황 때문에 심한 타격을 받았더군. 하지만 해안을 따라 북쪽에 있는 오래된 제분소 마을들에 들어서니 비교적 분위기가 괜찮았어.

　플리머스를 지나 그리 멀리 가지 않았을 무렵, 나무에 꽂혀 있는 팻말 하나가 시선을 끌었다네. '산타의 등대'라고 적혀 있었어. 물론 요즘은 어린애들을 대상으로 한 다양한 상업적 축제가 있지만, 1931년만 해도 그런 건 드물었거든. 크리스마스가 오기 전 몇 주 동안 등대 하나를 통째로 아이들을 위한 기념물로 이용한다는 개념 자체가 나로서는 상상하기 어려웠네. 하지만 팻말을 잘 보니 '산타'라는 단어 밑에 원래 써 있던 이름이 가려져 있더라고. 그것을 보고 호기심을 느낀 나는 방향을 바꿔 해안으로 향했네.

　길 아래로 내려가 보니 정말로 '산타의 등대'가 있었어. 바위로 가득한 해안선 곁에 반짝이는 하얀 건물이 세워져 있었고, 그 아래쪽 토대에 30센티미터쯤 되는 나무로 만든 문자로 정말 '산타의 등대'라고 쓰여 있더라고. 주차된 차 두 대 옆에 내 차를 세우고 길을 따라 올라가니 대학생쯤 되어 보이는 밝은 머리색의 젊은 여성이 입장료 25센트를 받고 있었어. 크리스마스 분위기를 살리려는 듯 환한 빨간색 옷차림이었네.

"몇 분이신가요?"

여성은 내 뒤로 아내와 아이들이 따라올 것을 기대하기라도 하는 듯 길 아래쪽을 내려다보며 묻더군.

"한 명인데요."

나는 주머니에서 25센트 동전 한 개를 꺼내 내밀었지.

"가족 요금은 특별히 50센트로 할인해 드리고 있습니다."

"아뇨, 정말 혼자 왔어요."

나는 팻말을 가리키며 물었네.

"크리스마스 시즌이 아닐 때는 이곳의 원래 이름이 뭔가요?"

"팻말에 이름이 바뀐 걸 알아보셨군요."

여성이 미소를 지으며 말했지.

"원래는 '사탄의 등대'지만 그다지 크리스마스다운 느낌이 들지 않잖아요? 그래서 'ㄴ'을 떼서 옮긴 거죠."

그 아이디어를 듣고 웃음이 안 날 수가 없더군.

"그렇게 하니 좀 도움이 되던가요?"

"약간은요. 하지만 대공황도 있고, 휘발유가 1갤런에 25센트나 하는데 보스턴이나 프로비던스에서 가족 단위로 여기까지 오기를 바라긴 어렵겠더라고요."

때마침 옷 속에 솜을 잔뜩 넣어 뚱뚱하게 부풀린 산타클로스가 문 앞에 나타나 수염 안에서 웅얼웅얼 투덜거리더군.

"리사, 이리 와서 저 애들 좀 말려 줘. 쟤들이 수염을 잡아당기고 날 발로 걷어차!"

여성은 한숨을 내쉬고 산타 쪽을 바라봤네.

"해리, 조금만 참아 봐. 오빠한테 문제가 생길 때마다 내가 매번 쫓아가서 구해 줄 수는 없잖아."

"저분은 산타클로스 비즈니스에 소질이 별로 없나 보네요."

"사실 해적 유령에 더 어울리긴 하죠."

여성도 동의했어.

"사탄의 등대에 나오는 해적 유령 말인가요?"

여성은 살짝 고개를 끄덕이고 한 손을 내밀었네.

"난 리사 퀘이라고 해요. 저쪽은 우리 오빠 해리고요. 이 등대에는 전설이 있어요. 그래서 아버지가 이곳을 사셨나 봐요."

"보물이 묻혀 있대요?"

"어떻게 알았어요? 해적들이 여기다 가짜 불빛을 설치해 놓고 지나가던 배들이 암초에 걸리면 노략질을 했어요. 옛날에 콘월 해안에서 그랬던 것처럼. 그래서 여길 사탄의 등대라고 부른다나 봐요. 한참 후 진짜 등대가 세워졌을 때 이 동네 사람들이 똑같은 이름으로 불렀는데 당연히 해적은 없어요. 가끔 우리 오빠가 해적 분장을 할 때가 있긴 하죠."

내 소개를 했더니 여성이 어느 지역에서 왔는지 묻더군. 리사는 활달한 성격의 솔직한 아가씨였고, 내가 보기엔 제 앞가림은 물론 오빠까지도 충분히 돌볼 수 있을 것 같더군.

"아버님도 여기 같이 계세요?"

리사는 고개를 가로젓더군.

"아버진 교도소에 가셨어요."

"저런!"

"작년에 사기죄로 유죄 선고를 받으셨거든요. 전 솔직히 그 상황이 이해도 안 되고, 아버지가 유죄일 거라는 생각도 안 했지만, 아버지 스스로가 변호를 거부하셨어요. 가석방으로 나오려면 1년은 더 남았죠."

"그래서 남매가 아버님이 안 계시는 동안 이곳을 지키고 있군요."

"맞아요. 이제 제 인생에 대해 다 아신 거예요, 호손 선생님."

"그냥 샘이라고 불러요. 당신보다 나이가 그렇게 많지도 않은데."

말썽꾸러기 아이 넷이 완전히 지쳐 버린 산타의 안내를 받으며 등대 밖으로 나왔네. 아래에 있던 차에 올라타고 부모와 함께 떠나는 모습이 보였어.

"안에 또 누구 있어?"

리사가 오빠에게 묻더군.

"아니, 아무도 없어."

나는 아직도 손에 쥐고 있던 25센트 동전을 툭 내밀었네.

"내가 여기 가만히 서 있어 봤자 당신들한테 도움이 될 것 같진 않네요. 표 한 장 주세요."

"따라와요. 안내해 줄 테니까."

해리 퀘이가 말했어.

엷은 하얀색 등대는 위로 올라갈수록 가늘어지는 사각뿔 모양의 건물로, 등명기 주위에는 난간이 있고 걸을 수 있는 전망대 같은 공간이 있었네. 해리 퀘이를 따라 건물 중앙을 뱅글뱅글 도는 철제 나선 계단을 올라갔어. 산타 복장을 뚱뚱하게 껴입었는데도 전혀 지치지 않고 나보다 먼저 목적지에 도착하더군. 나는 숨이 가빠 헐떡거리다 간신히 어떤 방에 도착해 숨을 돌렸네. 눈앞에 갑자기 산타의 작업장이 나타나더라고.

"우선 애들을 이리로 데려와서 저렴한 작은 장난감을 하나씩 줍니다. 그리고 등대 불이 있는 곳으로 계속 올라가죠."

해리가 설명했어.

"그럼 다른 때 이 방의 용도는 뭔가요?"

"원래는 등대에서 일하는 사람들이 자는 방이었어요. 보통 등대지기 부부가 이용하죠. 물론 리사와 나는 여기서 살지 않아요. 크리스마스가 아닐 때는 이 방을 해적 소굴로 쓰고요."

위로 나선 계단을 바라보니 아직도 더 올라가야 한다는 사실에 정신이 아득해지더군.

"꼭대기까지 가 봅시다."

다음 층까지 거의 30미터는 더 걸어야 했네. 거기엔 '산타의 사무실'이라는 팻말이 붙은 뚜껑 달린 책상과 나무로 만든 캐비닛이 있더군. 벽에 붙은 케이프코드 만의 해상 지도에 산타의 순록 썰매가 착륙할 곳이 색 테이프로 표시되어 있었어. 지나가는 배를 관찰하기 위한 고성능 쌍안경과 망원경이 있고, 일기 예보와 조난 신호를 수신하기 위한 양방향 라디오도 있더라고.

"여기에서는 애들한테서 눈을 절대 뗄 수가 없습니다. 비싼 장비들이거든요."

해리 퀘이가 말했네.

"더 이상 등대 기능을 하지 않는다고 들었는데 아직 이런 것들이 남아 있다니 놀랍군요."

"아버지가 계속 갖고 계셨거든요. 밤이면 가끔 여기 앉아 계시곤 했죠. 아마 아버지 취미였을 겁니다. 그래서 이곳을 사셨나 봐요."

작은 사무실의 천장을 가리키며 물었어.

"이 위에 있는 등명기는 아직도 작동합니까?"

"모르겠네요. 시도해 본 적이 없어서."

나머지 계단을 마저 올라가니 전망대로 연결되더군. 금속 난간이 있어 붙잡을 수는 있었지만 조금이라도 미끄러지면 그 사이로 떨어질 것 같았어.

"애들을 여기 데려오진 않죠?"

"한 번에 한 명씩만, 내가 손을 꼭 잡고 데려옵니다. 나도 조심하는 곳이죠."

정말 근사한 풍경이더군. 만 쪽에서 밀물이 몰려와 점점 땅이 좁아졌고, 저 먼 곳에서 차가운 바닷물이 하얀 파도를 만들어 내고 있었어. 구불구불한 케이프코드 만의 지형이 눈에 확 들어왔고, 30킬로미터 너머에 있는 반대편 해안까지도 보일 정도였네.

하지만 밤이 워낙 빨리 오는 시기였기 때문에, 해가 벌써 서쪽 하늘 너머로 넘어가 버렸어.

"오늘 밤 안에는 보스턴에 도착해야 할 텐데 말이죠."

"왜 그렇게 멀리 가요? 플리머스 근처에도 묵을 데가 많은데."

해리와 함께 계단을 내려오다가 작업장이 있는 층에서 리사와 마주쳤네.

"정말 멋진 풍경이죠?"

"근사하더군요. 입장료를 두 배로 받아도 될 것 같아요."

"그럼 아무도 안 올걸요."

리사는 다소 쓸쓸한 목소리로 대답하더군.

"등명기가 아직 작동한다면 그걸 켜 봐요! 초저녁까지 손님을 받을 수 있을 텐데."

"해안 경비대가 허락할 리가 없죠."

리사는 작업실 안을 바지런히 돌아다니며 아이들이 버리고 간 사탕 껍질을 줍고, 방 한구석에 놓인 낚싯줄 한 올과 공깃돌 한 움큼을 챙겼어.

"해 질 녘에 와야 볼 수 있는 가장 멋진 광경을 보고 가시는 거예요."

"당신 오빠 말로는 플리머스에 묵을 만한 데가 많다던데요."

"맞아요. '플리머스 록'이라고, 오래됐지만 꽤 괜찮은 곳이 있어요. 방도 깨끗하고."

리사가 자기 오빠를 돌아보았네.

"그만 문 닫고 가자."

"위층이 다 잘 잠겼는지 확인해 보고 올게."

해리가 말하더군.

"같이 가."

나는 아래층으로 내려가는 나선 계단을 내려다보았네. 남매가 금방 내려올 거라고 생각하면서 잠시 기다렸지만 바로 오지 않아서 곧 지루해졌어. 등대 구경은 꽤 괜찮은 기분 전환이 되었지만, 몸을 좀 움직이고 싶었네.

"잠깐만요!"

주차장으로 내려가고 있는데 리사 퀘이가 나를 불렀네. 중간층 창문에서 고개를 내밀기에 리사가 내려올 때까지 기다렸어.

"작별 인사도 없이 가려는 건 아니었는데요, 그래도 어두워지기 전에 얼른 떠나야 할 것 같아서."

"해리가 올 때까지 기다려 줘요. 지금 산타클로스 복장을 벗고 있으니까 금방 올 거예요."

나는 리사가 간이 매표소 창구를 닫고 등대 안으로 정리하는 사이 그 뒤를 따라 들어갔네.

"날씨만 좋으면 크리스마스 전까지 손님이 꽤 많이 오겠는데요."

"그랬으면 좋겠네요. 오늘 오후 손님이라고는 아까 봤던 그 아이들 넷이 전부였거든요."

"혹시 특별 단체 요금 같은 상품을……."

"저게 뭐죠?"

리사가 그렇게 말하며 다급히 밖으로 나갔네.

"해리?"

리사는 위를 올려다보며 외쳤어.

"오빠야?"

머리 위에서 이상한 소음이 들리고 리사 퀘이가 비명을 질렀네. 나도 위를 올려다보니 전망대에서 누군가가 떨어지고 있었어. 리사를 잡아끌며 옆으로 펄쩍 뛰어 피하니 방금 전까지 우리가 있던 자리에 해리 퀘이의 몸뚱이가 쿵 떨어졌어.

리사가 비명을 지르며 손으로 얼굴을 가리고 몸을 돌렸어. 나는 쿵쿵 뛰는 가슴을 부여잡고 해리에게 달려갔네. 아직 살아 있다면 빨리 응급 처치를 해야 한다는 생각밖에 없었네.

하지만 갈비뼈 사이로 박혀 있는 단검 손잡이를 보고, 아무 도움도 소용없다는 사실을 깨달았지.

"난 유령 안 믿어요."

경찰을 기다리면서 리사가 말했네. 나는 등대에 있던 양방향 라디오로 해안 경비대에 연락해서 주 경찰을 요청했어. 등대 안에 들어가서 방 두 칸과 심지어 작은 창고까지도 둘러보았지만 아무도 없었네. 전망대에도 누가 있었던 흔적은 보이지 않았지. 나선 계단에도 불청객이 올라간 흔적 같은 건 없었어.

"굳이 유령을 믿을 필요는 없죠. 뭔가 논리적인 해결 방법이 있을 겁니다. 있어야만 해요. 전에 이 단검을 본 적이 있나요?"

"네. 해리의 해적 유령 분장 소품이에요. 창고에……."

"창고는 이미 살펴봤습니다. 거기에 의상이 걸려 있더군요. 아무도 숨어 있지 않았고요."

"아무튼 난 유령 안 믿어요."

리사가 거듭 말했어.

"경찰이 곧 올 겁니다."

리사가 내 팔을 꽉 붙잡더군.

"안 가실 거죠? 경찰이 올 때까지 여기 있을 거죠?"

"당연하죠."

나는 리사가 오빠 시체를 못 보게 막았네. 금방이라도 히스테리를 일으켜, 전문적 처치가 필요할 수도 있을 것 같았거든.

"당신 증언이 없으면 경찰은 날 범인으로 몰 거예요. 내게 그럴 이유가 없다 해도."

"그러진 않을 겁니다."

나는 리사를 진정시키려 애썼네.

"하지만 여기엔 아무도 없잖아요! 위에서 떨어질 때 못 봤어요?"

"해리가 단검에 찔릴 때 당신은 나랑 같이 있었죠. 그건 내가 증언할 수 있습니다."

"전망대에 들어서면 단검이 발사되는 장치 같은 걸 내가 설치했을지도 모르잖아요."

나는 고개를 가로저었네.

"해리가 죽기 직전 나도 거기에 함께 있었습니다. 그리고 몇 분 전에도 또 올라갔고요. 아무 장치도 없고, 발사된 흔적 같은 것도 없어요. 전망대 전체에 아무것도 없었죠."

"그럼 대체 왜 죽은 거예요? 누가 죽인 거예요?"

내가 채 대답하기 전 경찰차 두 대와 구급차 한 대의 전조등이 초저녁 어둠을 가르며 다가왔네. 나는 천천히 그리고 상세히 내 이야기를 했고, 리사도 자신의 이야기를 했지. 경찰들은 꺼림칙한 얼굴로 플래시를 들고 주위를 살피더군. 시체를 훑어보고, 대충 성의 없는 질문을 했네. 이들은 해적 유령 따위에는 별로 관심이 없어 보였어. 하물며 불가능 범죄에 대해서는 더더욱 그랬지. 노스몬트의 렌즈 보안관이 곁에 있었다면 얼마나 좋았을까. 최소한 렌즈 보안관은 열린 마음으로 내 이야기를 들어줬을 텐데.

"오빠에게 적이 있었습니까?"

경관 한 명이 리사에게 물었어.

"아뇨, 전혀요. 누가 오빠를 해치려 한다니 상상도 안 돼요."

"왜 이런 옷을 입고, 가짜 수염을 달고 있었죠?"

"아이들을 위해 산타클로스를 연기했으니까요. 사건이 일어났을 때 오빠는 옷을 갈아입던 중이었고요."

스프링어라는 덩치 큰 경관이 다음으로 내게 질문했네.

"호손 선생님?"

"맞습니다."

"그냥 지나가는 길일 뿐 딱히 특정한 곳을 향해 가던 건 아니셨다고요?"

"잠깐 휴가 나온 겁니다. 난 원래 코네티컷 주 경계에 있는 노스몬트란 곳에서 진료소를 운영하고 있어요. 그러다 저 팻말이 눈에 띄어서 한 시간쯤 들렀던 거죠."

"죽은 사람이나 그 여동생을 전에도 알았나요?"

"아뇨."

스프링어는 한숨을 쉬고 회중시계를 들여다보더군. 저녁 식사 전인 모양이었지.

"글쎄, 두 분 말씀이 모두 사실이라면 제 눈에는 사고로밖에 안 보이는군요. 미끄러져 넘어져서 거기 있던 칼에 찔리고, 뭐 비틀거리다가 전망대에서 아래로 추락한 게 아닐까요? 아니면 자살이거나."

"그럴 리가……."

리사가 뭐라 말하려 했지만 나는 리사에게 눈치를 줬지. 경관은 눈치채지 못한 듯했어.

시체가 실려 간 후 리사가 말하더군.

"아버지한테 알려야겠어요."

"어떻게요? 교도소가 어딘데요?"

"보스턴 근처요. 오늘 밤 전화로 메시지를 보내고 내일 가야죠."

나는 결심했네.

"나도 같이 가겠습니다."

"왜요?"

"이런 범죄를 해결한 경험이 좀 있어요. 당신에게 도움이 될지도 모르죠."

"용의자도 없는데요? 어디서부터 시작할 거예요?"

"당신 아버지부터요."

내가 말했지.

플리머스 록에 방을 잡은 나는 스스로 놀랄 정도로 푹 잠들었다가 상쾌하게 일어났어. 급히 아침을 먹은 뒤 리사를 데리러 갔네. 리사는 시내에서 오빠와 함께 살았다는 작은 집에 있었지.

"아침에 경찰에게 전화가 왔어요. 우리 둘 다 와서 무슨 일이 있었는지 증언해 달래요."

리사가 말했네.

"그건 오후에 갑시다. 우선 당신 아버지에게 먼저 가죠."

"우리 이버지한테서 뭘 알아내려고요?"

"우선 그분이 왜 교도소에 가셨는지 알아야겠습니다. 당신이 그 얘기를 꺼리는 것 같아서."

리사가 발끈하더군.

"꺼리긴 누가요! 지금까지는 당신하고 상관없다고 생각했을 뿐이에요. 아버진 어머니가 돌아가신 후로 우릴 키워 주셨어요. 아버지한테 벌어진 일은 정말 끔찍한 일이에요. 저지르지도 않은 죄를 뒤집어쓰고 갇히셨다고요."

"사기죄라고 하지 않았던가요?"

"아버지한테 직접 들으세요."

아들의 죽음 때문에 우리는 로널드 퀘이를 만날 수 있었네. 로널드는 얼마나 말랐는지, 마치 하룻밤 사이에 늙어 버린 남자 같았네. 창백한 피부색은 평생을 갇혀 있었던 것 같았지만, 리사 말로는 겨우 1년 정도라더군. 부친이 들어오자 리사는 울음을 터뜨렸고, 간수는 두 사람이 포옹하는 사이 어색하게 서 있었네.

"이쪽은 샘 호손 선생님이에요. 사건이 일어났을 때 등대에 있었어요."

리사가 아버지에게 말했지.

로널드가 자세한 상황을 궁금해했기에 나는 아는 대로 다 말했네. 탁자 맞은편에 앉은 로널드는 그저 고개만 절레절레 흔들었어.

"저는 노스몬트에서 아마추어 탐정 노릇을 하고 있습니다. 어쩌면 제가 도움이 될 수 있을지도 모르겠습니다."

"어떻게?"

"올바른 질문으로요."

나는 환자를 진찰하듯 맞은편 남자를 가만히 살폈네.

"당신은 범죄를 저질러 교도소에 갇혔고, 이제는 아드님이 살인이라는 범죄의 대상이 되었습니다. 혹시 두 범죄 사이에 무슨 연관이 있지 않을까요?"

"아니, 나는……."

로널드가 고개를 절레절레 흔들었어.

"누군가가 해리를 죽이는 일 자체가 불가능해 보이지만, 그래도 누군가가 저지른 범죄라면 반드시 동기가 있을 겁니다."

"해리한테는 적이 없어요."

리사가 주장했네.

"어떤 사람이어서 살해당한 게 아니라, 무슨 짓을 했기 때문에 살해당했을 수도 있죠."

내가 말했어.

"산타클로스 분장 말이에요?"

"해적 분장도 했다면서요. 그리고 해적 단검에 찔려 죽었고."

"도대체 누가 그런 짓을……."

나는 리사의 말을 가로막고 로널드에게 다시 질문했네.

"혹시 등대에서 무슨 불법적인 일을 한 적은 없습니까?"

로널드는 망설임 없이 대답하더군.

"없어. 난 처음부터 내게 걸린 혐의에 대해 계속 무죄를 주장해 왔네."

"혹시 그 사기 혐의가 등대와도 관련이 있나요?"

리사가 대답했네.

"그냥 어디에서나 있을 법한 얘기예요. 전에 등대 주위를 개발하기 위해 회사를 만들고 주식을 팔려고 했던 적이 있었거든요. 그랬더니 보스턴에 사는 어떤 남자가 우리 아버지를 사기로 고발한 거예요. 아버지가 백만 달러를 갖고 있어서, 놀이공원을 만들겠다고 했다는 거예요."

"정말 그랬습니까?"

내가 물었어.

"그런 일은 없었어! 그때 해리가, 유행했던 미니 골프 코스를 설치하자고 제안했던 게 다요. 나는 그걸 반대했고. 백만 달러 이야기는 아예 나오지도 않았다고."

"그래도 그 지점에 사기의 증거가 있나 본데요."

로널드는 자신의 양손을 내려다보았네.

"주식 투자 제안 서류를 발행한 적은 있었어. 그냥 시험 삼아 했을 뿐이네. 외부용은 아니었지. 리사도 잘 알겠지만 우린 등대 근처에 그렇게 많은 땅도 없어. 놀이공원을 짓고 싶어도 지을 수가 없다고."

리사가 한숨을 내쉬었어.

"검사가 아버지의 유죄를 주장했던 것도 바로 그 문제 때문이었죠."

로널드는 유죄 선고 이야기로 내 질문을 회피하고 있는 것 같았어.

"유죄 문제는 잠시 잊어버리죠, 퀘이 씨. 등대에서 대체 무슨 일을 하신 겁니까?"

"대체 무슨 말을 하는지 모르겠군."

로널드는 나를 바라보지 않고 말했지.

"양방향 라디오에 고성능 쌍안경, 게다가 망원경. 전부 앞바다에 들어온 배의 위치를 정확히 판별하고 연락을 취하기 위한 도구 아닙니까?"

"왜 내가……."

로널드는 내 말에 반박하려다 마음을 바꾼 모양이었어.

"맞아. 당신 정말 보통내기가 아니군."

"그 배들이 등대로 싣고 온 짐이 뭐였죠? 제 생각엔 캐나다에서 들여온 밀주 위스키가 아니었나 싶은데요."

리사의 눈이 커졌네.

"아빠!"

"나도 돈이 필요했단다, 리사. 등대를 해적이나 산타클로스 유원지로 이용하는 건 처음부터 손해 보는 사업이었어."

"아까는 불법적인 일을 한 적이 없다고 하셨잖아요."

"금주법은 부당하고 별로 지지도 못 받는 법이야. 그 법을 위반하는 게 잘못된 일이라고 생각한 적은 없다."

"교도소에 갇힌 뒤에는 어떻게 되었습니까? 해리가 밀주 사업을 이어받았나요?"

내가 물었어.

"해리는 그 일에 대해서는 아무것도 모른다오."

로널드는 그렇게 주장했네.

"하지만 1년이 지났는데도 라디오와 망원경은 제자리에 놓여 있던네요."

"해리 오빠는 물건을 정리하는 데 예민했어요. 아버지가 돌아오셨을 때까지 모든 것을 제자리에 두고 싶었나 봐요."

리사가 대답하더군.

"퀘이 씨, 밀주 사업을 했다면 분명 거래처가 있었을 겁니다. 당신이 투옥된 후 그 사람이 해리에게 연락해서 다시 거래를 텄을 가능성도 있지 않겠습니까?"

로널드 퀘이는 잠시 그 가능성을 고려하는 듯 입을 다물었네. 그러다 결국 말하더군.

"그럴 수도 있겠군. 그 사람이라면. 그리고 해리도 아무에게도 말하지 않고 그 제안을 받아들였을 수 있겠지."

"그 이름을 말씀해 주십시오, 퀘이 씨."

"나는⋯⋯."

"그 사람의 이름을 알아야 합니다. 당신이 남긴 그 장비를 이용해서 당신 아들과 계속 연락을 취했을 수도 있는 그 사람의 이름을. 어쩌면 그게 바로 살인자의 이름일지도 모르니까요."

결국 로널드는 입을 열었어.

"폴 레인. 당신이 원하는 바로 그 이름이야."

"그게 누구죠? 어딜 가면 그 사람을 찾을 수 있을까요?"

"그는 해안에 해산물 레스토랑을 몇 군데 갖고 있어. 보스턴 가게의 주소를 알려 주지."

몇 시간 후 스터츠 토르페도를 보스턴 부둣가에 세웠네. 리사가 묻더군.

"샘, 왜 결혼 안 했어요?"

"적절한 시기에 괜찮은 여자를 못 만났던 거죠, 아마도."

"한 가지 부탁할 게 있어요. 굉장히 중요한 부탁이에요."

"뭐죠?"

"해리의 장례식이 끝날 때까지 나랑 같이 있어 주면 안 될까요? 혼자 버틸 수가 없을 것 같아요."

"그게 언제죠?"

"모레예요. 정오에는 떠나도 돼요. 교도소에서 감시를 붙여 아빠를 잠시 내보내 줄 테고, 고모랑 삼촌들이 올 거예요. 그게 전부예요. 우리 가족은 그리 많진 않아요."

"괜찮을 것 같군요."

'레인스 랍스터'는 해산물 레스토랑이면서 집에서도 삶아 먹을 수 있도록 살아 있는 바닷가재도 파는 곳이었네. 바닷가재 탱크 뒤에 있던 회색 머리의 남자가 폴 레인의 사무실은 위층에 있다고 알려 주더군. 우리는 금방이라도 무너질 듯한 계단을 올라 위층으로 가서 어수선한 책상에 앉아 있던 폴 레인을 찾아냈지. 굵은 엽궐련을 물고 있는 모습이 마치 무명의 정치가 같았어.

"무슨 일이시죠?"

폴 레인이 물고 있던 엽궐련을 내리며 묻더군.

"바닷가재 좀 보러 왔습니다."

내가 말했네.

"소매업은 아래층에서 합니다. 전 여기서 도매업을 하고 있죠."

레인은 죽은 바닷가재가 가득 들어 있는, 열린 아이스박스를 가리키더군.

"그게 바로 저희가 원하는 건데요. 도매 말입니다."

폴 레인은 눈을 가늘게 뜨고 리사를 쳐다봤네.

"우리 언제 본 적 있었던가요?"

"저희 오빠를 아실 거예요. 해리 퀘이예요."

레인은 반응을 숨기는 데 서투르더군. 노골적으로 놀란 척하며 숨기려 했지만 내가 밀어붙였어.

"당신, 밀주 회사를 운영하고 있지? 그리고 이 아가씨의 아버지와 오빠를 끌어들였고."

"썩 꺼져! 당장 여기서 나가!"

"얘기 좀 해야겠는데. 어제저녁에 누가 이 아가씨의 오빠를 죽였거든."

"나도 신문에서 읽었어. 그건 사고라면서."

"내가 거기 있었지. 내가 보기엔 살인이야."

레인의 입술이 조롱으로 뒤틀렸네.

"그래? 죽은 사람이랑 같이 있던 게 당신들 둘밖에 없었다면서. 아마 당신들이 죽였나 보지."

나는 책상에 몸을 기댔어.

"지금 장난하러 온 것 같나? 해리의 아버지가 사기죄로 구속된 후 난 당신이 해리에게 접근했다고 생각하고 있어. 사탄의 등대에 계속 캐나다산 위스키를 들여오려면 해리의 협조가 필요했을 테니 말이지. 안 그래?"

레인은 책상에서 일어나 신중하게 아이스박스 뚜껑을 덮더군.

"도대체 무슨 말씀을 하시는 건지 전혀 모르겠군요, 선생님."

바닷가재 장사꾼은 물론 밀주 업자로도 꽤 유능할 것 같은 남자였지만, 행동은 너무 빤하더라고. 레인이 다시 의자에 앉자 나는 아이스박스 뚜껑을 열고 차가운 바닷가재 한 마리를 집어 들었어.

"도대체 뭐 하는 거요?"

레인은 벌떡 일어나며 버럭 소리를 질렀네.

바닷가재를 뒤집으니 속은 비었더군. 작은 위스키병 하나를 넣기 딱 좋은 공간이었지.

"깔끔하네요. 테이크아웃으로도 잘 팔리겠군요."

무슨 일이 일어났는지 알아채기도 전에 레인의 주먹이 내 머리에 날아들었어. 나는 아이스박스에 발이 걸려 넘어졌고, 리사가 비명을 질렀네. 건장한 선원 두 명이 안으로 뛰어 들어왔어.

"끌어내! 둘 다!"

레인이 외쳤어.

나는 아직도 손에 들고 있던 바닷가재 껍데기를 가까이 있던 남자의 얼굴로 내던졌어.

"뛰어요!"

리사에게 소리쳤어. 레인은 책상 뒤에서 튀어나와 리사를 붙잡으려 했지만 내가 레인을 옆으로 밀쳐내고, 리사의 뒤를 바짝 따라갔지. 세 남자가 우리를 쫓아왔고, 우람한 손 하나가 내 어깨를 붙잡는 게 느껴졌어. 계단을 반쯤 내려왔을 때 거의 잡힐 뻔했고, 나는 발을 헛디뎌 데굴데굴 굴러 떨어지다가 바닥에 가슴을 심하게 부딪쳤지.

고개를 드니 남자들 중 하나가 칼을 꺼내고 있었어. 그때 누군가가 레스토랑에서 나와 그 남자의 손목을 움켜쥐더군.

우리에게 질문했던 경관, 스프링어였어.

"작은 문제가 생긴 것 같군요, 호손 선생님?"

스프링어가 물었네.

나는 계단에서 떨어져 갈비뼈 한 대에 금이 갔어. 붕대를 감는데 스프링어가 로널드 퀘이에게 질문하러 교도소에 다녀왔다고 설명하더군. 마침 우리가 떠났을 때 도착했다는 거야.

"당신이 워낙 서두르는 것 같아서 따라가기로 했습니다. 당신이 날 여기로 이끈 거죠."

보스턴 경찰과 금주법 단속반이 폴 레인의 사업체를 덮쳐 품질 좋은 캐나다 위스키 수백 통을 찾아냈네. 수갑을 차고 경찰에게 끌려가는 레인의 모습이 얼핏 보이더군.

"그 인간이 우리 오빠를 죽였나요?"

리사가 물었어.

"직접 그런 건 아니지만 지시는 했을 겁니다. 실제 범인의 이름을 말할 수는 없어도 어떻게 생겼는지, 또 어떻게 죽였는지 내 생각을 말할 수는 있어요."

"설마 누군가가 바위 꼭대기에서 칼을 던져 등대 위에 있는 사람을 맞혔다는 말은 아니겠죠?"

스프링어가 물었네.

"그건 아닙니다. 그러기엔 너무 높죠. 그리고 단검을 석궁이나 활에 끼워 쏘기에는 무기의 균형이 맞지 않아요. 살인자는 해리가 죽었을 때 바로 그 자리에 있었습니다."

"그건 불가능하잖아요!"

리사가 항의했어.

"아뇨, 그렇지 않습니다. 등대 안에 우리가 단 한 번도 찾아보지 않은 딱 한 곳이 있어요. 살인자는 거기 숨어 있었겠죠. 바로 꼭대기 층에 있는 뚜껑 달린 책상 밑 말입니다."

"그건 말도 안 돼요! 어린애도 들어가기 힘들 정도로 좁은데!"

리사가 말했지.

"바로 그겁니다. 어린애예요. 아니면 어린애로 가장한 누군가겠죠. 내가 도착하기 직전에 자동차 한 대에 타고 왔던 아이들 기억나요? 부모는 차에 남아 있고 아이들만 올려 보내다니 이상하지 않아요? 심지어 가족 요금이 더 싼데? 등대에서 나온 건 아이 네 명이었지만, 난 아이 다섯 명이 들어갔다고 생각해요."

리사의 눈이 커졌어.

"세상에, 그러고 보니 그랬던 것 같아요!"

"한 명은 남아서 책상 밑에 숨었던 거죠. 그리고 해리가 위로 올라와 가까이 다가오자 할 일을 한 겁니다. 분명 폴 레인이 보낸 살인 청부업자일 거예요. 밀주 사업을 두고 당신 오빠랑 다툼이 있었던 거죠. 레인의 장부를 확인하면 더 확실한 증거를 찾아낼 수 있지 않을까요?"

스프링어가 얼굴을 찌푸렸네.

"아니, 지금 이린애가 살인 청부업자였다는 말입니까?"

"아니면 어린애로 가장한 누군가일 수도 있죠. 몸집이 작은……
난쟁이라거나."

"난쟁이라고요!"

"산타클로스를 죽이는 데 어린애로 변장한 난쟁이보다 더 좋은
청부업자가 어디 있겠습니까? 다섯 아이가 등대로 들어갔는데 넷
이 나왔어도, 한 명이 없어졌다는 걸 알아챈 사람은 없었던 거죠."

스프링어가 고개를 끄덕이더군.

"좋습니다. 레인이 대금을 지불한 사람 중에 난쟁이가 있었다
면, 찾아내기 쉬울 겁니다."

그는 밖으로 나가려다 문득 문가에 멈춰서 희미한 미소를 지었네.

"당신에 대해 알아봤습니다. 노스몬트의 렌즈 보안관님이 당신
을 두고 아주 훌륭한 탐정이라고 하시더군요."

스프링어가 나간 뒤 리사가 말했어.

"고마워요. 오빠를 살려 낼 수는 없겠지만 그래도 무슨 일이 일
어났는지는 알았네요."

이틀 후, 나는 플리머스 묘지의 앙상한 12월 나무 아래에 리사
의 오빠를 묻는 자리에 참석했네. 그리고 차로 걸어가는데 스프링
어가 우리에게 다가왔어.

"폴 레인이 베드포드에 새로 연 바닷가재 레스토랑에서 작년에
키가 아주 작은 남자를 고용했다는 사실을 알아냈습니다. 지금 그
남자의 소재를 찾는 중입니다."

"행운을 빕니다. 전 오늘 집으로 돌아가려 합니다."

내 차는 장례식장 뒤에 세워져 있었고, 나는 거기에서 리사 퀘

이에게 작별을 고했네.

"정말 고마워요. 모든 게 다 말이에요, 샘."

리사가 말했지.

한 시간쯤 운전해서 집으로 돌아가는데 좁은 강에 걸린 다리에서 낚시를 하는 소년이 보였어. 제일 먼저 든 생각은 12월이 그리 낚시하기 좋은 계절은 아니라는 점이었네.

그리고 다음으로 든 생각은 내가 아주 끔찍한 실수를 했다는 사실이었어.

나는 차를 길가에 세우고 허공을 노려보며 한참 동안이나 앉아서 생각에 빠졌다네. 이윽고 다시 시동을 걸고 유턴을 해서 왔던 길을 되돌아갔어.

늦은 오후가 되었을 무렵 산타의 등대가 시야에 들어왔지. 첫날 봤던 모습 그대로였어. 리사의 차가 근처에 세워져 있었지만 다른 차는 없었어. 등대는 아직 손님을 받고 있지 않았네. 내 차를 리사 차 옆에 세우고 입구로 걸어갔어. 차가 오는 소리를 듣고 리사가 창문으로 나를 본 모양이야. 미소를 지으며 문을 열어 줬지.

"돌아왔네요, 샘."

"잠깐만 들른 겁니다. 얘기 좀 할 수 있을까요?"

내가 물었어.

"무슨 얘기 말이에요?"

리사는 도발적인 미소를 짓더군.

"해리의 살인 사건 말입니다."

리사의 표정이 바뀌었어.

"난쟁이를 찾았대요?"

나는 고개를 가로저었지.

"난쟁이는 절대 못 찾을 겁니다. 그런 건 없었으니까요. 내 실수였어요."

"지금 무슨 소리를 하는 거예요?"

"계속 용의자가 없다는 얘길 했는데, 사실 계속 한 명이 있었습니다. 가장 의심받지 않을 사람이지만, 알고 보면 가장 의심스러운 사람이죠. 당신이 오빠를 죽인 거예요, 리사."

"미쳤군요!"

리사는 얼굴을 붉히며 내 앞에서 문을 닫으려 했네. 하지만 나는 발로 문을 막았고, 잠시 후 리사가 조금 진정하자 안으로 들어갈 수 있었지.

"생각하면 할수록 난쟁이가 살인 청부업자라는 말은 말도 안 되는 소리더군요. 그 애들은 산타의 수염을 잡아당기는 등 요란하게 떠들었어요. 살인 청부업자라면 절대 해서는 안 될 행동이죠. 은밀한 계획이 성공하려면 너무 눈에 띄면 안 됩니다. 누가 굳이 숫자를 세어 볼 수도 있으니까요."

리사는 팔짱을 끼고 내 말에 귀를 기울이는 척하며 서 있더군.

"그리고 흉기 문제도 있어요. 살인 청부업자라면 손에 익은 자기 무기를 사용하지, 창고에 있는 해적 단검 같은 걸 쓰지는 않을 겁니다. 세 번째 문제는, 범인은 어떻게 산타 분장을 벗지 않은 해리를 그 전망대로 유도할 수 있었을까요?"

"어쩌면 아래층 사무실에서 칼에 찔렸을 수도 있죠."

리사는 거의 속삭이다시피 말했어.

나는 고개를 흔들었지.

"난쟁이가 해리의 시체를 끌고 위로 올라갈 수는 없습니다. 해리는 살인자와 함께 올라간 겁니다. 가짜 수염을 계속 붙이고 있던 이유는 상대가 신뢰할 수 있는 사람이었기 때문이죠."

"해리가 죽었을 때 내가 당신이랑 같이 있었던 거 잊었어요?"

"정정해야죠. 당신은 해리의 시체가 전망대에서 떨어질 때 나와 함께 있었던 겁니다. 지금으로부터 한 시간 전, 나는 길을 지나가다 한 아이가 다리에서 낚시를 하는 모습을 봤어요. 그리고 문득 당신이 작업실에서 낚싯줄 한 올을 집어 들던 모습이 떠오르더군요. 어린애가 그런 걸 남기고 갈 리는 없죠. 그냥 당신 계획에 필요한 물건이었던 겁니다. 당신은 무슨 핑계를 대고 오빠를 전망대로 불러들인 뒤, 칼로 찌르고 오빠의 몸을 난간 사이에 아슬아슬하게 놓아두었어요. 그리고 낚싯줄 끝을 시체에 묶고 반대편을 쭉 늘어뜨려 땅에 닿게끔 해 둔 겁니다. 이미 어두워졌기 때문에 나는 밖으로 나왔을 때 그걸 못 봤어요.

알리바이를 위해 내가 필요했기 때문에 당신은 날 불러 세웠죠. 아마 해 질 녘에 딱 알맞은 사람이 지나갈 때까지 몇 날 며칠을 기다렸으리라 생각합니다. 당신은 낚싯줄을 잡아당겼고, 해리의 시체는 하마터면 바로 아래에 있던 우리 위로 떨어질 뻔했죠."

"만약 그게 사실이라면 그 낚싯줄은 어디 갔는데요?"

"난 시체를 확인하느라 미저 못 봤죠. 그리고 양방향 라디오로

구조 요청을 하러 올라갔을 때, 당신이 어딘가에 버리면 그만이잖
아요?"

"내가 왜 친오빠를 죽이겠어요?"

"왜냐하면 당신 오빠가 아버지를 교도소에 보냈기 때문이죠. 주
식 투자 서류를 투자자들에게 뿌려서 돈을 가로챈 건 바로 당신
오빠였어요. 아버지는 억울하게 그 죄를 덮어쓴 겁니다. 심지어
해리가 폴 레인과의 밀주 사업에도 연관되어 있다는 사실까지 알
았어요. 더는 참을 수가 없었겠죠."

리사의 얼굴에서 투지가 사라졌네.

"처음엔 믿을 수가 없었어요. 그런 일을 저질러서 아빠를 교도
소에 가게 만들다니! 게다가 레인과 같이 저지른 일은! 난……."

"어쩌다 그렇게 된 겁니까?"

내가 차분히 물었어.

리사의 목소리가 흐려졌지.

"당신 같은 사람이 혼자 지나가기를 몇 주 동안이나 기다렸어
요. 해리를 위로 불러내서 마지막 기회를 줬죠. 경찰에 자백하고
아빠를 교도소에서 데려오지 않으면 죽여 버릴 거라고 했어요. 해
리는 그냥 웃기만 했죠. 난 단검으로 해리를 찔러 버렸어요. 그리
고 당신이 말한 그대로 낚싯줄을 이용했죠. 튼튼하지만 아주 가늘
고, 해 질 녘에는 눈에 잘 보이지도 않으니까요."

리사는 먼 곳을 쳐다보았네.

"당신이 왔을 때 운이 좋다고 생각했는데, 우리 가족에게 그 운
이 작용하진 않았네요."

"가서 스프링어에게 말해요. 지금 그 키 작은 웨이터를 찾고 있다고 하잖아요. 결백한 사람을 교도소에 보낸다면 당신도 오빠랑 똑같은 짓을 하는 겁니다."

"모든 계획이 다 수포로 돌아갔군요."

리사가 중얼거렸어.

샘 선생이 이야기를 마무리 지었다.

"사건은 그렇게 끝났다네. 이 사건에서 내가 그리 자랑스러운 역할을 맡은 건 아니기 때문에, 노스몬트로 돌아간 후에도 사람들에게 이 일을 이야기하지는 않았지. 에이프릴이 가슴에 감은 붕대에 대해 물었을 때도 그냥 넘어졌다고만 했어. 그해 크리스마스에는 모처럼 눈이 내렸네. 우리 모두가 행복했지. 그리고 다음 해 정초부터 묘지에서 사건이 터졌어. 유령과는 아무 상관도 없는 사건이었지. 하지만 이 얘기는 다음번에 하자고."

샘 호손 박사의 두 번째 불가능 사건집

초판 1쇄 발행 2021년 7월 30일
지은이 에드워드 D. 호크 │ **옮긴이** 김예진 │ **펴낸이** 신현호
편집부장 윤영천 │ **북디자인** 형태와내용사이 │ **본문조판** 양우연
마케팅 김민원 │ **관리** 조인희
펴낸곳 (주)디앤씨미디어 │ **출판등록** 2002년 4월 25일 제20-260호
주소 서울시 구로구 디지털로 26길 111 제이앤케이디지털타워 503호
전화번호 02.333.2513 │ **팩스** 02.333.2514

ISBN 979-11-278-6104-9 04840
ISBN 979-11-278-5916-9 (set)

정가 16,000원